全国职业教育"十一五"规划教材

方正飞腾创艺 5.0 实训教程

北京金企鹅文化发展中心　策划

主编　李丽华　朱丽静

航空工业出版社

北京

内 容 提 要

本书主要面向职业技术院校，并被列入全国职业教育"十一五"规划教材。全书共 11 章，内容涵盖方正飞腾创艺 5.0 的基本功能与基本操作、文字与段落属性设置、色彩应用、图形与图像处理、页面管理、表格应用、文件打印与输出等。

本书具有如下特点：（1）满足社会实际就业需要。对传统教材的知识点进行增、删、改，让学生能真正学到满足就业要求的知识。（2）增强学生的学习兴趣。从传统的偏重知识的传授转为培养学生的实际操作技能，让学生有兴趣学习。（3）让学生能轻松学习。用实例（实训）讲解相关应用和知识点，边练边学，从而避开枯燥的讲解，让学生能轻松学习，教师也教得愉快。（4）包含大量实用技巧和练习，网上提供素材、课件和视频下载。

本书可作为中、高等职业技术院校，以及各类计算机教育培训机构的专用教材，也可供广大初、中级电脑爱好者自学使用。

图书在版编目（CIP）数据

方正飞腾创艺 5.0 实训教程 / 李丽华，朱丽静主编.
北京：航空工业出版社，2010.3
ISBN 978-7-80243-403-5

I. 方… II.①李…②朱… III. 排版—应用软件，方正飞腾创艺 5.0－技术培训 IV. TS803.23

中国版本图书馆 CIP 数据核字（2009）第 229834 号

方正飞腾创艺 5.0 实训教程
Fangzheng Feiteng Chuangyi 5.0 Shixun Jiaocheng

航空工业出版社出版发行
（北京市安定门外小关东里 14 号　100029）
发行部电话：010-64815615　　010-64978486

北京忠信印刷有限责任公司印刷　　　　全国各地新华书店经售
2010 年 3 月第 1 版　　　　　　　　2010 年 3 月第 1 次印刷
开本：787×1092　　1/16　　印张：21　　字数：498 千字
印数：1～5000　　　　　　　　　　　　定价：32.00 元

随着社会的发展，传统的职业教育模式已难以满足学生实际就业的需要。一方面，大量的毕业生无法找到满意的工作，另一方面，用人单位却在感叹无法招到符合职位要求的人才。因此，积极推进职业教学形式和内容的改革，从传统的偏重知识的传授转向注重就业能力的培养，已成为大多数中、高等职业技术院校的共识。

职业教育改革首先是教材的改革，为此，我们走访了众多院校，与许多老师探讨当前职业教育面临的问题和机遇，然后聘请具有丰富教学经验的一线教师编写了这套"电脑实训教程"系列丛书。

 **丛书书目**

本套教材涵盖了计算机的主要应用领域，包括计算机硬件知识、操作系统、文字录入和排版、办公软件、图形图像、三维动画、网页制作以及多媒体制作等。众多的图书品种，可以满足各类院校相关课程设置的需要。

《五笔打字实训教程》	《Illustrator 平面设计实训教程》（CS3 版）
《电脑入门实训教程》	《Photoshop 图像处理实训教程》（CS3 版）
《电脑基础实训教程》	《Dreamweaver 网页制作实训教程》（CS3 版）
《电脑组装与维护实训教程》	《CorelDRAW 平面设计实训教程》（X4 版）
《电脑综合应用实训教程》（2007 版）	《Flash 动画制作实训教程》（CS3 版）
《电脑综合应用实训教程》（2003 版）	《AutoCAD 绘图实训教程》（2009 版）
《办公自动化实训教程》（2003 版）	《方正飞腾创艺 5.0 实训教程》
《中文版 Word 2007 办公应用实训教程》	《常用工具软件实训教程》
《中文版 Excel 2007 办公应用实训教程》	《中文版 3ds Max 9.0 三维动画制作实训教程》

丛书特色

- **满足社会实际就业需要。** 对传统教材的知识点进行增、删、改，让学生能真正学到满足就业要求的知识。例如，《方正飞腾创艺 5.0 实训教程》的目标是让学生在学完本书后，能熟练地利用方正飞腾创艺进行排版工作。
- **增强学生的学习兴趣。** 将传统教材的偏重知识的传授转为培养学生实际操作技能。例如，将传统教材的以知识点为主线，改为以"应用+知识点"为主线，让知识点为应用服务，从而增强学生的学习兴趣。
- **让学生能轻松学习。** 用实例（实训）去讲解软件的相关应用和知识点，边练边学，从而避开枯燥的讲解，让学生能轻松学习，教师也教得愉快。例如，在《方正飞腾创艺 5.0 实训教程》一书中，我们通过制作宣传单二折页来讲解文字块的创建，就比单纯讲解文字块的创建要好得多。

- **语言简炼，讲解简洁，图示丰富。**让学生花最少的时间，学到尽可能多的东西。
- **融入大量典型实用技巧和常见问题解决方法。**在各书中都安排了大量的知识库、提示和小技巧，从而使学生能够掌握一些实际工作中必备的软件应用技巧，并能独立解决一些常见问题。
- **课后总结和练习。**通过课后总结，学生可了解每章的重点和难点；通过精心设计的课后练习，学生可检查自己的学习效果。
- **提供素材、课件和视频。**完整的素材可方便学生根据书中内容进行上机练习；适应教学要求的课件可减少老师备课的负担；精心录制的视频可方便老师在课堂上演示实例的制作过程。所有这些内容，学生都可从网上下载。
- **控制各章篇幅和难易程度。**对各书内容的要求为：以实用为主，够用为度。严格控制各章篇幅和实例的难易程度，从而照顾老师教学的需要。

 本书内容

- 第 1 章：介绍方正飞腾创艺的功能、工作界面构成、文件基本操作等。
- 第 2 章：介绍方正飞腾创艺的基本操作，包括工作界面的调整、缩放与平移视图、辅助工具的应用，以及工作环境和版面设置等。
- 第 3 章、第 4 章：介绍方正飞腾的文字处理功能，包括文字的输入与排入、文字块的调整、文字的编辑、文字的属性与特殊效果设置，以及段落属性和段落样式的设置、文字排版等。
- 第 5 章：主要介绍使用"颜色"和"色样"面板填充与描边对象的方法。
- 第 6 章：介绍绘制、编辑与修饰图形的方法，包括使用矩形、椭圆、菱形、多边形、钢笔等工具绘制图形，以及使用"线型与花边"、"底纹"、"图元勾边"、"角效果"等面板或菜单命令修饰图元的方法。
- 第 7 章：介绍图像管理与对象的基本操作，包括图像的排入、缩放、裁剪、勾边、去背景、添加阴影、羽化和设置透明效果，以及对象的成组、锁定、对齐等。
- 第 8 章：介绍页面管理方法，包括主页的创建、编辑和应用，以及普通页面的创建和管理等。
- 第 9 章：介绍表格的创建、编辑与修饰方法。
- 第 10 章、第 11 章：介绍方正飞腾创艺的打印与输出功能，并安排了三个综合实例，以帮助读者综合练习前面所学知识。

 本书适用范围

本书可作为中、高等职业技术院校，以及各类计算机教育培训机构的专用教材，也可供广大初、中级电脑爱好者自学使用。

本书课时安排建议

章　名	重点掌握内容	教学课时
第 1 章　开始方正飞腾创艺 5.0 之旅	1. 飞腾创艺的工作界面组成 2. 文件的新建、打开、保存与关闭 3. 文件合并与兼容，以及文件的灾难恢复	2 课时
第 2 章　方正飞腾创艺基本操作	1. 缩放视图 2. 标尺和提示线的设置 3. 工作环境和版面设置	2 课时
第 3 章　文字处理	1. 创建与编辑文字块 2. 编辑文字 3. 设置文字属性 4. 设置文字特殊效果	4 课时
第 4 章　段落设置与文字排版	1. 段落设置 2. 样式设置 3. 文字排版	4 课时
第 5 章　色彩应用	1. 使用"颜色"面板和"渐变"工具 2. 使用"色样"面板和"颜色吸管"工具	2 课时
第 6 章　绘制与修饰图形	1. 绘制几何图形 2. 绘制线条 3. 图形的基本编辑 4. 图形的修饰	3 课时
第 7 章　排入与处理图像	1. 排入图像 2. 编辑图像 3. 对象操作	3 课时
第 8 章　页面管理	1. 主页操作 2. 普通页操作	2 课时
第 9 章　应用表格	1. 创建与编辑表格 2. 操作单元格与修饰表格	4 课时
第 10 章　文件的输出	1. 打印、预飞和打包 2. 输出文件	2 课时
第 11 章　综合实例	学生自己上机操作	2 课时

课件、素材下载与售后服务

本书配有精美的教学课件和视频，并且书中用到的全部素材和制作的全部实例都已整理和打包，读者可以登录我们的网站（http://www.bjjqe.com）下载。如果读者在学习中有什么疑问，也可登录我们的网站去寻求帮助，我们将会及时解答。

本书作者

本书由北京金企鹅文化发展中心策划，李丽华、朱丽静任主编，并邀请一线职业技术院校的老师参与编写。主要编写人员有：郭玲文、郭燕、丁永卫、白冰、常春英、孙志义、李秀娟、顾升路、贾洪亮、单振华、侯盼盼等。

编 者

2010 年 3 月

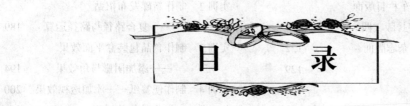

目　　录

第1章　开始方正飞腾创艺 5.0 之旅

【本章导读】

方正飞腾创艺 5.0 是北京北大方正电子有限公司开发的一款综合性排版软件，适用于制作报纸、杂志、图书、宣传册，以及广告插页等各类出版物的版面。从本章开始，我们将带领大家探寻它的奥秘，掌握它的使用方法。

【本章内容提要】

- ☞ 方正飞腾创艺 5.0 功能概览
- ☞ 熟悉方正飞腾创艺 5.0 的工作界面
- ☞ 文件基本操作

1.1 方正飞腾创艺 5.0 功能概览

方正飞腾创艺 5.0 是一款优秀的专业排版软件，利用它可以将图形、图像或文字等对象组合到页面中，完成出版物版面的编排。图 1-1 所示为制作出版物的流程示意图，其中文字可以在方正飞腾创艺 5.0 中直接输入，也可以排入（置入）外部文档（如 Word 文档），而图像则通常是从外部排入。

下面我们简要介绍方正飞腾创艺 5.0 的主要功能，让大家对其有个基本印象。

● **强大的文本编排功能**

在方正飞腾创艺 5.0 中，用户可以轻松地设置文本方向、行距、字距、分栏、图文互排，或将文字沿线或在任意图形内放置，如图 1-2 所示；此外，用户还可以对文本设置勾边、空心、立体、阴影、羽化、透明等各种艺术效果，以及制作装饰字，设置通字底纹等，如图 1-3 所示。

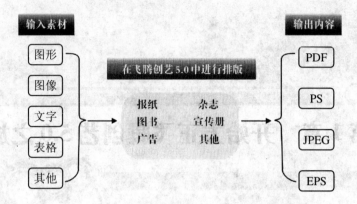

图 1-1 方正飞腾创艺 5.0 排版设计工作流程图

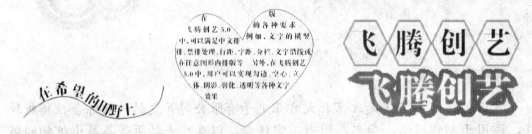

图 1-2 将文字沿线或在图形内部放置   图 1-3 装饰字与艺术字效果

● **强大的图形图像处理功能**

在飞腾创艺 5.0 中，系统提供了矩形、椭圆、菱形、多边形、直线和钢笔等绘图工具，利用它们可以绘制出各种规则和不规则图形。绘制好图形后，用户还可对其边框线型、线宽、颜色和底纹等进行设置，或对多个图形进行特殊运算，从而使其符合需要，如图 1-4 所示。

在图像处理方面，方正飞腾创艺 5.0 支持排入 TIF、EPS、PSD、PDF、BMP、JPG、PS、GIF 等格式的图像，还可以对排入的图像进行勾边、旋转、倾斜、镜像、裁剪、着色、去背景等操作，从而使版面效果更加精彩，如图 1-5 所示。

图 1-4 在飞腾创艺 5.0 中绘制图形   图 1-5 编辑排入的图像

● **高效的对象管理功能**

飞腾创艺 5.0 页面中的对象主要是文本、图形和图像，用户可合理地组织与安排这些对象，如成组、锁定、调整前后顺序、对齐与分布等，从而有效地提高排版工作效率。

● **快捷的表格处理功能**

飞腾创艺 5.0 提供了表格框架模板，能够快速完成表格样式和文字属性设置。另外，它还支持 Excel 表格和 Word 表格的排入，并且支持文字和表格的互相转换。

● **方便的页面设置功能**

飞腾创艺 5.0 提供了主版页面（简称为主页）功能，用户可以在主版页面中设置页眉、页脚或各种装饰等，这些设置将被自动应用到各普通页面中，从而既提高了工作效率，又便于出版物风格的统一，如图 1-6 所示。另外，利用"页面管理"面板，可以方便地创建和管理主版页面和普通页面。

主版页面

普通页面

图 1-6　主版页面与普通页面

1.2　与方正飞腾创艺 5.0 初次见面

实训 1　熟悉方正飞腾创艺 5.0 的工作界面

【实训目的】

● 掌握启动与退出方正飞腾创艺 5.0 的方法。

● 了解方正飞腾创艺 5.0 工作界面组成。

【操作步骤】

步骤 **1**▶　将方正飞腾创艺 5.0 加密锁插入电脑的 USB 接口，然后选择"开始" > "所有程序" > "Founder" > "方正飞腾创艺" > "方正飞腾创艺"菜单，或者双击桌面上的"方正飞腾创艺"快速启动图标，即可启动方正飞腾创艺。

步骤 **2**▶　选择"文件" > "新建"菜单，或者按【Ctrl+N】组合键，在打开的对话框中单击"确定"按钮新建一个文件，即可进入方正飞腾创艺工作界面，如图 1-7 所示。

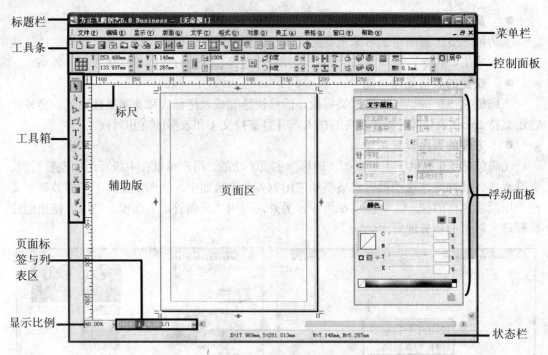

图 1-7　飞腾创艺 5.0 的工作界面

如果是首次启动方正飞腾创艺 5.0，系统会弹出图 1-8 所示的欢迎界面，从中单击"新建"或"打开"图标，也可新建或打开一个飞腾创艺文件，并进入其工作界面。

取消选择该复选框，下次启动飞腾创艺时便不会出现欢迎界面了

图 1-8　飞腾创艺欢迎界面

步骤 3▶ 从图 1-7 可以看出，方正飞腾创艺 5.0 的工作界面主要由标题栏、菜单栏、工具条、控制面板、工具箱、浮动面板、状态栏、页面区和辅助版等组成。下面我们先来了解一下这些界面元素的功能。

● **标题栏：**位于工作界面顶端，其左侧显示了飞腾创艺 5.0 程序图标和名称，右侧是 3 个窗口控制按钮 ，通过单击它们可以将窗口最小化、最大化和关闭。

● **菜单栏：**位于标题栏的下方，飞腾创艺 5.0 将其大部分命令分门别类地放置在文件、编辑、显示、版面、文字、格式、对象、美工、表格、窗口和帮助 11 个菜单中。要执行某项功能，可首先单击相应的主菜单名打开一个下拉菜单，然后继续单击选择某个菜单项即可，如图 1-9 所示。

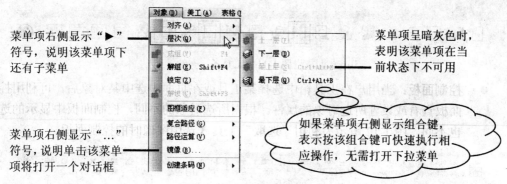

菜单项右侧显示"▶"符号，说明该菜单项下还有子菜单

菜单项呈暗灰色时，表明该菜单项在当前状态下不可用

菜单项右侧显示"..."符号，说明单击该菜单项将打开一个对话框

如果菜单项右侧显示组合键，表示按该组合键可快速执行相应操作，无需打开下拉菜单

图 1-9　执行菜单中的命令

● **工具箱**：默认状态下，工具箱位于界面的左侧，如图 1-10 所示。工具箱中包含了25 种工具，利用这些工具可以执行添加文字、绘制图形，以及选取、移动、缩放、裁剪对象等操作。要使用某工具，只需单击相应的工具按钮即可。

　　另外，部分工具按钮的右下角带有一个黑色小三角符号，表示该工具中还隐藏着其他同类工具。在该工具上按住鼠标左键不放，可从弹出的工具列表中选择其他工具；也可以按住【Alt】键的同时单击工具按钮，循环选择同类工具。

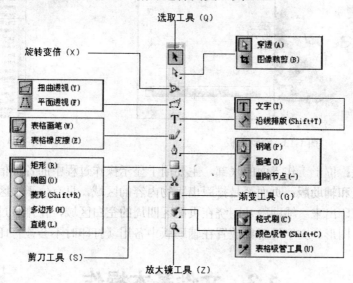

图 1-10　飞腾创艺的工具箱

小技巧

　　从图 1-10 可以看到，每个工具名称旁边都设有快捷键（位于工具名称右侧的括号内），表示用户可以在英文输入法状态下，按快捷键选择相应的工具。例如要选择"渐变"工具，只需按【G】键即可。

● **工具条**：默认状态下，工具条位于菜单栏的下方，其包含了一些常用的操作命令，如新建、打开、排入文字、排入图像和输出等，要执行某命令，只需单击相应的按钮即可，如图 1-11 所示。

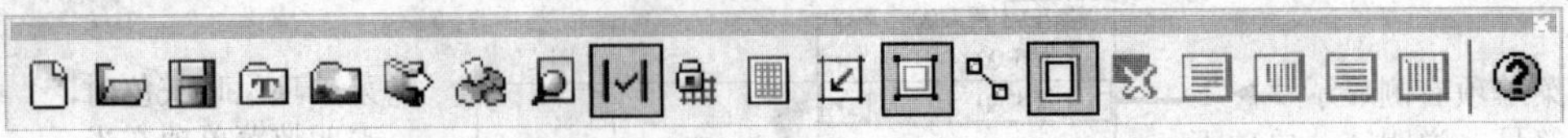

图 1-11　工具条

- **控制面板**：当用户在工具箱中选择某工具或在页面中选中某对象后，可利用控制面板查看或设置所选对象的属性。根据所选对象的不同，控制面板中显示的选项也不同，图 1-12 所示为利用"选取"工具　选中图像时的控制面板。

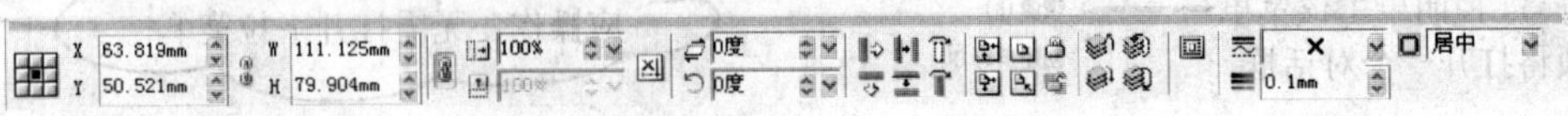

图 1-12　选取图像时的控制面板

- **浮动面板**：浮动面板位于工作界面右侧，如图 1-13 所示，利用它们可以选择颜色、管理页面与图像、设置文字属性等。飞腾创艺提供了众多的浮动面板，要显示某一浮动面板，只需单击"窗口"菜单中的相应菜单项即可，如图 1-14 所示。

图 1-13　浮动面板　　　　　　　　　　　　　　图 1-14　"窗口"菜单

- **状态栏**：位于工作界面的底部，主要用于显示操作过程中的各类信息。
- **页面区和辅助版**：页面区是排版出版物内容的区域，只有位于该区域中的对象才会被打印出来。辅助版是围绕在页面区四周的空白区域，在排版过程中，可以将图像、图形、文字等对象放置在辅助版中备用（打印时不会被打印出来）。

1.3　文件基本操作

实训 1　制作普洱茶广告——新建、打开、保存与关闭文件

【实训目的】
- 掌握新建、打开、保存和关闭文件的方法。
- 了解保存和排入文件片断的方法。

【操作步骤】

步骤 1▶　启动方正飞腾创艺 5.0 后，选择"文件"＞"新建"菜单，或按【Ctrl+N】

组合键，或单击工具条中的"新建"按钮，打开"新建文件"对话框，如图 1-15 所示。

　　步骤 2▶　参照图 1-15 所示设置新文件参数，单击"确定"按钮即可新建一个空白文档，如图 1-16 所示。下面，我们来了解一下"新建文件"对话框中部分选项的意义。

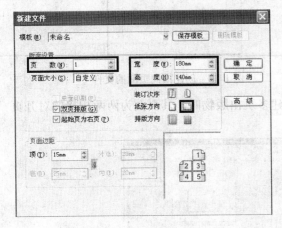

图 1-15　"新建文件"对话框　　　　　　　　图 1-16　新建的空白文档

- **页数：** 在"页数"编辑框中输入数值，可以设置文件所需的页数。
- **页面大小：** 系统在"页面大小"下拉列表中提供了多种常用的页面尺寸，如对开、4 开、8 开、A4 等，在该下拉列表中选择所需尺寸后，系统会在"宽度"和"高度"编辑框中显示相应的数值。另外，用户也可以直接在"宽度"和"高度"编辑框中输入数值，自定义页面大小。

提示

　　在创建新文件时，用户设置的页面大小（即出版物的成品尺寸）不包含出血量。所谓出血是指图片或底图多出标准尺寸之外的部分，主要是为装订和裁切提供方便。

　　在出版物中添加整版单页或跨页底图时，需要在相应的图像处理软件中，将底图设置为带出血的尺寸。例如，出版物尺寸为 180mm×260mm，则跨页底图应将尺寸设置为 366mm×266mm（即图像四周各留 3mm 作为出血）；单页底图应将尺寸设置为 183mm×266mm（书脊一侧不设置出血量）。

- **装订次序：** 系统提供了左订和右订两种装订次序。按下"左订"按钮表示将创建左侧装订的文件；按下"右订"按钮表示将创建右侧装订的文件。一般书籍为左侧装订，某些特殊的书籍（如古典书）需要从右侧装订。
- **纸张方向：** 按下"纵向"按钮表示创建纵向页面的文件，如图 1-17 所示；按下"横向"按钮则创建横向页面的文件，如图 1-18 所示。
- **排版方向：** 方正飞腾创艺提供了"竖排"和"横排"两种文字排版方向，当用户设置装订次序为"左订"时，系统自动把文字排版方向设置为"横排"，当设置装订次序为"右订"时，系统自动把文字排版方向设置为"竖排"。

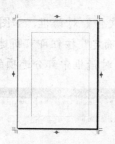

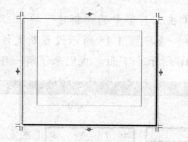

图 1-17　创建纵向页面的文件　　　　　　　图 1-18　创建横向页面的文件

● **双页排版**：勾选该复选框，表示创建多页出版物时，其页面为两两相接的对开页面，如图 1-19 所示。

图 1-19　创建对开页面的文件

● **单面印刷**：取消"双页排版"复选框的勾选，该选项才被激活。勾选该复选框，表示出版物的每个页面都为独立显示，如图 1-20 所示。

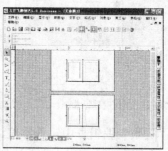

图 1-20　创建单独页面的文件

● **起始页为右页**：单独勾选该复选框时，出版物的每个页面为单独显示状态，并且出版物的起始页（第 1 页）为右页，如图 1-21 所示。

知识库

　　如果同时勾选"双页排版"和"起始页为右页"复选框，则出版物的起始页（第 1 页）为右页，并且其后的所有页面都为两两相接的对开页面，如图 1-22 所示。

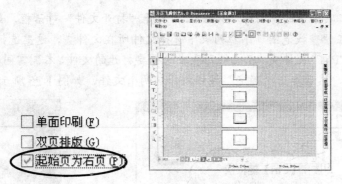

图 1-21 创建起始页为右页的文件

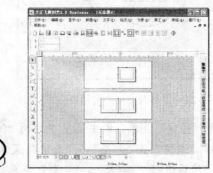

图 1-22 创建首页为右页的双页排版文件

- **页面边距**：在其下的 4 个编辑框中输入数值，可以确定版心区域以外的留白大小。当链状图标 处于选中状态时，在第一个编辑框中输入数值，其他 3 个编辑框会同时发生改变；单击链状图标 取消其锁定状态，可激活全部编辑框，此时，用户可以在每个编辑框中输入不同的数值，以设置不同方向上的留白大小。

知识库

版心是指页面中排版正文的区域，留白是指版心线与页面边缘之间的空白距离，如图 1-23 所示。

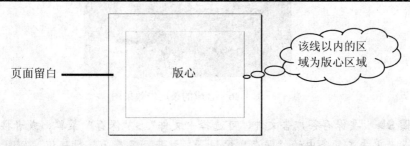

图 1-23 版心与留白

步骤 3▶ 要打开本例需要的素材文件，可选择"文件">"打开"菜单，或按【Ctrl+O】

组合键，或单击工具条中的"打开"按钮，打开"打开文件"对话框，如图 1-24 所示。

步骤 4▶ 在"查找范围"下拉列表中选择文件所在文件夹，这里选择本书配套素材"素材与实例"\"Ph1"文件夹，在文件列表中选择要打开的文件，本例需同时选中"01.vft"和"02.vft"文件，然后单击"确定"按钮打开这两个文件，如图 1-25 所示。

图 1-24 "打开文件"对话框   图 1-25 打开的文件

步骤 5▶ 打开"窗口"菜单，单击菜单下方的"01.vft"文件名，将其置为当前文件。

步骤 6▶ 选择"编辑"＞"全选"＞"全选"菜单，或者按【Ctrl+A】组合键，选中页面中的所有对象，然后选择"编辑"＞"复制"菜单，或者按【Ctrl+C】组合键，将选中的对象复制到剪贴板。

步骤 7▶ 打开"窗口"菜单，单击菜单下方的新建文件名称，切换到新建文件窗口，然后选择"编辑"＞"原位粘贴"菜单，或者按【Ctrl+Alt+V】组合键，将剪贴板中的内容原位置粘贴到新文件的页面中。

步骤 8▶ 参照步骤 5～步骤 7 的操作方法，将"02.vft"文件中的文字和图形原位复制到新文件的页面中，画面效果如图 1-26 所示。至此，茶广告就制作好了。

图 1-26 合成的茶广告效果图

步骤 9▶ 要保存茶广告文件，可选择"文件"＞"保存"菜单，或者按【Ctrl+S】组合键，或者单击工具条中的"保存"按钮，打开"另存为"对话框，如图 1-27 所示。

步骤 10▶ 在"保存在"下拉列表中选择存储文件的位置，在"文件名"编辑框中输入文件名称，"保存类型"保持默认，单击"保存"按钮即可保存新文件。

.vft 为出版物文件，.vtp 为模板文件

选中"生成预览图"复选框，则保存时会自动将文件第 1 页以 8 位的小图保存到文件里，以后打开该文件时，可以在"打开"对话框预览文件第 1 页内容

单击"文件信息"按钮，可在弹出的对话框中设置文件的主题、作者、单位、备注等信息

图 1-27 "另存为"对话框

提示

　　若要保存的文件并非新建文件，则在执行保存操作时，不会弹出"另存为"对话框，系统将以原文件名称和保存路径对当前文件进行保存。

　　对文件进行修改后，如果不想将原文件覆盖，可以选择"文件">"另存为副本"或"文件">"另存为"菜单，在打开的"另存为"对话框中将文件另行保存。这里需要注意的是，"另存为"表示在保存后将关闭当前文件，此时在窗口显示的是另存的新文件；"另存为副本"表示保存后将不关闭当前文件，保存的是当前文件的副本。

步骤 11▶ 在飞腾创艺 5.0 中，我们可以将页面中的对象（文字、图像和图形）另存为具有可编辑性的文件片断，以方便在其他文件中使用这些对象。要保存文件片断，可选择工具箱中的"选取"工具 ，然后在按住【Shift】键的同时，依次单击希望保存为片断的对象将其选中，如图 1-28 所示。

步骤 12▶ 选择"文件">"另存文件片断"菜单，打开图 1-29 所示"另存为"对话框，在"文件名"编辑框中输入片断名称，在"保存类型"下拉列表中选择"FitV 文件片断（*.vsp）"，单击"保存"按钮即可完成文件片断的保存。

图 1-28 选中页面中的多个对象

图 1-29 将对象另存为文件片断

.提 示.

要在当前页面中排入文件片断，可选择"文件">"排入">"图像"菜单（或按【Ctrl+Shift+D】组合键），在打开的对话框中选择要排入的文件片断，单击"打开"按钮；另外，用户也可以直接将文件片断从 Windows 资源管理器中拖到飞腾创艺的当前页面中。

步骤 13▶ 当不再需要编辑某文件时，可利用以下几种方法将其关闭。
- 选择"文件">"关闭"菜单；
- 按【Ctrl+F4】组合键；
- 单击菜单栏右侧的"关闭"按钮✕。

步骤 14▶ 不使用方正飞腾创艺时，可以利用以下几种方法退出程序。
- 选择"文件">"退出"菜单，或者按【Alt+F4】组合键；
- 单击标题栏右侧的"关闭"按钮⊠；
- 单击标题栏左侧的程序图标◣，然后在显示的菜单中选择"关闭"即可。

.提 示.

关闭文件或退出方正飞腾创艺程序时，如果文件已被修改但尚未保存，系统会弹出图 1-30 所示的提示对话框，提示用户是否要保存该文件。

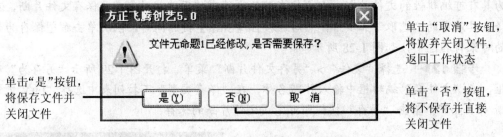

单击"是"按钮，将保存文件并关闭文件

单击"取消"按钮，将放弃关闭文件，返回工作状态

单击"否"按钮，将不保存并直接关闭文件

图 1-30　关闭未保存文件时的提示对话框

实训 2　组合杂志版面——文件合并与灾难恢复

【实训目的】
- 掌握合并文件与恢复灾难文件的方法。
- 了解文件兼容方法。

步骤 1▶ 打开本书配套素材"素材与实例"\"Ph1"文件夹中的"03.vft"文件，如图 1-31 左图所示。下面，我们将"03.vft"与"素材与实例"\"Ph1"文件夹中的"04.vft"、"05.vft"（如图 1-31 中图和右图所示）三个文件合并为一个文件。

图 1-31 打开素材文件

步骤 2▶ 选择"文件"＞"合并文件"菜单，打开图 1-32 所示的"打开文件"对话框，在"查找范围"下拉列表中选择本书配套素材"素材与实例"\"Ph1"文件夹，然后在文件列表中选择"04.vft"文件。

步骤 3▶ 单击"打开文件"对话框中的"打开"按钮，打开"文件合并"对话框，在其中选择"合文件"单选钮，然后设置"合入位置"为"文件末尾"，"合入内容"为"页码范围"，并指定页面 1 为合入内容，其他选项保持默认，如图 1-33 所示。

图 1-32 "打开文件"对话框

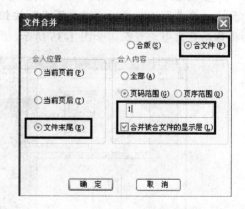

图 1-33 "文件合并"对话框

知识库

　　文件合并分为"合版"和"合文件"两种方式。"合版"是指将一个版面分给几个人排版，最后将每部分合到一个版面里。在排版版面内容复杂的报纸时，主编可以把报纸的版面划分为几个区域，每个编辑单独制作自己的区域，最后合成一个版面。"合文件"是指将多个文件合并为一个文件，通常用于多人同时排版书籍或杂志的情况。

在"文件合并"对话框中，选择"合版"或"合文件"单选钮，对话框中显示的选项也会不同，下面，我们先来看看选择"合文件"单选钮后相关选项的意义。

- **合入位置：**设置将被合文件导入当前文件的位置。其中，选择"当前页前"单选钮表示将合入内容插入当前页之前；选择"当前页后"单选钮表示将合入内容插入当前页之后；选择"文件末尾"单选钮表示将合入内容插入当前文件的末尾。
- **合入内容：**设置将被合文件的全部或部分页面合入到当前文件中。其中，选择"全部"单选钮表示将被合文件包含的所有页面合入到当前文件；选择"页码范围"或"页序范围"单选钮表示将被合文件的指定页面合入到当前文件；选择"合并被合文件的显示层"复选框，表示不合并被合文档的隐藏图层。

知识库

在方正飞腾创艺中，页码是指用户指定的页面编号（具体操作请参考 8.1 实训 2 内容），页序是指页面自然排列的序号。在设置页码或页序范围时，可利用"1,2,3"、"1-9"或"1,4-9"的形式设置，但要注意书写时标点必须使用英文标点。

步骤 4▶ 参数设置好后，单击"确定"按钮，系统会将"04.vft"文件的页面 1 添加在"03.vft"文件的末尾，如图 1-34 所示。

步骤 5▶ 选择"窗口" > "页面管理"菜单，或者按【F12】键，打开"页面管理"面板，单击面板下方的"增加页面"按钮，在"03.vft"文件的末尾添加一个新页面，其将自动置为当前页面，如图 1-35 所示。

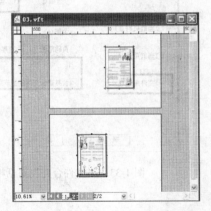

图 1-34　将页面 1 插入到当前文件末尾

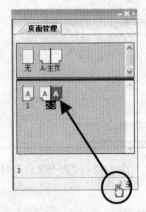

图 1-35　利用"页面管理"面板增加新页面

步骤 6▶ 选择"文件" > "合并文件"菜单，打开"打开文件"对话框，在其中选择本书配套素材"素材与实例" \ "Ph1"文件夹中的"05.vft"文件，单击"打开"按钮，打开"合并文件"对话框。

步骤 7▶ 在"合并文件"对话框中选择"合版"单选钮，然后设置"合入位置"为"当前页"，"合入内容"为"页码"，并指定"05.vft"文件的第 1 页为合入内容，其他选项保持默认，如图 1-36 所示。此时对话框中部分选项的意义如下。

图 1-36 设置"合版"参数

提 示

无论被合文件包含多少页面,合版时仅合入指定的某一页。

- **"指定矩形区域"单选钮:** 在当前文件中选中了矩形图元(在飞腾创艺中绘制的图形被称为图元)时,该单选钮被激活。选中该单选钮,会将被合文件的指定页合入到选定的矩形图元中,并自动按照矩形图元的大小进行缩放,如图 1-37 所示。

提 示

采用该方式时,合入内容将与选中的矩形图元自动成组,并锁定位置。如果需要调整位置,可以右击成组对象,从弹出的快捷菜单中选择"解组"和"解锁"项。

图 1-37 将文件合并到矩形图元

- **"指定位置"单选钮:** 选择该单选钮,则在"文件合并"对话框单击"确定"按钮后,光标将呈 形状,此时在页面中单击鼠标左键,系统将以单击处作为合入页面的左上角位置,合入指定的页面。
- **"当前页"单选钮:** 选中该单选钮,将在当前页合入指定的页面。
- **"页码"或"页序"单选钮:** 用于指定将被合文件的哪页合入到当前文件。用户可在编辑框中输入要合入的页面。要注意只能输入 1 个页面,输入多个页面无效。
- **"合入主页内容"复选框:** 设置是否将被合文件的主页内容合并到当前文件。

步骤 8▶ 参数设置好后,单击"确定"按钮,将"05.vft"文件的页面 1 内容插入到"03.vft"文件的新建页面中,如图 1-38 所示。

提 示

合版或合文件时,如当前版面中没有被合文件的某款字体,即有缺字体的情况时,系统会自动打开"字体管理"面板提示缺字,用户只需根据提示操作即可。

步骤 9▶　飞腾创艺 5.0 可以兼容飞腾 3.0X 或飞腾 4.0X 版本的文件，并且还可以在保持原版面不变动的情况下，将旧版文件转变为飞腾创艺 5.0 文件。首先选择"文件" > "打开"菜单，打开"打开文件"对话框。

步骤 10▶　在"打开文件"对话框中的"文件类型"下拉列表中选择"fit files（*.fit）"或"fit template files（*.ftp）"，即可在文件列表中显示飞腾 3.0X 或飞腾 4.0X 版本的文件；选择并打开所需的旧版本文件，然后另存为"*.vft"格式文件，即可实现文件的转换。

步骤 11▶　要使用低版本飞腾软件打开高版本飞腾文件，可先在高版本飞腾软件中打开文件，然后选择"文件" > "另存为副本"菜单，打开"另存为"对话框，在其中的"文件类型"下拉列表中选择"兼容格式文件"（如图 1-39 所示），单击"保存"按钮保存文件，之后即可在低版本飞腾软件中打开该文件。

图 1-38　将"05.vft"文件合并到当前文件

图 1-39　"另存为"对话框

提　示

如果旧版本飞腾文件中用到了 748 字体，则在打开旧版本文件时，必须按相应的规则对应转换：（1）优先转为飞腾创艺 5.0 自带的 9 款 GBK 对应字体；（2）其次转为飞腾创艺 5.0 自带的 88 款 GB 字体；（3）对于 88 款 GB、9 款 GBK 中都没有对照的字体，则不予转换，而是弹出"字体管理"面板提示缺字，用户可以根据提示操作替换相关字体。

某些 748 字体虽然可以对应到 GB 或 GBK 字体，但该字体中的部分字符在 GB 或 GBK 里没有对应字符，系统将以默认字符显示，并在字符下方铺粉红色底纹提示用户。

步骤 12▶　在进行排版时，经常会遇到断电或死机等意外事件。当再次启动飞腾创艺软件后，系统会弹出图 1-40 所示的灾难恢复对话框，你只需单击"是"按钮，即可将文件恢复到退出时的编辑状态；如果单击"否"按钮，则取消恢复文件。

图 1-40　灾难恢复对话框

综合实训——制作茶文化书签

下面，我们通过制作图 1-41 所示的茶文化书签来练习前面所学内容。

步骤 1▶ 启动方正飞腾创艺 5.0，按【Ctrl+N】组合键，打开"新建文件"对话框，在其中设置"宽度"为 60mm，"高度"为 120mm，"纸张方向"为"竖向" 📄，其他参数保持默认设置，单击"确定"按钮，新建一个空白文档，如图 1-42 所示。

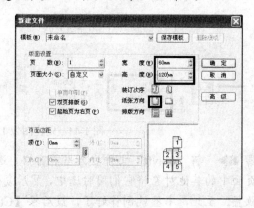

图 1-41 书签效果图　　　　　　　图 1-42 "新建文件"对话框

步骤 2▶ 按【Ctrl+O】组合键，打开"打开文件"对话框，从中打开本书配套素材"素材与实例"\"Ph1"文件夹中的"06.vft"文件，如图 1-43 所示。

步骤 3▶ 选择工具箱中的"选取"工具 ，单击页面中的图像 1 将其选中，然后选择"编辑"＞"复制"菜单，或者按【Ctrl+C】组合键，将图像 1 复制到剪贴板。

步骤 4▶ 利用"窗口"菜单将新建文件置为当前窗口，然后选择"编辑"＞"粘贴"菜单，或者按【Ctrl+V】组合键，将剪贴板中的内容粘贴到新建文件的页面中。

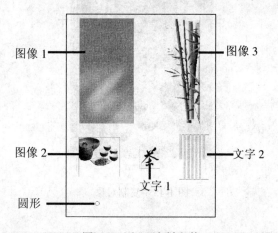

图 1-43 打开素材文件

步骤 5▶ 选择"选取"工具 ，单击选中图像 1，然后在控制面板中单击"九宫位"

左上角的按钮，并分别在 "X" 和 "Y" 编辑框中输入-3mm，按【Enter】键定位图像 1 的位置，如图 1-44 所示。

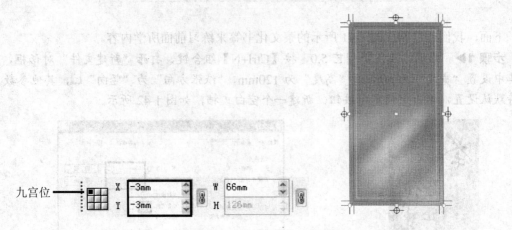

九宫位

图 1-44　定位图像 1 的位置

步骤 6▶ 将 "06.vft" 文件置为当前窗口，选择 "选取" 工具，按住【Ctrl】键依次单击页面中的其他对象将它们同时选中，然后复制到新建文件页面中，并参照图 1-45 所示效果放置。至此，书签就制作好了，最后按【Ctrl+S】组合键，将书签文件保存即可。

图 1-45　复制对象

提示

　　本例中，用户也可以使用合并文件的 "合版" 功能，将 "06.vft" 文件与新建文件进行合版，然后利用 "选取" 工具调整对象的位置，完成茶文化书签的制作。

本章小结

本章主要介绍了方正飞腾创艺 5.0 的功能和工作界面组成，并通过制作普洱茶广告和组合杂志版面两个实例，让读者学习新建、打开、保存、合并文件，以及文件兼容与灾难恢复的方法。其中，保存文件时，用户应注意"保存"、"另存为"和"另存为副本"三者之间的差异；合并文件时，应注意"合文件"和"合版"的差异和用法。

思考与练习

一、填空题

1. 飞腾创艺的工作界面主要由_____、_____、_____、_____、_____、_____、_____、_____和_____组成。

2. 菜单项右侧显示"▶"符号，说明_____；菜单项右侧显示"…"符号，说明_____。

3. 在工具箱中，如果某工具按钮的右下角带有黑色小三角，表示_____。

4. 要显示或隐藏某一浮动面板，可以单击_____菜单中的相应菜单项。

5. 合并文件包括_____和_____两种方式。

6. 按_____组合键可快速打开"新建文件"对话框。

7. 按_____组合键可快速打开"打开文件"对话框。

8. 按_____组合键可快速关闭当前文件。

二、问答题

1. 打开文件的方法有几种？如何一次性打开多个文件？

2. 对文件进行修改后，如果不想将原文件覆盖，该如何保存文件？

三、操作题

1. 创建一个包含 10 个页面、页面大小为 184×260、页面方向为纵向、页面边距分别为 15mm、20mm、15mm 和 20mm 的新文件。

2. 利用本书配套素材"素材与实例"\"Ph1"文件夹中的各".vft"格式文件，练习打开与合并文件的方法。

第2章 方正飞腾创艺基本操作

【本章导读】

使用飞腾创艺排版时，用户可以根据自己的操作习惯管理工作界面，例如调整浮动面板的位置、排列与切换窗口、缩放与平移视图、使用辅助工具等；另外，在开始排版前，我们还可以预先设置好工作环境与版面参数，以使排版工作能顺利进行。

【本章内容提要】

- ☞ 设置工作界面
- ☞ 缩放与平移视图
- ☞ 辅助工具和显示设置
- ☞ 工作环境和版面设置

2.1 管理工作界面

在本节，我们将介绍工具箱与面板的隐藏与显示、窗口的排列与切换、视图的缩放与平移，以及辅助工具的使用等管理工作界面的方法。

实训1 制作名片——设置工作界面

【实训目的】

- ● 掌握隐藏与显示工具箱、工具条、控制面板和浮动面板的方法。
- ● 掌握调整窗口大小和位置的方法。

- 掌握排列与切换窗口的方法。

【操作步骤】

步骤 1▶ 启动飞腾创艺后，按【Ctrl+N】组合键，打开"新建文件"对话框，然后参照图 2-1 所示的参数新建一个空白文档。

步骤 2▶ 要隐藏工具箱、工具条和控制面板，可以打开"窗口"菜单，然后分别单击相应的菜单项，取消其勾选状态即可，如图 2-2 所示；要重新显示工具箱、工具条和控制面板，只需重新单击勾选"窗口"菜单中的相应菜单项即可。

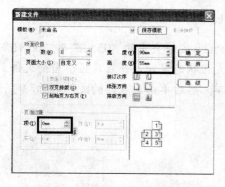

图 2-1　"新建文件"对话框

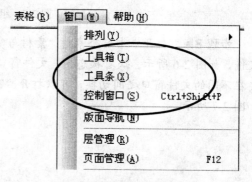

图 2-2　"窗口"菜单

步骤 3▶ 要显示某个浮动面板，可以在"窗口"菜单中单击相应的菜单项，如单击"图像管理"菜单项，显示"图像管理"面板，如图 2-3 所示。

步骤 4▶ 要关闭"图像管理"面板，可以单击面板右上角的"关闭"按钮；如果单击"最小化"按钮━，则可以将浮动面板以按钮的形式显示在窗口右侧，如图 2-4 所示。

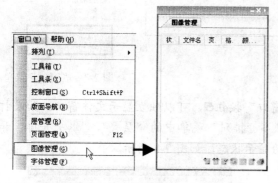

图 2-3　显示"图像管理"面板

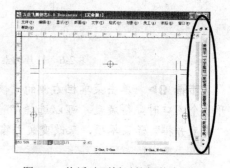

图 2-4　将浮动面板以按钮状态显示

步骤 5▶ 当浮动面板以按钮状态显示时，要打开某个浮动面板，只需单击相应的按钮即可。

步骤 6▶ 我们还可以将几个浮动面板组合在一起。例如，要组合"层管理"与"图像管理"面板，只需单击并拖动"层管理"面板标签至"图像管理"面板中，释放鼠标即可将二者组合，如图 2-5 所示。

步骤 7▶ 组合浮动面板后，要使用某个面板，只需单击面板标签切换到该面板即可。要拆分组合后的面板，只需单击并拖动某个面板标签至面板组外即可。

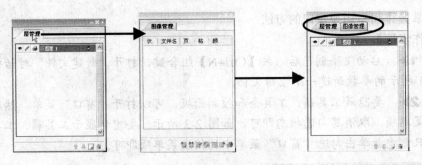

图 2-5　组合浮动面板

步骤 8▶　打开本书配套素材"素材与实例"\"Ph2"文件夹中的"05.vft"和"06.vft"文件，如图 2-6 所示。缺省状态下，文件窗口处于最大化状态显示，并且只显示当前文件。要在不同的文件窗口之间切换，可以打开"窗口"菜单，然后单击其底部的文件名称即可，如图 2-7 所示。

图 2-6　打开的素材文件　　　　　　　　　　　　　　　图 2-7　"窗口"菜单

步骤 9▶　单击菜单栏右侧的"恢复窗口"按钮，可以独立显示文件窗口。如果打开多个窗口时显得凌乱，可以选择"窗口">"排列"菜单中的"层叠"、"水平并排"和"垂直并排"子菜单项，来改变文件窗口的显示状态，如图 2-8 所示。

图 2-8　排列窗口

步骤 10▶ 独立显示文件窗口时,单击某窗口可以将其切换为当前窗口;单击并拖动窗口标题栏,可以移动窗口的位置,如图 2-9 所示;单击窗口标题栏右侧的"最小化"按钮■和"最大化"按钮■,可将窗口最小化或最大化显示;将光标置于窗口边界(此时光标呈↕、↔、↗或↘形状),然后单击并拖动鼠标也可调整窗口大小,如图 2-10 所示。

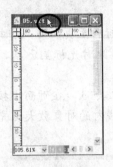

图 2-9　移动文件窗口

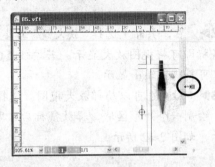

图 2-10　调整文件窗口大小

步骤 11▶ 将"05.vft"置为当前文件窗口,按【Ctrl+A】组合键,全选页面中的所有对象,然后按【Ctrl+C】组合键,将选中的对象复制到剪贴板。

步骤 12▶ 切换到新建文件窗口,按【Ctrl+V】组合键,将剪贴板中的内容粘贴到页面中,并利用"选取"工具▶调整对象的位置,如图 2-11 左图所示。

步骤 13▶ 参照与步骤 12~13 相同的操作方法,将"06.vft"文件中的所有对象复制到新文件页面中,并参照图 2-11 右图所示效果放置。至此,名片就制作好了。按【Ctrl+S】组合键,将文件保存。

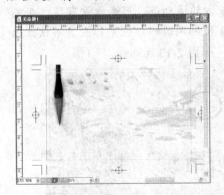

图 2-11　将素材文件中的对象复制到新文件窗口

实训 2　查看中秋节贺卡——缩放与平移视图

视图是指用户在飞腾创艺工作区中看到的画面。在进行排版工作时,通过放大视图显示比例,可以对版面进行更精细的调整;通过缩小视图显示比例,可以更方便观察版面的整体效果。下面我们通过查看中秋节贺卡页面来学习在飞腾创艺中缩放与平移视图的方法。

【实训目的】

● 掌握"放大镜"工具🔍的用法。

- 了解使用菜单命令、"版面导航"面板缩放视图的方法。
- 掌握平移视图的方法。

【操作步骤】

步骤 1▶ 打开本书配套素材"素材与实例"\"Ph2"文件夹中的"中秋节贺卡.vft"文件。

步骤 2▶ 在工具箱中选择"放大镜"工具 🔍，然后将光标移至页面中，此时光标呈 ⊕ 状，单击鼠标即可将视图放大显示。若按住【Ctrl】键不放，此时光标呈 ⊖ 状，在页面中单击鼠标，可将视图缩小显示。

步骤 3▶ 用户也可以局部放大视图。选择"放大镜"工具 🔍，在页面中按住鼠标左键并拖动，绘制一个矩形区域，释放鼠标后，即可将矩形区域内的对象放大至充满整个文档窗口显示，如图 2-12 所示。

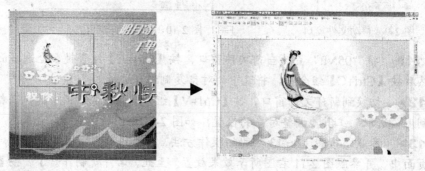

图 2-12 局部放大视图

步骤 4▶ 视图被放大显示后，拖动页面右侧和下方的滚动条，可查看没有显示在文档窗口中的页面区域。此外，用户也可以在按住【Alt】键的同时，按住鼠标左键不放，此时光标呈 ✋ 形状，拖动鼠标也可移动视图的显示区域，如图 2-13 所示。

小技巧

按住【Alt+,】或【Alt+.】组合键可快速缩小或放大视图显示。

图 2-13 移动视图显示区域

步骤 5▶ 我们还可以利用"版面导航"面板来缩放与平移视图。选择"窗口">"版面导航"菜单，打开"版面导航"面板，如图 2-14 所示。

步骤 6▶ 在"版面导航"面板中，单击"减号"按钮 — 可以缩小视图；单击"加号"按钮 + 可以放大视图；另外，左右拖动滑块也可以完成缩放视图操作。

步骤 7▶ 要利用"版面导航"面板移动视图的显示区域，只需单击并拖动预览窗格中的红色线框即可，红色线框内的区域将显示在当前工作窗口的中间。

知识库

要精确设置视图的显示比例，可以在"版面导航"面板左下角的编辑框中输入数值，按【Enter】键确认即可。此外，还可以在页面窗口左下角的编辑框中输入数值，或在该下拉列表中选择所需的显示比例。

步骤 8▶　选择"显示">"显示比例"菜单，打开图 2-15 所示子菜单项，从中可以选择系统预置视图显示比例。

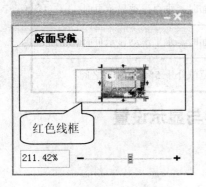

图 2-14　"版面导航"面板

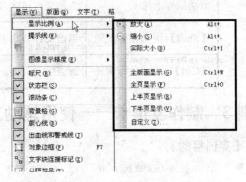

图 2-15　"显示比例"子菜单

- **"实际大小"**：选择该命令，或按【Ctrl+1】组合键，将以实际成品大小显示页面。

小技巧

双击工具箱中的"放大镜"工具 🔍，也可以以实际成品大小显示页面。

- **"缩放选中对象至全屏"**：在页面中选中对象后，该命令被激活，选择该命令或者按【Alt+F2】组合键，可以将所选对象充满至整个文档窗口显示。
- **"全版面显示"**：选择该命令，或者按【Ctrl+W】组合键，可以显示版面全貌。
- **"全页显示"**：选择该命令，或者按【Ctrl+0】组合键，可以将当前页面充满至整个文档窗口显示。
- **"上半页显示"和"下半页显示"**：分别选择这两个命令，可以将当前页面的上或下半页充满至整个文档窗口显示。
- **自定义**：选择该命令，系统会弹出图 2-16 所示的"自定义显示比例"对话框，在编辑框中输入所需的显示比例，单击"确定"按钮即可。

图 2-16　自定义显示比例

提示

在飞腾创艺中，用户还可以使用下表所示的方法来缩放和平移视图。

快捷方式	功能描述
【Shift】+单击鼠标右键	在实际大小和 200％ 显示比例之间切换
【Ctrl】+单击鼠标右键	在实际大小和全页显示之间切换
滚动鼠标滚轮	当前文件包含多个页面时，垂直滚动显示页面
【Shift】+滚动鼠标滚轮	当前文件包含多个页面时，水平滚动显示页面
【Ctrl】+滚动鼠标滚轮	逐级缩放页面，缩放范围介于 5％~5000％ 之间

实训 3　制作友情卡——使用辅助工具与显示设置

【实训目的】

● 掌握显示/隐藏标尺的方法。

● 掌握设置和使用提示线的方法。

● 了解显示/隐藏出血线和版心线的方法

● 了解显示/隐藏对象边框的方法

步骤 1▶ 按【Ctrl+N】组合键，打开"新建文件"对话框，然后参照图 2-17 所示参数新建一个空白文档。

步骤 2▶ 利用标尺可以精确定义对象在页面中的位置。创建新文件后，如果文档窗口中没有显示标尺，可以选择"显示" > "标尺"菜单，在文档窗口的上侧和左侧分别显示水平标尺和垂直标尺，如图 2-18 所示（继续选择"显示" > "标尺"菜单可隐藏标尺）。

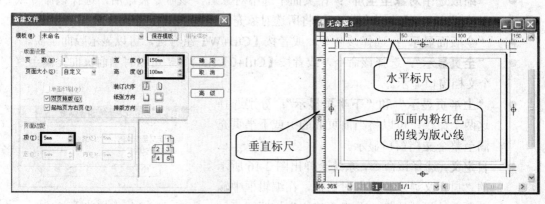

图 2-17　"新建文件"对话框　　　　　图 2-18　显示标尺的页面

步骤 3▶ 缺省状态下，水平和垂直标尺的原点（0，0）位于与版心线左上角对齐的位置。根据操作需要，我们可以更改标尺原点位置。将光标放置在水平和垂直标尺相交处的方格中，按住鼠标左键并拖动，此时会显示两条虚线辅助定位，至适当位置后释放鼠标，即可改变标尺原点位置，如图 2-19 所示。

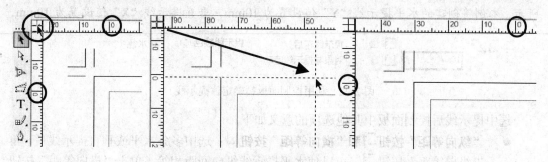

图 2-19 更改标尺原点位置

步骤 4▶ 用鼠标双击两个标尺相交处的方格，可将标尺原点恢复为默认位置；如果按住【Shift】键双击，则可以将水平和垂直标尺原点设置为与页面左上角对齐的位置。

步骤 5▶ 标尺的度量单位默认是毫米，在排版过程中，我们可以根据操作需要改变标尺的度量单位，只需将光标放置在水平或垂直标尺上，单击鼠标右键，打开图 2-20 所示的常用单位列表，从中选择要使用的单位即可。

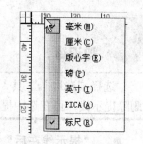

图 2-20 设置标尺度量单位

步骤 6▶ 将光标放置在水平或垂直标尺上，按下鼠标左键并向页面内拖动，至合适位置释放鼠标，可在页面中添加一条水平或垂直提示线，如图 2-21 所示。重复操作可添加多条提示线。

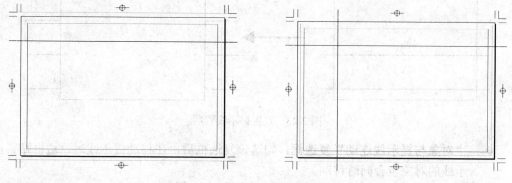

图 2-21 创建水平和垂直提示线

·提 示·

在飞腾创艺中，提示线主要用于精确定位对象。要使用提示线，必须在文档窗口中显示标尺。另外，提示线只用户辅助绘图，不能被打印输出。

步骤 7▶ 创建提示线后，选择"选取"工具 ↖，然后将光标放置在提示线上，当光标呈 ↕ 或 ↔ 形状时，按下鼠标左键并拖动，至合适位置释放鼠标，可移动提示线的位置。

步骤 8▶ 要精确定位提示线的位置，可选择"选取"工具 ↖，单击提示线将其选中，然后在控制面板中的"X"或"Y"编辑框中输入坐标值，并按【Enter】键确认，如图 2-22 所示。本例将创建的水平提示线"Y"值设置为 10mm，垂直提示线"X"值设置为 10mm。

图 2-22 利用控制面板精确定位提示线

选中提示线后控制面板中其他选项的意义如下。

● **"纵向等距"按钮 ⊒ 和"横向等距"按钮 ⊔**：选中多条水平或垂直提示线后，单击纵向等距"按钮 ⊒，可以使水平提示线纵向间距相等；单击"横向等距"按钮 ⊔，可以使垂直提示线横向间距相等。

知识库

选择"选取"工具 ↖，按住【Shift】键依次单击提示线，可同时选中多条提示线；要删除提示线，可在选中提示线后，将其拖出绘图区外，或直接按【Delete】键即可。

● **"提示线在后"复选框**：默认状态下，提示线位于对象的上层，勾选该复选框，可以使页面中的所有提示线位于对象的下层，如图 2-23 所示。

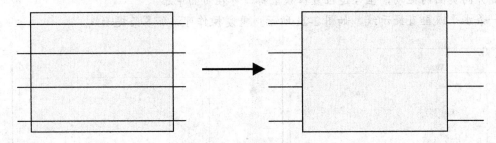

图 2-23 设置提示线置后

● **"对象与提示线连动"复选框**：勾选该复选框后，在移动提示线时，边框贴紧提示线的对象也会同时移动。

● **提示线颜色**：选中提示线后，在该下拉列表中可以为选中的提示线选择颜色。

步骤 9▶ 在垂直标尺 Y=20mm 处再创建一条水平提示线，如图 2-24 所示。

步骤 10▶ 在排版过程中，为防止意外移动提示线位置，可以将其锁定。选中本例创建的 3 条提示线，然后用鼠标右键单击提示线，从弹出的快捷菜单中选择"普通锁定"项（如图 2-25 所示），即可锁定所选提示线的位置。要解除提示线的锁定，可以在右击提示线后弹出的快捷菜单中选择"解锁"项。

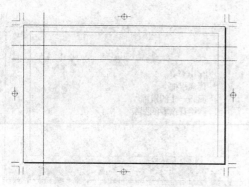

图 2-24 创建水平提示线

图 2-25 右键菜单

提示

选中提示线后按【F3】键可快速将其锁定，按【Shift+F3】组合键可解除锁定；另外，选择"显示"＞"提示线"＞"锁定全部提示线"菜单，可锁定当前文件中的所有提示线，继续选择该菜单可解除锁定。

步骤 11▶ 打开本书配套素材"素材与实例"＼"Ph2"文件夹中的"07.vft"和"08.vft"文件，如图 2-26 所示。

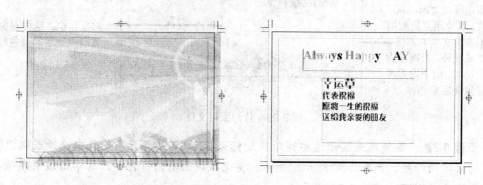

图 2-26 打开素材文件

步骤 12▶ 将"07.vft"文件窗口置为当前窗口，然后依次按【Ctrl+A】、【Ctrl+C】组合键，将页面中的所有对象复制到剪贴板。

步骤 13▶ 切换到新建文件窗口，按【Ctrl+V】组合键，将剪贴板中的内容粘贴到新文件页面中，并利用"选取"工具 ▶ 调整对象的位置。

步骤 14▶ 参照与步骤 12～13 相同的操作方法，将"08.vft"文件中的所有对象复制到新文件页面中，然后利用"选取"工具 ▶ 将文本对象与提示线对齐，效果如图 2-27 所示。

步骤 15▶ 选择"显示"＞"提示线"＞"显示提示线"，或按【Ctrl+；】组合键，隐藏页面中的提示线，查看版面效果，效果如图 2-28 所示（再次选择"显示提示线"菜单，可重新显示提示线）。

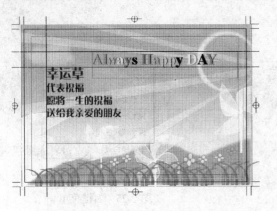

图 2-27　使文字与提示线对齐　　　　　　图 2-28　隐藏提示线的版面效果

步骤 16▶　接下来我们再来看看页面中的其他辅助线或标记。缺省状态下，在飞腾创艺的页面中会显示版心线、出血线和警戒线、对象边框和版面输出标记，如图 2-29 所示。

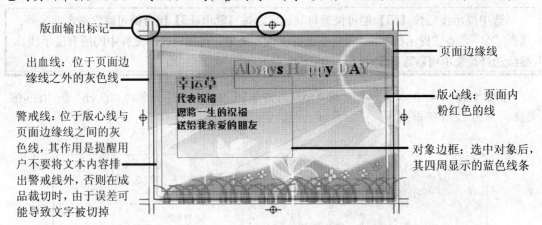

版面输出标记

出血线：位于页面边缘线之外的灰色线

警戒线：位于版心线与页面边缘线之间的灰色线，其作用是提醒用户不要将文本内容排出警戒线外，否则在成品裁切时，由于误差可能导致文字被切掉

页面边缘线

版心线：页面内粉红色的线

对象边框：选中对象后，其四周显示的蓝色线条

图 2-29　打开素材文件

步骤 17▶　要隐藏或显示这些辅助线或标记，只需在"显示"菜单中选择或取消选择相应的菜单项即可，如图 2-30 所示。例如，要隐藏版面输出标记，只需单击该菜单项，取消其勾选状态即可，如图 2-31 所示。

图 2-30　"显示"菜单　　　　　　　　图 2-31　隐藏版面输出标记

在"显示"菜单中选中"分隔符号",表示将在每个段落结尾显示换行/换段符等排版标记,如图 2-32 所示;选中"文字块连接标记",表示将在有连接关系的文字块间显示一条连接线,如图 2-33 所示。有关分隔符号与文字块的概念,详见本书后面的章节。

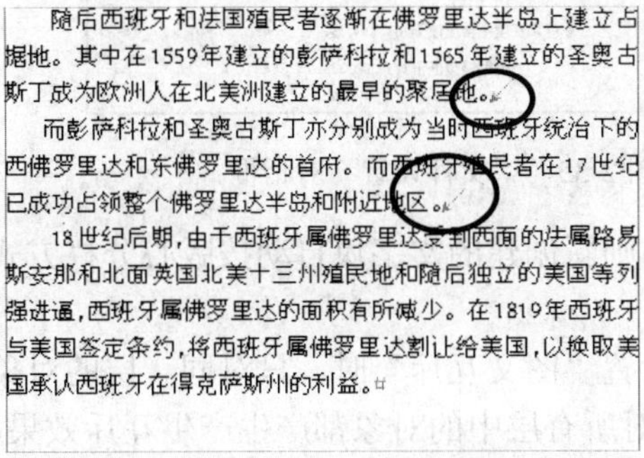

随后西班牙和法国殖民者逐渐在佛罗里达半岛上建立占据地。其中在1559年建立的彭萨科拉和1565年建立的圣奥古斯丁成为欧洲人在北美洲建立的最早的聚居地。

而彭萨科拉和圣奥古斯丁亦分别成为当时西班牙统治下的西佛罗里达和东佛罗里达的首府。而西班牙殖民者在17世纪已成功占领整个佛罗里达半岛和附近地区。

18世纪后期,由于西班牙属佛罗里达受到西面的法属路易斯安那和北面英国北美十三州殖民地和随后独立的美国等列强进逼,西班牙属佛罗里达的面积有所减少。在1819年西班牙与美国签定条约,将西班牙属佛罗里达割让给美国,以换取美国承认西班牙在得克萨斯州的利益。

图 2-32 显示换行/换段符

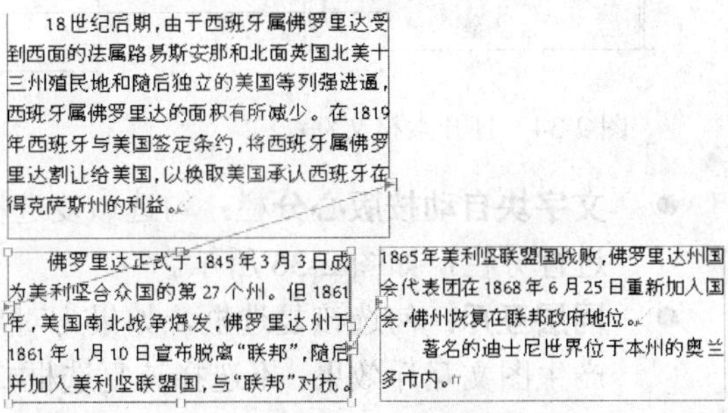

18世纪后期,由于西班牙属佛罗里达受到西面的法属路易斯安那和北面英国北美十三州殖民地和随后独立的美国等列强进逼,西班牙属佛罗里达的面积有所减少。在1819年西班牙与美国签定条约,将西班牙属佛罗里达割让给美国,以换取美国承认西班牙在得克萨斯州的利益。

佛罗里达正式于1845年3月3日成为美利合合众国的第27个州。但1861年,美国南北战争爆发,佛罗里达州于1861年1月10日宣布脱离"联邦",随后并加入美利坚联盟国,与"联邦"对抗。

1865年美利坚联盟国战败,佛罗里达州国会代表团在1868年6月25日重新加入国会,佛州恢复在联邦政府地位。

著名的迪士尼世界位于本州的奥兰多市内。

图 2-33 显示文字块连接标记

2.2 工作环境和版面设置

利用飞腾创艺排版前,用户可以预先设置工作环境和版面参数,以便在排版过程中更加得心应手。其中,工作环境设置包括文件设置和偏好设置;版面参数设置则包括版心大小、缺省字属性、背景格等设置。

在创建文件前或后,都可以设置工作环境。一般来说,未创建文件前(即灰版状态),用户设定的工作环境为程序量,参数的修改将对本机中所有新建的飞腾创艺文件有效;创建文件后的设定为文件量,只对当前打开的飞腾创艺文件有效。

实训 1 制作生日卡——工作环境设置

【实训目的】
- 掌握文件设置方法。
- 掌握偏好设置方法。

步骤 1▶ 打开本书配套素材"素材与实例"/"Ph2"文件夹中的"09.vft"文件,如图 2-34 所示。

步骤 2▶ 选择"文件">"工作环境设置">"文件设置">"常规"菜单,打开"文件设置"对话框,如图 2-35 所示,其中各项参数的意义如下。

- **不使用 RGB 颜色**:勾选该复选框,表示在创建的文件中不允许使用 RGB 颜色,包括不允许排入 RGB 颜色模式的图像,在"颜色"面板中不允许使用 RGB 颜色空间等。

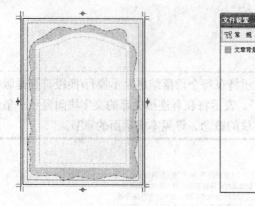

图 2-34　打开素材文件

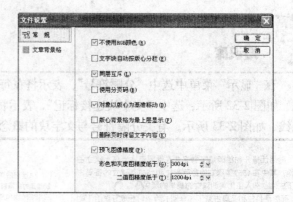

图 2-35　"文件设置"对话框

- **文字块自动按版心分栏**：勾选该复选框，则新创建的文字块自动按版心分栏方式进行分栏，如图 2-36 所示。
- **同层互斥**：勾选该复选框，如果为对象设置"图文互斥"时，只对同一层的对象产生图文互斥效果；不选择该复选框，将对所有层中的对象都产生产生互斥效果。
- **使用分页码**：勾选该复选框，则在文档中使用分页码。
- **对象以版心为基准移动**：勾选该复选框，当页面版心或边距调整后，版面上的对象默认以"中心"为参考点移动，如图 2-37 所示。

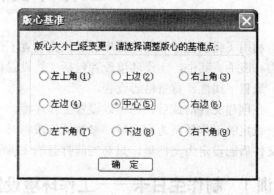

图 2-36　文字块自动按版心分栏效果　　　　图 2-37　"版心基准"对话框

- **版心背景格为最上层显示**：勾选该复选框，则版心背景格处于所有对象的最上层，但提示线和页码始终在背景格之上。

步骤 3▶　参数设置好后，单击"确定"按钮，关闭对话框，即可将所做修改应用于当前文件。要将"文件设置"恢复为默认状态，可以选择"文件"＞"工作环境设置"＞"文件设置"＞"恢复工作环境设置"菜单。

步骤 4▶　打开本书配套素材"素材与实例"\"Ph2"文件夹中的"10.vft"文件，如图 2-38 所示。

步骤 5▶　选择"文件"＞"工作环境设置"＞"偏好设置"＞"常规"菜单，打开图 2-39 所示"偏好设置"对话框，在对话框右侧显示了"常规"标签包含的选项，意义如下。

图 2-38　打开素材文件

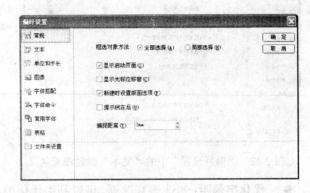

图 2-39　"偏好设置"对话框

- **框选对象方法**：飞腾创艺系统提供了两种框选对象的方法，默认为"全部选择"，即在使用鼠标框选对象时，必须将对象整体框选在矩形选取框内才能选中该对象，如图 2-40 左图所示；如果选择"局部选择"单选钮，则在框选对象时，只需框选对象的局部区域，也可选中该对象，如图 2-40 右图所示。
- **显示启动页面**：勾选该复选框，表示在启动飞腾创艺时总会弹出欢迎界面。
- **显示光标位移窗**：勾选该复选框，用户在绘制文字块、图形，或者改变对象大小时，在光标旁将显示对象尺寸，如图 2-41 所示。

图 2-40　框选对象方法示意图

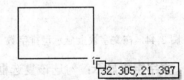

图 2-41　显示光标位移窗

- **新建时设定版面选项**：勾选该复选框，在创建新文件时，系统会打开"新建文件"对话框；不勾选该复选框，表示在创建新文件时，将不打开"新建文件"对话框而是直接创建新文件。
- **捕捉距离**：用于设置捕捉有效范围，当捕捉对象靠近被捕捉对象时，两者之间的距离如果靠近有效范围，即产生捕捉效果。例如，设定捕捉距离为 3mm，则当对象移动到距离提示线 3mm 的位置时即可自动贴齐提示线。

步骤 6▶　单击"偏好设置"对话框左侧列表中的"文本"标签，切换到文本参数设置区，如图 2-42 所示，其中部分选项的含义如下。

- **使用弯引号**：勾选该复选框，表示在排入文字小样或输入文字时，可以将文件中的直引号自动转为弯引号，如图 2-43 所示。其中如果引号前面带有空格，则转为左引号"，引号前面没有空格则转为右引号"。此外，在英文输入状态下也可以输入弯引号。

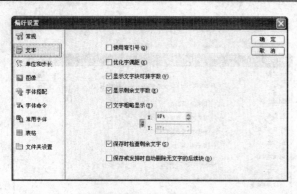

图 2-42 "偏好设置"中的"文本"参数设置区 　　　　图 2-43 使用弯引号

- **优化字偶距**：勾选该复选框，可以利用优化的参数文件控制英文字体的字偶距（特定的两个英文字符间的距离），以达到更美观的英文排版效果。
- **显示文字块可排字数**：勾选该复选框，系统将在创建的空文字块上显示文字块可以容纳的字数，如图 2-44 所示。
- **显示剩余文字数**：勾选该复选框，当文字块无法容纳所有文字时，系统将在文字块上显示未排完的文字字数，如图 2-45 所示。

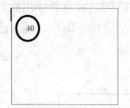

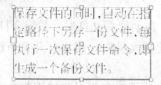

图 2-44 在文字块上显示可排字数 　　　图 2-45 在文字块上显示剩余字数

- **文字粗略显示**：勾选该复选框，缩小显示视图到一定程度时，系统将以灰色矩形条方式显示文本，如图 2-46 右图所示。

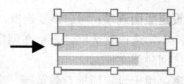

图 2-46 将文字粗略显示

- **保存时检查剩余文字**：勾选该复选框，在保存文件时，若文件中有未排完的文章，系统会弹出图 2-47 所示的提示对话框，提示用户目前尚存在未排完的文章。
- **保存或发排时自动删除无文字的后续块**：勾选该复选框，用于在保存或输出文件时，如果文章的后续块为空文字块，则自动删除该空文字块。

　步骤 7▶　单击"偏好设置"对话框左侧列表中的"单位和步长"标签，切换到单位和步长参数设置区，如图 2-48 所示，在其中可以设置标尺单位、TAB 键单位、字号单位、排版单位、键盘步长和微调步长。

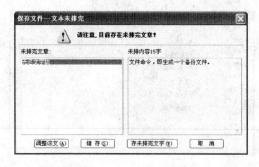

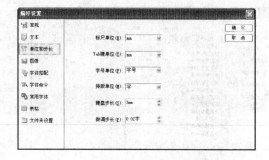

图 2-47 提示是否要保存未排完的文章 　　　图 2-48 设置"单位和步长"参数

步骤 8▶ 单击"偏好设置"对话框左侧列表中的"图像"标签，切换到图像参数设置区，如图 2-49 所示，其中部分选项的意义如下。

● **自动带边框**：勾选该复选框，在排入图像时自动为图像添加边框，并可在"边框线宽"编辑框内指定边框宽度。

● **图像显示**：用于设置将图像排入飞腾创艺时默认的显示精度（详见第 6 章）。

步骤 9▶ 单击"偏好设置"对话框左侧列表中的"字体搭配"标签，切换到字体搭配参数设置区，如图 2-50 所示。从图中可知，每款中文字体对应一款英文字体，双击"英文"列表里的某款字体，即可在弹出的字体下拉列表中修改搭配的英文字体。当选取中英文混排的文字块时，只需要设置中文字体，则英文字体将自动设置为对应的英文字体。

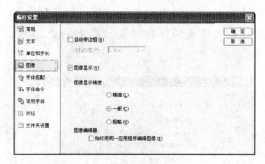

图 2-49 设置"图像"参数 　　　　　图 2-50 设置"字体搭配"参数

步骤 10▶ 单击"偏好设置"对话框左侧列表中的"字体命令"标签，切换到字体命令参数设置区，如图 2-51 所示。用户可以在此新建、删除和重置字体命令。当用户在"文字属性"面板中设置字体时，可以通过直接输入字体命令来调用相应的字体。

步骤 11▶ 单击"偏好设置"对话框左侧列表中的"常用字体"标签，切换到常用字体参数设置区，如图 2-52 所示。在该区域中，系统提供了 6 个默认快捷键，用户可以指定对应的常用字体。在设置字体时使用相应的快捷键可快速切换到对应的字体。

步骤 12▶ 单击"偏好设置"对话框左侧列表中的"表格"标签，切换到表格参数设置区，如图 2-53 所示，其中部分选项的意义如下所示。

● **"单元格分隔符"和"文本表格互换行分隔符"**：从这两个下拉列表中可以选择单元格之间的分隔标记。默认状态下，系统以文本中的"\&"作为单元格的分隔符。

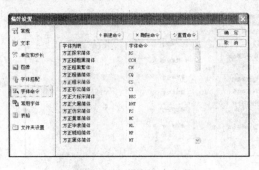 

图 2-51　设置字体命令参数　　　　　　　　　图 2-52　设置常用字体参数

- **表格灌文时自动加行/列**：勾选该复选框，则表格无法容纳灌入的文字时，将自动增加行或列排入文字。表格横排时在表格结尾处自动增加行，表格竖排时在表格结尾处自动增加列。
- **分页表格选中范围**：设置当一个表格分为多个分页表时，在表格里按【Ctrl+A】组合键所能选中的单元格范围。如果选择"当前分页表"，按【Ctrl+A】组合键时，只选中单元格所在的分页表；选择"整个表格"，按【Ctrl+A】组合键可以选中整个表格（有关表格操作详见第 8 章）。
- **快速显示表线接头**：勾选该复选框后，当表线为双线或者其他线型时，表线接头处可以进行快速显示。

步骤 13▶　单击"偏好设置"对话框左侧列表中的"文件夹设置"标签，切换到文件夹设置参数区，如图 2-54 所示，在其中可以设置暂存文件夹的保存位置、文件备份、输入文件备份等参数。

图 2-53　设置与表格相关的参数　　　　　　　图 2-54　设置与文件夹相关的参数

步骤 14▶　参数设置好后，单击"确定"按钮，关闭"偏好设置"对话框。此时，用户对偏好设置进行的修改，将会对当前文件和新建文件有效。如果需要将"偏好设置"恢复到缺省状态，可以选择"文件" > "工作环境设置" > "偏好设置" > "恢复工作环境设置"菜单。

步骤 15▶　利用"选取"工具 ▶ 选中"10.vft"文件页面中的所有对象，然后将它们复制到"09.vft"页面中，并参照如图 2-55 所示效果放置。最后隐藏版心线、出血线和警戒线、版面输出标记和对象边框，查看版面效果。

提示

> 无论是创建文件前，还是创建文件后，"偏好设置"参数的修改始终为程序量。另外，在未创建文件前，用户设置的显示提示线、捕捉和色样等功能，都属于程序量。例如：未创建文件时，在"色样"面板中自定义了很多颜色，则在新建的飞腾创艺文件里也可以看到并使用这些颜色。

图2-55　粘贴对象

实训2　定义会员卡版面——版面设置

【实训目的】
● 了解设置版面基本参数的方法。

步骤1▶ 打开本书配套素材"素材与实例"\"Ph2"文件夹中的"11.vft"文件，如图2-56所示。下面，我们要重新定义该文件的版面参数，包括版面大小、版面边距等常规参数，以及背景格、缺省字属性、输出标记和出血等参数。

步骤2▶ 选择"文件">"版面设置"菜单，打开"版面设置"对话框，单击左侧列表中的"常规"标签，在对话框右侧将显示常规参数，如图2-57所示。"常规"选项中的参数与"新建文件"对话框中的基本相似，这里不再赘述。

图2-56　打开素材文件

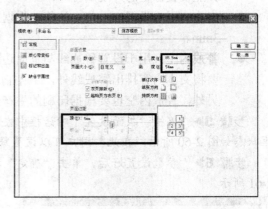

图2-57　"版面设置"对话框

步骤3▶ 单击"版面设置"对话框中左侧列表中的"版心背景格"标签，在对话框右侧显示与版心背景格相关的选项，如图2-58所示。其中部分选项的意义如下。

● **版心调整类型**：在该下拉列表中系统提供了两种设置版心的方法："自动调整版心边距"和"自动调整页面大小"。选择"自动调整版心边距"，将始终保持页面大小不变。当版心大小发生变化时，系统会自动调整页面边距；当页面边距发生变化时，将自动调整版心大小。选择"自动调整页面大小"，将根据版心大小和页面边距自动计算页面大小，即页面大小=版心大小+页面边距。

● **"类型"和"颜色"**：在"类型"下拉列表中系统提供了4种背景格：报版、稿纸、方格和方点。选择不同的背景格，版心的设置也会发生相应的改变。在"颜色"下拉列表中可以为背景格选择颜色。

步骤 4▶ 单击"版面设置"对话框中左侧列表中的"标记和出血"标签，在对话框右侧显示与标记和出血相关的选项，如图 2-59 所示。其中部分选项的意义如下。

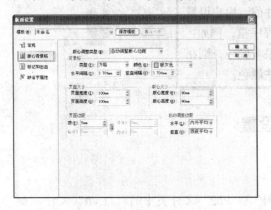

图 2-58　设置"版心背景格"参数

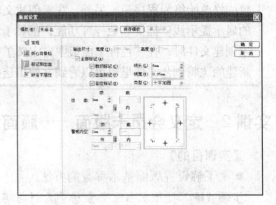

图 2-59　设置"标记和出血"参数

● **输出尺寸**：指在实际输出时，页面所占胶片所需的最小尺寸，包括出血在内。该数值仅显示给用户参考使用，不可修改。

● **全部标记**：勾选该复选框，即可在版面上添加裁切标记、出血标记和套位标记，并能设置标记的外观属性。

● **出血**：用于设置出血值，该值要根据工厂的生产工艺规范而定，一般出血值设为3mm。

● **警戒内空**：用于设置警戒线与页面边距之间的距离。警戒线的作用是提醒用户不要将文本内容排出警戒线外，否则在成品裁切时，由于误差可能导致文字被切掉。另外，警戒内空也要根据印刷的生产工艺规范而定。

步骤 5▶ 单击"版面设置"对话框中左侧列表中的"缺省字属性"标签，此时对话框状态如图 2-60 所示，在此，用户可以设置默认的字体、字号、字距、行距等属性。

步骤 6▶ 参数设置好后，单击"确定"按钮，即可按照设置的参数修改版面，如图2-61 所示。

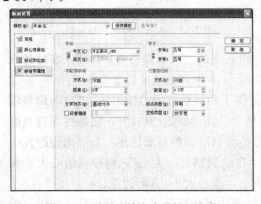

图 2-60　设置"缺省字属性"参数

图 2-61　修改版面参数后的会员卡

·知识库·

> 在"新建文件"对话框中，单击"高级"按钮，用户也可以在打开的"高级"对话框中设置版心背景格、标记和出血、缺省字属性等版面参数。

综合实训——设置报纸与杂志版心

1. 创建报纸版心文件

本例将要创建的报纸版心为：开本为四开，正文文字为方正报宋，字号为五号，行距为 0.25 字，行数为 129，分栏栏数 8，每栏 13 字，栏间距为 1 字，下面是创建方法。

步骤 1▶　按【Ctrl+N】组合键，打开"新建文件"对话框，在其中设置"页数"为 1，"页面大小"为"4 开"，并勾选"单面印刷"，设置"纸张方向"为"竖向" 、"排版方向"为"横排" ，其他参数保持默认，如图 2-62 所示。

·知识库·

> 开本是指报纸版面的规格大小，也就是说一张印刷用纸的全张幅面能裁切成多少张，就叫多少开。报纸开本一般有对开和四开之分，也有一些不规则的报纸版面，如宽幅、窄幅报纸等。

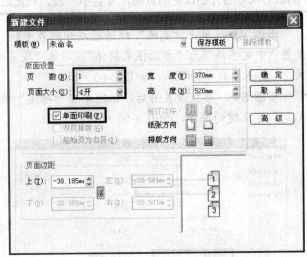

图 2-62　"新建文件"对话框

步骤 2▶　在"页面边距"设置区域中确保链状图标 处于锁定状态，然后在"上"编辑框中输入 10mm，其他 3 个编辑框中的数值会同时改变，如图 2-63 所示。

步骤 3▶　单击"新建文件"对话框中的"高级"按钮，打开"高级"对话框，在"版心背景格"参数设置区中设置"版心调整类型"为"自动调整页面大小"，"背景格类型"为"报版"，在"背景格字号"的"字号 X"下拉列表中选择"五号"，在"版心"下的"栏数"编辑框中输入 8，"栏间"为 1 字，"行距"为 0.25 字，"行数"为 129，"栏宽"为 13字，如图 2-64 所示。

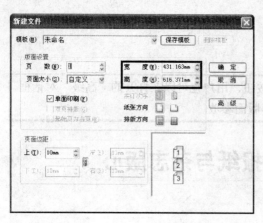

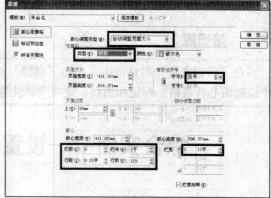

图 2-63　设置页面边距　　　　　　　　　图 2-64　设置版心背景格参数

.提　示.

　　报纸版心的宽度和高度是由字宽、行数和行距决定的，因此，你会发现图 2-64 中显示的版心尺寸与开始设定的页面尺寸会不一致，只是近似值。

步骤 4▶ 单击"高级"对话框左侧列表中的"缺省字属性"项，然后在对话框右侧设置"中文字体"为"方正报宋简体"，勾选"段首缩进"复选框，并在右侧的编辑框中输入 2，其他参数保持默认，如图 2-65 所示。

步骤 5▶ 参数设置好后，依次单击"确定"按钮，关闭"高级"和"新建"对话框，完成新建文建的操作，如图 2-66 所示。

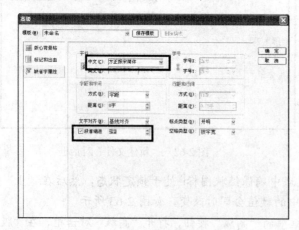

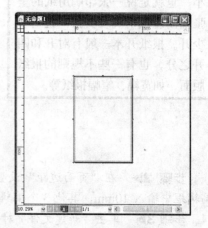

图 2-65　设置"缺省字属性"参数　　　　　　图 2-66　创建的报纸版面

2．创建杂志版心文件

　　本例需要创建的杂志版心为：开本为 16 开，正文文字为方正报宋，字号为五号，行距为 0.5 字，行数为 39，分栏栏数 2，每栏 20 字，栏间距为 2 字，下面是具体创建方法。

步骤 1▶　按【Ctrl+N】组合键，打开"新建文件"对话框，在其中设置"页数"为 8，"页面大小"为"16 开"，勾选"双页排版"和"起始页为右页"复选框，设置"装订次序"为"左装订" ，"纸张方向"为"竖向" ，"排版方向"为"横排" ，如图 2-67 左图所示。

步骤 2▶　在"新建文件"对话框中设置"页面边距"的"顶"和"底"均为 20mm，"外"和"内"均为 15mm，如图 2-67 右图所示。

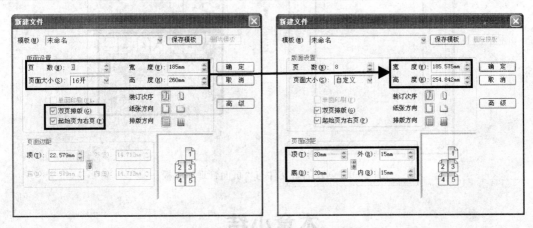

图 2-67　设置新建文件的基本参数

步骤 3▶　单击"新建文件"对话框中的"高级"按钮，打开"高级"对话框，在"版心背景格"选项区中设置"版心调整类型"为"自动调整页面大小"，"背景格类型"为"稿纸"，在"背景格字号"的"字号 X"下拉列表中选择"五号"，在"版心"的"栏数"编辑框中输入 2，并设置"栏间"为 2 字，"行距"为 0.5 字，"行数"为 39，"栏宽"为 20 字，如图 2-68 左图所示。

步骤 4▶　单击"高级"对话框左侧列表中的"缺省字属性"标签，在对话框右侧设置"中文"字体为"方正报宋简体"，然后勾选"段首缩进"复选框，并设置缩进量为 2，如图 2-68 右图所示。

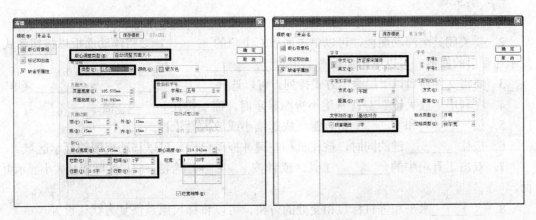

图 2-68　设置新建文件的高级参数

步骤 5▶ 参数设置好后，依次单击"确定"按钮，关闭对话框，完成新建文件操作，如图 2-69 左图所示。用户可以选择"窗口">"页面管理"菜单，或者按【F12】键，打开"页面管理"面板，从中可以看到创建的杂志文件包含 8 个页面，如图 2-69 右图所示。

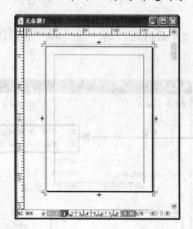 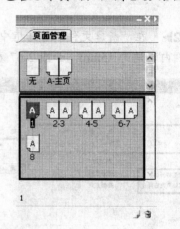

图 2-69 创建的新文件与"页面管理"面板

本章小结

本章主要介绍了如何管理飞腾创艺工作界面，如何设置工作环境和版面参数等内容。其中，读者应重点掌握缩放视图和使用辅助工具的方法，以便在进行排版工作时更加得心应手；还应重点掌握文件设置和偏好设置的方法，以便创建出符合印刷要求的版面。

思考与练习

一、填空题

1. 要隐藏工具箱、工具条和控制面板，可以选择_____菜单中的相应菜单项。

2. 要关闭某个浮动面板，可以单击面板右上角的_____；要将浮动面板以按钮形式显示在窗口的右侧，可以单击面板右上角的_____。

3. 要将文件窗口以"层叠"方式排列，可以选择_____>_____>_____菜单。

4. 在利用"放大镜"工具 🔍 缩小视图显示时，需要按住_____键。

5. 按_____和_____组合键可快速缩小或放大显示视图。

6. 按住_____键的同时，按住鼠标左键并拖动鼠标，可以移动视图的显示区域。

7. 双击工具箱中的_____工具，或者按_____组合键，将以实际成品大小显示页面。

8. _____水平和垂直标尺相交处的方格，可以将标尺原点恢复为默认设置。

二、问答题

1．如何利用"放大镜"工具局部缩放视图？

2．如何在工作界面中显示/隐藏标尺？

3．如何添加、移动、删除、隐藏与锁定提示线？

三、操作题

1．创建一个双页对开的报纸版面文件，具体要求为：页面大小为 4 开、正文字体为方正报宋简体五号、分栏为 8、每栏 13 字、栏间距 1 字、行距 0.25 字、行数 129。

2．创建一个双页对开的图书版面文件，具体要求为：页面大小为 32 开、正文字体为方正报宋简体五号、行距为 0.5 字、行数为 29。

第 3 章　文字处理

【本章导读】

　　飞腾创艺 5.0 具有强大的文本处理功能，用户可以在页面中直接录入文本，也可以通过粘贴、排入等方式，将其他软件制作的文本粘贴或导入到飞腾创艺版面中。在本章，我们将详细介绍文字的录入、排入和编辑，以及设置文字属性和特殊效果等内容。

【本章内容提要】

- ☞　创建与编辑文字块
- ☞　编辑文字和设置文字属性
- ☞　设置文字特殊效果
- ☞　操作的撤销、恢复与重复

3.1　创建与编辑文字块

　　文字块是文字的载体，排入或录入文字后系统会自动生成带外框的文字块。在本节中，我们将介绍文字块的创建与编辑方法，包括：文字块的创建、文字块的续排与连接、文字块复制与删除、文字块的各种变换操作，以及调整文字块的外观属性等内容。

实训 1　制作宣传单二折页——创建文字块

【实训目的】

- ●　掌握"文字"工具 的使用方法。

● 掌握利用"排入"命令排入文本的方法。

● 认识文字块标记并掌握续排与连接文字块的方法。

【操作步骤】

步骤 1▶　打开本书配套素材"素材与实例"\\"Ph3"文件夹中的"01.vft"文件，如图 3-1 所示。下面，我们要为该文件添加一些文本。

步骤 2▶　选择工具箱中的"文字"工具 **T**，然后将光标移至页面中，单击鼠标左键，待出现闪烁的光标时，输入英文"Best of"，输入完毕，单击工具箱中的"选取"工具 ↖，即可看到输入的文本以块的形式存在，如图 3-2 所示。

图 3-1　打开素材文件

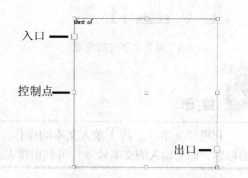

图 3-2　输入文字后生成的文字块

·小技巧·

利用"文字"工具 **T** 在页面中单击并输入文字后，生成的文字块采用了系统默认尺寸。根据操作需要，用户可以创建所需大小的文字块。具体操作为：选择"文字"工具 **T** 后，在页面中按住鼠标左键并拖动，至合适大小时释放鼠标，然后选择"选取"工具 ↖，即可看到绘制的空文字块，并显示可容纳的字数，如图 3-3 所示。

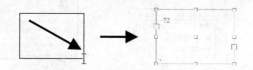

图 3-3　利用手绘方法创建空文字块

步骤 3▶　重新选择"文字"工具 **T**，按【Ctrl+A】组合键全选文字（使文字高亮反白显示），然后在文字控制面板中的"字号"下拉列表中选择"小特"，如图 3-4 所示。

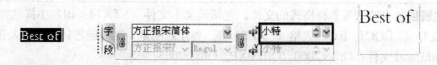

图 3-4　在文字控制面板中设置字号

步骤 4▶　选择"选取"工具 ↖，然后单击并按住鼠标左键不放拖动"Best of"文字块，将其移至"M"的上方，如图 3-5 所示。

步骤 5▶ 利用"文字"工具 **T** 在图 3-6 所示位置创建一个空文字块。

图 3-5　调整文字块的位置　　　　　　　　　图 3-6　创建空文字块

 提　示

> 利用"文字"工具 **T** 录入文本的操作，通常用于文字内容较少的情况，例如制作文章的标题。如果输入的文本较多，可利用排入或粘贴外部文本的方式来完成。

步骤 6▶ 选择"文件">"排入">"小样"菜单，或者按【Ctrl+D】组合键，或者单击常用工具条中的"排入文字"按钮 🖹，打开"排入小样"对话框，在"查找范围"下拉列表中选择本书配套素材"素材与实例"\"Ph3"文件夹，在文件列表中选择目标文件 02.txt，其他参数保持默认，单击"打开"按钮，如图 3-7 所示。

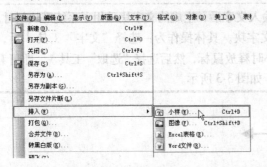

图 3-7　打开"排入小样"对话框

 **提　示**

> 飞腾创艺支持排入多种格式的文件，包括纯文本文件（*.TXT）、BD 小样（*.FBD）、Word 文件（*.DOC）、Excel 表格（*.XLS）等。要注意的是，飞腾创艺只支持排入 3 个版本的 Word\Excel 文件：Office2000、OfficeXP、Office2003。

- **"忽略"单选钮**：选中该单选钮，排入时忽略原文本中的回车符，即回车符前后的内容将连接在一起。

- **"换段"单选钮：**选中该单选钮，排入时会将原文本的回车符转换为飞腾创艺的换段符，即自动在有回车符的地方换段。
- **"换行"单选钮：**选中该单选钮，排入时会将原文本中的回车符转换为飞腾创艺的换行符，即自动在有回车符的地方换行。
- **"单元格分隔符"单选钮：**该选项用于表格灌文。默认情况下，在进行表格灌文时，回车符是将内容排到表格下一行的标记。选择该单选钮，则表示将回车符作为排到下一个单元格的标记，回车符后的内容排到下一单元格。此外用户还可以在对话框右侧的"单元格分隔符"下拉列表中选择其他的单元格分隔符。
- **"预览"复选框：**勾选该复选框，可以在预览窗格中显示排入文件的内容，以帮助确认所排入的文件。
- **"英文/数字全角转半角"复选框：**勾选该复选框，表示将排入文件中的全角英文或数字转换为半角。
- **"转为中文标点"复选框：**勾选该复选框，表示将排入文件中的英文标点转换为对应的中文标点。
- **"过滤段前/后空格"复选框：**勾选该复选框，可以去掉排入文件中段前空格或段后空格。
- **"自动灌文"复选框：**勾选该复选框，当一页放不下排入的文字时，自动排到下一页。如果页数不够，会自动生成新页，直到文字排完为止。该选项多用于排入篇幅较大的文章。
- **"替换原文章"复选框：**勾选该复选框，在排入文字时，可以在保持原文字块形状不变的情况下，用新文字替换原文字。

步骤7▶ 单击"打开"按钮，此时光标变为载入文字图标 ，然后在创建的空文字块中单击鼠标左键，即可排入文字，如图 3-8 所示。

提示

> 如果未勾选"排入小样"对话框中的"替换原文章"复选框，在排入文字时，用鼠标单击有内容的文字块，将弹出图 3-9 所示的"替换/追加"对话框，选中"替换"单选钮，将使用排入文字替换原内容；选中"追加"单选钮，将在原内容后续排新文字；选中"生成新文字块"单选钮，将生成一个新文字块。

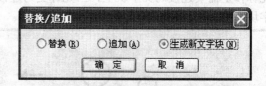

图 3-8　在空文字块中排入文字　　　　图 3-9　"替换/追加"对话框

步骤8▶ 排入文字后，文字块边框上出现了一个红色十字标记（田），称为"续排标记"，表示文字块太小容不下排入的文字内容。此时，单击"续排标记" ⊞，光标将变为载入文字图标 ⊫，然后在白色圆角矩形上拖动鼠标绘制续排文字块，以排入未显示的文字，如图 3-10 所示。

小技巧

文字块出现"续排标记" ⊞ 时，还可以用"选取"工具 ↖ 单击并拖动文字块上的控制点，改变文字块的大小，以完全显示文字，如图 3-11 所示。

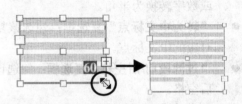

图 3-10　续排文字　　　　　　图 3-11　通过改变文字块大小来显示未排完的文字

步骤 9▶ 创建续排文字块后，两个文字块间就存在了连接关系。选择"显示" **>** "显示文字块连接标记"菜单，将在两个文字块间显示一条蓝色连接线，如图 3-12 所示。

图 3-12　显示续排文字块间的连接线

提示

每个文字块都有自己的入口和出口标记，空心的文字块入口和出口，分别代表文章的开头和结尾。若文字块的"入口"或"出口"带有三角箭头 ◨，表示该文字块有其他连接文字块。

小技巧

利用"选取"工具 ↖ 单击文字块的出口或入口，此时光标变为载入文字图标 ⊫，然后将光标移至需要连接的文字块上，当光标变为连接图标 ⬚ 时，单击该文字块，即可将两个文字块连接起来，如图 3-13 所示。

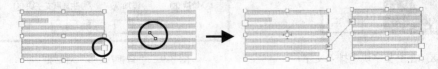

图 3-13　利用鼠标单击法创建文字块连接

知识库

在飞腾创艺中，我们将具有连接关系的所有文字块称为一篇文章。在同一篇文章中，文字可以自由地流动，例如，当在第 1 个文字块中添加文字时，其后各文字块中的文字都将自动向后流动。另外，我们还可统一设置整篇文章的属性等。

步骤 10▶ 选择"文字"工具 **T**，在文字中单击，插入输入文字光标，然后按【Ctrl+A】组合键全选文字，在文字控制面板中单击锁状图标，取消其锁定，并在英文字体下拉列表中选择"Times New Roman"，设置字型为"Bold"，如图 3-14 左图所示。

步骤 11▶ 隐藏页面中的版心线、出血线和警戒线、版面输出标记、文字块连接标记，此时版面效果如图 3-14 右图所示。至此，二折页的宣传单就制作好了。

图 3-14 设置字体并隐藏页面中的辅助标记

在续排文字时，如果文字块内容较多，需要排在多页上时，在单击"续排标记"⊞后，还可以采用以下几种自动灌文方式，让续排文字块自动生成在新页面上，直至将文字排完为止。

● 按住【~】键，在页面中单击鼠标，则生成的续排文字块与版心等高，与原始文字块等宽，如图 3-15 所示；按住【~】键，在页面中绘制文字块，则生成的第一个续排文字块以绘制大小显示，其他后续文字块与版心等高，与第一个续排块等宽。

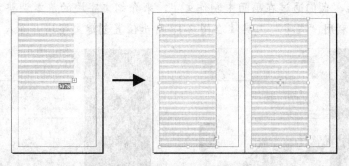

图 3-15 结合【~】键自动续排文字

● 按住【Ctrl＋~】组合键，在页面中单击鼠标，则生成的续排文字块与版心等大，如图 3-16 所示；按住【Ctrl＋~】组合键，在页面中绘制文字块，则生成的第一个续排文字块以绘制大小显示，其他后续文字块与版心等大。

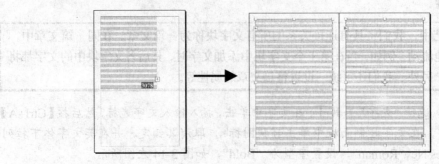

图 3-16 配合【Ctrl+~】组合键自动续排文字

知识库.

> 要断开文字块连接，可利用"选取"工具 ↖ 双击带有三角箭头的入口 或出口 ；也可以利用"选取"工具 ↖ 单击带有三角箭头的入口 或出口 ，然后将光标移至与其连接的文字块上，此时光标呈 形状，单击鼠标左键也可以断开连接。
>
> 此外，当连续输入无空格的英文时，文字块上会出现"续排标记" 并显示内容为空，这是由于没有空格，无法拆行所致，这时需要用户按语法规范加空格进行处理。

实训 2 制作时装发布会三折页——编辑文字块（一）

【实训目的】

- 掌握选择、复制与删除文字块的方法。
- 掌握移动、缩放、旋转、倾斜等变换文字块的方法。
- 掌握快速调整文字块大小使其适应文字的方法。

【操作步骤】

步骤 1▶ 打开本书配素材"素材与实例"\"Ph3"文件夹中的"02.vft"文件，如图 3-17 所示。下面，我们通过在画面中制作文字，来介绍文字块的基本调整方法。

步骤 2▶ 利用"文字"工具 T 在图 3-18 所示位置创建文字块并输入文字。

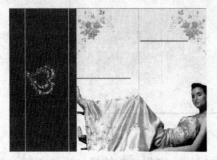

图 3-17 打开素材文件

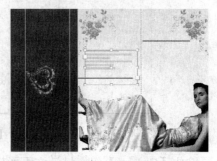

图 3-18 创建文字块并输入文字

步骤 3▶ 单击"文字"工具 **T**，按【Ctrl+A】组合键全选文字，然后在文字控制面板中的字体下拉列表中选择合适的字体，在字号下拉列表中设置字号为小五，如图 3-19 左图所示。

步骤 4▶ 单击控制面板左侧的"段"，切换到段落属性控制面板，在其中单击"居中"按钮 ，如图 3-19 右图所示。在页面的任意位置单击取消文字的选择状态，效果如图 3-20 左图所示，然后利用"选取"工具 调整文字块的位置，效果如图 3-30 右图所示。

图 3-19　利用文字控制面板设置文字的字符与段落属性

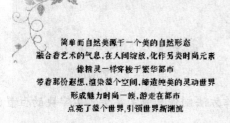

图 3-20　设置文字的字符与段落属性

步骤 5▶ 选择"选取"工具 ，按住【Ctrl】键的同时，单击并拖动文字块，此时光标呈 形状，至合适位置后释放鼠标，将文字块复制一份，如图 3-21 所示。

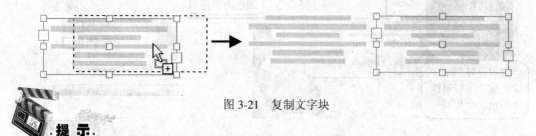

图 3-21　复制文字块

提　示

　　选择"选取"工具 后，单击文字块可将其选中；要同时选中多个文字块，可按住【Shift】键依次单击文字块，或拖动鼠标在要选择的文字块周围拉出一个矩形区域，区域内的文字块都将被选中。选中文字块后，选择"编辑"菜单中的"复制"、"粘贴"命令也可复制文字块。

步骤 6▶ 选择"文字"工具 **T** 后，按【Ctrl+A】组合键全选复制的文字块中的文字，然后将文字内容修改为"美的诠释"（直接输入即可）；再次按【Ctrl+A】组合键全选文字，然后利用文字控制面板更改文字的字符与段落属性，如图 3-22 所示。

步骤 7▶ 继续选中文字，选择"窗口"＞"颜色"菜单，或者按【F6】键，打开"颜色"面板，在其中的"M"和"Y"编辑框中分别输入 75 和 100，从而将文字颜色设置为褐色，如图 3-23 所示。以上操作中，若选中的是文字块而非文字，则设置的是文字块颜色。

图 3-22　设置文字的字符与段落属性

步骤 8▶ 利用 "选取" 工具 单击并拖动 "美的诠释" 文字块，将其放置在图 3-24 所示位置。

图 3-23　利用 "颜色" 面板为文字设置颜色　　　　图 3-24　调整文字的位置

步骤 9▶ 参照与步骤 5～步骤 8 相同的操作方法制作其他文字块，文字块的位置、文字的字符属性与颜色设置如图 3-25 所示。

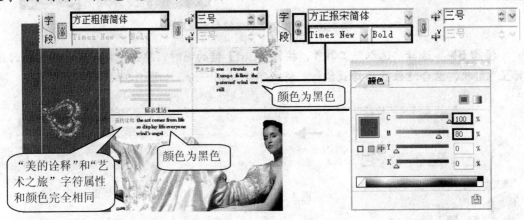

图 3-25　制作其他文字块

步骤 10▶ 利用 "选取" 工具 单击选中 "展示生活" 文字块，然后选择 "旋转变倍" 工具 ，此时文字块的控制点变为实心状，如图 3-26 左图所示。

步骤 11▶ 将光标放置在文字块的控制点上，当光标呈 ↔、↕、↖ 或 ↘ 形状后，单击并向文字块外侧拖动鼠标，将文字块边框放大，此时文字块中的文字也将随之被放大（使用 "选取" 工具 缩放文字块时，文字块中的文字大小将保持不变），如图 3-26 右图所示。

图 3-26　缩放文字块

步骤 12▶ 继续选中"旋转变倍"工具 ，单击"展示生活"文字块，此时文字块四周的控制点变为旋转与倾斜控制点，如图 3-27 所示。单击并拖动旋转控制点（ 、 或 ），可以旋转文字块；单击并拖动倾斜控制点（↔或↕），可以倾斜文字块。

图 3-27 文字块四周的旋转与倾斜控制点

步骤 13▶ 将光标放置在文字块上边中间的倾斜控制点↔上，按下鼠标左键并向右拖动，将文字倾斜，如图 3-28 所示。

步骤 14▶ 复制"展示生活"文字块并更改文字内容为"展示艺术"，然后将"展示艺术"文字块放置在图 3-29 所示位置。

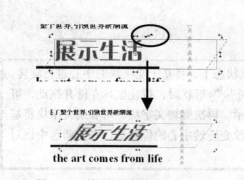

图 3-28 利用"旋转变倍"工具倾斜文字块

图 3-29 制作"展示艺术"文字块

步骤 15▶ 利用"文字"工具 T 制作其他文字块，并利用文字控制面板设置字符属性（如图 3-30 所示），利用"颜色"面板设置字符颜色为白色（C=M=Y=K=0）。

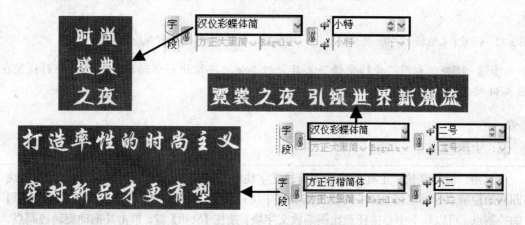

图 3-30 输入文字并设置字符属性

步骤 16▶ 选中"时尚"文字块，选择"旋转变倍"工具，双击文字，然后将光标放置在文字块中，当光标呈 ✛ 形状时，按下鼠标左键并拖动，将"时尚"文字块移至图 3-31 左图所示位置。

步骤 17▶ 将光标放置在旋转控制点上，按住鼠标左键并拖动，将"时尚"文字块旋转，如图 3-31 右图所示。

图 3-31 移动与旋转文字块

知识库

利用"旋转变倍"工具 旋转文字块时，默认状态下，将基于文字块的中心进行旋转，如图 3-32 所示。将光标放置在旋转中心上，当光标呈 ✛ 形状时，按住鼠标左键并拖动，可以改变旋转中心的位置，如图 3-33 左图和中图所示。再次旋转文字块，可看到文字块将基于新的旋转中心进行旋转，如图 3-33 右图所示。改变旋转中心的位置后，在重新选中该对象后，旋转中心会自动恢复到默认位置。

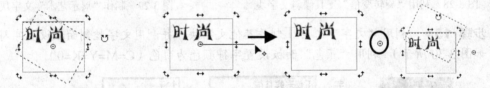

图 3-32 基于中心旋转文字块   图 3-33 调整旋转中心位置并旋转对象

步骤 18▶ 利用"旋转变倍"工具 对其他文字块进行移动和旋转，并分别放置在图 3-34 所示位置。

小技巧

利用"旋转变倍"工具 缩放或旋转文字块时，按住【Shift】键，单击并拖动文字块四周的控制点，可以基于中心等比例缩放文字块；按住【Ctrl】键，单击并拖动文字块四周的控制点，可以基于中心按任意比例缩放文字块；按住【Shift】键，单击并拖动旋转控制点，将以 45° 的整数倍旋转文字块。

图 3-34　旋转文字块

知识库

如果要将经过缩放、倾斜和旋转后的文字块恢复为初始状态，可以利用"选取"工具 或"旋转变倍"工具 选中文字块，然后在控制面板中的"块横向缩放" 和"块纵向缩放" 编辑框中输入100%，在"倾斜" 和"旋转" 编辑框中输入0，按【Enter】键确认即可，如图3-35所示。

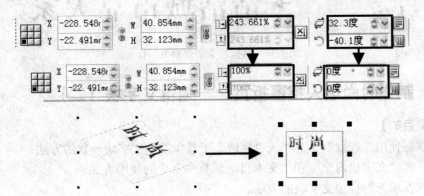

图 3-35　将执行缩放、旋转和倾斜后的文字块恢复为初始状态

小技巧

要删除不再使用的文字块，只需选中该文字块，按【Delete】键即可。如果文字块有连接，则删除文字块后，该文字块中的文字会自动转到与其相连的文字块中。要同时删除有连接的文字块中的文字，可在选中文字块后按【Shift＋Delete】组合键，或者选择"编辑"＞"删除文字块及内容"菜单。

步骤 19▶　在排版过程中，如果文字块中的文字没有占满整个文字块区域，或者文字块显示"续排标记" 时，则除了使用上一个实训中介绍的方法调整文字块外，还可选择"选取"工具 ，在文字块上双击鼠标，自动调整文字块大小，如图3-36所示。用户可使用此方法调整本例中的各文字块大小，使其自动适应相关的文字。

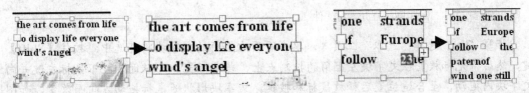

图 3-36　通过双击文字块调整其大小

小技巧

　　选中文字块后，选择"对象">"图框适应">"框适应图"菜单，也可以快速调整文字块大小。另外，按住【Alt+Ctrl】组合键的同时，利用"选取"工具 ↖ 双击文字块，可将文字块横向展开，尽量将文字块内的文字排在一行中，如图 3-37 所示。该方法常用于内容较少的文字块。

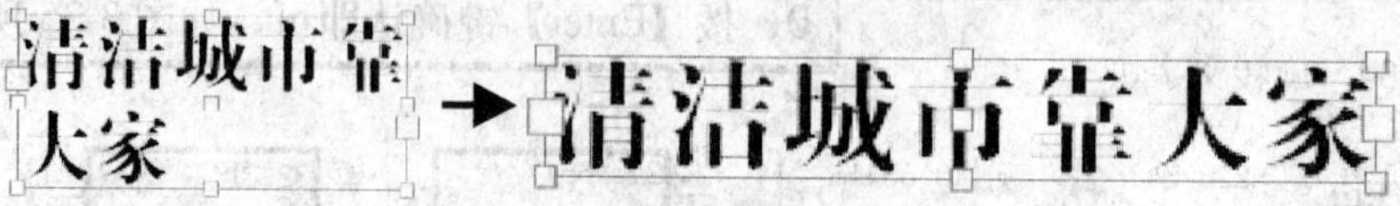

图 3-37　将折行文字调整为一行

实训 3　制作时尚达人招募折页——编辑文字块（二）

【实训目的】

● 　掌握使用"选取"工具 ↖ 或"穿透"工具 改变文字块形状的方法。
● 　了解"文字块内空"和"文本自动调整"命令的使用方法。
● 　掌握填充与描边文字块的方法。

【操作步骤】

步骤 1▶ 　打开本书配套素材"素材与实例"\"Ph3"文件夹中的"03.vft"文件，如图 3-38 所示。为方便读者，素材中已经制作了操作所需的文字。

知识库

　　在飞腾创艺中，利用"选取"工具 ↖ 或"穿透"工具，可以将文字块调整为任意形状，以使版面符合设计要求。

图 3-38　打开素材文件

步骤 2▶ 　选择"选取"工具 ↖ ，单击页面右上角的文字块将其选中；按住【Shift】键，然后将光标放置在文字块左上角的控制点上，当光标呈 ↖ 形状时，按下鼠标左键并向文字块内拖动，至合适位置后释放鼠标和按键，文字块形状随鼠标拖动方向而改变，如图 3-39 右图所示。

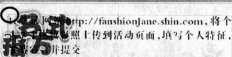

图 3-39 利用"选取"工具改变文字块形状

·提 示·

> 文字块形状改变后,如果出现"续排标记"田,可以利用"选取"工具双击文字块,自动调整文字块大小以显示所有文字。
>
> 另外,利用"选取"工具调整文字块形状时,必须先按住【Shift】键,然后用鼠标拖动控制点,才能将文字块调整为不规则形状。

步骤 3▶ 选择"穿透"工具,单击选中页面下方的文字块,然后将光标置在文字块右上角控制点上,按住鼠标左键并拖动,即可将文字块调整为任意形状,如图 3-40 所示。由于该形状不是本例需要的,因此这里按【Ctrl+Z】组合键,将文字块恢复为初始状态。

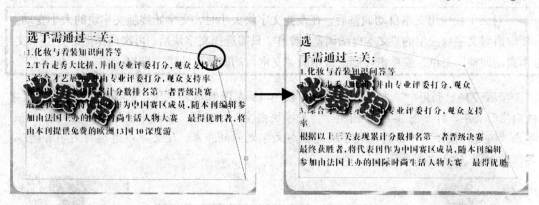

图 3-40 利用"穿透"工具调整文字块形状

步骤 4▶ 选择"穿透"工具,双击文字块左侧边框,可以在鼠标双击处增加一个控制点,如图 3-41 左图所示。如果要删除控制点,只需再次双击控制点即可。

步骤 5▶ 利用"穿透"工具在文字块左侧边框上增加一些控制点,然后分别拖动控制点,将文字块调整为不规则形状,效果如图 3-41 右图所示。

步骤 6▶ 利用"选取"工具选中页面左上角的文字块,然后选择"文字">"文本自动调整"菜单,或单击控制面板中的"文本自动调整"按钮,系统会尽可能地将文字扩大,使其适合文字块大小,如图 3-42 所示。

图 3-41　利用"穿透工具"将文字块调整为不规则形状

图 3-42　对文字块应用"文本自动调整"功能

知识库

　　对文字块应用文本自动调整后，在改变文字块大小时，文字始终随文字块的大小变动。要取消对文字块应用的"文本自动调整"操作，只需选择文字块后，再次选择"文字">"文本自动调整"菜单，或单击控制面板中的"文本自动调整"按钮 ⊞ 即可。

　　步骤 7▶ 利用"选取"工具 ▶ 选中图 3-43 左图所示文字块，选择"格式">"文字块内空"菜单，打开图 3-43 中图所示"文字块内空"对话框，在其中设置"上空"为 1mm，单击"确定"按钮，可以调整文字块边框与文字之间的距离，使文字块边框与文字有间隙，其效果如图 3-43 右图所示。

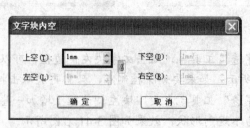

图 3-43　调整文字块边框与文字之间的距离

　　步骤 8▶ 下面设置文字块的填充与描边。继续选中图 3-43 左图所示的文字块，选择"窗口">"颜色"菜单，或按【F6】键，打开"颜色"面板，单击"底纹"按钮 ▨，然后设置颜色为淡黄色（Y=20）；单击"边框"按钮 □，设置颜色为红色（M=Y=100），如图

3-44 左图和中图所示。如此一来，便分别设置好了文字块的填充与描边颜色。

·知识库·

在"文字块内空"对话框中，单击链接状图标取消其锁定状态。此时，用户可以分别在"上空"、"下空"、"左空"和"右空"编辑框中输入不同的数值，分别调整文字距各边框的距离。另外，调整文字块内空后，如果文字块边框上出现"续排标记"，只需调整文字块大小即可。

步骤9▶ 选择"美工" > "线型与花边"菜单，打开图 3-44 右图所示"线型与花边"面板，在其中设置线型为单线，线宽度为 0.2mm，从而设置文字块描边样式与宽度，此时文字块效果如图 3-45 所示。

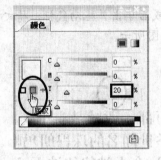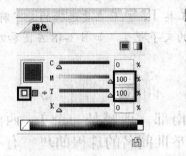

图 3-44 利用"颜色"和"线型与花边"面板为文字块进行描边与填充操作

步骤10▶ 参照与步骤 9~10 相同的操作方法，对剩余的 3 个文字块进行描边与填充操作。此时画面效果如图 3-46 所示。这样，时尚达人招募折页就制作好了。

图 3-45 描边与填充后的文字块　　　　图 3-46 时尚达人招募折页效果图

3.2　编辑文字

在排版过程中，要对文本进行编辑修改，首先要选择文本，然后可以通过复制、剪切、粘贴、删除、查找与替换等方式来修改文本。此外，用户可以在文本内插入特殊符号，以及制作复合字效果，以满足排版需要。下面，就随我来看看这些操作是如何实现的吧。

实训 1 修改报纸版面内容——编辑文字（一）

【实训目的】

● 掌握选择、复制、剪切、粘贴和删除文字的方法。
● 了解查找与替换文本内容的方法。

【操作步骤】

步骤 1▶ 打开本书配套素材"素材与实例"\"Ph3"文件夹中的"04.vft"文件，如图 3-47 所示。这是一份排好版面的报纸，接下来，我们的任务是选择、复制、剪贴、粘贴、查找或替换等操作来修改文章中有错误的地方。

步骤 2▶ 利用"放大镜"工具 局部放大报纸版面的左上角，如图 3-48 左图所示。从图中可看到，文章中出现了错别字，需要进行修改。

步骤 3▶ 选择"文字"工具 T，然后在要选择的文字前或后单击并拖动鼠标，待文字呈高亮反白显示时，输入新的文字即可，如图 3-48 左图和右图所示。

图 3-47 报纸版面　　　　　　　　　　图 3-48 利用"文字工具"选中文字

选中"文字"工具 T 后，将光标移至要选中的行上双击，可以选中一行文字；按住【Ctrl】键双击，可以选中文字块中的所有文字；如果在文章中单击插入光标，然后按【Ctrl+A】组合键，则可以选中整篇文章（即所有相连的文字块）。

选中文字后，按【Delete】或【Backspace】键，都可以删除选中的文字；通过单击方式将光标置于文字中，不选中任何文字，按【Delete】键，可以删除光标后的一个文字，按【Backspace】键，可以删除光标前的一个文字。

步骤 4▶ 利用"文字"工具 T 选中第二段中的"景观"，然后选择"编辑">"复制"菜单，或按【Ctrl+C】组合键，将文字复制到剪贴板，如图 3-49 左图所示。

步骤 5▶ 利用"文字"工具 T 在第二段中的"人文"前单击，将光标插入此处，然后选择"编辑">"粘贴"菜单，或按【Ctrl+V】组合键，将剪贴板中的文字粘贴到此处，完成复制操作，如图 3-49 右图所示。

化艺术、别具一格的民俗风情、珍贵奇异的高原动植物
这些唯我独有的自然景观和人文构成了西藏与世界其他任何地方迥然不同的西藏旅游资源。至今，还有许多藏族人的生活习俗与高原之外的现代人有着很大

化艺术、别具一格的民俗风情、珍贵奇异的高原动植物
这些唯我独有的自然景观和人文景观成了西藏与世界其他任何地方迥然不同的西藏旅游资源。至今，还有许多藏族人的生活习俗与高原之外的现代人有着

图 3-49 复制文本

利用"文字"工具 T 选中文字后，选择"编辑">"剪切"菜单，或按【Ctrl+X】组合键，也能将文字复制到剪贴板，但在这种方式下，原位置不会再保留文字。

若复制的文字属性与要被替换的文字不同，可以选择"编辑">"粘贴纯文本"菜单，或者按【Ctrl+Alt+P】组合键，粘贴后的文字属性将与光标插入点的前一个文字属性相同。

步骤 6▶ 下面，我们将利用查找/替换的方法来修改文本内容。利用"文字"工具 T 在版面左上角的文字块中单击插入光标，选择"编辑">"查找/替换"菜单，或按【Ctrl+Shift+F】组合键，打开"查找/替换"对话框，在"查找"编辑框中输入需要查找的文字"臧"，在"替换"编辑框中输入需要替换的文字"藏"，在"范围"下拉列表中选择"当前文件"，如图 3-50 左图所示。

步骤 7▶ 单击"查找"按钮，可以在当前文件中找到要查找的"臧"字，并以高亮反白状态显示。此时，单击"替换"按钮，可以使用在"替换"编辑框中输入的"藏"字替换当前找到的"臧"字。如果单击"全替换"按钮，可替换当前文件中的所有"臧"字。

步骤 8▶ 替换结束后，系统会弹出图 3-50 右图所示对话框，提示用户替换执行完毕，并显示替换了多少处，单击"确定"按钮关闭对话框。查找与替换结束后，单击"查找替换"对话框中的"取消"按钮，关闭对话框即可。

图 3-50 查找与替换文字

利用"查找/替换"命令，可以一次性查找与替换文件或文章中的文字错误、字符样式或文字属性，避免了许多重复性的工作。

下面，我们简单介绍一下"查找替换"对话框中部分选项的意义。

● **"查找"和"替换"**：在这两个编辑框中不能输入超过 20 个中文字符，包括换行、换段符等特殊符号在内。

● **"范围"**：用来设置查找范围，包括"当前文章"、"到文章末"、"到文章首"和"当前文件"4 个选项。其中，选择"当前文章"，表示在光标所在的文章（即具

有连接关系的所有文字块）中查找；"到文章末"，表示将查找从光标当前位置到
文章末尾的所有字符；选择"到文章首"，表示查找从光标当前位置到文章开始
的所有字符。

- **"区分大小写"**：勾选该复选框，系统将只查找文章中大小写完全匹配的字符。不勾选该项，查找时将忽略大小写。

- **"区分全半角"**：勾选该复选框，系统将只查找全\半角完全匹配的字符。不勾选该项，将查找与"查找"内容相同的字符（不区分全半角）。

- **高级**：单击该铵钮，将扩展"查找替换"对话框以显示高级选项，如图 3-51所示，在其中可以设置查找或替换的字符属性，包括：字体、字号、颜色（命名颜色）、样式等。

图 3-51　"查找替换"对话框中的高级选项

实训 2　制作报纸广告——编辑文字（二）

【实训目的】

- 了解插入特殊符号的方法。
- 了解创建复合字的方法。
- 掌握使用飞腾小样编辑文本内容的方法。

【操作步骤】

步骤 1▶　打开本书配套素材 "素材与实例" \ "Ph3" 文件夹中的 "05.vft" 文件，如图 3-52 所示。下面，我们先制作文章的标题。

步骤 2▶　放大显示文章标题，用"文字"工具 **T** 在"饕"字前单击插入光标。选择"窗口" > "文字与段落" > "特殊符号"菜单，打开"特殊符号"面板，如图 3-53 所示。

图 3-52　打开素材文件

符号列表

图 3-53　"特殊符号"面板

步骤 3▶　在"选择类型"下拉列表中，系统提供了 9 组符号，包括常用符号、乐谱音符、棋牌符号、分数码、其他符号、748 汉字、阿拉伯数码、中文数码和附加字符。本例中，我们选择"棋牌符号"，在符号列表中将显示该组中包含的所有符号，单击需要插入的符号缩览图，即可在文章中插入该符号，如图 3-54 所示。

图 3-54　在文章中插入符号

步骤 4▶　下面我们先创建复合字，其中符号作为被合成字符，"饕"字作为合成字符。利用"文字"工具 T 同时选中插入的符号与"饕"字，选择"格式" > "复合字"菜单，打开"复合字"对话框，如图 3-55 所示。

创建复合字时，所有选中文字中左侧的第 1 个文字为被合成字符，其他字为合成字符

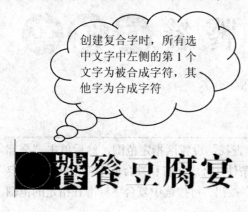

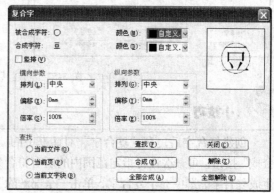

图 3-55　选中要合成的字符与打开"复合字"对话框

步骤 5▶　分别单击"被合成字符"和"合成字符"右侧的颜色下拉列表，从中可以为被合成字符与合成字符选择颜色；在"横向参数"和"纵向参数"设置区中，设置"排列"均为"中央"，"偏移"均为 0，"倍率"均为 70%，如图 3-56 左图所示。

● **排列**：用于确定合成字符缩放时的基准点，其中"中央"表示以合成字符中心为基准点；"左"或"右"，分别表示以合成字符左边或右边为固定基准点缩放合成字符。

● **偏移**：用于设置合成字符相对于被合成字符在 X 或 Y 方向的偏移距离。

● **倍率**：用于设置合成字符在 X 或 Y 方向的缩小比例。

步骤 6▶　参数设置好后，单击"合成"按钮，即可形成复合字，如图 3-56 右图所示。单击"解除"按钮，可以解除当前选中的复合字。

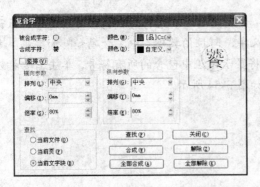

图 3-56 设置复合字参数

步骤 7▶ 参照与步骤 2~6 相同的操作方法，在其他标题文字间插入符号，并依次创建复合字，参数设置及效果分别如图 3-57 所示。

图 3-57 创建其他复合字

小技巧

创建复合字后，在"复合字"对话框中的"查找"设置区指定范围，然后单击"全部合成"按钮，可一次性将指定范围内的所有符合条件（合成字符和被合成字符相同）的内容生成复合字。选中一个复合字，单击"全部解除"按钮，可按选中复合字标准在指定的范围内解除全部复合字。

知识库

"复合字"功能实质上是将几个文字（应选中少于 6 个文字）合成一个字，或者将文字与符号合成一个字。复合字的查找与文字颜色设置需要通过"复合字"对话框操作，其他文字属性的设置与普通文字一样。

步骤 8▶ 下面，我们利用飞腾小样编辑器来编辑本例中所需的文本。选择"开始" >"所有程序" > "Founder" > "方正飞腾创艺" > "飞腾小样编辑器"菜单，启动"飞腾小样编辑器"程序，进入其工作界面，如图 3-58 所示。

在此可在输入
与编辑文字

知识库

飞腾小样编辑器是方正飞腾中的一款能够独立运行的应用程序,主要用于新建、编辑文字稿件,其作用类似于 Windows 中的记事本,可以生成 "*.txt" 格式文件。

图 3-58 "飞腾小样编辑器"程序界面

步骤 9▶ 在飞腾小样编辑器中,选择"文件"菜单中的"新建"、"打开"、"保存"和"另存为"菜单项,可完成文件的新建、打开和保存。

步骤 10▶ 新建文件后,用户可以在飞腾小样编辑器窗口中直接输入文字,也可以利用"文件"菜单中的"插入"菜单项插入外部文本文件。这里,我们将本书配套素材"素材与实例"\"Ph3"文件夹中的"03.txt"文件插入到窗口中。

步骤 11▶ 编辑好文本后,依次按【Ctrl+A】、【Ctrl+C】组合键,全选文本内容并复制到剪贴板。切换到飞腾创艺窗口,利用"文字"工具 T 在标题下的第一个空文字块中单击插入光标,然后按【Ctrl+V】组合键,将文字粘贴到文字块内。

步骤 12▶ 利用"文字"工具 T 分别选中 3 个文字块中的文字(第 1 个文字块中只需选中前两段文字),然后在文本控制面板中设置不同的字号和行距,参数设置及版面效果如图 3-59 所示。

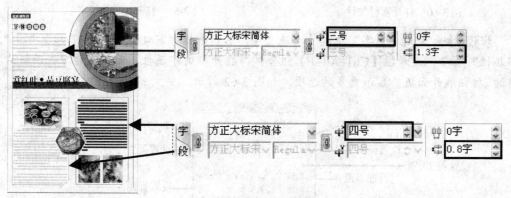

图 3-59 设置文本的行距

3.3 设置文字属性

文字属性设置包括文字的字体、字号、字距、行距、对齐、倾斜、旋转、纵向偏移等设置。在飞腾创艺中,我们可以利用"文字属性"面板、文字控制面板和"文字"菜单来设置文字属性,三种方式的操作方法基本相同,用户可以根据操作习惯来选择。

实训 1 制作房地产广告页

【实训目的】

- 掌握文字控制面板和"文字属性"面板的用法。
- 了解"格式刷"工具的用法。
- 了解设置文字颜色的方法。

【操作步骤】

步骤 1▶ 打开本书配套素材"素材与实例"\"Ph3"文件夹中的"07.vft"文件，如图 3-60 所示。

步骤 2▶ 利用"文字"工具 T 在页面任意位置创建一个空文字块，然后打开本书配套素材"素材与实例"\"Ph3"文件夹中的"04.txt"文件（如图 3-61 所示），并将其中的文字全部复制粘贴到新创建的文字块内。

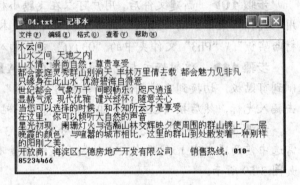

图 3-60 打开素材文件   图 3-61 打开纯文本文件

步骤 3▶ 利用"文字"工具 T 全选文字，然后选择"窗口" > "文字与段落" > "文字属性"菜单，或者按【Ctrl+Alt+F】组合键，打开"文字属性"面板，再单击面板右上角的 按钮展开面板，显示更多的选项，如图 3-62 所示。

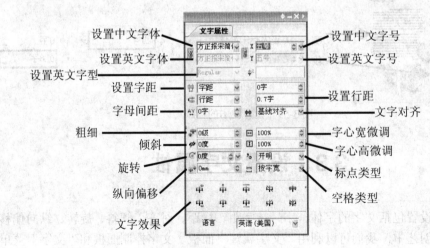

图 3-62 "文字属性"面板

- **链状图标**：默认状态下，该图标处于锁定状态，表示用户在设置中文字体（或"X"字号）时，英文字体（或"Y"字号）会随中文字体（或"X"字号）的变化而自动搭配。单击该图标，取消其锁定状态，将激活英文字体（或"Y"字号）下拉列表，此时可以单独设置英文字体（或"Y"字号），但英文字体（或"Y"字号）的改变不会影响中文字体（或"X"字号）。

- **字体号指令栏**：在该编辑框中直接输入预设的字体和字号的缩写，按【Enter】键，可以设置字体和字号。例如输入 9.HT，表示 9 磅黑体。

- **字母间距**：用于设置字母(包括拉丁字母与数字)之间的距离。

- **文字对齐**：当中英文混排或字号不相同时，可以设置字符相对于基线（文字的底边）的位置，其中包括上对齐、中对齐、下对齐和基线对齐。利用"选取"工具选中文字块，并选择不同的对齐方式，其效果分别如图 3-63 所示。

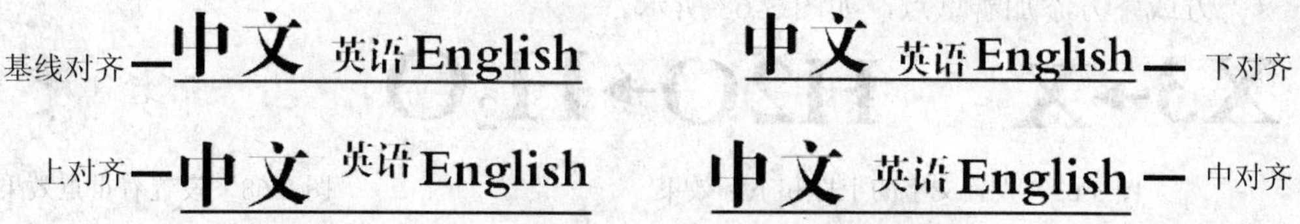

基线对齐 —中文 英语English　　　　　　中文 英语English — 下对齐

上对齐 —中文 英语English　　　　　　中文 英语English — 中对齐

图 3-63　设置文字对齐

- **粗细、倾斜和旋转**：用于设置文字的加粗、倾斜和旋转效果，如图 3-64 所示。

飞腾 飞腾 方正方正创 艺创艺

加粗　　　　　　倾斜　　　　　　旋转

图 3-64　设置文字的加粗、倾斜和旋转效果

- **字心宽微调和字心高微调**：用于设置文字水平或垂直方向的缩放比例，其效果如图 3-65 所示。

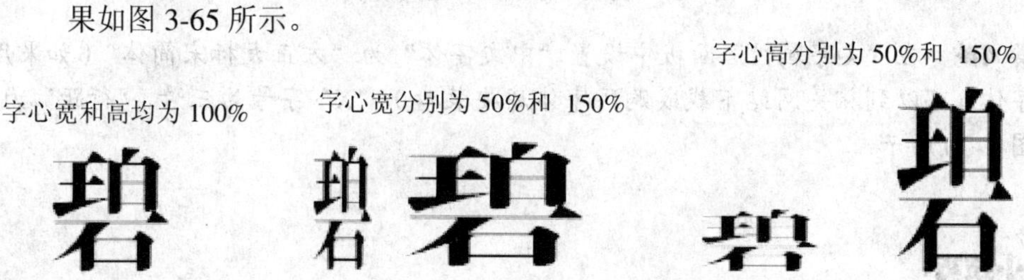

字心高分别为 50% 和 150%

字心宽和高均为 100%　字心宽分别为 50% 和 150%

碧 碧 碧 碧石

图 3-65　设置文字的字心宽和高微调

提示

在设置文字属性时，利用"文字"工具 T 选中文字后，只对选中的文字设置属性；利用"选取"工具选中文字块后，将对整个文字块中的内容（包括有连接关系的文字块内容）设置属性。

● **纵向编移** ：用于设置位于同一行中的文字纵向偏移的距离，正值时文字上移，负值时文字下移，其效果如图 3-66 所示。

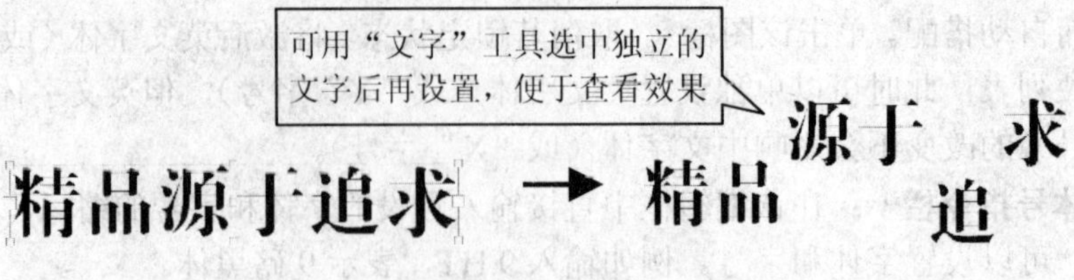

> 可用"文字"工具选中独立的文字后再设置，便于查看效果

精品源于追求 → 精品 源于 求 追

图 3-66　设置文字的纵向偏移

● **上标字** 和**下标字** ：选中文字后，分别单击这两个按钮，可将文字转变为上标和下标，如图 3-67 所示。

● **上着重点** 和**下着重点** ：选中文字后，分别单击这两个按钮，可以在文字的上方或下方添加着重点，如图 3-68 所示。

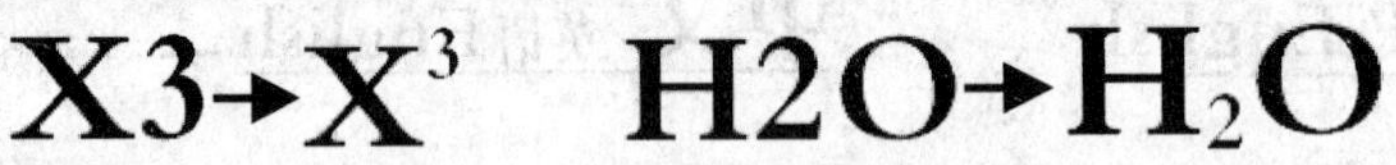

$X3 \rightarrow X^3$　　$H2O \rightarrow H_2O$　　享受惬意生活

图 3-67　设置文字的上标和下标效果 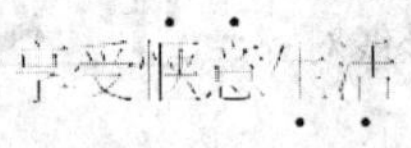　　　　图 3-68　设置着重点效果

● **上划线**、**下划线**、**正斜线**、**反斜线**、**删除线**、**交叉线** ：选中文字后，分别单击这几个按钮，可以为文字添加上划、下划、正斜、反斜、删除和交叉线，其效果分别如图 3-69 所示。

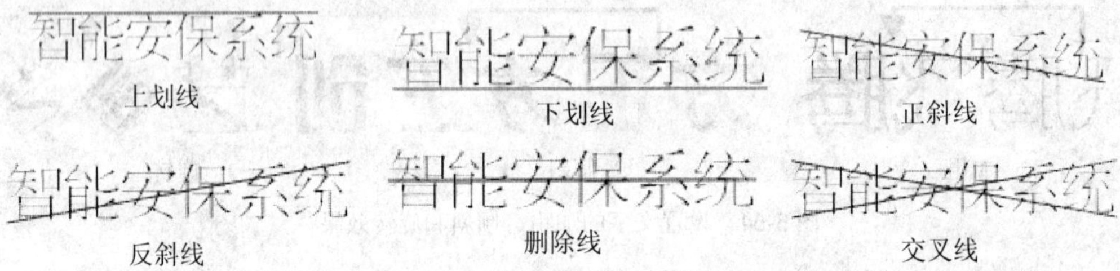

智能安保系统　　智能安保系统　　智能安保系统
上划线　　　　　　下划线　　　　　　正斜线

智能安保系统　　智能安保系统　　智能安保系统
反斜线　　　　　　删除线　　　　　　交叉线

图 3-69　为文字添加各种划线效果

步骤 4▶ 在"文字属性"面板中设置"中文文字体"为"方正大标宋简体"（如果用户没有该字体，可以到相关网站下载或购买字体库安装盘），"X"字号为三号，"行距"为 0.7 字，如图 3-70 所示。

**小技巧**

> 选中文字后，按【Ctrl+8】或【Ctrl+9】组合键，可以快速缩小或放大字号（X 和 Y 字号）；按【Ctrl+Shift+<】或【Ctrl+Shift+>】组合键，可以快速缩小或放大 X 字号；按【Ctrl+Shift+[】或【Ctrl+Shift+]】组合键，可以快速缩小或放大 Y 字号。

步骤 5▶ 利用"剪切"、"粘贴"方法，将文字分别放在 4 个独立的文字块中，效果如图 3-71 所示。

图 3-70 设置字体和字号　　　　　　　　　　图 3-71 分割文字块

小技巧

　　选中文字后，按【Ctrl++】或【Ctrl+－】组合键，可以快速放大或缩小字距；按【Alt+
+】或【Alt+－】组合键，可以快速放大或缩小行距。

　　步骤 6▶ 利用"文字"工具 T 选中"水云间"，在"文字属性"面板中设置"X"字
号为"特大"，设置"字距"为"0.7"字；然后选中"水"字，设置"旋转"为"-45度"；
选中"云"字，设置"纵向偏移"为"15mm"；选中"间"字，设置"旋转"为"45度"，
其效果如图 3-72 所示。

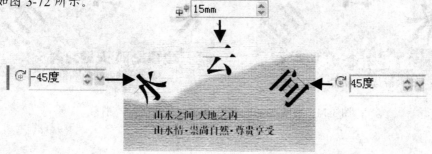

图 3-72 设置文字的字号、旋转与纵向偏移效果

　　步骤 7▶ 利用"文字"工具 T 选中"水云间"下边的第一行文字，在"文字属性"
面板中设置"中文字体"为"方正胖娃简体"，"X"字号为"二号"；单击文字控制面板左
侧的"段"按钮，切换到段落控制面板，然后单击"居中"按钮，将选中的文字居中
对齐，参数设置及效果如图 3-73 所示。

　　步骤 8▶ 下面复制文字属性。选择"格式刷"工具，将光标移至第一行文字上，

当光标呈 形状时，单击并按住鼠标左键拖过第一行文字，即可复制文字属性，如图 3-74 左图所示。复制文字属性后，光标呈 形状。

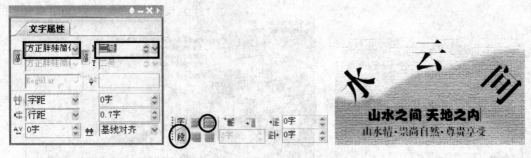

图 3-73 更改文字的字体、字号

小技巧

利用"文字"工具 T 选中文字，按【Ctrl+Shift+C】组合键，可以快速复制文字属性和段落属性；如果将光标插入文字中，按【Ctrl+Shift+C】组合键，可以复制光标前一个字的文字属性和光标所在段的段落属性。

使用上述方法复制文字或段落属性后，利用"文字"工具 T 选中要应用属性的文字或段落，按【Ctrl+Shift+V】组合键，可将属性粘贴到所选的文字或段落。

步骤 9▶ 复制属性后，用鼠标拖动的方法选中第二行文字，释放鼠标后，即可将属性粘贴到所选文字，如图 3-74 右图所示，粘贴属性后文字效果如图 3-75 所示。

图 3-74 利用"格式刷"工具复制与粘贴文字属性

提 示

利用"格式刷"工具 粘贴文字或段落属性时，根据选中文字的不同，粘贴的属性也不同：如果只选中部分文字，则只应用文字属性；如果选中整个段落文字，则同时应用文字属性和段落属性；如果用鼠标单击某个段落，则只将段落属性应用到该段落。

利用"格式刷"工具 复制文字或段落属性后，按【Esc】键恢复到清空状态，可以再次复制其他文字属性。如果不清空复制的属性，系统将始终使用第一次复制的属性。

步骤 10▶ 利用 "文字" 工具 **T** 选中图 3-76 所示文字，选择 "窗口" > "颜色" 菜单，或按【F6】键，打开图 3-77 左图所示 "颜色" 面板，分别在 C、M、Y 和 K 编辑框中输入 0，按【Enter】键，即可将文字设置为白色。

图 3-75 粘贴文字属性

图 3-76 选中文字

步骤 11▶ 利用 "选取" 工具 ▶ 分别调整每个文字块的大小和位置，如图 3-77 右图所示。至此，房地产广告就制作完成了。

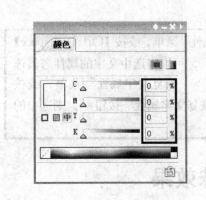

图 3-77 为文字设置颜色

在 "文字属性" 面板中，单击右上角的三角按钮，打开图 3-78 所示面板菜单，从中选择 "自定义标字"、"自定义着重点" 或 "自定义划线" 菜单，可以在打开的相应参数设置对话框中自定义标字、着重点和划线的属性。

- **自定义标字**：选择该命令（或选择 "文字" > "上/下标字" > "自定义标字" 菜单），将打开图 3-79 所示的 "自定义标字" 对话框，用户可以根据实际情况自定义标字的缩放比例，默认为 50%。

- **自定义着重点**：选择该命令（或选择 "文字" > "着重点" > "自定义" 菜单），将打开图 3-80 所示 "自定义着重点" 对话框，在其中可以自定义着重点符号类型、缩放比例和颜色等属性。

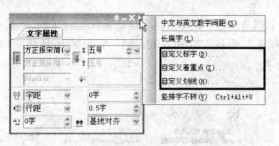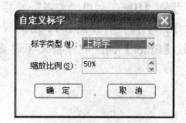

图 3-78　打开"文字属性"面板菜单　　　　图 3-79　"自定义标字"对话框

● **自定义划线**：选择该命令（或选择"文字">"自定义划线"菜单），将打开图 3-81 所示"自定义划线"对话框，在其中可以自定义划线的线型、粗细、颜色等属性。

图 3-80　"自定义着重点"对话框　　　　图 3-81　"自定义划线"对话框

知识库

　　选中设置了属性的文字，选择"编辑">"统一文字属性"菜单，或按【Ctrl+Backspace】组合键，或者单击文字控制面板中的"统一属性"按钮，可以将选中文字的属性与该选中区域内的第一个文字属性设置为相同；选择"编辑">"恢复文字属性"菜单，或按【Alt+Backspace】组合键，或单击文字控制面板中的"恢复文字属性"按钮，则选中的文字将恢复为缺省文字属性。

3.4　设置文字特殊效果

　　在飞腾创艺中，系统提供了艺术字、装饰字、通字底纹、文裁底、文字转曲线和文字块剪裁路径等功能，利用它们可以方便地制作出立体字、空心字、勾边字、装饰字、图像字等文字效果。

实训 1　美化杂志版面——文字特效（一）

【实训目的】
● 掌握"艺术字"和"装饰字"面板的用法。
● 掌握"通字底纹"面板的用法。

【操作步骤】

步骤 1▶ 打开本书配套素材 "素材与实例" \ "Ph3" 文件夹中的 "07.vft" 文件（如图 3-82 左图所示），首先利用 "文字" 工具 T 选中 "Exciting"，如图 3-82 右图所示。

图 3-82　打开素材文件并选中部分英文

步骤 2▶ 选择 "窗口" > "颜色" 菜单，或按【F6】键，打开 "颜色" 面板，然后在其中设置文字颜色为红色（M=Y=100，C=K=0），如图 3-83 所示。

步骤 3▶ 选择 "文字" > "艺术字" 菜单，或者按【Ctrl+H】组合键，或者选择 "窗口" > "文字与段落" > "艺术字" 菜单，打开 "艺术字" 面板，如图 3-84 所示。

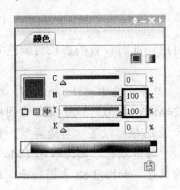

图 3-83　设置文字颜色　　　　　图 3-84　打开 "艺术字" 面板

步骤 4▶ 首先设置立体字效果。在 "艺术字" 面板中，勾选 "立体" 复选框，然后设置 "影长" 为 0.8mm，"阴影方向" 为 315 度，勾选 "重影" 复选框，其他选项保持默认，参数设置及立体字效果如图 3-85 所示。

- **影长** 和**影长颜色**：分别用于设置阴影的长度和颜色。
- **边框线宽**和**边框颜色**：分别用于设置立体字边框的粗细与颜色，边框为 0 表示无边框，如图 3-86 所示。
- **影长方向**：用于设置阴影的投射方向。

图 3-85　设置立体字效果

知识库

阴影或和框的颜色默认为黑色，单击颜色下拉列表可以选择其他颜色或渐变色，也可以选择"自定义"，在打开的"自定义颜色"对话框中进行颜色设置，如图 3-87 所示。

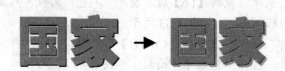

图 3-86　设置边框线宽与颜色效果　　　　图 3-87　"自定义颜色"对话框

- **重影：**勾选该复选框，"边框线宽"将不可用，此时设置的影长与颜色为重影的影长和颜色。

步骤 5▶ 下面设置勾边字效果。利用"文字"工具 T 选中"December"，按【F6】键，打开"颜色"面板，在其中设置颜色为白色（C=M=Y=K=0）如图 3-88 左图所示。

步骤 6▶ 在"艺术字"面板中，勾选"勾边"复选框，设置"勾边类型"为"一重勾边+二重勾边"，设置"边框粗细"为 0.3mm，"勾边颜色"为红色（M=Y=100，C=K=0），设置"线宽"为 0.3mm，"勾边颜色"为黑色，如图 3-88 中图所示。此时，勾边文字效果如图 3-89 所示。

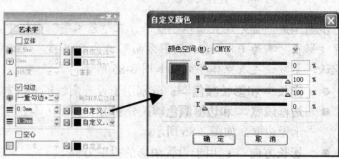

图 3-88　设置文字颜色与勾边属性

- **勾边类型🎛**：系统提供了"一重勾边"和"一重勾边＋二重勾边"两种类型。
- **边框粗细☰和线宽☰**：都用于设置勾边的粗细。
- **勾边颜色⊠**：用于设置勾边的颜色。
- **先勾边后立体**：勾选"立体"复选框后，该复选框被激活。勾选该复选框，用户可以同时设置勾边和立体效果，但将先勾边后立体。不勾选该复选框，则先立体后勾边。
- **边框效果**：单击"艺术字"面板右上角的三角按钮▶，在显示的面板菜单中选择"边框效果"，打开如图 3-90 所示"边框效果"对话框，在其中可以选择边框角效果（尖角、截角和圆角）。选择"尖角"时，可在"尖角设置"编辑框中设置尖角幅度。图 3-91 所示为选择不同"边框效果"时的文字勾边效果。

图 3-89　设置文字的勾边效果　　　　　　　　图 3-90　"边框效果"对话框

尖角　　　　　　　　　　　截角　　　　　　　　　　　圆角

图 3-91　设置不同"边框效果"时的文字勾边效果

步骤 7▶　下面设置空心字效果。利用"文字"工具**T**选中"Editor Note"，在"艺术字"面板中勾选"空心"复选框，其他参数保持默认，文字空心效果如图 3-92 右图所示。

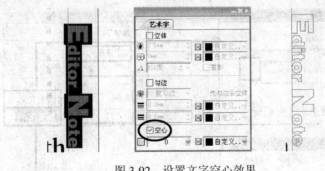

图 3-92　设置文字空心效果

- **底纹▦**：用于设置填充空心字的底纹样式。
- **底纹颜色⊠**：用于设置底纹的颜色。
- **空心_边框粗细**：单击"艺术字"面板右上角的三角按钮▶，在显示的菜单中选择"空心_边框粗细"项，打开图 3-93 左图所示"空心边框粗细"对话框，从中可以设置空心边框线的粗细。

图 3-93　设置空心字边框线宽度

知识库

要取消对文字设置的立体、勾边和空心效果，只需选中文字后，取消选择相应选项即可。

步骤 8▶　下面设置装饰字效果。利用"文字"工具T选中"时尚人生"，然后选择"文字" > "装饰字"菜单，或者选择"窗口" > "文字与段落" > "装饰字"菜单，打开"装饰字"面板，如图 3-94 右图所示。

图 3-94　选中文字与打开"装饰字"面板

步骤 9▶　在"装饰字"面板中，设置"装饰类型" ◯为"方形"，"长宽比例" ▣为 100%，"线型" ▨为"点划线"，"线宽"为 0.5mm，"边框颜色" ▨为浅橙色（M=Y=50，C=K=0），"底纹"为 10，"底纹颜色" ▨为淡黄色（Y=20，C=M=K=0），其他参数保持默认，装饰字效果如图 3-95 右下图所示。

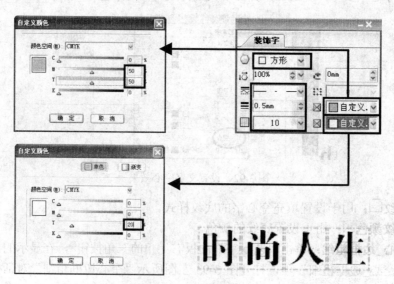

图 3-95　设置装饰字参数

- **装饰类型**⬡：在该下拉列表中系统提供了方形、菱形、椭圆形、向上三角形、向下三角形、向左三角形、向右三角形、六边形和心形 9 种装饰图形。
- **长宽比例**⬡：用于设置装饰图形的长宽比例。
- **字与线距离**⬡：用于设置装饰图形的外框与文字之间的距离。
- **线型**⬡**和边框粗细**⬡：用于设置装饰图形外框的线型和粗细。
- **花边**⬡：在"线型"下拉列表中选择"花边"线型后，在该下拉列表中可以选择装饰图形的花边类型。这里需要注意是：椭圆和心形不能应用花边效果。
- **底纹**⬡：在该下拉列表中可以选择填充装饰图形的底纹类型。
- **边框和底纹颜色**⬡：用于设置装饰图形的外框和底纹的颜色。

步骤 10▶ 下面设置通字底纹效果。利用"文字"工具**T**选中图 3-96 左图所示文字，选择"文字">"通字底纹"菜单，或者选择"窗口">"文字与段落">"通字底纹"菜单，打开"通字底纹"面板，如图 3-96 右图所示。

知识库

要取消装饰字效果，选中文字后，在"装饰字"面板中的"装饰类型"下拉列表中选择"无"即可。

图 3-96 选中文字与打开"通字底纹"面板

步骤 11▶ 在"通字底纹"面板中，选中"单行"单选钮，设置"边框类型"⬡为"矩形"，"底纹"⬡为 1，"底纹颜色"⬡为淡黄色（M=10，Y=30，C=K=0），"线型"⬡为"单线"，"线宽"⬡为 0.1mm，"边框颜色"⬡为橙色（M=50，Y=100，C=K=0），其他选项保持默认，通字底纹效果如图 3-97 右下图所示。

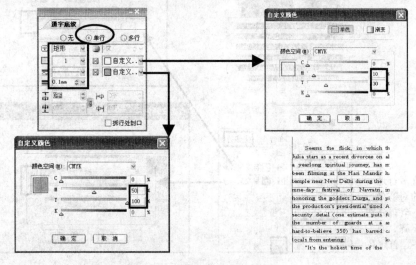

图 3-97 设置通字底纹参数

- 通字底纹类型：系统提供了"单行"和"多行"两种类型，选中"单行"单选钮，将添加以每行文字为单位的底纹；选中"多行"单选钮，则添加的底纹效果类似于为文字块填充颜色。
- **边框类型**⊞：在该下拉列表中系统提供了"矩形"和"圆角矩形"两种边框类型，如果选择"圆角矩形"，可在"圆角角度"◯编辑框中设置圆角的角度。
- **上空**⊤、**下空**⊥、**左空**⊢、**右空**⊣：用于设置边框与文字之间的距离。
- **拆行处封口**：勾选该复选框，则添加单行通字底纹后，文字换行口为封闭状态（必须设置底纹边框才可看到该效果）。反之，文字换行口处于开放状态，如图 3-98 所示。

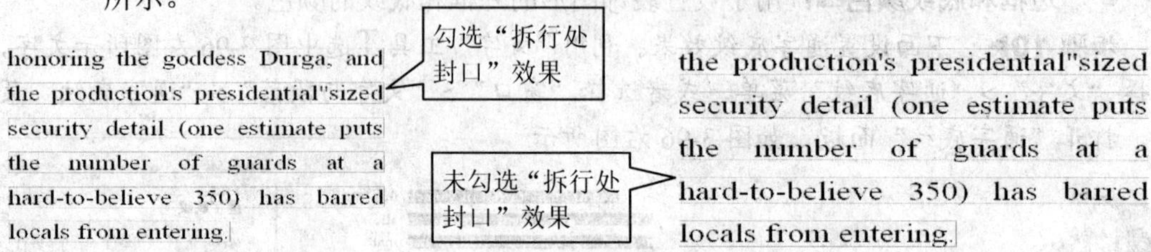

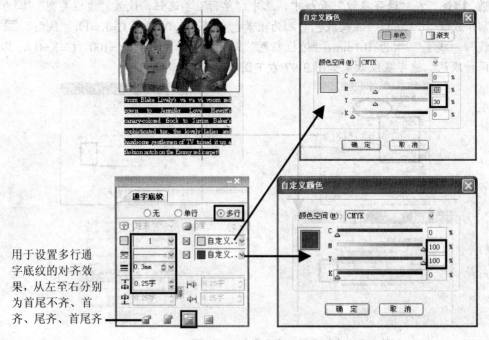

honoring the goddess Durga, and the production's presidential"sized security detail (one estimate puts the number of guards at a hard-to-believe 350) has barred locals from entering.

勾选"拆行处封口"效果

未勾选"拆行处封口"效果

the production's presidential"sized security detail (one estimate puts the number of guards at a hard-to-believe 350) has barred locals from entering.

图 3-98　设置单行通字底纹拆行状态

步骤 12▶　利用"文字"工具T选中图 3-99 左上图所示文字，然后在"通字底纹"面板中选中"多行"单选钮，设置"底纹"□为 1，"底纹颜色"⊠为淡橙色（M=30，Y=30，C=K=0），"线型"▨为"单线"，"线宽"▤为 0.3mm，"边框颜色"⊠为红色（M=Y=100，C=K=0），设置上空⊤、下空⊥、左空⊢、右空⊣均为 0.25 字，单击选中面板下方的"尾齐"按钮▣，得到图 3-100 右图所示效果。至此，本例就制作完成了。

用于设置多行通字底纹的对齐效果，从左至右分别为首尾不齐、首齐、尾齐、首尾齐

图 3-99　选中文字并设置通字底纹参数

图 3-100 多行通字底纹效果

实训 2 制作特效字——文字特效（二）

【实训目的】

- 掌握"文字打散"命令的用法。
- 掌握"文裁底"命令用法。
- 掌握"裁剪路径"命令的用法。
- 掌握"转为曲线"命令的用法。

【操作步骤】

步骤 1▶ 打开本书配套素材"素材与实例"\"Ph3"文件夹中的"08.vft"文件，如图 3-101 左图所示。为方便用户制作本例，我们在页面外提供了操作所需的文字和图像，如图 3-101 中图和右图所示。

图 3-101 打开素材文件

步骤 2▶ 利用"选取"工具 选中"粉红回忆"文字块，选择"文字">"文字打散"菜单，将"粉红回忆"文字块中的 4 个字分割为 4 个独立的文字块，如图 3-102 左图所示。

知识库

文字打散是指将文字块中的文字分离为一个个独立的文字块，并且文字会保留原来的文字属性。

步骤 3▶ 利用"选取"工具 同时选中"粉"、"红"、"回"、"忆"文字块，选择"窗口">"色样"菜单，或按【Shift+F6】组合键，打开"色样"面板，单击"底纹"按钮，然后单击色样列表中的"彩虹渐变"，此时选中的文字块被填充为彩虹渐变，如图 3-102 右图所示。

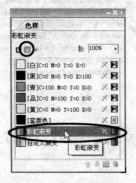

图 3-102　使用彩虹渐变填充文字块

知识库

　　选中文字块，利用"美工"菜单下的"背景图"命令，可以使用图像填充文字块，具体操作方法详见第 7 章 7.2 节内容。

步骤 4▶ 选择"文字">"文裁底"菜单，此时文字块中的文字对底纹（或图像）进行裁剪，效果如图 3-103 所示。

知识库

　　要取消文裁底效果，可在选中文字块后，取消勾选"文字"菜单下的"文裁底"命令。

步骤 5▶ 利用"选取"工具 选中"粉"文字块，然后选择"渐变"工具，将光标移至文字块的左上角，按住鼠标左键并向右下方拖动，释放鼠标后即可改变渐变填充效果，如图 3-104 右图所示。

图 3-103　文字文裁底效果　　　　　　图 3-104　改变粉字的渐变填充效果

步骤 6▶ 参照与步骤 5 相同的操作方法，调整"红"、"回"和"忆" 3 个字的渐变填充效果，效果如图 3-105 左图所示。

步骤 7▶ 利用"选取"工具 ▶ 同时选中"粉"、"红"、"回"、"忆"文字块，在控制面板中设置"线型"为"单线"，"粗细"为 0.2mm；按【F6】键，打开"颜色"面板，在其中单击"边框"按钮□，然后设置颜色为红色（M=Y=100，C=K=0），然后将 4 个文字块放置在页面的右上角，效果如图 3-105 右图所示。

图 3-105　调整文字的渐变填充效果并为文字块描边

步骤 8▶ 下面制作图像字。用"选取"工具 ▶ 选中"真爱"文字块，选择"美工" > "裁剪路径"菜单，此时文字块将作为裁剪路径，利用它可裁剪其他对象。

步骤 9▶ 将"真实"文字块放在页面外的图像上方（制作图像字必须将裁剪路径对象与被裁剪对象叠放在一起），然后同时选中文字块与图像，选择"对象" > "成组"菜单，或者按【F4】键，此时图像被文字裁剪，得到图像文字，效果如图 3-106 右图所示。

图 3-106　使用文字剪裁图像

 知识库

利用"穿透"工具 ▶，单击图像文字，可以选中被裁剪的图像，单击并拖动鼠标，可以移动图像的位置，从而可改变文字的填充效果。

步骤 10▶ 利用"文字"工具 T 分别选中"真"和"爱"字，然后在"文字属性"

面板中分别设置旋转角度和纵向偏移量，将文字块放置在页面的左上角，参数设置及效果如图 3-107 所示。

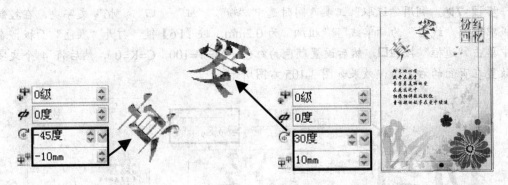

图 3-107　设置文字的旋转角度和纵向偏移量

步骤 11▶　下面制作异形字。利用"选取"工具 选中"永恒"文字块，选择"美工" > "转为曲线"菜单，或者按【Ctrl+Alt+C】组合键，将文字转换为曲线。

步骤 12▶　保持转为曲线的文字的选中状态，选择"对象" > "解组"菜单，或按【Shift+F4】组合键，可以将"永"和"恒"两者分离为两个独立的部分。

步骤 13▶　选择"穿透"工具 ，然后单击"永"字，此时"永"字上出现许多节点（空心的方块），如图 3-108 左图所示。

知识库

　　文字被转换为曲线后，实际上是将其转换为普通图形，此时可利用"穿透"工具 编辑其形状，以便制作出各种异形字。例如，选择"穿透"工具 后，拖动节点可调整文字形状；双击节点，可删除节点，从而改变文字形状；单击节点，可在节点上显示控制柄，然后可拖动控制柄来调整文字形状；另外，双击没有节点的曲线部分，可在双击处增加节点。

步骤 14▶　双击"永"字上方的部分节点，将它们删除，得到图 3-108 右图所示效果。

图 3-108　利用"穿透"工具选中文字并删除节点

步骤 15▶　继续用"穿透"工具 删除"永"字左侧的部分节点（保留带控制柄的节点），然后利用以上"知识库"中讲解的方法，调整"永"字左侧的形状，效果如图 3-109

左图所示。

步骤 16▶ 继续用"穿透"工具，调整"永"字的右侧，效果如图 3-109 右图所示。

图 3-109 调整"永"字的形状

步骤 17▶ 利用"穿透"工具 选中"恒"字，然后通过添加、删除和拖动节点的方式，将其调整为图 3-110 右图所示形状。

图 3-110 利用"穿透"工具调整"恒"字的形状

步骤 18▶ 选择"矩形"工具 ，然后在"恒"字左侧单击并拖动鼠标，绘制一个长条矩形，如图 3-111 左图所示。

步骤 19▶ 利用"选取"工具 将页面外的心形移至"永"字的上方，适当调整其大小；复制心形（与复制文字块的方法相同），并适当缩小，然后利用"旋转变倍"工具 双击复制的心形，并适当旋转，放置在图 3-111 右图所示位置。这样，异形字"永恒"就制作好了。

图 3-111 绘制矩形并调整心形的位置和大小

步骤 20▶ 利用"选取"工具 选中"永恒"二字（两个心形除外），依次按【Ctrl+C】、【Ctrl+Alt+V】组合键，将它们原位置复制，然后更改其填充颜色；按住【Ctrl】键的同时，按键盘上的【↑】和【←】键，移动复制文字的位置，制作出阴影字效果，如图 3-112 右图所示。

图 3-112　为"永恒"制作阴影效果

步骤 21▶ 利用"选取"工具 选中两个心形，选择"对象">"层次">"最上层"菜单，或者按【Ctrl+C】组合键，将其移至所有对象的上方。最后同时选中两个心形和"永恒"，将它们放置图 3-113 右图所示位置。

图 3-113　调整对象的排列顺序和位置

提示.

如果对文字设置了重影、装饰字、通字底纹、文裁底、划线等属性，则转为曲线后，这些效果会被清除。

3.5　操作的撤销、恢复与重复

在排版过程中，为了达到满意的效果，可以将先前进行过的操作撤销，另外为了提高效率，还可以重复执行某些操作。

1. 撤销/恢复操作

步骤 1▶ 新建或打开文件后，在未执行任何操前，打开"编辑"菜单，可以看到菜单中与撤销和恢复相关的菜单项均为不可用状态，如图 3-114 所示。

步骤 2▶ 利用"文字"工具 T 在页面中绘制一个文字块，然后输入文字，此时"撤销"菜单项被替换为"撤销键入"，选择该菜单项或按【Ctrl+Z】组合键，将撤销键入文字的操作，如图 3-115 所示。连续按【Ctrl+Z】组合键，可撤销前面进行的多步操作。

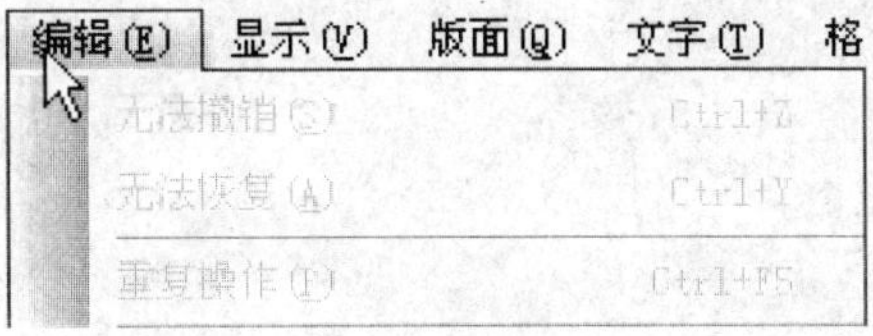

编辑(E)	显示(V)	版面(Q)	文字(T)	格
无法撤销(U)			Ctrl+Z	
无法恢复(A)			Ctrl+Y	
重复操作(D)			Ctrl+F5	

编辑(E)	显示(V)	版面(Q)	文字(T)	格
撤销(S)键入			Ctrl+Z	
无法恢复(A)			Ctrl+Y	
重复操作(D)			Ctrl+F5	

图 3-114　没做任何操作的"编辑"菜单 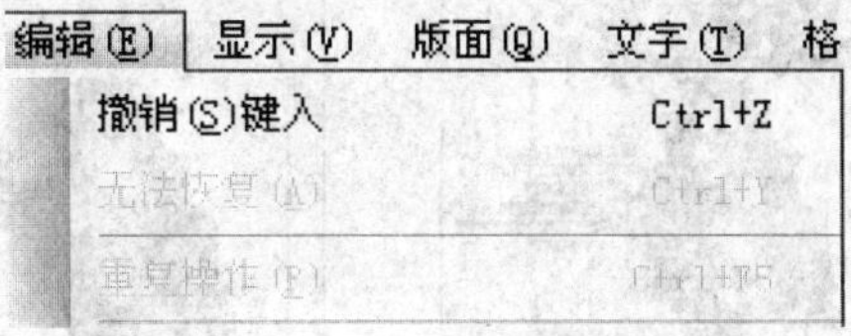　　　　图 3-115　执行操作后的"编辑"菜单

步骤 3▶ 此时，在"编辑"菜单中出现"恢复键入"菜单项，选择该菜单项，或按【Ctrl+Y】组合键，可以恢复撤销的操作。连续按【Ctrl+Y】组合键，可恢复撤销的多步操作。

2．重复操作

在飞腾创艺中，我们可以把对某对象应用过的操作，如设置字体、字号、行距等，重复应用到别的对象上。

步骤 1▶ 创建两个文字块并输入文字，将第二个文字块的字体设置为"方正琥珀体简"，如图 3-116 左图所示。

步骤 2▶ 选中第一个文字块，选择"编辑" > "重复操作"菜单，或者按【Ctrl+F5】组合键，第一个文字块的字体也被设置为"方正琥珀体简"，如图 3-116 右图所示。

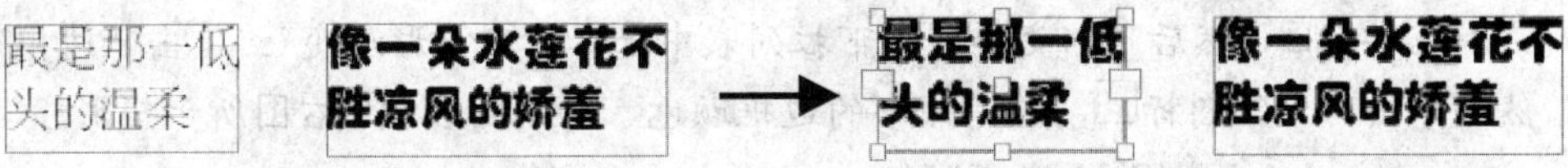

图 3-116　重复操作

综合实训——制作时尚杂志封面

在本例中，我们将通过制作图 3-117 左图所示的杂志封面来练习前面学过的内容。制作本例时，首先将书名文字转换为曲线，然后调整其形状，制作出异形字效果；其次输入其他封面文字，并利用"文字属性"面板设置文字的基本属性；最后根据版面要求，分别制作装饰字、立体字和通字底纹效果。

步骤 1▶ 打开本书配套素材"素材与实例"\"Ph3"文件夹中的"09.vft"文件，如图 3-117 右图所示。

步骤 2▶ 利用"选取"工具 选中页面外的"装容"文字块，选择"美工" > "转为曲线"菜单，将"装容"二字转为普通图形。

步骤 3▶ 选择"对象" > "解组"菜单，或者按【Shift+F4】组合键，将"装容"分离为两个独立的部分，然后利用"穿透"工具 分别将"装"和"容"调整为图 3-118 所示形状。

图 3-117　杂志封面效果图和打开的素材文件　　　　　图 3-118　异形字效果

步骤 4▶　利用"选取"工具 同时选中"装"和"容"文字图形，选择"美工" > "裁剪路径"菜单，使它们具有裁剪属性，并作为裁剪路径。

步骤 5▶　选中"矩形"工具 ，然后将光标移至"装"和"容"文字图形的上方，按住鼠标左键并拖动，绘制一个适当大小的矩形。

步骤 6▶　选中矩形，选择"窗口" > "色样"菜单，或者按【Shift+F6】组合键，打开"色样"面板，单击"底纹"按钮 ，然后在色样列表中选择"彩虹渐变"，使用"彩虹渐变"色样填充矩形，如图 3-119 左图所示。

步骤 7▶　选择"窗口" > "颜色"菜单，或者按【F6】组合键，打开"颜色"面板，单击"底纹"按钮 ，然后"渐变类型"下拉列表中选择"双锥形渐变"；单击"边框"按钮 ，然后单击"无"图标 ，取消矩形的边框颜色，得到图 3-119 右图所示矩形。

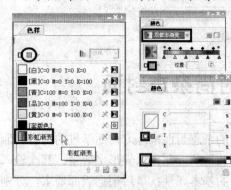 

图 3-119　绘制矩形并使用彩虹渐变填充矩形

步骤 8▶　选择"选取"工具 ，使用拖动方式同时选中"装"、"容"和矩形，然后选择"对象" > "成组"菜单，或按【F4】键，将它们群组。此时，得到渐变填充的异形字效果，如图 3-120 左图所示。

步骤 9▶　选中渐变效果的异形字，按【Ctrl+C】组合键，复制异形字，然后在"颜色"面板中单击"底纹"按钮 ，再设置填充色为黑色（K=100，C=M=Y=0）。

步骤 10▶　选择"编辑" > "原位粘贴"菜单，或按【Ctrl+Alt+V】组合键，原位置粘贴渐变效果的异形字。按住【Ctrl】键的同时，分别按键盘中的方向键【←】和【↑】

键，将渐变效果的异形字向左上方轻移，制作出阴影字效果，如图 3-120 右图所示。

图 3-120　使用文字剪裁图形并制作阴影

步骤 11▶　利用"选取"工具 同时选中"装"、"容"文字图形，然后将它们放置在图 3-121 所示位置。

步骤 12▶　利用"文字"工具 T 在页面中输入文字，分别放置图 3-122 所示位置（用户也可以排入本书提供的文本素材"05.txt"文件，然后按照图中对应的编号调整各文字块位置）。

图 3-121　调整文字图形的位置

图 3-122　输入文字

步骤 13▶　利用"选取"工具 选中 3 号文字块，在文字控制面板中设置"中文字体"为"方正大标宋简体"，"X"字号为"小一"；然后利用"文字"工具 T 选中"2009"，打开"装饰字"面板，在其中设置"装饰图形" ⬡ 为"菱形"，"线型" 为"单线"，"边框粗细" 为 0.2mm，"边框颜色" 为红色（M=Y=100，C=K=0），"底纹颜色" 为白色，如图 3-123 所示。

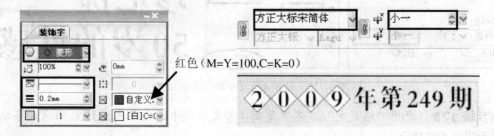

图 3-123　设置 3 号文字块的文字属性

步骤 14▶　利用"文字"工具 T 选中 1 号文字块中的第一行文字，在控制面板中设置其字体、字号和行距，在"颜色"面板中设置文字颜色为红色（M=Y=100，C=K=0）；

利用"文字"工具**T**选中 1 号文字块中的第 2、3 行文字，在文字控制面板中设置字体、字号和行距，参数设置和效果如图 3-124 所示。

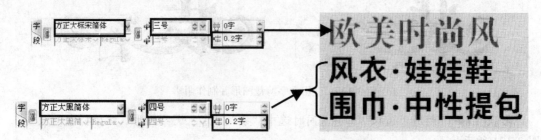

图 3-124 设置 1 号文字块的文字属性

步骤 15▶ 利用"格式刷"工具复制 1 号文字块中的文字属性至 2 号文字块，如图 3-125 所示。

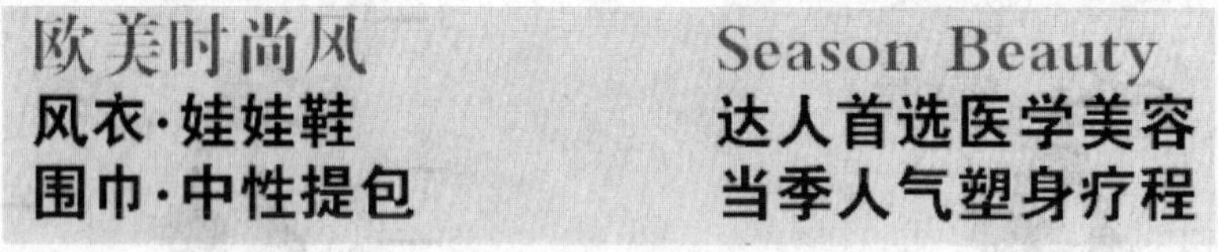

图 3-125 复制文字属性

步骤 16▶ 利用"文字"工具**T**选中 4 号文字块中的文字，在"文字属性"面板中设置字体、字号和行距，然后选中第一行文字，在"通字底纹"面板中设置单行通字底纹效果，参数设置及效果如图 3-126 所示。

图 3-126 设置 4 号文字块的文字属性

步骤 17▶ 利用"格式刷"工具复制 4 号文字块中的文字属性至 5、6 号文字块，效果如图 3-127 所示。

步骤 18▶ 利用"文字"工具**T**选中 7 号文字块中的文字，在文字控制面板中设置字体、字号和行距；在"颜色"面板中设置文字颜色为白色（C=M=Y=K=0）；在"通字底纹"面板中设置单行通字底纹参数，如图 3-128 所示。

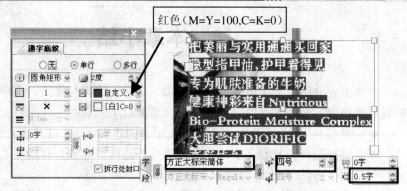

图 3-127　复制文字属性　　　　　　　　图 3-128　设置编号 7 文字块的文字属性

步骤 19▶　利用"文字"工具 **T** 选中 8 号文字块中的文字，在"文字属性"面板中设置"中文字体"为"方正大标宋简体"，"行距"为 0.5 字，文字颜色为白色（C=M=Y=K=0）；选中第一行文字，设置"X"字号为"初号"，选中第二行文字，设置字号为"小二"；在"艺术字"面板中分别设置"立体"和"勾边"参数，如图 3-129 所示，此时文字效果如图 3-130 所示。

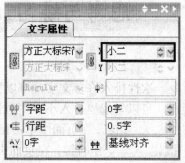

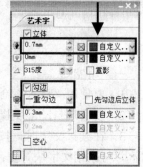

图 3-129　设置编号 8 文字块的文字属性

步骤 20▶　利用"格式刷"工具 将 8 号文字块中的"100 件"文字属性分别复制给 9 号文字块中的"45 件"，以及 10 号、11 号文字块的"五步曲"；将 8 号文字块中的第二行文字的属性复制给 9 号、11 号文字块中的其他文字，得到图 3-131 所示效果。至此，时尚杂志的封面就制作完成了。

图 3-130　编号 8 文字块的文字效果　　　　　图 3-131　复制文字效果

本章小结

本章主要介绍了文字块的创建与编辑，文字的编辑与修改，文字基本属性与特殊效果的设置等内容。学完本章内容后，用户应掌握以下知识。

- 掌握利用"文字"工具 **T** 输入文字并创建文字块，以及排入外部文本文件的方法。
- 掌握选择、复制文字块，以及续排、连接、缩放、移动、旋转、倾斜和变形文字块等方法。
- 掌握文字的选择、复制、剪切、粘贴和删除方法，以及插入特殊符号、创建复合字和使用飞腾小样编辑文本内容的方法。
- 掌握利用"文字属性"面板设置文字属性，以及复制文字属性和设置文字颜色的方法。
- 掌握利用"艺术字"、"装饰字"和"通字底纹"面板设置文字特殊效果的方法，以及"文字打散"、"转为曲线"、"文裁底"和"裁剪路径"命令的用法。

思考与练习

一、填空题

1. 要使用"排入"命令一次性排入许多文字，可以按＿＿＿＿＿＿＿＿组合键。

2. 要实现自动灌文操作，可以勾选"排入小样"对话框中的＿＿＿＿＿＿＿选项。

3. 在续排文字时，按住＿＿＿＿＿＿＿键，在页面中单击鼠标，则生成的续排文字块与版心等高，与原始文字块等宽；按住＿＿＿＿＿＿＿组合键，在页面中单击鼠标，则生成的续排文字块与版心等大。

4. 按住＿＿＿＿＿＿＿＿键的同时，利用"选取"工具 ▶ 单击并拖动文字块，可以复制文字块。

5. 利用＿＿＿＿＿＿＿＿工具，可以对文字块进行缩放、旋转和倾斜操作。

6. 利用"选取"工具 ▶ 调整文字块形状时，必须先按住＿＿＿＿＿＿＿＿键，然后用鼠标拖动控制点，才能将文字块调整为不规则形状。

7. 选中"文字"工具 **T** 后，按住＿＿＿＿＿＿＿＿键在文字块中双击鼠标，可以选中文字块中的所有文字。

8. 利用"文字"工具 **T** 选中文字后，按＿＿＿＿＿＿＿或＿＿＿＿＿＿＿键，都可以删除选中的文字。

9. 按＿＿＿＿＿＿＿＿组合键，可以打开"文字属性"面板；按＿＿＿＿＿＿＿＿组合键，可以打开"艺术字"面板。

二、问答题

1. 如何利用"旋转变倍"工具 ▷ 缩放、旋转与倾斜文字块？

2. 如何续排与连接文字块？

3. 如何利用"选取"工具 或"穿透"工具 改变文字块形状？

4. 如何利用"查找/替换"命令查找与替换文字？

5. 如何插入特殊符号？

6. 如何创建复合字？

7. 如何利用"格式刷"工具 复制与粘贴文字属性？

8. 简述"艺术字"、"装饰字"和"通字底纹"面板的用法。

三、操作题

利用本章所学知识制作图 3-132 所示的复合字、立体字、空心字和异形字（最终效果可参考本书配套素材"素材与实例"\"Ph3"文件夹中的"操作题.vft"文件）。

图 3-132　复合字、立体字、空心字和异形字

第4章　段落设置与文字排版

【本章导读】

在飞腾创艺中，我们不仅可以为文字设置属性，还可以对文字所在的段落设置属性，例如设置段落的对齐、缩进、段前段后距离，以及美化段落等。另外，根据版面设计要求，我们还可以很方便地改变文本的排版方向、对段落进行分栏操作、设置图文混排效果、沿路径边缘或在图形内部放置文字等。

【本章内容提要】

☞ 段落设置
☞ 样式设置
☞ 文字排版

4.1　段落设置

在飞腾创艺中，我们可以利用"段落属性"面板或控制面板来设置段落属性。

实训 1　制作书籍内页——段落属性设置

【实训目的】

● 掌握"段落属性"面板的用法。

【操作步骤】

步骤 1▶ 打开本书配套素材"素材与实例"\"Ph4"文件夹中的"01.vft"文件，如图 4-1 所示。

步骤 2▶ 首先制作段落标题。选择"文字"工具 **T**，在文章开始的第一行单击插入光标，然后选择"窗口">"文字与段落">"段落属性"菜单，或者按【Ctrl+Alt+J】组合键，打开"段落属性"面板，如图 4-2 所示。

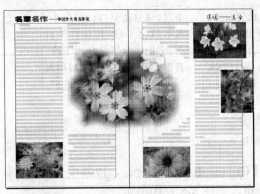

图 4-1 打开素材文件

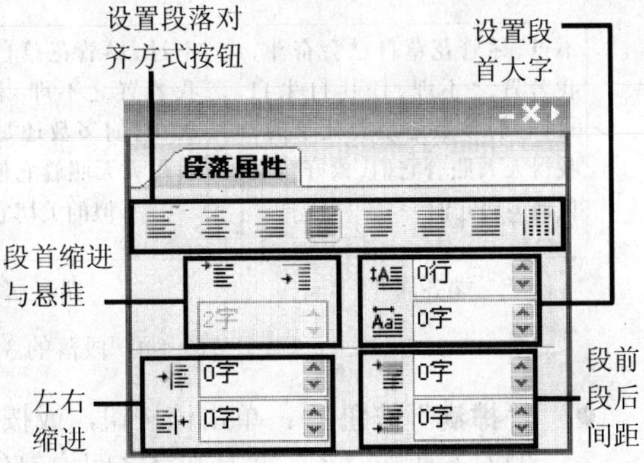

图 4-2 "段落属性"面板

设置段落对齐方式按钮　设置段首大字　段首缩进与悬挂　左右缩进　段前段后间距

.提 示.

> 在设置段落属性时，若用"文字"工具 **T** 在段落中插入光标，将只为当前段落设置属性；若"文字"工具 **T** 选中多段文字，将为所选段落设置属性；若用"选取"工具 ↖ 选中文字块，将为整个文字块内的所有段落设置属性（包括续排或有连接关系的文字块）。

- **"居左"按钮** ≡：单击该按钮，或按【Ctrl+Shift+W】组合键，段落的每行文字以文字块左侧对齐，如图 4-3 左图所示。
- **"居中"按钮** ≡：单击该按钮，或按【Ctrl+I】组合键，段落的每行文字居于文字块的中央，如图 4-3 中图所示。
- **"居右"按钮** ≡：单击该按钮，或者按【Ctrl+R】组合键，段落的每行文字以文字块右侧对齐，如图 4-3 右图所示。

不过，尽管花草自己会奋斗，我若置之不理，任其自生自灭，它们多数还是会死了的 我得天天照管它们，象好朋友似的关切它们	不过，尽管花草自己会奋斗，我若置之不理，任其自生自灭，它们多数还是会死了的 我得天天照管它们，象好朋友似的关切它们	不过，尽管花草自己会奋斗，我若置之不理，任其自生自灭，它们多数还是会死了的 我得天天照管它们，象好朋友似的关切它们
居左	居中	居右

图 4-3 段落文字的居左、居中与居右对齐

- **"端齐（居左）"按钮** ≡：单击该按钮，段落的最后一行文字居左对齐，如图 4-4 左图所示。
- **"端齐（居中）"按钮** ≡：单击该按钮，段落的最后一行文字居中对齐，如图 4-4

中图所示。

- **"端齐（居右）"按钮** ≣：单击该按钮，段落的最后一行文字居右对齐，如图 4-4 右图所示。

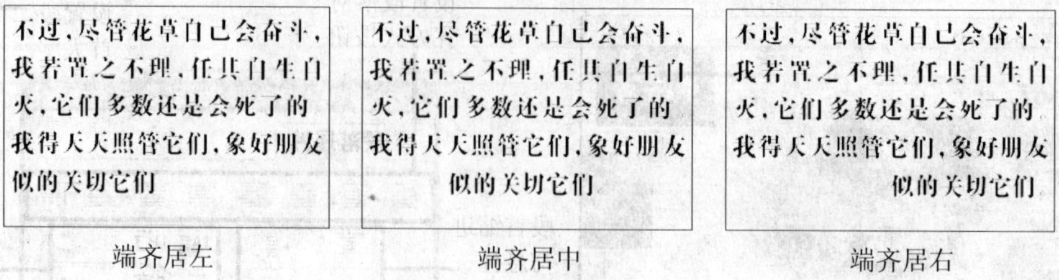

端齐居左　　　　　　　　端齐居中　　　　　　　　端齐居右

图 4-4　段落的 3 种端齐效果

- **"撑满"按钮** ≣：单击该按钮，或按【Ctrl+Shift+Q】组合键，段落中每行文字的左右两端对齐，并且文字之间均匀分布，如图 4-5 左图所示。
- **"均匀撑满"按钮** ▦：单击该按钮，或按【Ctrl+Shift+E】组合键，段落中的每行文字都均匀分布，并且文字之间的距离以两侧文字距离文字块的距离为标准均匀分布，如图 4-5 右图所示。

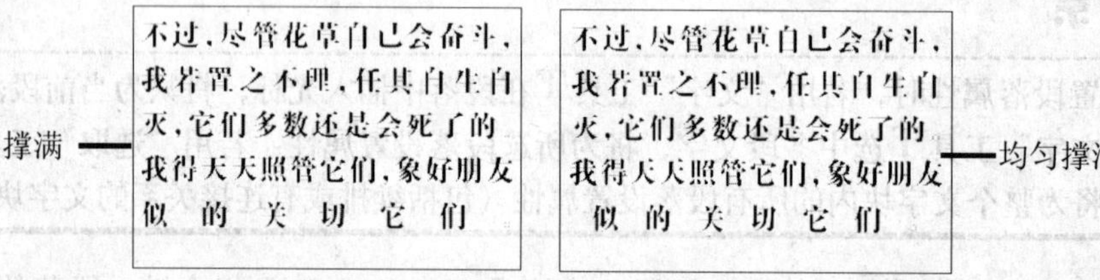

撑满　　　　　　　　　　　　　　　　　　　　　　　　均匀撑满

图 4-5　段落的撑满与均匀撑满

- **"段首缩进"** ≣：单击该按钮，可设置段落的首行缩进效果，并可在下方的编辑框中设置缩进字数，如图 4-6 所示。再次单击该按钮，可取消段首缩进效果。

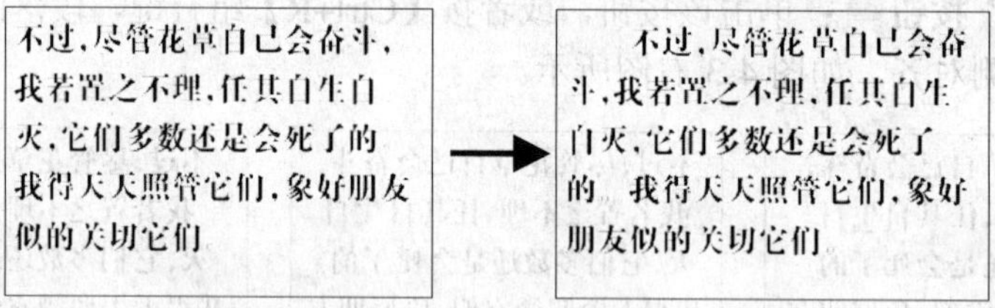

图 4-6　设置段首缩进

- **"段首悬挂"** ≣：单击该按钮，可以设置段落的悬挂效果，并可在下方的编辑框中设置悬挂的字数，如图 4-7 所示。再次单击该按钮，可取消悬挂效果。
- **左缩进"** ≣ **和"右缩进"** ≣：分别在这两个选项的编辑框中输入数值，按【Enter】键，即可设置段落的左或右缩进效果，如图 4-8 所示。要取消左或右缩进，只需在相应编辑框中输入 0，按【Enter】键即可。

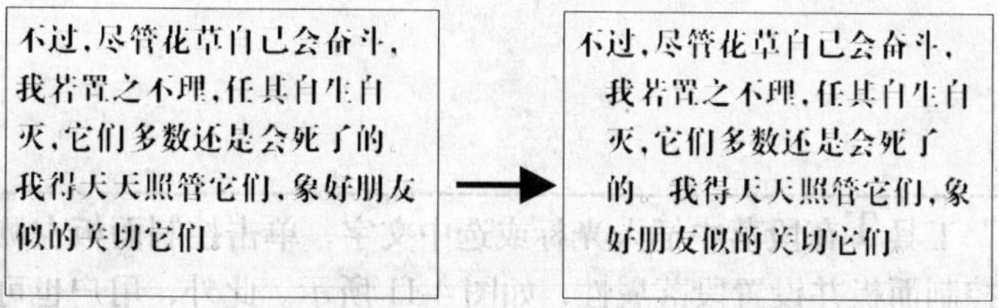

图 4-7 设置段落悬挂。

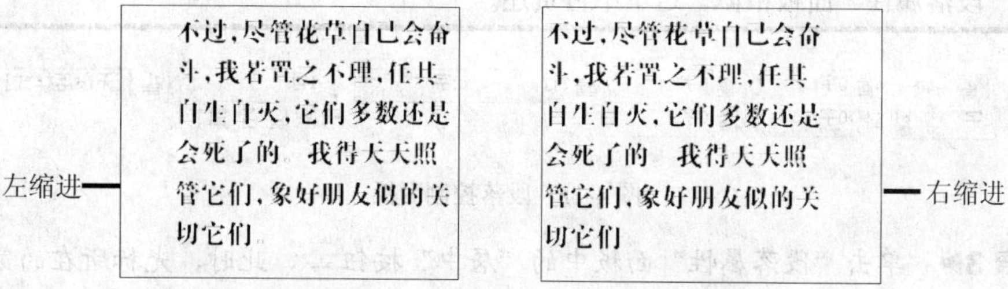

左缩进 —— —— 右缩进

图 4-8 设置段落的左、右缩进

- **"段前距"** 和 **"段后距"**：分别在这两个编辑框中输入数值，按【Enter】键，可以设置当前段落与其前一段或后一段落间的距离，如图 4-9 所示。要取消段前或段后间距，只需在相应编辑框中输入 0，按【Enter】键即可。

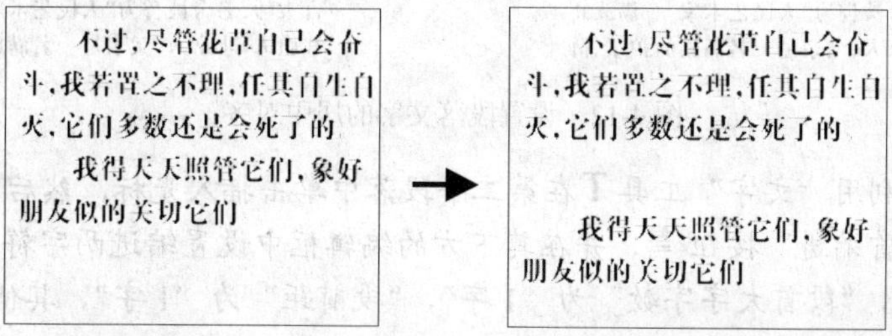

图 4-9 设置段前间距效果

- **"段首大字高"**：在该编辑框中输入数值，可以确定段首大字所占的行数，如图 4-10 左图所示。

- **"段首大字字数"**：在该编辑框中输入数值，可以确定段首大字的字数，如图 4-10 右图所示。

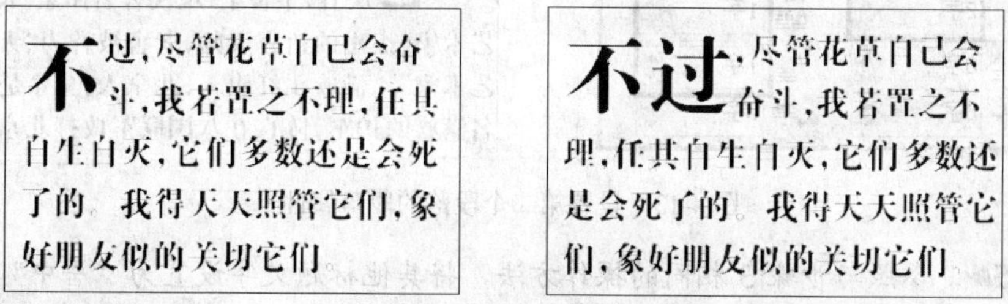

图 4-10 设置段首大字效果

知识库

　　利用"文字"工具 **T** 在段落中插入光标或选中文字，单击控制面板左侧的"段"按钮，可以切换到段落控制面板并设置段落属性，如图 4-11 所示。此外，用户也可以利用"格式"菜单中的相应命令来设置段落属性。利用段落控制面板和"格式"菜单设置段落属性的方法与使用"段落属性"面板相似，这里不再赘述。

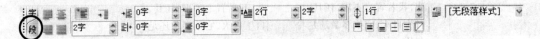

图 4-11　段落控制面板

　　步骤 3▶　单击"段落属性"面板中的"居中"按钮 ，此时，光标所在的第一行文字居中对齐，如图 4-12 右图所示。

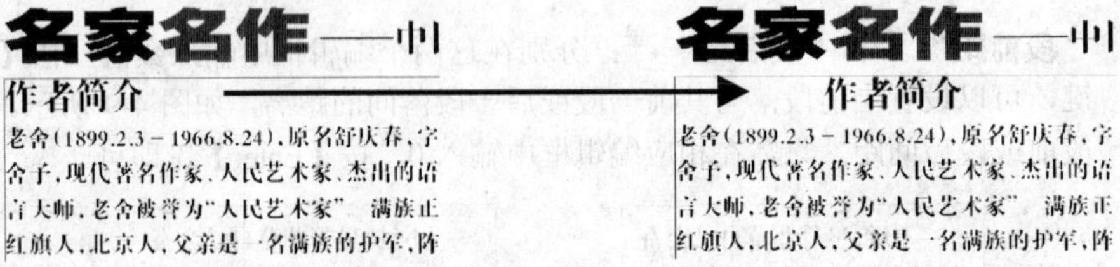

图 4-12　设置段落文字的居中对齐

　　步骤 4▶　利用"文字"工具 **T** 在第二个段落中单击插入光标，然后在"段落属性"面板中单击"段首缩进"按钮 ，并在其下方的编辑框中设置缩进两字符，设置"段首大字高"为"2 行"，"段首大字字数"为"1 字"，"段前距"为"1 字"，其他参数保持默认，此时段落效果如图 4-13 右图所示。

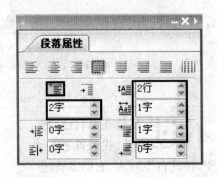

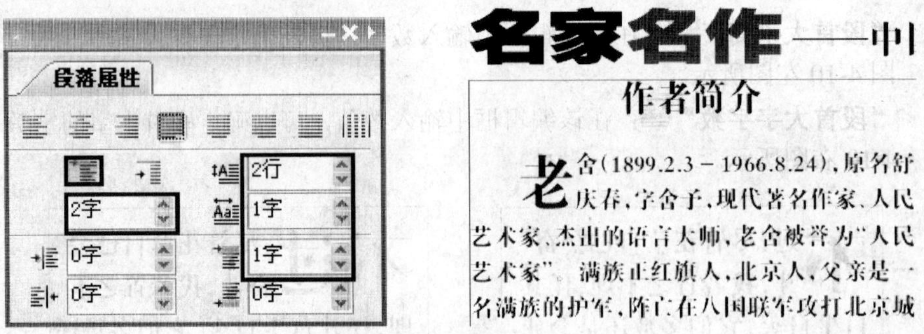

图 4-13　设置第二个段落的段落属性

　　步骤 5▶　参照与步骤 3 相同的操作方法，将其他标题文字设置为"居中"对齐，然后利用"选取"工具 选中文字块，并在"段落属性"面板中设置"首行缩进"为"2 字"，"段前距"为"0.5 字"，得到图 4-14 右图所示版面效果。

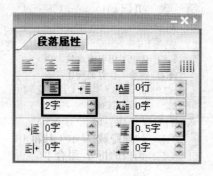

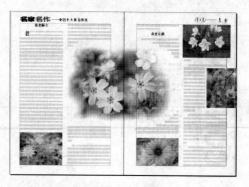

图 4-14 设置文字块中的段落属性

单击"段落属性"面板右上角的三角按钮，从弹出的面板菜单中选择相应命令，可以对段落文字进行"文字密排"、"拆音节"和"小数点拆行"操作，如图 4-15 所示。

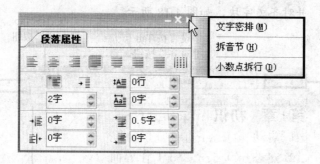

图 4-15 打开"段落属性"面板菜单

- **文字密排：**该命令主要用于解决中文里面段尾独字成行的现象。如果段落最后一行只有一个字符时，选择"文字密排"命令，系统会自动压缩字符间距，将独立成行的单个字符压缩到上一行。
- **拆音节：**文中行尾单词太长，不能在同一行显示时，选择该命令，可以自动按音节将单词分开在两行，并添加连字符。这样，在排版英文时，就不会出现尾行字符排列不齐或字距过大的现象。
- **小数点拆行：**选择该命令，可以使行尾带有小数的数字从小数点处拆行。

实训 2 制作书籍目录——使用 Tab 键对齐段落

【实训目的】
- 掌握"Tab 键"命令的用法。
- 了解"对齐标记"命令的用法。

【操作步骤】

步骤 1▶ 打开本书配套素材"素材与实例"\"Ph4"文件夹中的"02.vft"文件，如图 4-16 所示。下面，我们利用"Tab 键"命令完成该文件目录的编排。

步骤 2▶ 利用"文字"工具 **T** 在每行结尾的数字前单击插入光标，并按一次【Tab】键，将数字与汉字隔开，如图 4-17 所示。

图 4-16　打开素材文件

图 4-17　使用【Tab】键将数字与汉字隔开

步骤 3▶　利用"选取"工具 ▶ 选中文字块，选择"格式">"Tab 键">"Tab 键"菜单，或按【Ctrl+Alt+I】组合键，打开"Tab 键"面板，此时"Tab 键"面板将自动贴附到所选文字块的上方，并对齐文字块，如图 4-18 所示。

图 4-18　打开"Tab 键"面板

 **提　示**

> 如果"Tab 键"面板没有对齐文字块，只需单击面板中的"定位"按钮 🖰，可使"Tab 键"面板贴附于文字块上。另外，为避免在定位过程中文字自动转行，在定位前需要调整文字块的宽度。

步骤 4▶　将光标移至"Tab 键"面板中的标尺上，单击鼠标左键，即可在单击处添加一个 Tab 键，默认对齐方式为"左齐" 🖰（空心为选中）。此时，可看到文字块内的数字执行了左对齐，如图 4-19 左图所示。

步骤 5▶　单击"Tab 键"面板左上角的"右齐"按钮 🖰，将标尺上 Tab 键的对齐方式更改"右齐" 🖰，然后左右拖动 Tab 键改变其位置，或在"Tab 键定位"编辑框中输入数值，本例输入 70mm，按【Enter】键，精确定位 Tab 键的位置。此时文字块内的数字在标尺 70mm 处右对齐，如图 4-19 右图所示。

图 4-19　创建与更改 Tab 键

知识库

在出版物中最常见的 Tab 键对齐方式为"左齐";"居中"对齐方式常用于制作标题文字;"右齐"对齐方式用于目录页码;而"符号对齐"常用于表格中小数点对齐。

步骤 6▶ 单击"填充"编辑框右侧的下拉按钮▼,然后在显示的列表中选择填充符号,本例选择"…",此时数字的左侧被填充了符号,如图 4-20 右图所示。

图 4-20　使用符号填充

步骤 7▶ 利用"文字"工具**T**选中图 4-21 左图所示文字,然后单击"Tab 键"面板中的"定位"按钮，将"Tab 键"面板贴附于所选文字的上方,如图 4-21 右图所示。

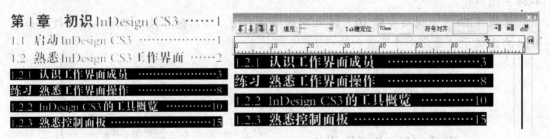

图 4-21　选中文字并调整"Tab 键"面板的位置

步骤 8▶ 在"Tab 键"面板标尺的其他位置单击,创建一个新 Tab 键,然后在"Tab 键定位"编辑框中输入 8mm,按【Enter】键精确定位该键的位置,如图 4-22 左图所示。

步骤 9▶ 利用"文字"工具**T**在选中的每行文字前单击,插入光标并按【Tab】键,可看到文字在标尺 8mm 处左对齐,如图 4-22 右图所示。

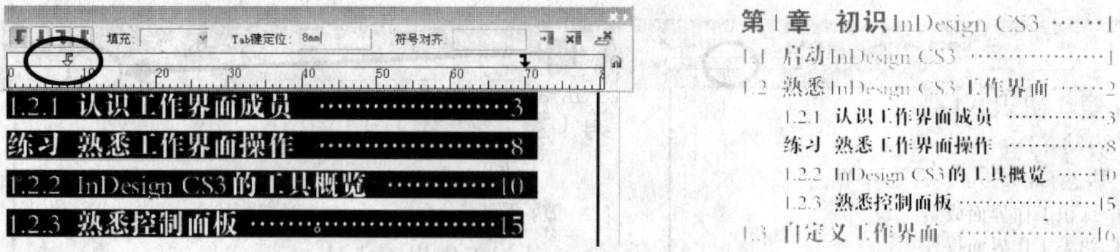

图 4-22　设置文本的左对齐效果

知识库

要删除某个 Tab 键，只需将标尺上的 Tab 键拖离标尺即可。如果要删除所有 Tab 键，可在选中文字块后，单击 "Tab 键" 面板中的 "全部清除" 按钮 ⁻。

步骤 10▶ 下面我们利用 "对齐标记" 命令来对齐文本。利用 "文字" 工具 **T** 在如图 4-23 左图所示的文本前单击插入光标，选择 "格式" > "对齐标记" > "设置" 菜单，或者按【Ctrl+F1】组合键，这时位于该行以下所有文字的起始位置均与光标所在位置左对齐，如图 4-23 右图所示。

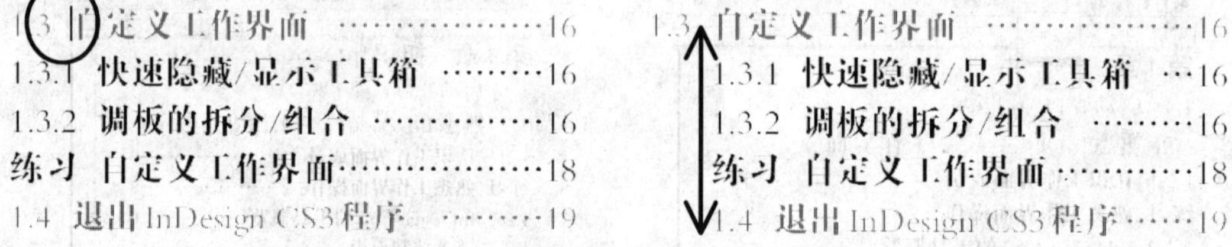

图 4-23　使用 "对齐标记" 命令对齐文本

步骤 11▶ 利用 "文字" 工具 **T** 在需要取消对齐标记的位置单击插入光标，选择 "格式" > "对齐标记" > "消除" 菜单，或者按【Ctrl+F2】组合键，即可取消对齐标记，如图 4-24 左图所示。

步骤 12▶ 参照与步骤 10～11 相同的操作方法，将其他目录文字对齐，其效果如图 4-24 右图所示。至此，目录就制作好了。

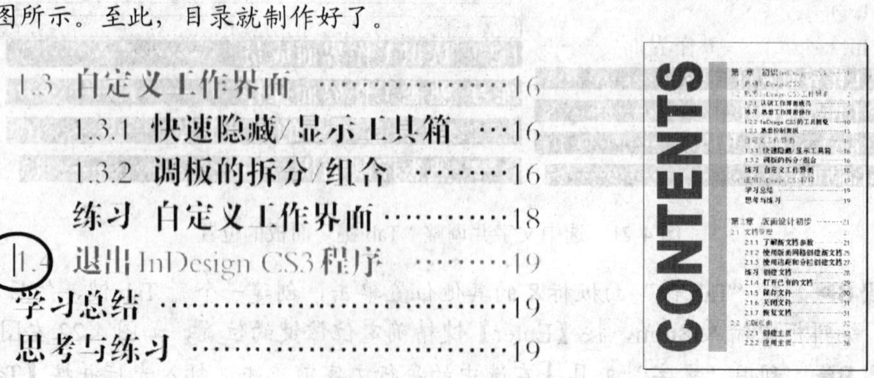

图 4-24　使用 "对齐标记" 对齐其他目录文字

4.2 样式设置

在飞腾创艺中，我们可以将文字或段落属性定义为样式，在以后的排版操作中，可以直接将定义好的文字或段落样式应用于文字或段落，从而提高工作效率。

实训 1 制作护肤产品目录页——样式设置

【实训目的】
● 掌握文字和段落样式的创建与应用方法。

【操作步骤】

步骤 1▶ 打开本书配套素材"素材与实例"\"Ph4"文件夹中的"03.vft"文件，如图 4-25 所示，然后利用"文字"工具 T 选中图 4-26 所示文字。

图 4-25 打开素材

美涛 手部护理套装
特效滋养霜 60 ml
柔软手部皮肤，补充肌肤所需营养
手部磨砂霜 220ml
清洁老死细胞，同时可以清洁手部皮肤，新鲜的橙子香味给予您轻松写意的感官享受
护手霜
充分滋养手部肌肤，防止手部肌肤干裂、粗糙与细纹产生
80ml
售价 355 元

图 4-26 选中文字

步骤 2▶ 在"文字属性"和"通字底纹"面板中设置文字属性，在"颜色"面板中选择颜色，参数设置及效果如图 4-27 所示。

M=20，Y=40，C=K=0

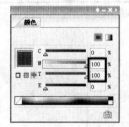

美涛 手部护理套装
特效滋养霜 60 ml
柔软手部皮肤，补充肌肤所需营养
手部磨砂霜 220ml
清洁老死细胞，同时可以清洁手部
子香味给予您轻松写意的感官享
护手霜
充分滋养手部肌肤，防止手部肌
纹产生
80ml
售价 355 元

图 4-27 为选中的文字设置属性

步骤 3▶ 选中设置好属性的文字，选择"窗口" > "文字与段落" > "文字样式"菜单，或者按【Shift+F11】组合键，打开"文字样式"面板，单击面板底部的"新建样式"

按钮 ，即可将所选文字的属性定义为文字样式，如图 4-28 所示。

步骤 4▶ 我们还可以直接创建并定义样式。不选中任何文字，单击"文字样式"面板右上角的三角按钮 ，从弹出的面板菜单中选择"新建样式"项，打开图 4-29 所示"文字样式编辑"对话框，在其中定义样式名称，设置文字的基本和特殊属性（本例设置的参数如图 4-30 所示），单击"确定"按钮，即可创建文字样式。

步骤 5▶ 利用"文字"工具 T 选中要应用文字样式的文字，然后在"文字样式"面板中双击新建的文字样式名称，

图 4-28　创建文字样式

即可将创建的样式应用于文字。本例为"美涛护唇系列"、"植物配方护体系列"和"异域 风情沐浴系列"文字应用"文字样式"样式，如图 4-31 所示；为"手部磨砂霜 220ml"、"美涛护手霜"、"去角质唇膜"、"香体喷雾"等产品名称文字应用"文字样式 1"文字。

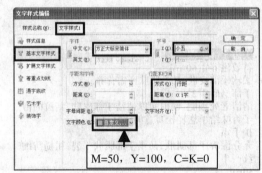

M=50，Y=100，C=K=0

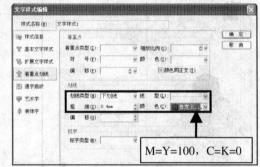

M=Y=100，C=K=0

图 4-29　利用"文字样式编辑"对话框编辑样式属性

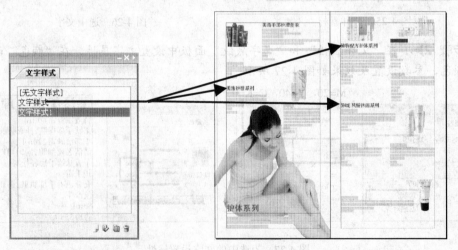

图 4-30　创建新样式　　　　　图 4-31　应用文字样式

步骤 6▶ 我们还可在"文字样式"面板中单击选中文字样式，然后单击面板底部的"编辑样式"按钮 ，或者单击面板右上角的三角形按钮 ，从显示的面板菜单中选择"编

辑样式"项（如图 4-32 所示），在打开的"文字样式编辑"对话框中修改文字属性。

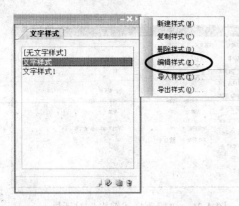

知识库

在"文字样式"面板中，选中创建的文字样式，单击面板底部的"复制样式"按钮，或者在面板菜单中选择"复制样式"项，可以复制当前选中的样式；如果单击面板底部的"删除样式"按钮，或者选择面板菜单中"删除样式"项，可以删除文字样式。

图 4-32　打开"文字样式"面板菜单

步骤 7▶　修改样式后，其修改结果将直接应用于所有应用了该样式的文字。如果不希望修改某些文字的样式，可以在修改样式前，选中应用样式的文字，在"文字样式"面板中双击"无文字样式"，切断所选文字与样式的连接关系。

步骤 8▶　选择"文字"工具 T，将光标放在任意一个对产品进行介绍的段落中，然后在"段落属性"面板中设置段落属性，如图 4-33 所示。

步骤 9▶　选择"窗口">"文字与段落">"段落样式"菜单，或者按【F11】键，打开"段落样式"面板，然后单击面板底部的"创建样式"按钮，即可将所选段落的属性定义为段落样式，如图 4-34 所示。

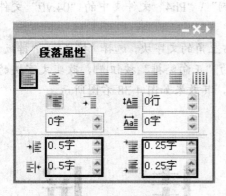

图 4-33　"段落属性"面板

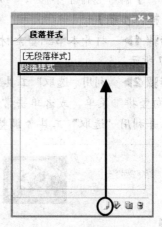

图 4-34　定义段落样式

步骤 10▶　利用"文字"工具 T 在对产品进行介绍的其他段落中分别插入光标，并在"段落样式"面板中双击段落样式名称，将该样式应用于这些段落，效果如图 4-35 所示。

步骤 11▶　要更改段落样式的属性，可在"段落属性"面板选中段落样式后，单击面板底部的"编辑样式"按钮，打开图 4-36 所示"段落样式编辑"对话框，在其中更改相关参数，单击"确定"按钮即可。

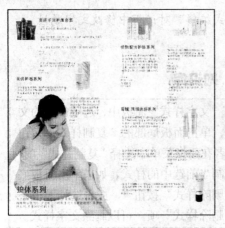

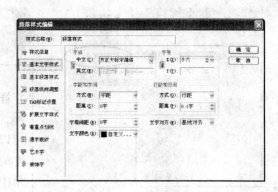

图 4-35　应用段落样式　　　　　　　　　图 4-36　"段落样式编辑"对话框

4.3　文字排版

实训 1　制作家居装饰品宣传页——文字排版（一）

【实训目的】

● 掌握切换文本排版方向的方法。

● 了解"竖排字不移"、"纵中横排"与"纵向调整"命令的用法。

【操作步骤】

步骤 1▶ 打开本书配套素材"素材与实例"\ "Ph4" 文件夹中的 "04.vft" 文件，如图 4-37 所示。

步骤 2▶ 利用"选取"工具 ▶ 选中页面右上角的文字块，选择"格式">"排版方向">"正向竖排"菜单，或者单击常用工具条中的"正向竖排"按钮 Ⅲ，改变文字块的排版方向，并利用"选取"工具 ▶ 调整文字块大小，其效果如图 4-38 右图所示。

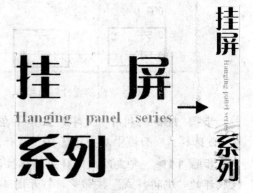

图 4-37　打开素材文件　　　　　　　　　图 4-38　改变文字块的排版方向

．知识库．

飞腾创艺还提供了"正向横排" 、"反向横排" 、和"反向竖排" 3 种排版方式，分别如图 4-39 所示。用户可根据版面需要选择排版方向。

图 4-39　文章的排版方向

步骤 3▶　利用"文字"工具 T 选中页面右上角文字块中的英文，选择"格式">"纵中横排">"不压缩"菜单，此时选中的英文变成了横排，并且保留原有的大小和字距，其效果如图 4-40 右图所示。

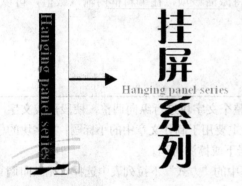

图 4-40　设置英文的纵向横排效果

．知识库．

如果选择"纵中横排"菜单下的"部分压缩"菜单项，系统会按照一定的比例将选中的文字进行压缩；选择"最大压缩"菜单项，系统会将选中的文字总宽度压缩为当前所在行的行宽大小。选择"取消"命令，可以取消纵中横排效果。

．知识库．

在飞腾创艺中，将文章排版方向设置为竖排时，文章里的英文和数字默认向左旋转 90°，如图 4-41 左图所示。这时，使用"文字"工具 T 选中英文或数字，或使用"选取"工具 选中文字块，选择"格式">"竖排字不转"菜单项，可以使英文和数字与汉字方向保持一致，如图 4-41 右图所示。如需恢复设置，只需取消选择"竖排字不转"菜单项即可。

图 4-41　设置竖排文字不转效果

步骤 4▶ 利用"文字"工具 T 在图 4-42 左图所示段落中单击插入光标，选择"格式" > "纵向调整"菜单，打开图 4-42 中图所示"纵向调整"对话框，在其中设置"总高"为"3 行"，"方式"为"居中"，单击"确定"按钮，得到图 4-42 右图所示效果。至此，家居装饰品宣传页就排版完成了。

图 4-42 纵向调整段落文字

- **总高：** 用于指定段落文字的占位高度。
- **方式：** 用于设置段落或文字块的排版方式，包括居中、居上、居下、撑满和均匀撑满。
- **上空：** 当设置"方式"为"居上"时，将激活该项，在编辑框内输入数值，可以设置段落前距离。

知识库

利用"纵向调整"命令，可以对段落文字或整个文字块进行纵向调整，使段落或文字块在指定的占位高度内排版。其中，段落纵向调整主要用于制作文章中的小标题；文字块的纵向调整主要用于设置文字在文字边框内居中、居下或撑满排列。

要取消纵向调整，只需在"纵向调整"对话框中的"方式"下拉列表中选择"无纵向调整"即可。

实训 2　制作报纸美容塑身栏目版面——文字排版（二）

【实训目的】

- 掌握文字块分栏的方法。
- 掌握"图文互斥"与"文不绕排"命令的用法。
- 了解文字裁剪勾边与分隔符的添加方法。

【操作步骤】

步骤 1▶ 打开本书配套素材"素材与实例"\"Ph4"文件夹中的"05.vft"文件，如图 4-43 所示。

步骤 2▶ 利用"选取"工具 选中标题下方的文字块，选择"格式" > "分栏"菜单，或者按【Ctrl+B】组合键，打开"分栏"对话框，在其中设置"分栏方式"为"自定义"，设置"栏数"为 3，"栏间距"为 2 字，勾选"应用于整篇文章"复选框，如图 4-44 所示。

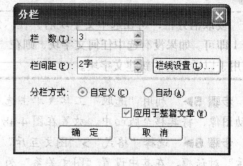

图 4-43　打开素材文件　　　　　　　　　　图 4-44　"分栏"对话框

- **分栏方式**：选择"自定义"单选钮，可以按照指定的"栏数"和"栏间距"分栏。选择"自动"单选钮，"栏数"和"栏间距"选项不可用，此时系统将按照版心背景格的栏数和栏间距分栏。

- **应用于整篇文章**：勾选该复选框，将对整篇文章进行分栏。如果不勾选该项，当一篇文章包含多个续排关系的文字块时，只对当前选中的文字块进行分栏。

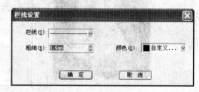

- **"栏线设置"按钮**：单击该按钮，可打开图 4-45 所示的"栏线设置"对话框，在其中可以设置栏线的线型、粗细和颜色。要取消栏线，可在"栏线"下拉列表中选择"空线"。

图 4-45　"栏线设置"对话框

　　步骤 3▶　参数设置好后，单击"分栏"对话框中的"确定"按钮，即可按照指定的参数将文字块分为 3 栏，如图 4-46 所示。

　　步骤 4▶　利用"选取"工具 ▶ 选中分栏后的文字块，按【Ctrl+Alt+F】组合键，打开"文字属性"面板，在其中设置"行距"为 1 字，参数设置及效果如图 4-47 所示。

图 4-46　分栏后的文字块　　　　　　　　图 4-47　调整文字块中文字的行距

要取消分栏，可在选中文字块后，在"分栏"对话框中的"栏数"编辑框中设置栏数为 1 即可。如果没有选中任何文字块，则在"分栏"对话框中设置相关参数后，分栏参数将应用于以后所有的新建文字块。

步骤 5▶ 利用"选取"工具↖单击选中页面外的人物图像，然后按住鼠标左键不放拖动图像，将其移至版面中，放置在图 4-48 右图所示位置。

步骤 6▶ 选择"格式"＞"图文互斥"菜单，或者按【Shift+S】组合键，打开"图文互斥"对话框，在其中设置"图文关系"为"外框互斥"，"文字走向"为"不分栏串文"，"边空"均为 3mm，如图 4-49 所示。单击"确定"按钮，得到图 4-50 所示效果。

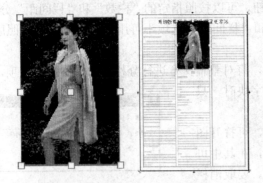

图 4-48　选中图像并调整其位置　　　　图 4-49　设置图文互斥参数

步骤 7▶ 利用"选取"工具↖单击选中页面外的另一幅人物图像，按【Shift+S】组合键，再次打开"图文互斥"对话框。由于该人物图像带有裁剪路径，单击"图文互斥"对话框中的"轮廓互斥"图标，将激活"轮廓类型"选项区中的参数，选择"裁剪路径"单选钮，设置"边空"均为 5mm，"文字走向"为"不分栏串文"，单击"确定"按钮，如图 4-51 右图所示。

图 4-50　图文互斥效果　　　　图 4-51　设置沿图像裁剪路径排列文本

图文互斥用于设置文字与图像（或图形）混排时的文字环绕图像（或图形）效果，对话框中各选项的意义如下。

- **图文无关**：单击该图标，可以取消图文互斥关系。
- **轮廓互斥**：当图像带有裁剪路径时，单击该图标，并在"轮廓类型"中选择"裁剪路径"单选钮，可以实现文字沿图像路径环绕；选择"外边框"单选钮，可以沿图像外边框环绕，其效果与"外框互斥"相同。
- **外框互斥**：单击该图标，可以使文字沿图像外边框环绕。
- **文字走向**：包含分栏串文、不分栏串文和不串文 3 种走向，效果如图 4-52 所示。

分栏串文   不分栏串文   不串文

图 4-52 3 种文字走向效果

- **边空**：用来设置文字距图像外边框或路径的距离。

步骤 8▶ 利用"选取"工具 ▶ 选中互斥后的人物图像，然后在控制面板中设置"旋转"为 15 度，并将人物图像放置在图 4-53 下图所示位置。

图 4-53 旋转图像

知识库

对带有裁剪路径的图像执行图文互斥后，利用"穿透工具" 单击图像，将显示互斥路径上的节点，单击并拖动路径上的节点，可以调整互斥路径形状，如图 4-54 所示；双击互斥路径上的节点，可以删除节点；在互斥路径段上无节点的位置双击，可以在双击处增加节点。

步骤 9▶ 利用"选取"工具 ▶ 选中图 4-55 所示标题文字块，从图中可知，对人物图像设置图文互斥后，标题文字沿图像绕排，并且没有完全显示。

图 4-54　调整互斥路径形状　　　　　　　　　　图 4-55　选中标题文字

步骤 10▶　选中标题文字块，选择"格式">"文不绕排"菜单，此时标题文字将不受人物图像互斥效果的影响，如图 4-56 所示。

.提示.

如果图像按正确操作设置了图文互斥后，文字没有绕排图像，用户需要选中文字块，然后查看是否勾选了"格式"菜单下的"文不绕排"菜单项（需勾选）。

图 4-56　对标题文字应用"文不绕排"命令

步骤 11▶　对标题文字块应用"文不绕排"命令后，文字被压在图像下，我们可利用"选取"工具 ▶ 选中标题文字块，选择"对象">"层次">"最上层"菜单，将标题文字块移至所有对象的上方，如图 4-57 所示。

图 4-57　调整标题文字块的排列顺序

步骤 12▶　本例中的标题文字压在图像上，由于颜色与图像颜色不协调，标题文字不明显。我们可以改变文字颜色来突显文字，还可以利用"文字裁剪勾边"命令来修饰文字。

> "文字裁剪勾边"命令用于当文字块压在图像或图形上时，对压图的文字进行描边，
> 以突出显示。

步骤 13▶ 选中标题文字块，选择"美工">"裁剪勾边">"文字裁剪勾边"菜单
项，打开图 4-58 左图所示"文字裁剪勾边"对话框，在其中勾选"压图像时裁剪勾边"复
选框，选中"一重勾选"单选钮，并设置勾边"颜色"为"白色"，勾边"粗细"为 0.3mm，
选中"一重裁剪"单选钮，单击"确定"按钮，对压在图像上的部分文字进行描边操作，
效果如图 4-58 右图所示。至此，本例就制作完成了，最终效果如图 4-59 所示。

图 4-58　对标题文字块执行"文字裁剪勾边"操作

- **压图像时裁剪勾边：** 勾选该复选框，表示当文字块压图像时进行描边。
- **压图形时裁剪勾边：** 勾选该复选框，表示当文字块压图形时进行描边。
- **一重勾边：** 为文字添加一次描边效果，并能设置描边颜色和粗细。
- **二重勾边：** 选中该单选钮，可以为文字同时添加两次描边效果。此时如果选中"一
  重裁剪"单选钮，将清除文字不压图部分的一次描边；选中"二重裁剪"单选钮，
  将清除文字不压图部分的全部描边。

> 要取消文字裁剪勾边，只需在"文
> 字裁剪勾边"对话框中，取消"压图
> 像时裁剪勾边"或"压图形时裁剪勾
> 边"复选框的勾选即可。

图 4-59　报纸版面效果

在飞腾创艺中，系统还提供分隔符功能，用户可以在文章中插入换行符、换段符、换

栏符、换块符、分页符、偶数分页符和奇数分页符，其操作方如下。

步骤 1▶ 将文字光标插入文字块中，选择"文字">"插入分隔符"菜单，然后在子菜单中选择需要插入的分隔符即可，如图 4-60 所示。

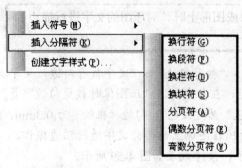

图 4-60　在文章中插入分隔符

步骤 2▶ 如果看不到分隔符号，可以选择"显示">"分隔符号"菜单，或者单击常用工具条上的"显示分隔符"图标显示分隔符号。

- **换行符**：插入换行符后，插入点以后的文字另起一行。
- **换段符**：插入换段符后，插入点后的文字另起一段。
- **换栏符**：插入换栏符后，插入点后的文字另起一栏。若插入换栏符的文字块只有 1 栏，即没有分栏，则排入到存在连接（续排）关系的下一个文字块。
- **换块符**：插入换块符后，插入点后的文字将移到存在连接（或续排）关系的下一个文字块中，并另起一段。
- **分页符**：插入分页符后，插入点后的文字出现其他页面的续排文字块内，并另起一段。
- **偶数分页符**：插入偶数分页符后，插入点后的文字只出现在当前文字块在其他偶数页的续排文字块里。
- **奇数分页符**：插入奇数分页符后，插入点后的文字只出现在当前文字块在其他奇数页的续排文字块里。

实训 3　制作月历——文字排版（三）

【实训目的】

- 熟练掌握"沿线排版"命令的用法。
- 掌握在图形内部输入文字的操作方法。
- 了解"对位排版"命令的用法。

【操作步骤】

步骤 1▶ 打开本书配套素材"素材与实例"\"Ph4"文件夹中的"06.vft"文件，如图 4-61 所示。

步骤 2▶ 利用"文字"工具 **T** 全选页面外的英文（如图 4-62 所示），然后按【Ctrl+C】组合键，将英文复制到剪贴板。

真情九月

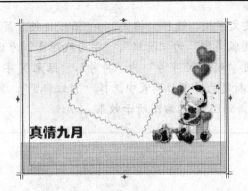

图 4-61　打开素材文件

HAPPYTIME
FLY PAST!

图 4-62　选中文字

步骤 3▶　在工具箱中选择“沿线排版”工具，将光标移至白色曲线上，当光标呈形状时，单击鼠标左键，曲线出现闪烁的光标后，按【Ctrl+V】组合键将英文粘贴到曲线上（用户也可以直接输入文字），文字将沿白色曲线排列，如图 4-63 右图所示。

HAPPYTIME FLYPAST!

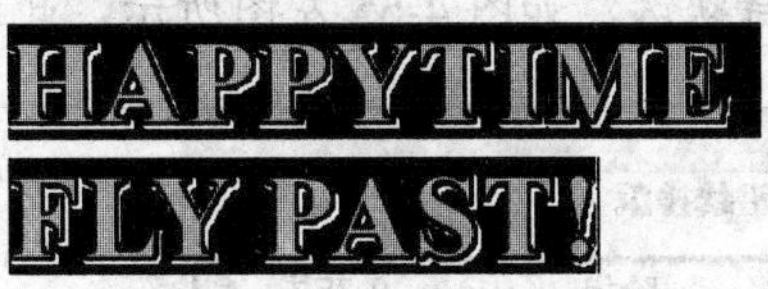

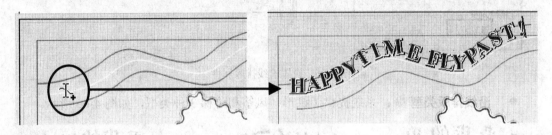

图 4-63　沿曲线排列文字

.提 示.

本例中，我们是沿使用“钢笔”工具绘制的曲线排入文字。用户也可以利用“矩形”、“椭圆”、“钢笔”、“菱形”、“多边形”工具绘制出封闭图形，然后利用“沿线排版”工具在封闭图形边缘设置沿线排版效果。

步骤 4▶　利用“选取”工具单击选中英文文字块，在文字区域内出现首尾标记，然后将光标放置在首标记（或尾标记）□上，当光标呈形状时，按下鼠标左键并沿曲线拖动，可以调整文字在曲线上的位置，如图 4-64 所示。

.知识库.

文字沿线排版后，利用“文字”工具T可以增加、删除或修改文字；也可以像正常文字一样改变文字的属性，如设置字体字号，设置艺术字，设置颜色等。

HAPPYTIME FLYPAST!

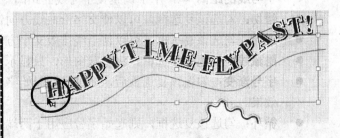

图 4-64　沿曲线线文字的起点位置

步骤 5▶ 利用"选取"工具 ↖ 选中英文文字块，选择"格式" > "沿线排版"菜单，打开"沿线排版"面板，在其中设置"沿线排版类型"为"阶梯"，"字与线距离"为 0.75 字，勾选"字号渐变"复选框，然后分别设置"起始 X 字号"为"特号"，"结束 X 字号"为"四号"，勾选"颜色渐变"复选框，并在渐变色样下拉列表中选择"彩虹渐变"，其他参数保持默认，如图 4-65 左图所示。此时，得到图 4-65 右图所示效果。

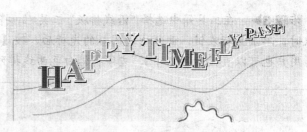

图 4-65　设置沿线排版属性

- **沿线排版类型** ⚓：系统提供了拱形、风筝和阶梯 3 种类型，如图 4-66 所示。

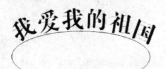
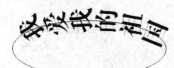
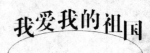

图 4-66　3 种沿线排版类型

提示

　　如果对沿线排版文字应用了阶梯效果，当出现英文或数字字符重叠的情况时，用户可以利用"文字属性"面板中的"字母间距"项来调整数字、英文的字符间距。

- **字与线的距离** ⚓：用于调整文字与线的距离。
- **错切**：勾选该复选框，可以使文字沿曲线方向错落有致地形成阶梯排列形状。
- **逆转**：勾选该复选框，可以使沿线排版文字方向与曲线方向相反。
- **隐藏线**：勾选该复选框，将隐藏图形，只显示文字。
- **字号渐变**：勾选该复选框后，通过设置起始字号和结束字号，可以实现字号渐变效果。
- **循环**：勾选该复选框，则起始字号应用于两端字符，结束字号应用于中间字符，如图 4-67 所示。

图 4-67　设置字号渐变的循环效果

- **颜色渐变**：勾选该复选框，可以设置彩虹渐变效果，或自定义渐变效果。
- **"居左"、"居右"和"撑满"按钮**▤　▤　▤：分别单击这 3 个按钮，可以设置文字在首尾标记间的对齐方式。

知识库

　　要取消沿线排版，使文字和图形分离，可以利用"选取"工具 ▶ 选中沿线排版的文字块，然后用鼠标右键单击文字块，在显示的右键菜单中选择"解除沿线排版"即可。

　　步骤 6▶　利用"文字"工具 **T** 全选页面外的中文，然后按【Ctrl+C】组合键，将中文复制到剪贴板。将光标移至页面内的矩形内，然后按住【Ctrl+Alt】组合键的同时，在矩形内单击鼠标左键，即可将矩形转换为一个可以输入文字的排版区域，并保留原来的属性。

　　步骤 7▶　待矩形内出现闪烁的光标时，按【Ctrl+V】组合键，将中文粘贴到矩形内，如图 4-68 所示。此时，用户可以像编辑普通文字块一样对图形内的文字进行分栏、纵向调整等操作。

　　步骤 8▶　利用"选取"工具 ▶ 选中矩形，选择"格式">"纵向调整"菜单，打开"纵向调整"对话框，在其中设置"方式"为"居中"，单击"确定"按钮，调整文字在矩形内的位置。最终版面效果如图 4-69 所示。

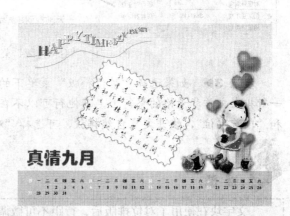

图 4-68　在矩形内排入文字　　　　　图 4-69　在矩形内纵向调整文字的位置

知识库

在图形内部输入文字后，利用"选取"工具▶选中文字块，然后单击"沿线排版"面板右上角的三角形按钮⬛，从显示的面板菜单中选择"形成沿线排版"选项，可以形成沿线排版效果。

在飞腾创艺中，文字块进行分栏后，如果文章中某些段落调整了行距，或进行了纵向调整，两栏的文字可能不在一条线上，如图 4-70 所示。这时，我们可以利用"对位排版"命令，来迫使文章中的行与文章背景格的行对齐，从而达到两栏文字整齐排列的效果。

图 4-70　显示文章背景格的文字块

提示

要显示文章背景格，可利用"选取工具"▶选中文字块，选择"格式" > "文章背景格"菜单即可。

步骤 1▶　利用"选取"工具▶选中文字块，选择"格式" > "对位排版"菜单，打开如图 4-71 左图所示子菜单。

步骤 2▶　在显示的子菜单中选择"逐行对位"菜单项，文章中每一行都排在文章背景格的整行上，如图 4-71 右图所示。

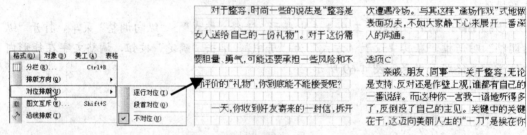

图 4-71　"对位排版"菜单及逐行对位效果

步骤 3▶　如果选择"对位排版"菜单下的"段首对位"菜单项，则文章中每段的第一行排在文章背景格的整行上，其他行可以不在文章背景格整行上。要取消"逐行对位"和"段首对位"，恢复文章自然排放，可选择"对位排版"菜单下的"不对位"菜单项。

提示

文字块在使用了对位排版后，行距不可微调。这是因为文章中的每行字都必须在文章背景格整行的位置上，所以行距的微调也只能是整行调整。

实训 4 制作报纸汽车栏目版面——文字排版（四）

【实训目的】

- 了解"禁排设置"命令的用法。
- 了解"部分文字居右"与"叠题"命令的用法。
- 掌握"段落装饰"命令的用法。

【操作步骤】

步骤 1▶ 打开本书配套素材"素材与实例"\"Ph4"文件夹中的"07.vft"文件，如图 4-72 所示。下面，我们首先来制作文章的标题。

步骤 2▶ 利用"文字"工具 **T** 选中图 4-73 上图所示标题文字，选择"格式">"叠题">"形成折接"菜单，或者按【Ctrl+F8】组合键，将选中的多个文字排成两行，且每行的高度同主体文字的高度一样高，如图 4-73 下图所示。

图 4-72 打开素材文件

图 4-73 制作折接文字效果

知识库

　　在"格式">"叠题"子菜单中有"形成叠题"和"形成折接"两个命令，作用都是将多个文字形成盒子。在飞腾创艺中，盒子是指插入到文字中的对象，如图像、图形、文字块和表格等，图 4-74 所示为将文字块插入到文字中作为盒子的操作。盒子可以被当作一个普通文字进行操作，也可以单独设置盒子中文字或其他对象的属性。

　　形成折接是指将多个文字排成几行，每行的高度同外面主体文字行高相同，如图 4-73 所示；形成叠题（除了选择菜单命令外，也可按【F8】键实现该操作）也是将多个文字排成几行，但各行的总高度同外面主体文字的行高一致，如图 4-75 左图所示。

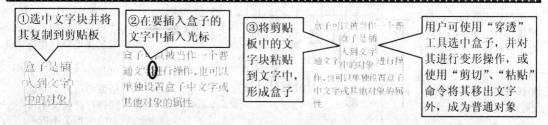

图 4-74 创建文字块盒子

步骤 3▶ 利用"选取"工具 调整标题文字块的大小，放置在图 4-75 右图所示位置。

可利用"文字"工具 **T** 直接修改形成叠题或折接的文字

i30
新时代icon

图 4-75　叠题文字效果与调整标题文字的位置

 **小技巧**

　　要取消叠题或折接，可先用"文字"工具 **T** 在叠题或折接文字中单击插入光标，按【Ctrl＋→】或【Ctrl＋←】组合键，切换到编辑盒子状态（如图 4-76 左图所示），接着按住【Shift】键的同时，按方向键【→】（或【←】）选中整个盒子（如图 4-76 中图所示），最后选择"格式" > "叠题" > "取消"菜单，或者按【Shift+F8】组合键即可。如果用"文字"工具 **T** 直接选中叠题文字（如图 4-76 右图所示），则"叠题"菜单下的命令不可用。

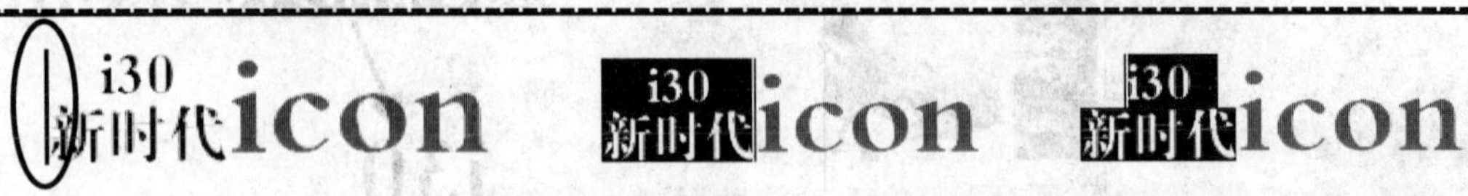

i30 新时代icon　　i30 新时代 icon　　i30 新时代icon

图 4-76　选中盒子与选中叠题文字的区别

　　步骤4▶ 利用"放大镜"工具 🔍 局部放大标题文字下的文字块，如 4-77 所示。从图中可知，第二行文字行首为逗号。这是排版中常见问题，需要对其进行调整。

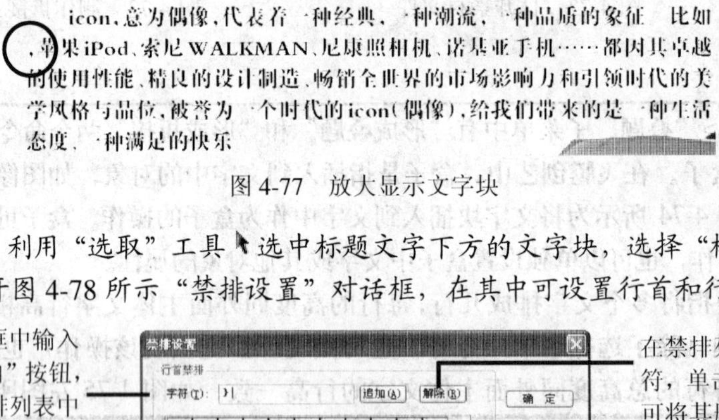

icon，意为偶像，代表着一种经典、一种潮流、一种品质的象征。比如苹果iPod、索尼WALKMAN、尼康照相机、诺基亚手机……都因其卓越的使用性能、精良的设计制造、畅销全世界的市场影响力和引领时代的美学风格与品位，被誉为一个时代的icon（偶像），给我们带来的是一种生活态度、一种满足的快乐

图 4-77　放大显示文字块

　　步骤5▶ 利用"选取"工具 ▶ 选中标题文字下方的文字块，选择"格式" > "禁排设置"菜单，打开图 4-78 所示"禁排设置"对话框，在其中可设置行首和行尾禁排的符号。

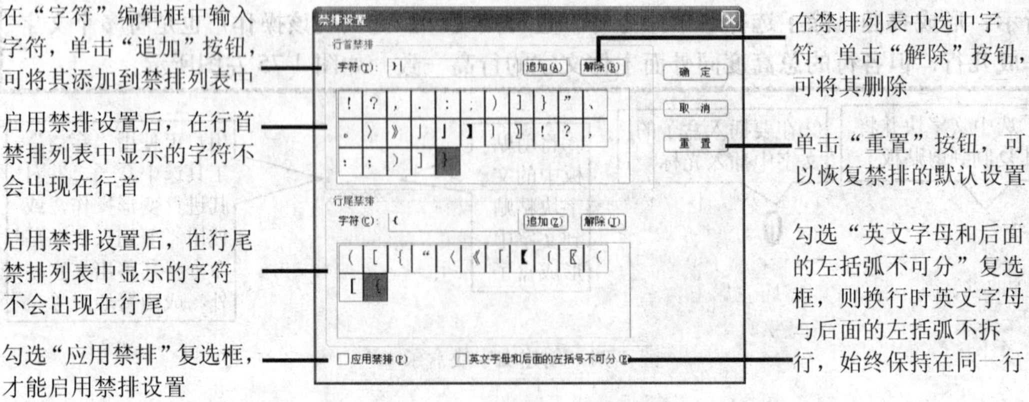

在"字符"编辑框中输入字符，单击"追加"按钮，可将其添加到禁排列表中

启用禁排设置后，在行首禁排列表中显示的字符不会出现在行首

启用禁排设置后，在行尾禁排列表中显示的字符不会出现在行尾

勾选"应用禁排"复选框，才能启用禁排设置

在禁排列表中选中字符，单击"解除"按钮，可将其删除

单击"重置"按钮，可以恢复禁排的默认设置

勾选"英文字母和后面的左括弧不可分"复选框，则换行时英文字母与后面的左括弧不拆行，始终保持在同一行

图 4-78　"禁排设置"对话框

步骤 6▶ 本例药在行首禁排的逗号已显示在行首禁排列表中，因此只需在“禁排设置”对话框中勾选“应用禁排”复选框，单击“确定”按钮，即可使逗号不出现在行首。

步骤 7▶ 利用“文字”工具T选中图 4-79 左图所示小标题文字，选择“格式”>“段落装饰”菜单，打开“段落装饰”对话框，在其中设置“装饰类型”为“前后装饰线”，“线型”为点线，“线宽”为 0.5mm，“颜色”为红色（M=Y=100，C=K=0），“内空”和“外空”均为 0.667 字，勾选“通栏”复选框，如图 4-79 右图所示。

自定义颜色
单色
渐变
颜色空间(M): CMYK
C 0 %
M 100 %
Y 100 %
K 0 %
段落装饰
模板(M) 未命名
保存模板
装饰类型(T): 前后装饰线
设置
线型(L):
线宽(W): 0.5mm
颜色(C): 自定义...
内空(I): 0.667字
外空(E): 0.667字
通栏(A)
预览(V)
确 定
取 消
德系风格：打造设计icon
i30是现代汽车在德国的设计中心设计，并在欧
市场取得成功的全新车型。外形设计时尚、活力、

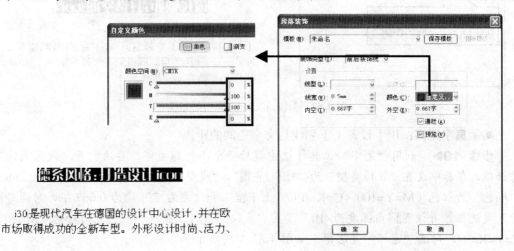

图 4-79 选中段落文字与设置段落装饰属性

- **内空：**用于设置装饰线与文字之间的距离。
- **外空：**勾选“通栏”复选框后，该选项为“外空”，用于指定前后划线与文字之间的距离；不勾选“通栏”复选框时，该选项为“线长”，用于指定划线的长度。
- **通栏：**勾选该复选框，则前后线将撑满整行，此时可以设置内空和外空值。不勾选该复选框，可以设置内空和线长。

步骤 8▶ 参数设置好后，单击“段落装饰”对话框中的“确定”按钮，关闭对话框，即可在段落的左右添加装饰线，如图 4-80 所示。

步骤 9▶ 利用“文字”工具T选中图 4-81 所示小标题文字，打开“段落装饰”对话框，在其中设置“装饰类型”为“上/下线”，“类型”为上下划线，“线型”为“单线”，“线宽”为 0.2mm，“颜色”为黑色（默认），“离字距离”为 0.222 字，“外空”均为 0.667 字，勾选“通栏”复选框，如图 4-82 左图所示。单击“确定”按钮，得到图 4-82 右上图所示效果。图 4-82 右下图所示为未勾选“通栏”复选框效果。

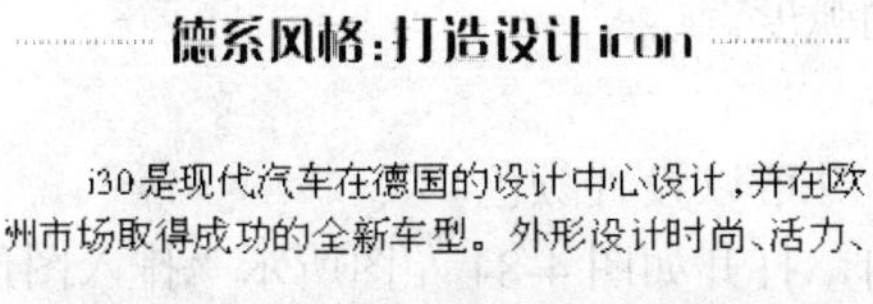

德系风格：打造设计icon
i30是现代汽车在德国的设计中心设计，并在欧
洲市场取得成功的全新车型。外形设计时尚、活力、

图 4-80 为段落添加前/后装饰线

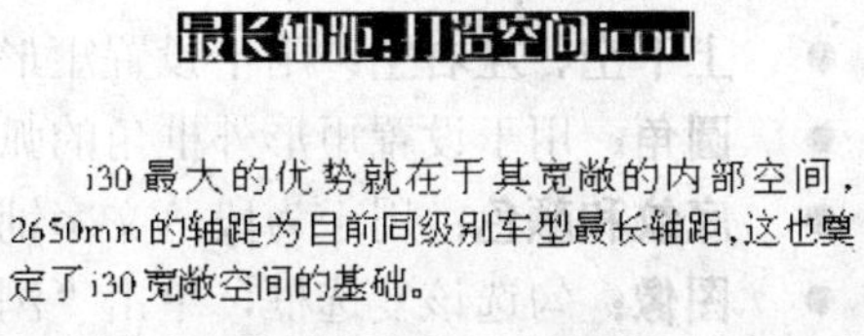

最长轴距：打造空间icon
i30 最大的优势就在于其宽敞的内部空间，
2650mm 的轴距为目前同级别车型最长轴距，这也奠
定了i30宽敞空间的基础。

图 4-81 选中段落文字

最长轴距:打造空间 icon

i30 最大的优势就在于其宽敞的内部空间，2650mm 的轴距为目前同级别车型最长轴距,这也奠定了 i30 宽敞空间的基础。

最长轴距:打造空间 icon

i30 最大的优势就在于其宽敞的内部空间,2650mm 的轴距为目前同级别车型最长轴距,这也奠定了 i30 宽敞空间的基础。

图 4-82　为段落文字添加上/下划线

● **离字距离**：用于设置上下划线与文字之间的距离。

步骤 10▶ 利用"文字"工具 **T** 选中最后一个小标题文字，再次打开"段落装饰"对话框，在其中设置"装饰类型"为"外框/底图"，"线型"为"单线"，"线宽"为 0.2mm，"颜色"为红色（M=Y=100，C=K=0），"上下空"和"左右空"均为 0.667 字，勾选"圆角"复选框，并设置圆角弧度为 10，设置"底纹"为 1，底纹"颜色"为粉色（M=20，C=Y=K=0），勾选"通栏"复选框，如图 4-83 左图所示。

步骤 11▶ 参数设置好后，单击"确定"按钮，得到图 4-83 右图所示效果。

标杆动力:打造动力 icon

i30 搭载两款发动机,一款是现代汽车全新开发的 1.6 γ（Gamma）发动机,技术水平、动力性能和燃油经济性突出,可谓同级别车型的标杆。另一款则是现代汽车成熟的 2.0 β（Beta）发动机,该发动机最大功率可达 105kW/6000rpm,最大扭矩 186N • m/4200rpm,动力性、燃油性出众。

图 4-83　为段落文字添加外框

● **上下空、左右空**：用于设置矩形四个角的弧度。
● **圆角**：用于设置矩形外框角的弧度。
● **底纹和颜色**：用于为段落文字铺上底纹，并可以设置颜色。
● **图像**：勾选该复选框，单击"浏览"按钮，打开如图 4-84 左图所示"排入图像"对话框，在其中选择要排入的图像文件，单击"打开"按钮，再单击"段落装饰"对话框中的"确定"按钮，可使用图像为段落文字铺底，如图 4-84 右图所示。

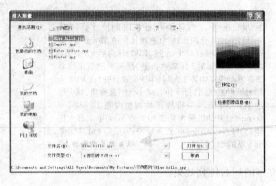

图 4-84 使用图像作为段落文字的底图

● **"居中"、"平铺"、"拉伸"和"等比例缩放"单选钮**：勾选"图像"复选框后，将激活这 4 个单选钮，分别单击 4 个单选钮，可以设置图像铺底效果。图 4-85 所示为"平铺"、"拉伸"和"等比例缩放"图像效果。

提 示

"段落装饰"命令主要用于制作小标题中常见的前后装饰线、上下划线、外框以及底图等效果，只能应用于段落。

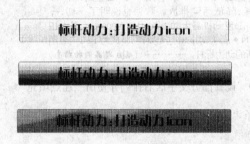

1.6 γ（Gamma）发动机作为现代汽车最新推出的发动机，采用 CVVT 连续可变气门正时技术，可实现发动机低速小负荷运转时（急速状态）的稳定燃烧，低速大负荷运转时（起步、加速、爬坡）获得更大的扭矩，高速大负荷运转时（高速行驶）提高发动机工作效率。发动机在中等工况时（中速匀速行驶），CVVT 会相对延迟进气门打开时间，减小气门重叠角，减少燃油消耗，降低污染排放。数据也说明了一切，γ（Gamma）发动机最大功率 90.4kW/6300rpm，最大扭矩 155N·m/4200rpm，这无疑使 i30 成为 1.6L 中级两厢车新的动力标杆。（稿自精品购物指南）

图 4-85 平铺、拉伸和等比例缩放图像铺底效果   图 4-86 选中段尾文字

步骤 12▶ 利用"文字"工具 T 选中文章最后一段落末尾的几个文字（如图 4-86 所示），选择"格式">"部分文字居右">"不带字符"菜单，或者按【Ctrl+T】组合键，即可将选中的文字单独居右排列，如图 4-87 所示。至此，本例就制作完成了。最终效果如图 4-88 所示。

知识库

"部分文字居右"命令通常用于稿件结尾处，将记者或作者的名字设置居右排放。此外，还可以在居右文字与正文之间添加三连点"…"。

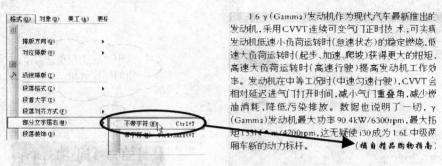

图 4-87 设置段尾文字的居右排列效果

- **不带字符**：选择该菜单项，居右文字与原文字之间将以空格填充。
- **带字符**：选择该菜单项，在居右文字与原文字之间将用三连点"…"填充，如图 4-89 所示。

1.6 γ(Gamma)发动机作为现代汽车最新推出的发动机，采用CVVT连续可变气门正时技术，可实现发动机低速小负荷运转时(怠速状态)的稳定燃烧，低速大负荷运转时(起步、加速、爬坡)获得更大的扭矩，高速大负荷运转时(高速行驶)提高发动机工作效率。发动机在中等工况时(中速匀速行驶)，CVVT会相对延迟进气门打开时间，减小气门重叠角，减少燃油消耗，降低污染排放。数据也说明了一切，γ(Gamma)发动机最大功率90.4kW/6300rpm，最大扭矩155N•m/4200rpm，这无疑使i30成为1.6L中级两厢车新的动力标杆。………… (摘自精品购物指南)

图 4-88 最终效果　　　　　图 4-89 设置部分文字居右排列并使用三连点填充

- **取消**：设置部分文字居右排列后，选择"取消"菜单项，可以撤销该效果。

综合实训——制作体育杂志版面

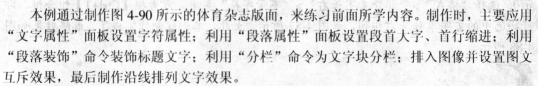

本例通过制作图 4-90 所示的体育杂志版面，来练习前面所学内容。制作时，主要应用"文字属性"面板设置字符属性；利用"段落属性"面板设置段首大字、首行缩进；利用"段落装饰"命令装饰标题文字；利用"分栏"命令为文字块分栏；排入图像并设置图文互斥效果，最后制作沿线排列文字效果。

步骤1▶ 按【Ctrl+N】组合键，打开"新建文件"对话框，然后参照如图 4-91 所示设置新文档参数，单击"确定"按钮，新建一个空白文档。

步骤2▶ 按【Ctrl+D】组合键，打开图 4-92 所示"排入小样"对话框，然后将本书配套素材"素材与实例"\"Ph4"文件夹中的"02.txt"纯文本文件排入到页面中。

步骤3▶ 利用"选取"工具 选中整个文字块，在"文字属性"面板中设置字体为方正大标宋简体，字号为五号，如图 4-93 所示。

图 4-90　体育杂志版面效果

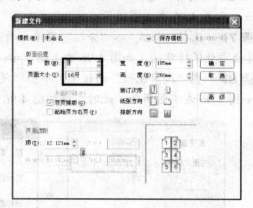

图 4-91　设置新文档参数

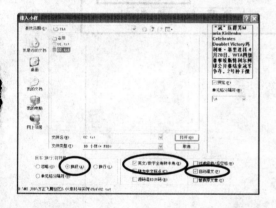

图 4-92　"排入小样"对话框

图 4-93　设置整个文字块的文字属性

步骤 4▶　利用"文字"工具**T**分别选中前 4 个段落，然后利用"剪切"、"粘贴"命令将前 4 个段落分别放在 4 个独立的文字块中，并放置于页面外备用，如图 4-94 所示。

步骤 5▶　利用"选取"工具 ➤ 选中剩下的文字块，然后将其放置在页面版心内靠底边位置，并其宽度调整为与版心等宽，最后在控制面板中单独调整其高度为 165mm，如图 4-95 所示。

图 4-94　分割文字块

图 4-95　调整文字块大小和位置

步骤 6▶ 利用"选取"工具 ▶ 选中版心内的文字块,在"文字属性"面板中设置字号为小五,如图 4-96 左上图所示。

步骤 7▶ 选择"格式">"分栏"菜单,打开"分栏"对话框,在其中设置"栏数"为 3,其他参数保持默认,如图 4-96 右上图所示。

步骤 8▶ 在"段落属性"面板中,单击"段首缩进"图标 ⁺☰,并设置段首缩进两个字符,如图 4-96 左下图所示。此时,得到图 4-96 右下图所示效果。

图 4-96 为文字块分栏并设置文字和段落属性

步骤 9▶ 打开本书配套素材"素材与实例" \ "Ph4" 文件夹中的"08.vft"文件,如图 4-97 左图所示。利用"选取"工具 ▶ 选中页面中的所有对象,然后将它们复制到新文档的页面区域外备用。

步骤 10▶ 利用"选取"工具 ▶ 选中图 4-97 中图所示图像,然后将它们移至图 4-97 右图所示位置。

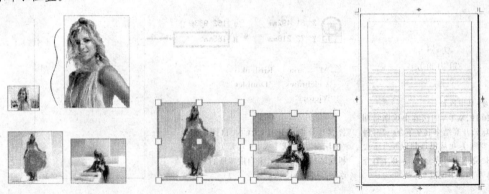

图 4-97 打开素材文件并复制对象

步骤 11▶ 选择 "格式" > "图文互斥" 菜单，打开 "图文互斥" 对话框，依次单击 "轮廓互斥" 和 "分栏串文" 图标，并设置所有边空为 1mm，单击 "确定" 按钮，对图像应用图文互斥。参数设置及效果分别如图 4-98 所示。

设置图文互斥后，如果出现 "续排标记" ⊞，可适当调整文字块高度

图 4-98　设置图文互斥效果

步骤 12▶ 利用 "文字" 工具 T 在版心内文字块的第一段文字中单击插入光标，然后在 "段落属性" 面板中设置 "段首大字高" 为两行，"段首大字字数" 为 1 字，其效果如图 4-99 右图所示。

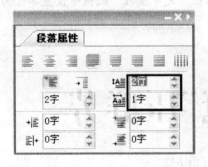

除 了女单登顶外，基里连科还与佩内塔以女双头号种子的身份以 6-4/6-4 直落两盘击败了波黑/土耳其组合萨尔季奇/塞格鲁，问鼎女双锦标。

图 4-99　设置段首大字效果

步骤 13▶ 利用 "文字" 工具 T 选中最后一段文字的末尾几个字，按【Ctrl+T】组合键，将选中的文字单独居右排列，如图 4-100 所示。

步骤 14▶ 利用 "文字" 工具 T 选中图 4-101 所示段落，选择 "格式" > "段落装饰" 菜单，打开 "段落装饰" 对话框，在其中设置 "装饰类型" 为 "外框/底图"，"线型" 为 "空线"，"上下空" 和 "左右空" 均为 0.18 字，设置 "底纹" 为 1，底纹 "颜色" 为粉色（M=20，C=Y=K=0），如图 4-102 左图所示。

步骤 15▶ 参数设置好后，单击 "确定" 按钮，关闭 "段落装饰" 对话框。此时，得到图 4-102 左图所示段落效果。

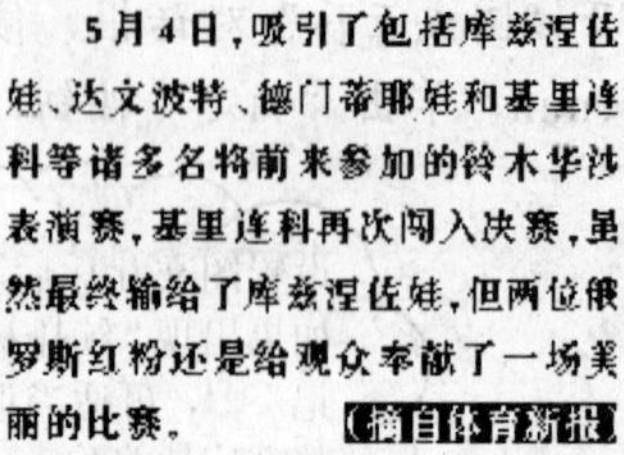
5月4日，吸引了包括库兹涅佐娃、达文波特、德门蒂耶娃和基里连科等诸多名将前来参加的铃木华沙表演赛，基里连科再次闯入决赛，虽然最终输给了库兹涅佐娃，但两位俄罗斯红粉还是给观众奉献了一场美丽的比赛。
(摘自体育新报)

图 4-100　设置部分文字居右

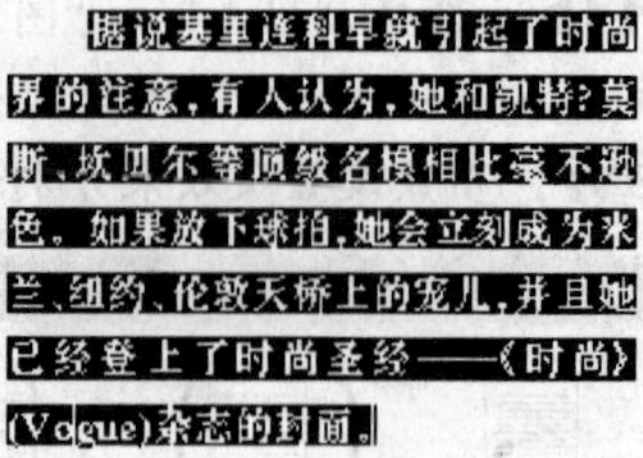
据说基里连科早就引起了时尚界的注意，有人认为，她和凯特?莫斯、坎贝尔等顶级名模相比毫不逊色。如果放下球拍，她会立刻成为米兰、纽约、伦敦天桥上的宠儿，并且她已经登上了时尚圣经——《时尚》(Vogue)杂志的封面。

图 4-101　选中段落文字

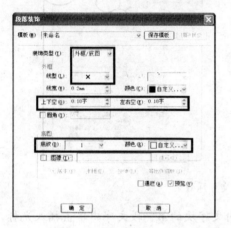

段落装饰
模板
未命名
保存模板
装饰类型
外框/底图
外框
线型
线宽
0.2mm
颜色
自定义...
上下空
0.18字
左右空
0.18字
圆角
底图
底纹
1
颜色
自定义...
图像
通栏
预览
确定
取消
据说基里连科早就引起了时尚界的注意，有人认为，她和凯特?莫斯、坎贝尔等顶级名模相比毫不逊色。如果放下球拍，她会立刻成为米兰、纽约、伦敦天桥上的宠儿，并且她已经登上了时尚圣经——《时尚》(Vogue)杂志的封面。

图 4-102　装饰段落

步骤 16▶ 选中"冠压群芳"文字块，然后在"文字属性"面板中设置字号为初号，如图 4-103 所示。

文字属性
方正大标宋
初号
字距
0.2字
行距
0.5字
0字
基线对齐
"冠"压群芳

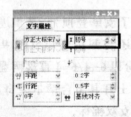

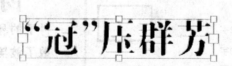

图 4-103　更改文字的字号

步骤 17▶ 利用"文字"工具分别选中英文文字块中的段首字母 M 和其他单词，并参照图 4-104 所示更改英文的字体和字号。

文字属性
方正大标宋
小特
Times New F
文字属性
方正大标宋
小四
Times New F
Maria Kirilenko Celebrates Doublet Victory

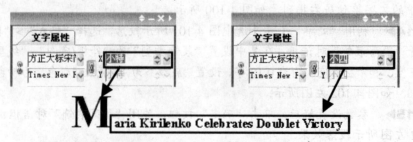

图 4-104　设置英文的字体和字号

步骤 18▶　利用 "文字" 工具 **T** 选中段首的字母 M，然后在 "文字属性" 面板中分别设置 "字心宽微调" 和 "字心高微调" 均为 150%，其效果如图 4-105 右图所示。

图 4-105　调整字母 M 的字心宽和字心高

步骤 19▶　利用 "文字" 工具 **T** 选中所有英文，选择 "格式" > "段落装饰" 菜单，打开 "段落装饰" 对话框，在其中设置 "装饰类型" 为 "上/下线"，"类型" 为 "下划线"，"线型" 为 "正向波浪线"，"线宽" 为 1mm，"颜色" 为品红色（M=100，C=Y=0），"离字距离" 为 0 字，"线长" 为 0，如图 4-106 左图所示。其效果如图 4-106 右图所示。

图 4-106　为段落文字添加下划线

步骤 20▶　利用 "选取" 工具 将 "冠压群芳" 文字块移至英文的上方，并在 "文字属性" 面板中设置 "字距" 为 0.2 字，参数设置及效果分别如图 4-107 所示。

图 4-107　调整文字块的位置

步骤 21▶ 利用"选取"工具 同时选中"冠压群芳"和英文文字块，然后将它们移至版心的左上角，作为文章的标题。将"玛利亚·基里连科"文字块移至标题的下方，并调整文字块的宽度为与标题文字块相等，然后设置"玛利亚·基里连科"的字号为四号，设置第二个段落的首行缩进两个字符，如图 4-108 所示。

图 4-108　调整文字块的位置并修改文字和段落属性

步骤 22▶ 利用"选取"工具 将如图 4-109 左图所示人物图像移至如图 4-109 中图所示位置，然后将最后一个文字块放置在人物图像的右侧，并适当调整文字块的宽度；利用"文字"工具 T 全选文字，设置首行缩进两个字，并在"颜色"面板中设置文字颜色为蓝色（C=M=100，Y=K=0），如图 4-109 右图所示。

图 4-109　调整图像和文字块的位置

步骤 23▶ 利用"选取"工具 选中图 4-110 左图所示人物图像和曲线，然后将它们移至图 4-110 右图所示位置。

图 4-110　调整人物图像和曲线的位置

步骤24▶ 利用"沿线排版"工具 沿曲线输入"玛利亚·基里连科",然后全选文字,在"文字属性"面板中设置字体为"方正大标宋简体",字号为二号,如图4-111所示。

图4-111　沿曲线输入文字

步骤25▶ 利用"选取"工具 选中沿曲线排版的文字块,选择"格式">"沿线排版"菜单,打开"沿线排版"面板,在其中设置"沿线排版类型"为"风筝",勾选"隐藏线"、"字号渐变"和"循环"复选框,然后分别设置"起始X字号"为一号,"结束X字号"为三号,勾选"颜色渐变"复选框,并在渐变色样下拉列表中选择"彩虹渐变",其他参数保持默认,如图4-112左图所示。

步骤26▶ 选择"文字">"艺术字"菜单,打开"艺术字"面板,在其中勾选"立体"、"勾边"和"先勾边后立体"复选框,其他参数保持默认,得到图4-112右图所示效果。至此,本例就制作完成了。

图4-112　设置沿线排版文字属性

本章小结

本章中主要介绍了段落属性的设置,段落样式的创建与应用,以及文字排版的各种方法。通过本章的学习,读者应熟练掌握"段落属性"面板、"Tab 键"命令、"图文互斥"命令、"文不绕排"命令、"分栏"命令和"段落装饰"命令的用法,并了解如何切换文本排版方向,如何沿线或在图形内部排版文字等。本章内容比较多,并且都很重要,希望读者能够认真学习并熟练掌握。

思考与练习

一、填空题

1. 利用"文字"工具 **T** 在段落中插入光标，将只设置＿＿＿＿＿的段落属性；用"选取"工具 ↖ 选中文字块，将为＿＿＿＿＿设置段落属性。

2. 按＿＿＿＿＿组合键，可以使段落的每行文字以文字块左侧对齐；按＿＿＿＿＿组合键，可以使段落的每行文字作为整体置于文字块的中央；按＿＿＿＿＿组合键，可以使段落的每行文字以文字块右侧对齐。

3. 利用"Tab 键"命令对齐文字前，应使用＿＿＿＿＿键，将字符隔开。

4. 要使"Tab 键"面板贴附于所选文字的上方，可以单击面板中的＿＿＿＿＿按钮。

5. 选中文字块后，分别单击常用工具条中的＿＿＿＿＿、＿＿＿＿＿、＿＿＿＿＿和＿＿＿＿＿按钮，可以切换文字块的排版方向。

6. 将文章排版方向设置为竖排后，文章中的英文和数字默认向左旋转 90 度，选择"格式"菜单中的＿＿＿＿＿菜单项，可以使英文和数字与汉字方向保持一致。

二、问答题

1. 如何设置段首缩进和段首大字效果？
2. 如果中文里段尾出现独字成行现象，可以利用什么命令来解决？
3. 如何创建与应用文字与段落样式？
4. 如何设置分栏效果？
5. 如何沿线排版文字？如何在图形内部排入文字？
6. 如何装饰段落文字？
7. 如何创建与取消叠题效果？
8. 要禁止各行首位置出现标点符号，应如何操作？

三、操作题

1. 打开本书配套素材"素材与实例"\"Ph4"文件夹中的"09.vft"文件，选中页面中的段落文字，然后利用"段落属性"面板、"段落装饰"面板、"颜色"面板，以及"文字块内空"对话框修改段落属性，效果如图 4-113 所示。

提示：

步骤 1▶ 首先选择"美工">"单线"菜单，设置线型为单线，然后利用"颜色"面板为文字块设置描边颜色为红色（M=Y=100，C=K=0），填充颜色为淡粉色（M=20%，C=Y=K=0）。

步骤 2▶ 利用"文字"工具 T 选中段落文字，然后利用"段落属性"面板设置段首大字，并设置左右缩进为 1 字，利用"颜色"面板设置文字颜色为白色。

步骤 3▶ 利用"文字块内空"对话框设置文字块四边的内空均为 1 字。

步骤 4▶ 利用"段落装饰"面板设置用图像（"Ph4"文件夹中的"29.jpg"文件）作为文字的底纹。

2．利用"椭圆"工具 在页面中绘制一个椭圆，然后利用"沿线排版"工具 沿椭圆的边缘输入文字，利用"沿线排版"和"艺术字"面板编辑文字属性。效果如图 4-114 所示。

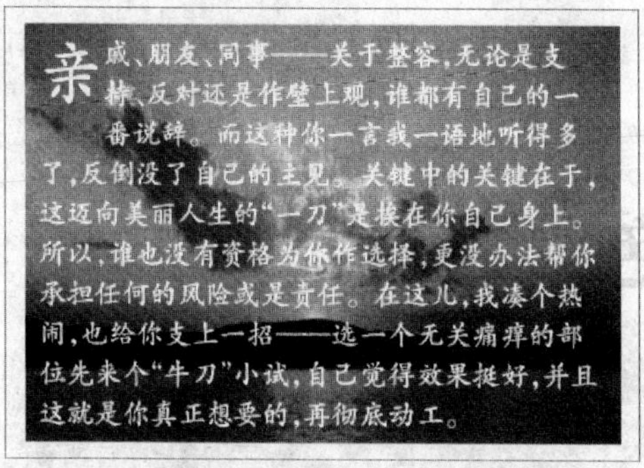

效果 1

效果 2

图 4-113 设置段落属性   图 4-114 文字沿线排版效果

3．利用"Tab 键"命令制作图 4-115 所示的表格。

提示：

步骤 1▶ 打开本书配套素材"素材与实例"\ "Ph4"文件夹中的"11.vft"文件，首先调整文字块的位置，然后调整文字的行距，使各文字与单元格对齐。

步骤 2▶ 利用"Tab 键"面板调整整个文字块，并以每个单元格居中排列文字。

步骤 3▶ 分别选中数字，然后利用"Tab 键"面板设置符号对齐。

品种	一月	二月	三月	四月	五月
黄瓜	25.65kg	26.021kg	28.35kg	30.12kg	55.256kg
菠菜	50.43kg	46.576kg	38.563kg	20.88kg	15.22kg
土豆	25.872kg	26.021kg	28.35kg	14.553kg	10.053kg
扁豆	45.65kg	35.04kg	26.96kg	20.25kg	15.233kg

图 4-115 制作表格

第 5 章　色彩应用

【本章导读】

要使出版物能吸引读者，不仅需要设计师精心策划、巧妙构思，还需要掌握颜色设置技巧，并合理地进行色彩搭配。在本章中，我们将介绍在飞腾创艺中设置颜色的各种方法与技巧。

【本章内容提要】

- ☑ 使用"颜色"面板着色对象
- ☑ 使用"色样"面板着色对象
- ☑ 使用"渐变"工具和"颜色吸管"工具

5.1　使用"颜色"面板与"渐变"工具

在飞腾创艺中，可以利用"颜色"面板设置单色和渐变色，并使用设置的单色和渐变色描边或填充对象，赋予作品各种色彩。

实训 1　为卡通画着色——使用单色

【实训目的】

- ● 了解颜色模式的概念及分类。
- ● 掌握使用"颜色"面板设置单色的方法。

【操作步骤】

步骤 1▶ 打开本书配套素材"素材与实例"\Ph5"文件夹中的"01.vft"文件，如图 5-1 所示。

步骤 2▶ 选择"窗口">"颜色"菜单，或者按【F6】键，打开"颜色"面板，如图 5-2 所示。

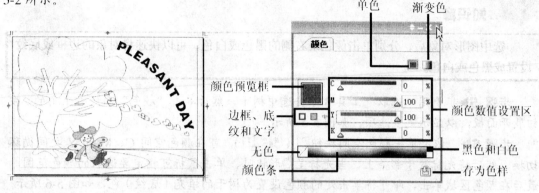

图 5-1 打开素材文件　　　　　　　图 5-2 "颜色"面板

步骤 3▶ 利用"选取"工具选中大树的轮廓，在"颜色"面板中依次选中"单色"按钮和"边框"按钮，然后分别拖动 C、M、Y 或 K 滑块，或在右侧编辑框中输入数值来设置所需的单色。本例中设置 C 为 80%，M 为 0%，Y 为 100%，K 为 20%，在预览框中可显示设置的单色，如图 5-3 右图所示。

> 我们还可以设置边框的粗细，具体方法请参考 6.4 节内容

图 5-3 选取对象并设置边框颜色

步骤 4▶ 在"颜色"面板中选中"底纹"按钮，然后将光标移至颜色条上，在所需的颜色区域单击鼠标，即可将该颜色设置为大树的填充（底纹）颜色，如图 5-4 所示。

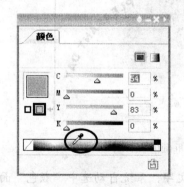

图 5-4 为大树设置底纹颜色

知识库

选中图形对象后，分别单击颜色条右侧的黑色或白色，可以快速将对象的边框或底纹设置成黑色或白色。

步骤 5▶ 利用"选取"工具 ▶ 单击选中树干，然后单击"颜色"面板右上角的 ▣ 按钮展开面板，以显示更多选项，如图 5-5 所示。

步骤 6▶ 依次单击颜色空间按钮 ⓒ（ Ⓜ、Ⓨ），可在颜色空间 C、M 和 Y 之间循环切换，然后将光标置于彩条上，当光标呈 ✋ 形状时，单击鼠标可指定要选取的颜色范围，最后在颜色区域单击，即可将单击处的颜色设置为树干的填充（底纹）色，如图 5-6 所示。

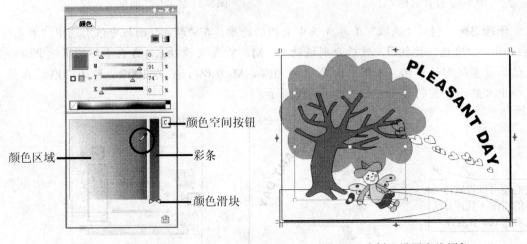

图 5-5　"颜色"面板　　　　　　图 5-6　为树干设置底纹颜色

步骤 7▶ 单击"颜色"面板右上角的 ▣ 按钮折叠面板。选中树干，然后选中面板中的"边框"按钮 ▢，再单击"无色"图标 ⬜，取消树干的边框颜色，如图 5-7 所示。

图 5-7　取消树干的边框颜色

步骤 8▶ 利用"文字"工具 T 全选页面中的文字，系统自动选中"颜色"面板中的"文字"按钮 ⬛，然后设置颜色为 M=Y=100%，C=K=0%，得到图 5-8 右图所示效果。

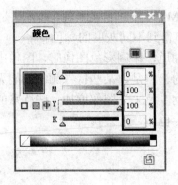

图 5-8　为文字设置颜色

步骤9▶　参照前面介绍的方法，利用"颜色"面板分别为剩余图形设置底纹颜色（用户可根据个人喜好选取相应颜色），效果如图 5-9 所示。

　　飞腾创艺默认颜色模式为 CMYK 模式。据操作需要，可以切换为 RGB 模式、灰度模式或专色模式，只需单击"颜色"面板右上角的三角形按钮，在显示的面板菜单中选择相应颜色模式名称即可，如图 5-10 所示。

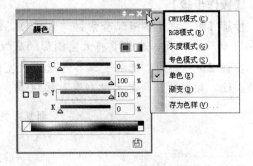

图 5-9　为其他图形设置颜色　　　　　　　　图 5-10　"颜色"面板菜单

　　颜色模式是使用数字描述颜色的一种算法，在飞腾创艺中常用的颜色模式有 CMYK、RGB、灰度模式和专色模式，下面分别介绍。

● **CMYK 颜色模式**：该模式是一种印刷模式，其颜色由青（Cyan）、洋红（Magenta）、黄（Yellow）和黑（Black）4 种色彩混和而成。如果作品用于印刷，在排版过程中，必须使用 CMYK 模式来定义颜色。

● **RGB 颜色模式**：该模式下的颜色由红（R）、绿（G）、蓝（B）3 原色混和而成。R、G、B 颜色的范围均为 0~255。如果作品仅用于屏幕显示或彩色喷墨打印机输出，可以使用 RGB 模式来定义颜色。

● **灰度模式**：该模式中只能包含纯白、纯黑及一系列从黑到白的灰色。其不包含任何色彩信息，但能充分表现出明暗信息。如果作品用于印刷，一般不采用该模式定义颜色。若需要制作灰度版面，可使用 CMYK 模式定义颜色，其方法是：将 C、M、Y 的值设置为 0，然后通过调整 K 的值得到不同灰度的颜色。

● **专色模式：** 专色主要用于辅助印刷。我们知道，印刷彩色图像时，图像中的各种颜色都是通过混合 CMYK 四色油墨获得的。但是，某些特殊颜色可能无法通过混合 CMYK 四色油墨得到，此时便可借助专色来为图像增加一些特殊的颜色，例如印刷烫金、烫银字时通常便需要使用专色。

提　示

在排版过程中，如果用户使用了色样表中的专色色标，则后端输出设备必须是支持专色输出的，否则在输出时容易出错。

实训2　为卡通画制作渐变背景——使用渐变色

渐变色是具有多种过度颜色的混合色，利用它可以增加对象的层次感和金属光泽等。

【实训目的】

● 掌握使用"颜色"面板创建与编辑渐变色的方法。
● 掌握"渐变"工具 的用法。

【操作步骤】

步骤 1▶ 打开本书配套素材"素材与实例"\ "Ph5"文件夹中的"02.vft"文件，如图 5-11 所示。下面，我们要将天空图形的底纹设置成渐变色。

步骤 2▶ 利用"选取"工具 选中天空图形，按【F6】键，打开"颜色"面板，单击"底纹"按钮 ，再单击"渐变"按钮 ，切换到渐变色设置界面，如图 5-12 所示。

图 5-11　打开素材文件

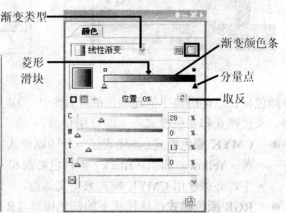

图 5-12　"颜色"面板的渐变色设置区

步骤 3▶ 单击"渐变类型"三角按钮 ，在显示的下拉列表中会显示 7 种渐变类型：线性渐变 、双线性渐变 、方形渐变 、菱形渐变 、圆形渐变 、锥形渐变 、双锥形渐变 ，各渐变类型效果如图 5-13 所示。本例中，我们选择"线性渐变"。

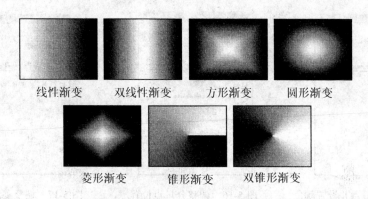

线性渐变　　双线性渐变　　方形渐变　　圆形渐变

菱形渐变　　锥形渐变　　双锥形渐变

图 5-13　飞腾创艺的 7 种渐变效果

步骤 4▶ 单击渐变颜色条右下方的分量点，然后设置 M 为 10%，Y 为 60%，C=K=0，从而将该分量点颜色设置为该颜色，如图 5-14 所示。

图 5-14　使用双色渐变色填充天空图形

步骤 5▶ 以上是利用两个分量点设置的双色渐变色，根据操作需要，我们也可以使用多色渐变填充对象。将光标移至渐变颜色条上，双击鼠标左键增加分量点，然后分别为分量点设置不同的颜色（用户可根据个人喜好设置分量点颜色），如图 5-15 所示。

知识库

要删除分量点，只需将分量点拖至渐变颜色条最左端或最右端，或者拖离颜色条即可。只剩两个分量点时，将不能再删除。

步骤 6▶ 单击并拖动分量点，或者单击选中分量点后，在"位置"编辑框中输入数值，可以调整分量点位置，从而改变渐变效果，如图 5-16 所示。

步骤 7▶ 单击并左右拖动渐变颜色条上方的菱形滑块◆，或者单击选中菱形滑块◆后，在"位置"编辑框中输入数值，可以调整分量点间的颜色过渡位置，如图 5-17 所示。此时，天空图形的底纹效果如图 5-18 所示。

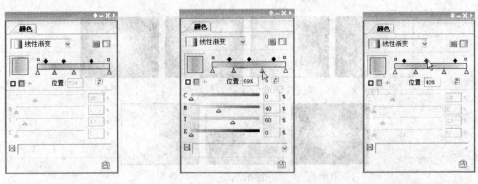

图 5-15 增加分量点并设置颜色　　图 5-16 调整分量点位置　　图 5-17 调整菱形滑块位置

步骤 8▶ 选中天空图形，单击"颜色"面板中的"取反"按钮，可以反转渐变方向，如图 5-19 所示。

图 5-18 使用多色渐变色填充天空图形　　　　图 5-19 反转渐变方向

步骤 9▶ 为对象设置渐变底纹后，利用工具箱中的"渐变"工具可以调整渐变中心和渐变角度。我们先来看看改变渐变角度的方法，选中天空图形，选择"渐变"工具，然后将光标移至图形的上方，当光标呈 ✛ 形状时，按下鼠标左键并向下方拖动，此时渐变色随鼠标的拖动方向而改变，如图 5-20 右图所示。至此，渐变背景就制作好了。

图 5-20 利用"渐变"工具调整渐变底纹效果

·知识库·

同时选中多个应用渐变底纹的对象后，利用"渐变"工具同时拖动所选对象的渐变色，可以制作出丰富多彩的渐变效果，如图5-21所示。

图 5-21　同时改变多个对象的渐变效果

步骤 10▶　在"颜色"面板中设置好颜色（渐变色或单色）后，单击面板底部的"存为色样"按钮，打开图5-22左图所示"存为色样"对话框，在其中设置色样名称，单击"确定"按钮，可将设置的颜色保存在"色样"面板中，以便将其应用于其他对象。

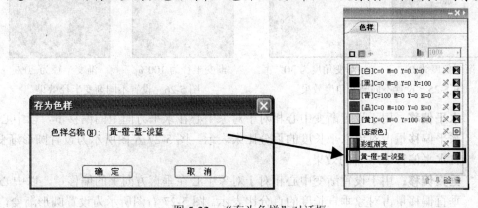

图 5-22　"存为色样"对话框

利用"渐变"工具编辑渐变色时，渐变效果会随鼠标单击位置、拖动方向和长度的不同而不同：

- 鼠标单击点位置将应用渐变颜色条上起始分量点的颜色，鼠标拖动的终点将应用渐变颜色条上终止分量点的颜色。
- 对于除线性渐变之外的渐变色，鼠标单击点位置（即鼠标拖动的起点）将成为渐变色的中心，例如编辑菱形渐变的效果如图5-23所示。

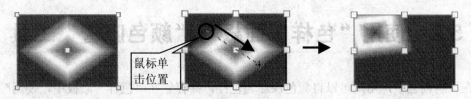

图 5-23　利用"渐变"工具编辑菱形渐变

- 渐变色旋转的角度会随鼠标拖动方向的不同而不同。
- 除锥形和双锥形渐变外，鼠标拖动的长度将成为渐变色的半径。

在飞腾创艺中，还可利用"渐变设置"对话框精确设置渐变中心位置和渐变角度等。

选中填充渐变色的对象，选择"美工">"渐变设置"菜单，打开图 5-24 所示"渐变设置"对话框，在其中设置渐变角度、半径、水平或垂直偏移，单击"确定"按钮即可。

- **渐变角度：**用于设置渐变色旋转的角度。正值时，逆时针旋转渐变色，负值时，顺时针旋转色。图 5-25 所示为设置线性渐变，且渐变角度分别为 0°和 30°效果。

图 5-24　"渐变设置"对话框

- **渐变半径：**用于设置渐变半径，渐变半径量为对象长度的百分比。图 5-26 所示为设置圆形渐变，且渐变半径分别为 100%和 30%时的效果。（注意：锥形渐变和双锥形渐变没有渐变半径选项。）

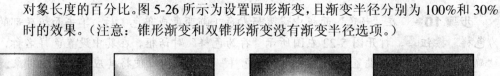

渐变角度为 0°　　　　渐变角度为 30°　　　　　渐变半径为 100%　　渐变半径为 30%

图 5-25　设置不同渐变角度效果　　　　图 5-26　设置不同渐变半径效果

- **水平偏移：**用于设置渐变中心相对于对象中心在水平方向上的偏移量，以中心的水平偏移量占对象水平长度的百分比来表示。图 5-27 左图所示为设置圆形渐变，且水平偏移 30%时的效果。
- **垂直偏移：**用于设置渐变中心相对于对象中心在垂直方向上的偏移量，以中心的垂直偏移量占对象垂直长度的百分比表示。图 5-27 右图所示为设置圆形渐变，且垂直偏移 30%时的效果。

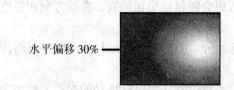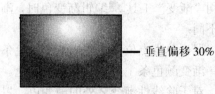

水平偏移 30%　　　　　　　　　　　　　　　　　　　　垂直偏移 30%

图 5-27　设置渐变填充的水平和垂直偏移效果

5.2　使用"色样"面板与"颜色吸管"工具

在飞腾创艺中，用户可以将颜色保存为色样，并存储在"色样"面板中，使用时直接调用即可。本节将介绍新建、应用与编辑色样的方法，以及"颜色吸管"工具的用法。

实训 1　为招生海报着色——使用"色样"面板

【实训目的】

● 认识"色样"面板构成。

● 掌握创建与编辑色样的方法。

【操作步骤】

步骤 1▶ 打开本书配套素材"素材与实例"\"Ph5"文件夹中的"03.vft"文件，如图 5-28 所示。下面，我们利用"色样"面板为页面中的对象着色。

步骤 2▶ 选择"窗口" > "色样"菜单，或者按【Shift+F6】组合键，打开"色样"面板，如图 5-29 所示。

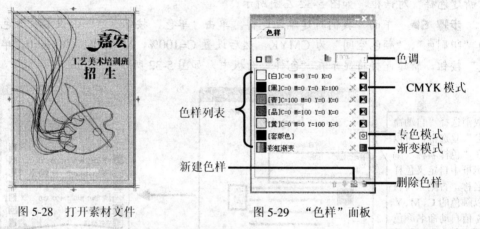

图 5-28　打开素材文件　　　　图 5-29　"色样"面板

步骤 3▶ 利用"选取"工具 ▶ 选中页面中的图形，在"色样"面板中单击"底纹"按钮 ▒，然后在色样列表中单击色样，如单击"青 C=100，M=0，Y=0，K=0"色样，即可使用青色填充图形，如图 5-30 所示。

步骤 4▶ 选中填充青色的图形，在"色样"面板中的"色调"(用于设置颜色的浓度)编辑框中输入数值，或单击编辑框右侧的三角按钮 ▸，然后拖动滑杆设置色调值为 50%，此时图形的填充效果如图 5-31 右图所示。

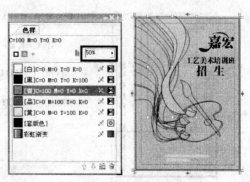

图 5-30　使用色样填充图形对象　　　　图 5-31　调整填充颜色的色调

知识库

> 　　如果用户在其他颜色模式下新建了色样，则在色样的右侧将显示相应的颜色模式图标，
> 如 RGB 颜色模式色样图标为 ♣，灰度模式色样图标为 ▱，专色模式色样图标为 ◉。
> 　　另外，如果某色样右侧显示 ✎ 图标，表示该色样不可编辑。通常，飞腾创艺自带的色样
> 都为不可编辑，包括：黑、白、青、品、黄、套版色和彩虹渐变。

　　步骤 5▶　　在"色样"面板中单击"底纹"按钮▨，然后单击底部的"新建色样"按
钮▨，或者单击面板右上角的三角形按钮▸，在显示的面板菜单中选择"新建色样"，打开
"新建色样"对话框，如图 5-32 左图所示。

　　步骤 6▶　　下面，我们新建单色色样。单击"单色"按钮 □单色，设置"颜色类型"
为"印刷色"，"颜色空间"为 CMYK，然后设置 C=100%，M=100%，Y=K=0，单击"确
定"按钮，新建色样将显示在"色样"面板中，如图 5-32 所示。

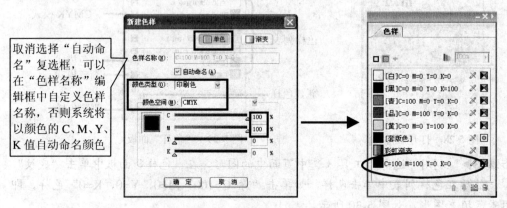

图 5-32　定义单色色样

　　步骤 7▶　　参照与步骤 6 相同的操作方法新建 3 个色样（如图 5-33 左图所示），然后
使用列表中的色样填充对象，效果如图 5-33 右图所示。

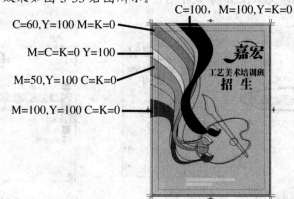

图 5-33　新建色样并填充对象

步骤 8▶ 用绿色（C=60，Y=100，M=K=0）填充图 5-34 左图所示图形，并设置 "色调" 为 60%；用品红（M=100，C=Y=K=0）填充图 5-34 右图所示图形，设置 "色调" 为 80%。

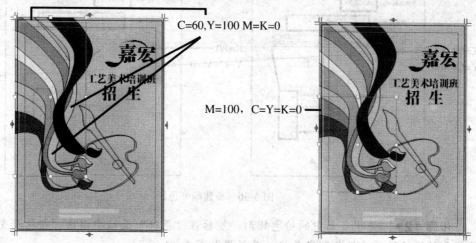

图 5-34 用单色填充对象并设置色调

步骤 9▶ 下面新建渐变色样。单击 "色样" 面板底部的 "新建色样" 按钮🖼，打开 "新建色样" 对话框，在其中单击 "渐变" 按钮 🔲渐变，切换到渐变选项设置区，如图 5-35 左图所示。

步骤 10▶ 在 "新建色样" 对话框中设置 "色样名称" 为粉色渐变，"渐变模式" 为 "锥形渐变"，"颜色空间" 为 CMYK，然后编辑双色渐变参数，单击 "确定" 按钮新建渐变色样，如图 5-35 右图所示。

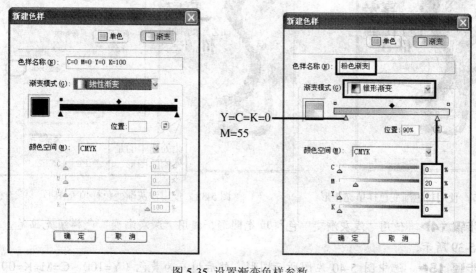

图 5-35 设置渐变色样参数

步骤 11▶ 参照与步骤 9~10 相同的操作方法，分别新建浅灰和深灰线性渐变色样，参数设置如图 5-36 所示。

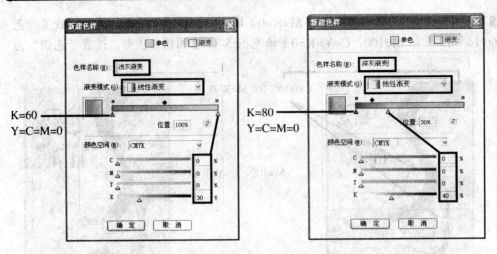

图 5-36　新建渐变色样

步骤 12▶ 选中页面中的粉色矩形，然后在"色样"面板中单击"粉色渐变"色样，将矩形的底纹设置为粉色渐变色样，其效果如图 5-37 所示。

步骤 13▶ 下面为颜料盘（包括一个椭圆和两个不规则图形）和画笔填色。选中图 5-38 左图所示图形，使用"浅灰渐变"色样填充底纹，然后双击"色样"面板中的"浅灰渐变"色样，或在面板菜单中选择"编辑色样"菜单，打开图 5-38 右图"编辑色样"对话框，在该对话框中单击"取反"按钮交换两个分量点的颜色，单击"确定"按钮，改变渐变色样起点与终点颜色。

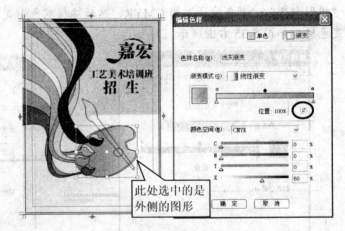

图 5-37　使用粉色渐变色样填充矩形　　　　图 5-38　使用浅灰渐变色样填充图形

步骤 14▶ 使用"浅灰渐变"色样填充圆形，使用"深灰渐变"色样填充画笔，效果如图 5-39 所示。

步骤 15▶ 选中图 5-40 左图所示图形，然后填充为黄色（Y=100，C=M=K=0），并设置"色调"为 50%。至此，招生海报就制作完成了，最终效果如图 5-40 右图所示。

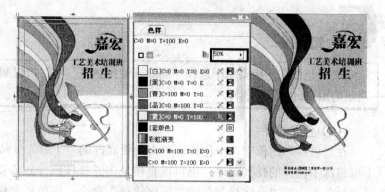

图 5-39 使用渐变色样填充对象　　　　图 5-40 使用黄色填充图形

·提 示·

　　用户在当前文件中添加或编辑的色样只对当前文件有效。如果是在灰版下添加或编辑色样，则所添加或编辑的色样将对以后新建的全部文件有效。

　　在飞腾创艺中，利用"色样"面板还可以进行删除自定义色样、色样排序、导入与导出色样，以及复制与替换色样等操作。

（1）删除色样

　　步骤 1▶ 在"色样"面板中选中自定义的色样（可按住【Ctrl】或【Shift】键依次单击，以同时选中多个要删除的色样）。

　　步骤 2▶ 单击"色样"面板底部的"删除色样"按钮，或者选择"色样"面板菜单中的"删除色样"项，打开图 5-41 所示"删除色样"对话框，在其中单击相应按钮，即可删除色样。

选择"直接删除"单选钮，则删除色样后，应用该色样的对象将保持颜色不变

选择"替换为"单选钮，并在后面的下拉列表中选择一种替换色样，则删除原色样后，应用了原色样的对象颜色将更新为替换的色样颜色

图 5-41 "删除色样"对话框

- **确定：** 根据当前设置执行删除色样的操作。
- **全部：** 对当前色样之后所有等待处理的色样采用当前设置，不再一一提示，对已经处理过的色样不做更改。
- **跳过：** 取消正在处理的色样的删除操作，继续下一个色样的删除操作。
- **取消：** 对所有选中的要删除的色样（包括该次选中并已经处理的）取消删除操作，返回色样面板。

知识库

在"色样"面板菜单中选择"删除未使用色样"项，可以删除当前色样表中未应用于对象的用户自定义的色样。

（2）色样排序

在"色样"面板中选中色样，单击面板底部的"上移"或"下移"按钮，可以上下调整选中色样的排列顺序，也可以直接单击并拖拽色样到需要的位置。另外，还可以选择面板菜单中的"升序排列"或"降序排列"命令，按色样名称进行升序或降序排列。

（3）导入/导出色样表

在飞腾创艺中，我们可以将色样导出为*.clr 格式的色样表文件，也可以将外部的色样添加到当前"色样"面板中使用，具体操作方法如下。

步骤 1▶ 在"色样"面板菜单中选择"另存色样表"命令，打开图 5-42 左图所示"另存为"对话框，在"保存在"下拉列表中选择要保存色样表的驱动器和文件夹，在"文件名"编辑框中输入色样表名称，单击"保存"按钮即可将色样导出。

步骤 2▶ 要导入色样表文件，可在"色样"面板菜单中选择"导入色样表"命令，打开图 5-42 右图所示"打开"对话框，在该对话框中选择要导入的色样表文件，单击"打开"按钮，打开图 5-43 所示"选择颜色"对话框。

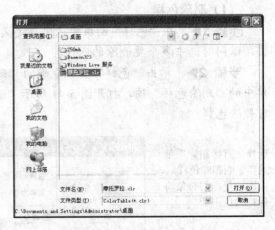

图 5-42 "另存为"和"打开"对话框

步骤 3▶ 从"源色样表"列表中选择要导入的色样，单击"添加"按钮 将其添加到"导入色样"列表中，如图 5-44 所示。单击"全部添加"按钮 ，可以添加全部源色样到"导入色样"列表中。此外，在"导入色样"列表中选中色样，单击"删除"按钮 可将其删除；单击"全部删除"按钮 ，可以删除所有"导入色样"列表中的色样。

步骤 4▶ 设置好导入色样后，单击"确定"按钮即可将其添加到当前"色样"面板中。

提示

　　导入色样时，如果遇到同名色样，系统将弹出图 5-44 所示"同名处理"对话框。选择"覆盖"单选钮，将用导入色样替换当前"色样"面板中的同名色样；选择"自动命名"单选钮，系统将自动为导入色样重命名；选择"重命名"单选钮，可以在编辑框中为导入色样重新定义名称。

图 5-43　添加导入的色样

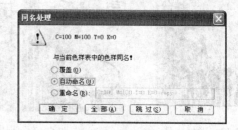

图 5-44　同名色样处理

（4）复位/替换色样表

● **复位色样表：** 通过复位色样表操作可以使色样表恢复到默认状态。在"色样"面板菜单中选择"复位色样表"菜单项，打开图 5-45 所示提示框，单击"是"按钮将执行复位操作；单击"否"按钮，则取消此次操作。

● **替换色样表：** 通过替换色样表操作可以使用新的色样表替换当前色样表。在"色样"面板菜单中选择"替换色样表"命令，打开图 5-46 所示提示框，单击"是"按钮，在随后打开的"打开"对话框中选择色样表文件（*.clr），单击"确定"按钮，即可用新色样表替换当前色样表。

图 5-45　复位色样表提示框

图 5-46　替换色样表提示框

实训 2　为音乐会海报着色——使用"颜色吸管"工具

【实训目的】

● 掌握"颜色吸管"工具 ✒ 的用法。

● 了解使用菜单命令自定义颜色的方法。

【操作步骤】

步骤 1▶ 打开本书配套素材"素材与实例"\Ph5"文件夹中的"04.vft"文件，如图

5-47 所示。

　　步骤 2▶ 选择"颜色吸管"工具，然后将光标放置在人物图像上需要吸取颜色的位置（如图 5-48 左图所示），单击鼠标左键即可吸取图像颜色。

　　步骤 3▶ 将吸取了颜色的吸管移至文字区域，此时光标呈形状，然后按下鼠标左键并拖动鼠标选中"上海"，释放鼠标后，即可使用吸取的颜色着色文字，如图 5-48 右图所示。

图 5-47　素材文件

图 5-48　使用"颜色吸管工具"吸取颜色并着色文字

　知识库

　　使用"颜色吸管"工具吸取颜色后，按【Esc】键或单击版面空白处，可以清空吸管中吸取的颜色。

　　步骤 4▶ 利用"颜色吸管"工具在人物图像的其他位置单击，重新吸取颜色，然后将光标移至图 5-49 左图所示五角星内，当光标呈形状时单击，使用吸取的颜色填充五角星，如图 5-49 右图所示。

图 5-49　使用"颜色吸管"工具为五角星着色

　知识库

　　使用吸取了颜色的吸管单击图形的边框，当光标呈形状时，单击鼠标可以为边框着色，如图 5-50 所示。

　　步骤 5▶ 参照与步骤 2～4 相同的操作方法，为其他文字和五角星设置其他填充色(用户可根据个人喜好吸取图像颜色并着色对象）。最终效果如图 5-51 所示。

图 5-50 为图形边框着色　　　　图 5-51 音乐会最终效果

步骤 6▶ 要保存吸取的图像颜色，只需将光标移至"色样"面板中的空白处（图 5-52 所示），单击鼠标左键，打开"存为色样"对话框，在"色样名称"编辑框中输入色样名称，单击"确定"按钮即可将吸取的颜色保存为色样。

.提 示.

如果"颜色吸管"工具 不能吸取图像颜色（光标呈 形状），图像可能为 RGB 颜色模式，飞腾创艺版面默认禁止使用 RGB 颜色。此时，可以选择"文件" > "工作环境设置" > "文件设置" > "常规"菜单，在打开的"文件设置"对话框中，取消勾选"不使用 RGB 颜色"复选框即可。

图 5-52 将吸取的颜色存储为色样

除了使用前面介绍的方法着色对象外，还可以使用菜单命令来设置常用颜色。选中要着色的对象，选择"美工" > "颜色"菜单，展开如图 5-53 所示子菜单，从中选择需要的颜色来着色对象，也可以选择"自定义（F6）"菜单项，然后在"颜色"面板中自定义颜色。

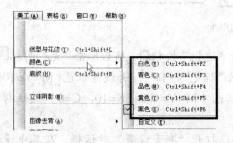

.提 示.

对图形或图像设置"美工" > "颜色"菜单下常用颜色时，只能对边框着色，不能设置底纹颜色。

图 5-53 "颜色"子菜单中的常用颜色

综合实训——制作菜谱封面

本例通过制作图 5-54 所示的菜谱封面，来练习"颜色"和"色样"面板在实际操作中的应用。

步骤 1▶ 按【Ctrl+N】组合键，打开"新建文件"对话框，然后参照图 5-55 所示设置新文档参数，单击"确定"按钮，新建一个空白文档。

图 5-54　菜谱效果图

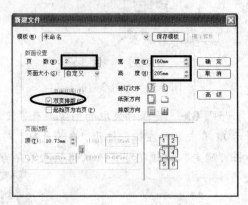

图 5-55　"新建文件"对话框

步骤 2▶ 按住【Shift】键的同时，双击水平和垂直标尺相交处的方格，将标尺零点设置在左页面的左上角位置。

步骤 3▶ 选择工具箱中的"矩形"工具，将光标移至页面中，按下鼠标左键并拖动绘制一个矩形，然后在控制面板中精确设置矩形的位置和大小，如图 5-56 所示。

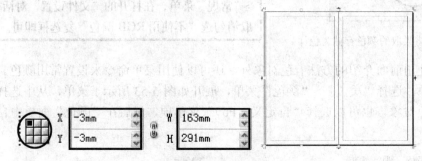

图 5-56　绘制矩形

步骤 4▶ 选中矩形，在"颜色"面板中单击"边框"按钮□，然后单击"无"图标，取消矩形边框颜色；单击"底纹"按钮，然后单击"渐变"按钮，并设置红色（M=Y=100，K=10，C=0）-淡红（M=Y=50，K=10，C=0）-红色（M=Y=100，K=10，C=0）线性渐变色，如图 5-57 左图所示。

步骤 5▶ 选择"美工">"渐变设置"菜单，打开"渐变设置"对话框，在其中设置"渐变角度"为-60 度，"渐变半径"为 50%，"水平偏移"为-15%，"垂直偏移"为 20%，单击"确定"按钮，得到图 5-57 右图所示填充效果。

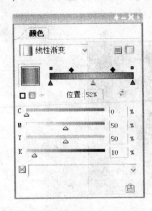

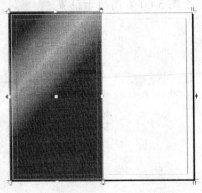

图 5-57 利用渐变色填充矩形

步骤 6▶ 选中矩形，依次按【Ctrl+C】、【Ctrl+Alt+V】组合键，将矩形原位置复制一份，然后在控制面板中精确调整复制矩形的位置，将其放置在右侧页面中，如图 5-58 所示。

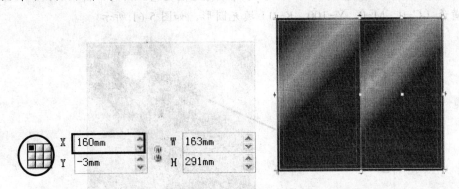

图 5-58 原位置复制矩形并调整其位置

步骤 7▶ 选中复制的矩形，再次打开"渐变设置"对话框设置渐变填充属性，参数设置及效果如图 5-59 所示。

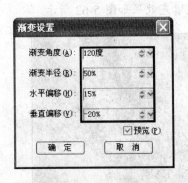
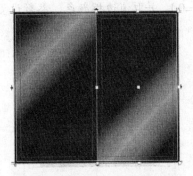

图 5-59 重新设置渐变填充属性

步骤 8▶ 打开本书配套素材"素材与实例"\ "Ph5"文件夹中的"05.vft"文件，利用"选取"工具 ▶ 选中图 5-60 左图所示图形，然后将它们复制粘贴到新文件页面中，并放置于图 5-60 右图所示位置。

图 5-60　复制图形

步骤 9▶　用"选取"工具 ▶ 框选圆形，在"色样"面板中单击"边框"按钮 ▢，然后单击颜色条左侧的"无色"按钮 ▨，取消圆形的边框颜色，接着单击"底纹"按钮 ▨，并使用黄色（C=0，M=0，Y=100，K=0）填充圆形，如图 5-61 所示。

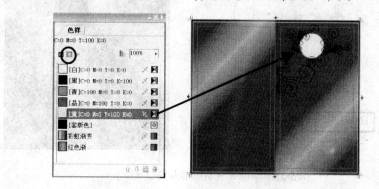

图 5-61　使用黄色填充圆形

步骤 10▶　选中圆形四周的图形，在"颜色"面板中设置底纹颜色为橙色（M=80，Y=85，C=K=0），并取消边框颜色，参数设置及填充效果如图 5-62 所示。

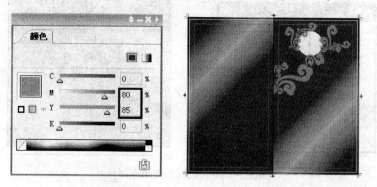

图 5-62　使用"颜色"面板填充对象

步骤 11▶ 选中橙色图形，依次单击控制面板中的"右边线镜像"按钮↤、"下边线翻转"按钮↧，镜像复制并翻转橙色图形，然后将图形移至左侧页面中，如图 5-63 所示。

步骤 12▶ 切换到"05.vft"文件，然后将图 5-64 左图所示图形复制粘贴到新文件页面中，并放置于图 5-64 右图所示位置。

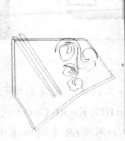

图 5-63 复制并翻转橙色图形   图 5-64 复制素材图形

步骤 13▶ 利用"颜色"面板将图 5-65 右图所示图形填充为 80%黑，并取消图形的边框颜色。

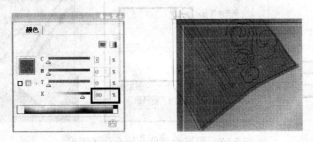

图 5-65 利用"颜色"面板为图形填充单色

步骤 14▶ 利用"颜色"面板将图 5-66 右图所示图形填充为 50%黑-20%黑的线性渐变色，并取消图形的边框颜色。

K=50，C=M=Y=0
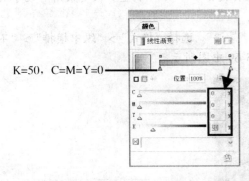
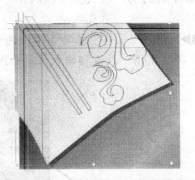

图 5-66 利用"颜色"面板为图形填充渐变色

步骤 15▶ 利用"颜色"面板将图 5-67 右图所示图形填充为 50%黑色，并取消图形的边框颜色。

图 5-67　利用"颜色"面板为图形填充单色

步骤 16▶ 选择"选取"工具 后在页面空白处单击，取消所有图形的选中状态。利用"颜色"面板设置红色（M=Y=100，K=30，C=0）-淡红（M=Y=35，C=K=0）-红色（M=Y=100，K=30，C=0）的线性渐变色（如图 5-68 左图所示），单击"存为色样"按钮 ，将其保存到"色样"面板中。选中页面左上角的筷子图形，使用存储的渐变色样填充筷子图形，然后利用"渐变设置"对话框精确编辑渐变参数，参数设置及效果如图 5-68 中图和右图所示。

图 5-68　设置渐变色并填充筷子图形

步骤 17▶ 利用"文字"工具 T 在右侧页面中输入"夜宴菜谱"，在文字控制面板中设置文字方向为正向竖排，并设置"夜宴"字体为"方正瘦金书简体"，"菜谱"字体为"方正大标宋简体"，字号为"特大"，然后利用"旋转变倍"工具 调整"夜宴菜谱"文字块的大小。

步骤 18▶ 利用"文字"工具 T 单独选中"菜谱"，选择"格式">"纵中横排">"不压缩"菜单，将"菜谱"改成横排效果，如图 5-69 中图所示。

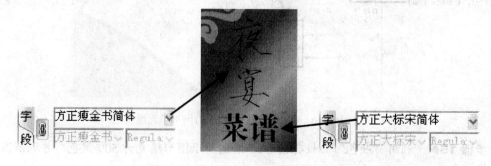

图 5-69　输入文字并设置纵中横排效果

步骤 19▶ 利用"文字"工具**T**选中"夜宴菜谱",然后设置文字颜色为红色（M=Y=100，C=K=0），利用"文字"工具**T**选中"夜宴"，在"艺术字"面板中设置"立体"、"勾边"参数，参数设置及效果如图5-70所示。

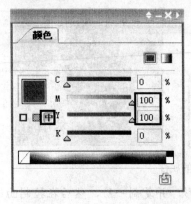

图5-70 为文字设置颜色及立体和勾边效果

步骤 20▶ 利用"文字"工具**T**选中"菜谱"，在"艺术字"面板中设置"立体"、"空心"参数，在"艺术字"面板菜单中选择"空心边框粗细"，在随后打开的"空心边框粗细"对话框中设置"边框粗细"为0.4mm，如图5-71所示。

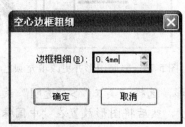

图5-71 为文字设置立体和空心效果

步骤 21▶ 利用"文字"工具**T**在左侧页面中输入"中国味"，在文字控制面板中设置字体和字号，并将文字方向设置为正向竖排效果，颜色为白色，如图5-72所示。

图5-72 输入文字并设置文字颜色

步骤 22▶　选中"中国味"文字块，然后设置文字块的填充色为深红色（M=Y=100，K=30，C=0）。选择"美工">"透明"菜单，打开"透明"面板，在其中设置"不透明度"为 45%，"混合模式"为"叠底"，此时文字块效果如图 5-73 右图所示。

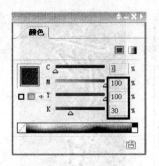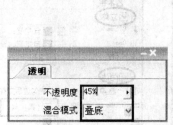

图 5-73　设置"中国味"文字块的属性

步骤 23▶　在左侧页面中选中图 5-74 左图所示图形，并复制一份，然后在控制面板中设置复制图形的"旋转"为 0，在"颜色"面板中更改图形的填充色为红色（M=Y=100，C=K=0），如图 5-74 所示。

图 5-74　复制图形并更改填充颜色

步骤 24▶　选中红色图形，选择"美工">"透明"菜单，打开"透明"面板，在其中设置"混合模式"为"叠底"，然后将图形放置在"中国味"文字块的右上角，效果如图 5-75 右图所示。

步骤 25▶　选中红色图形，在控制面板中依次单击"右边线镜像"按钮 ⊢|、"下边线翻转"按钮 ↴，镜像复制并翻转红色图形，然后将红色图形放置在"中国味"文字块的左下角，如图 5-76 所示。至此，菜谱封面就制作完成了。

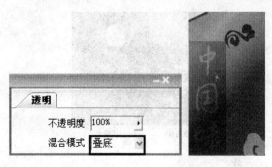

图 5-75　设置图形的混合模式　　　　　　　　图 5-76　镜像复制并翻转图形

本章小结

本章中主要介绍了在飞腾创艺中设置和应用颜色的方法，以及颜色模式等色彩知识。通过本章的学习，读者应了解 CMYK、RGB 等颜色模式的意义，并能在排版过程中，熟练地使用单色、渐变色及色样来着色对象。

思考与练习

一、填空题

1. 在飞腾创艺中，系统提供了_____、_____、_____和_____ 4 种颜色模式；如果出版物用于印刷，应采用_____模式。

2. 在飞腾创艺中，若要制作灰度版面，可使用 CMYK 模式定义颜色。其方法是：将 C、M、Y 的值设置为_____，然后通过调整_____的值得到不同的颜色。

3. 按_____键，可以快速打开"颜色"面板；按_____组合键，可以快速打开"色样"面板。

4. 在"颜色"面板中，要将定义的颜色保存为色样，应单击_____按钮。

5. 利用"颜色吸管"工具 吸取图像颜色后，按_____键，可以清空吸管中吸取的颜色。

6. 要使用"颜色吸管"工具 吸取 RGB 图像的颜色，可以选择"文件" > "工作环境设置" > "文件设置" > "常规"菜单，在打开的"文件设置"对话框中，取消勾选_____项。

二、问答题

1. 要取消图形对象的边框和底纹颜色，应如何操作？
2. 如何将"颜色"面板中定义的颜色存储为色样？
3. 如何使用"渐变"工具 编辑渐变色？
4. 利用"颜色吸管"工具 吸取图像颜色后，如何将颜色存储为色样？

三、操作题

1. 使用"颜色"面板定义一些不同颜色模式的颜色，并将其保存为色样。
2. 利用"颜色"面板定义渐变色，并保存为渐变色样。
3. 利用"文件" > "排入" > "图像"命令，在页面中导入一些图像，然后使用"颜色吸管"工具 吸取图像颜色并保存为色样。

第6章 绘制与修饰图形

【本章导读】

利用飞腾创艺提供的绘图工具可以绘制直线、矩形、椭圆形、菱形和任意曲线等图形（我们将在飞腾创艺中绘制的图形称为图元）。绘制好图形后，还可以对其进行各种编辑和修饰，例如设置底纹和线性、应用立体效果等，从而使其满足实际需要。

【本章内容提要】

- ☞ 绘制几何图形
- ☞ 绘制线条
- ☞ 图形的基本编辑
- ☞ 图形的修饰

6.1 绘制几何图形

在本节中，我们将通过绘制卡通画和插画背景，来学习"矩形"工具▢、"椭圆"工具◯、"菱形"工具◇和"多边形"工具◯的用法。

实训1 绘制卡通画——使用"矩形"与"椭圆"工具

【实训目的】

- ● 掌握"矩形"工具▢的用法。
- ● 掌握"椭圆"工具◯的用法。

【操作步骤】

步骤 **1**▶ 在本例中，我们将制作图 6-1 所示的卡通画。按【Ctrl+N】组合键，打开"新建文件"对话框，然后参照图 6-2 所示设置新文档参数，单击"确定"按钮，新建一个空白文档。

图 6-1 卡通画效果图

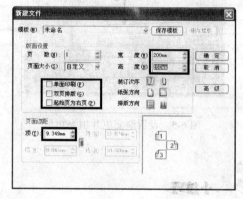

图 6-2 "新建文件"对话框

步骤 **2**▶ 按住【Shift】键的同时，用鼠标单击水平和垂直标尺相交处的方格 ⊞，将标尺零点定位在页面左上角。

步骤 **3**▶ 下面绘制渐变背景。选择工具箱中的"矩形"工具 □，将光标移至页面中，按住鼠标左键并拖动，至合适大小时释放鼠标，即可绘制一个矩形。保持矩形的选中状态，在控制面板中精确设置其位置和大小，如图 6-3 所示。

步骤 **4**▶ 按【F6】键打开"颜色"面板，单击"边框"按钮 □，再单击"无色"图标 ☑，取消矩形的边框颜色，然后依次单击"底纹"按钮 ▦ 和"渐变"按钮 ▤，并设置渐变色属性，用其来填充矩形，如图 6-4 所示。

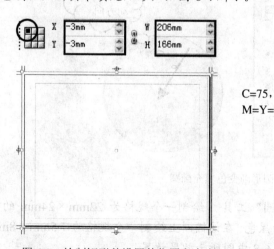

图 6-3 绘制矩形并设置其位置和大小

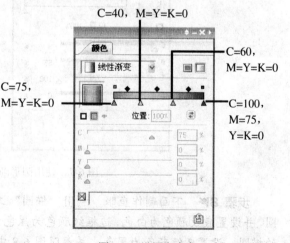

图 6-4 设置渐变色

步骤 **5**▶ 利用"渐变"工具 ▤ 调整线性渐变颜色的方向，效果如图 6-5 所示。

步骤 **6**▶ 下面绘制鱼图形。选择"椭圆"工具 ○，将光标移至页面中，按住鼠标左键并拖动，绘制一个椭圆，然后在控制面板中精确设置椭圆的大小，如图 6-6 所示。

159

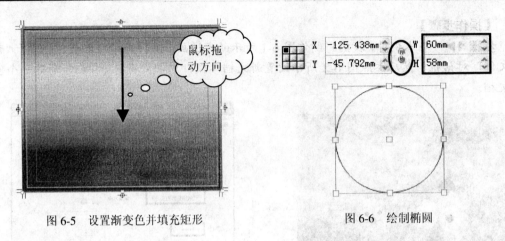

图 6-5 设置渐变色并填充矩形 　　　　　　图 6-6 绘制椭圆

利用"矩形"工具□或"椭圆"工具◯绘制矩形或椭圆时，如果按住【Shift】键，可以绘制出正方形和正圆。

步骤 7▶ 使用黄色（Y=100，C=M=K=0）-橙色（M=55，Y=100，C=K=0）的圆形渐变色填充椭圆，并利用"渐变"工具▦调整圆形渐变色的方向，如图 6-7 右图所示。

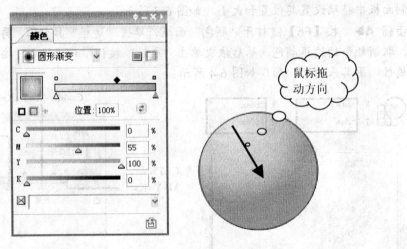

图 6-7 使用圆形渐变色填充椭圆

步骤 8▶ 下面制作鱼眼。利用"椭圆"工具◯绘制一个规格为 22mm×24mm 的椭圆，并设置底纹颜色为白色，边框线颜色为黑色；在该椭圆上绘制一个规格为 7.5mm×8mm 的椭圆，设置底纹颜色为黑色，并参照图 6-8 中图所示效果放置。

步骤 9▶ 利用"选取"工具▶同时选中步骤 8 中绘制的椭圆，选择"对象"＞"成组"菜单，或按【F4】键，将两者群组，然后将群组的对象复制一份，并按照图 6-9 所示效果放置，作为鱼眼。

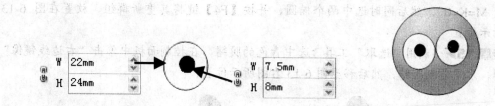

图 6-8 绘制鱼眼　　　　　　　　　　图 6-9 绘制鱼眼

步骤 10▶ 下面绘制鱼嘴。利用"椭圆"工具 ⬭ 绘制一个规格为 13mm×17mm 的椭圆，设置底纹颜色为红色（M=Y=100，C=K=0），边框线颜色为黑色；然后在椭圆上绘制一个规格为 5.5mm×4mm 的椭圆，设置底纹颜色为无色，边框线颜色为黑色，并在控制面板中设置边框线宽度为 1.5mm，如图 6-10 所示。

步骤 11▶ 利用"选取"工具 ⬚ 同时选中步骤 10 中绘制的两个椭圆，按【F4】键，将两者群组，然后在控制面板中设置群组对象的"旋转"为 6 度，并将其放置在图 6-11 右图所示位置，作为鱼嘴。

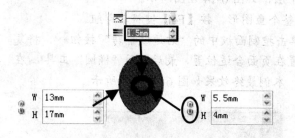 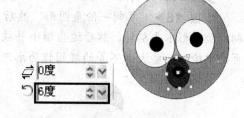

图 6-10 绘制鱼嘴图形　　　　　　图 6-11 群组椭圆并调整位置

步骤 12▶ 下面绘制背鳍。利用"椭圆"工具 ⬭ 绘制一个规格为 16mm×20mm 的椭圆，设置底纹颜色为红色（M=Y=100，C=K=0），边框线颜色为黑色，然后在椭圆上绘制一个规格为 1.5mm×10mm 的椭圆，设置底纹颜色为黑色，如图 6-12 左图所示。

步骤 13▶ 利用"选取"工具 ⬚ 同时选中步骤 12 中绘制的椭圆，按【F4】键将两者群组；保持此群组对象的选中状态，选择"对象">"层次">"最下层"菜单，将其移至所有对象的下层；在控制面板中设置"旋转"为-10 度，然后将此群组对象放置在图 6-12 右图所示位置，作为背鳍。

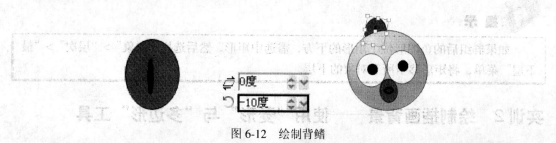

图 6-12 绘制背鳍

步骤 14▶ 下面绘制腹鳍。复制背鳍图形，选择"对象">"解组"菜单，或按【Shift+F4】组合键解散群组；利用"选取"工具 ⬚ 选中大椭圆，将底纹颜色重新设置为青色（C=50，

Y=10，M=K=0），然后同时选中两个椭圆，并按【F4】键将其重新群组，放置在图 6-13 左图所示位置。

步骤 15▶ 利用"选取"工具 ▶ 选中青色的腹鳍，在控制面板中单击"右边线镜像"按钮 H，水平复制腹鳍，然后移至图 6-13 右图所示位置。

图 6-13　制作腹鳍

步骤 16▶ 利用"选取"工具 ▶ 同时选中两个腹鳍，选择"对象" > "层次" > "最下层"菜单，将一对腹鳍移至所有对象的下层，如图 6-14 左图所示。

步骤 17▶ 利用"选取"工具 ▶ 选中整个鱼图形，按【F4】键将其群组。

步骤 18▶ 复制一份鱼图形，然后单击控制面板中的"右边线翻转"按钮 ◁▷，将复制的鱼图形水平翻转，然后适当缩小并放置在页面合适位置，最后利用"椭圆"工具 ◯ 在页面中绘制一些大小不等的椭圆作为水泡。本例最终效果如图 6-14 右图所示。

图 6-14　复制鱼图形并绘制水泡

提　示

如果群组后的鱼图形位于矩形的下方，需选中矩形，然后选择"对象" > "层次" > "最下层"菜单，将矩形移至所有对象的下层。

实训 2　绘制插画背景——使用"菱形"与"多边形"工具

【实训目的】
- 掌握"菱形"工具 ◇ 的用法。
- 掌握"多边形"工具 ◯ 的用法。

【操作步骤】

　　步骤1▶　　本例中，我们将制作图 6-15 所示的插画背景。打开本书配套素材"素材与实例"\"Ph6"文件夹中的"01.vft"文件，如图 6-16 所示。

图 6-15　插画背景效果图

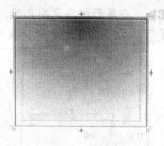

图 6-16　打开素材文件

　　步骤2▶　　选择"菱形"工具◇，然后将光标移至页面中，按住鼠标左键并拖动，至合适大小时释放鼠标，即可得到一个菱形，如图 6-17 所示。

　　步骤3▶　　使用"选取"工具选中菱形，单击控制面板中的"宽高连动"按钮，使其处于锁定状态，然后设置菱形的宽度为 5mm，如图 6-18 所示。

　　步骤4▶　　在"颜色"面板中设置菱形的底纹颜色为白色，并取消边框线颜色，然后选择"编辑">"多重复制"菜单，打开"多重复制"对话框，在其中设置"重复次数"为 7，"水平偏移量"为 0，"垂直偏移量"为 11mm，如图 6-19 所示。

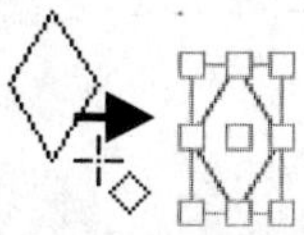

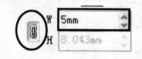

図 6-17　绘制菱形　　　图 6-18　设置菱形的尺寸 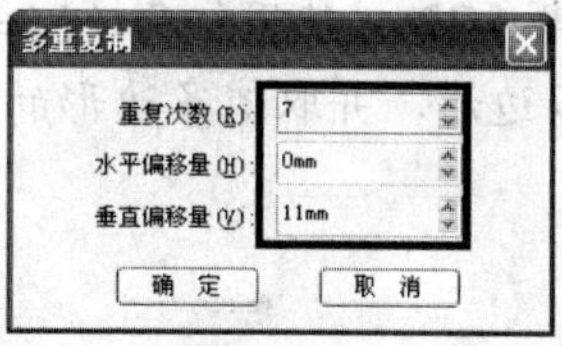　　　图 6-19　"多重复制"对话框

　　步骤5▶　　参数设置好后，单击"确定"按钮，将菱形垂直向下复制 7 份，然后利用"选取"工具选中所有菱形并放置在页面的左上角，如图 6-20 所示。

　　步骤6▶　　利用"选取"工具选中第二个菱形，在控制面板中单击九宫位的中心点，然后设置菱形宽度为 4.5mm；选中第三个菱形，在控制面板中设置菱形宽度为 4mm，按照相同的方法，将其他 5 个菱形的宽度缩小，效果如图 6-21 下图所示。

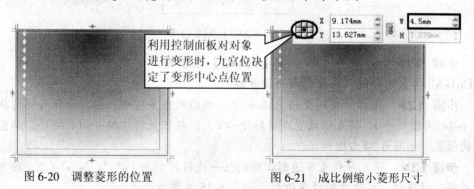

利用控制面板对对象进行变形时，九宫位决定了变形中心点位置

图 6-20　调整菱形的位置　　　　图 6-21　成比例缩小菱形尺寸

步骤 7▶ 利用"选取"工具 ↖ 选中所有菱形，按【F4】键将其群组，然后使用淡红色（M=20，C=Y=K=0）-红色（M=Y=0，C=K=0）的线性渐变填充菱形，如图 6-22 左图所示。

步骤 8▶ 将菱形组多复制几份，分散放置在页面中，然后使用"渐变"工具 ▧ 分别调整每个菱形组的渐变填充方向，效果如图 6-22 右图所示。

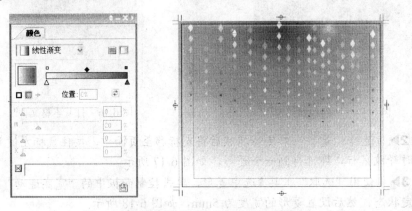

图 6-22 使用复制菱形组并填充不同的渐变色

步骤 9▶ 选择"多边形"工具 ⬡，然后将光标移至页面中，按下鼠标左键并拖动，至合适大小时，释放鼠标即可得到一个多边形（默认为六边形），如图 6-23 左图所示。

步骤 10▶ 使用红色（M=Y=100，C=K=0）-淡红色（M=20，C=Y=K=0）线性渐变色填充多边形，并取消多边形的边框线颜色，效果如图 6-23 右图所示。

图 6-23 绘制多边形

步骤 11▶ 选中多边形，按【Ctrl+C】组合键，复制多边形至剪贴板，然后按【Ctrl+Alt+V】组合键，原位复制一份多边形。

步骤 12▶ 选择"旋转变倍"工具 ↻，然后双击多边形，进入旋转与倾斜状态（如图 6-24 左图所示），将光标放置在旋转中心 ⊙ 上，按住鼠标左键并向右拖动，调整旋转中心的位置，如图 6-24 右图所示。

步骤 13▶ 将光标移至多边形四周的任一旋转控制点（↷ ↶ ↷ ↶）上，按下鼠标左键并顺时针拖动，旋转复制的多边形，如图 6-25 左图所示。

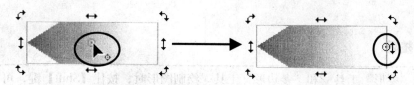

图 6-24 调整多边形旋转中心点位置

步骤 14▶ 参照与步骤 11～13 相同的操作方法，再复制出 3 个多边形，并进行旋转组成一朵花形状，效果如图 6-25 右图所示。

步骤 15▶ 双击工具箱中的"多边形"工具⬡，打开图 6-26 所示的"多边形设置"对话框，在其中设置多边形"边数"为 6，"内插角"为 80%，单击"确定"按钮。

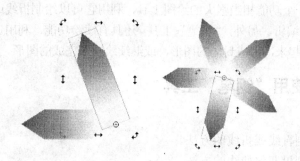

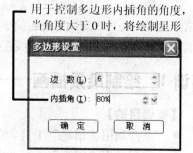

用于控制多边形内插角的角度，当角度大于 0 时，将绘制星形

图 6-25 复制多边形并旋转　　图 6-26 "多边形设置"对话框

步骤 16▶ 按住【Shift】键的同时，在页面中拖动鼠标绘制一个正星形（如图 6-27 左图所示），然后利用"颜色"面板取消星形的边框线颜色，并设置填充色为红色（M=Y=100，C=K=0），最后利用"选取"工具▲将红色的星形移至步骤 14 中制作的花朵中央，效果如图 6-27 右图所示。

步骤 17▶ 利用"选取"工具▲选中组成花朵的所有图形，按【F4】键群组，然后将花朵多复制一些，分别设置不同的大小，并参照图 6-28 所示效果放置。至此，卡通插画的背景就制作好了。

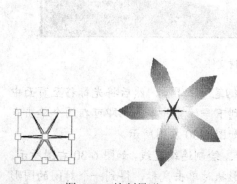

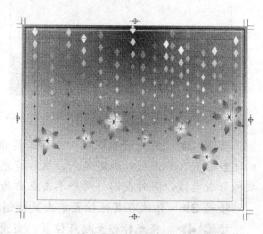

图 6-27 绘制星形　　　　　　图 6-28 复制花朵图形

小技巧

利用"菱形"工具◇和"多边形"工具○绘制图形时，按住【Shift】键，可以绘制出正菱形和正多边形。

6.2　绘制线条

在飞腾创艺中，"钢笔"工具是一个功能相当强大的绘图工具，利用它可以绘制折线或贝塞尔曲线，还可以对图形进行简单的编辑。另外，"钢笔"工具还具有续绘功能，利用该功能可以将两条开放的曲线或折线连接起来，形成封闭的图形，或继续绘制未完成的图形。

实训 1　绘制风景插画——使用"钢笔"工具

【实训目的】

● 掌握利用"钢笔"工具绘制直线或折线的方法。
● 掌握利用"钢笔"工具绘制贝塞尔曲线的方法。

【操作步骤】

步骤 1▶ 本例中，我们将绘制图 6-29 左图所示的风景插画。打开本书配套素材"素材与实例"\ "Ph6"文件夹中的"02.vft"文件，如图 6-29 右图所示。下面，我们将通过绘制帆船和白云来学习"钢笔"工具的用法。

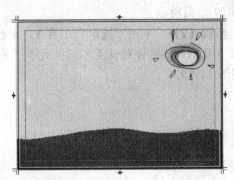

图 6-29　效果图与素材文件

步骤 2▶ 首先绘制帆船。选择工具箱中的"钢笔"工具，然后将光标移至页面中的适当位置，单击鼠标确定起点，然后将光标移动到下一位置并单击，即可在两个单击点之间形成直线，同时我们将两个单击点称为节点，如图 6-30 左图所示。

步骤 3▶ 依次在其他位置单击鼠标创建新节点，绘制连续直线，如图 6-30 右图所示。

步骤 4▶ 将光标移至起点位置，当光标呈形状时单击鼠标，得到一个封闭的图形并结束绘制，如图 6-31 右图所示。

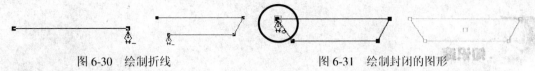

图 6-30　绘制折线　　　　　　　　　　　　图 6-31　绘制封闭的图形

.提 示.

利用"钢笔"工具绘制图形时，除了单击起点结束绘制外，在任意位置双击鼠标左键或单击鼠标右键均可结束绘制；另外，在绘制过程中按住【Shift】键，可绘制水平、垂直或45°的直线。

步骤 5▶　利用"钢笔"工具继续绘制图 6-32 左图所示船帆和桅杆，然后将绘制的图形组成一条帆船，并为每个图形设置底纹颜色，如图 6-32 右图所示。

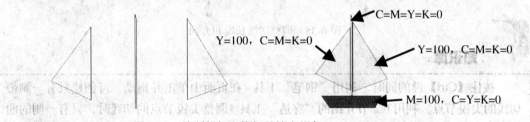

图 6-32　绘制船帆和桅杆并填充颜色

.小技巧.

在绘制过程中，若某个节点位置不理想，可以按【Esc】键删除上一个节点，也可以将光标放在需要删除的节点上，当光标呈形状时，单击鼠标左键删除节点。

步骤 6▶　利用"选取"工具选中整条帆船，按【F4】键群组，然后复制群组后的船，并适当缩小，放置在图 6-33 所示位置。

步骤 7▶　下面绘制白云。选择"钢笔"工具，将光标移至页面中的适当位置，按下鼠标左键并拖动，创建一个具有双侧切线的光滑节点（如图 6-34 左图所示），释放鼠标后，在页面中的另一位置再次单击并拖动鼠标，创建第二个光滑节点，如此一来，这两个节点间就生成了一条简单的贝塞尔曲线，如图 6-34 右图所示。

图 6-33　复制帆船并调整大小和位置

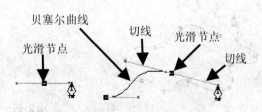

图 6-34　绘制贝塞尔曲线

．知识库．

　　光滑节点两侧各有一条切线，使用"钢笔"工具创建光滑节点的过程中，可利用拖动方式改变切线的长度和方向，从而改变曲线的弧度，其中，拉长切线时曲线弧度变小，如图 6-35 左图所示；缩短切线时曲线弧度较大，如图 6-35 中图所示；旋转切线时可改变曲线形状，如图 6-35 右图所示。

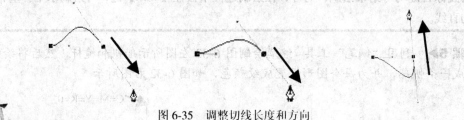

图 6-35　调整切线长度和方向

．知识库．

　　按住【Ctrl】键的同时，利用"钢笔"工具在页面中单击并拖动，可创建只有一侧带切线的尖锐节点。利用 6.2 节介绍的"穿透"工具调整尖锐节点的切线时，只有一侧的曲线发生变动，而调整光滑节点的切线时，节点两侧的曲线都将发生变动，如图 6-36 所示。

图 6-36　创建尖锐节点

　　步骤 8▶　参照与步骤 7 相同的操作方法，利用"钢笔"工具继续创建其他光滑节点，绘制出图 6-37 左图所示的曲线，然后将光标移至曲线的起点，当光标呈形状时，单击鼠标左键，得到一个封闭的曲线图形，效果如图 6-37 中图所示。

　　步骤 9▶　参照与步骤 7~8 相同的操作方法再绘制一朵白云图形，用"选取"工具选中绘制的两朵白云图形，在"颜色"面板中设置其底纹颜色为白色（C=M=Y=K=0），并取消边框线颜色，然后将两朵白云图形放置在图 6-37 右图所示的位置。

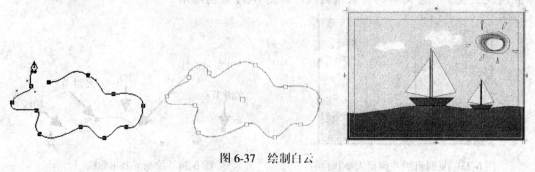

图 6-37　绘制白云

在封闭贝塞尔曲线图形时，如果在起点位置上单击并拖动鼠标，可以调整节点两侧曲线的弧度，如图6-38左图所示；如果按住【Ctrl】键的同时在起点位置上单击并拖动鼠标，可以单独调整最后一段曲线的弧度，如图6-38右图所示。

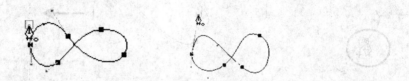

图6-38 封闭图形时调整曲线弧度效果

步骤10▶ 最后绘制波浪。利用"钢笔"工具在页面中绘制一些开放的贝塞尔曲线，并设置边框线颜色为白色，效果如图6-39所示。至此，本例就制作完成了。

在飞腾创艺中，还可以利用"钢笔"工具连接两条开放的曲线或折线，具体操作方法如下。

步骤1▶ 选择"钢笔"工具，然后将光标置在开放曲线或折线的端点上，当光标呈+形状时，单击节点即可继续绘制曲线，如图6-40所示。

图6-39 绘制波浪图形

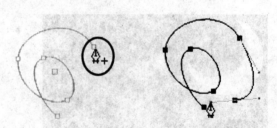

图6-40 利用"钢笔"工具续绘图形

步骤2▶ 利用"钢笔"工具绘制两条开放的曲线，如图6-41左图所示。下面，我们要从端点A连接到端点B，将两条曲线连接成一条曲线。

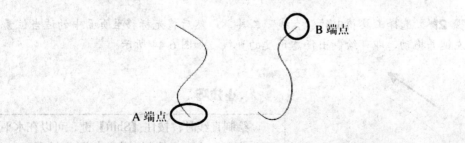

图6-41 绘制两条开放的曲线

步骤3▶ 选择"钢笔"工具，将光标移至 A 端点，当光标呈 +形状时，单击鼠标左键启动续绘功能，然后将光标移至 B 端点，当光标呈 形状时，单击鼠标左键，即可将两条开放的曲线连接起来，效果如图 6-42 右图所示。

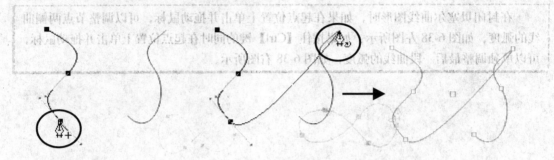

图 6-42 利用"钢笔"工具连接两条开放的曲线

实训2 绘制夜景插画——使用"直线"与"画笔"工具

【实训目的】
● 掌握"直线"工具的用法。
● 掌握"画笔"工具的用法。

【操作步骤】

步骤1▶ 本例中将制作图 6-43 左图所示的流星划破夜空效果。打开本书配套素材"素材与实例" \ "Ph5" 文件夹中的 "03.vft" 文件，如图 6-43 右图所示。

图 6-43 效果图与素材文件

步骤2▶ 选择工具箱中的"直线"工具，然后将光标移至页面中的适当位置，按下鼠标左键并拖动，即可绘制出任意角度的直线，如图 6-44 所示。

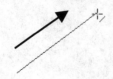  **小技巧**

> 绘制直线时，按住【Shift】键，可以在水平、垂直或 45° 方向上绘制直线，如图 6-45 所示。

图 6-44 绘制任意角度的直线

步骤 3▶ 利用"直线"工具╲在画面中绘制几条任意角度的直线，并设置边框线颜色为白色，效果如图 6-46 所示。

图 6-45 配合【Shift】键绘制特殊直线　　　　　图 6-46 绘制任意角度的直线

步骤 4▶ 选择工具箱中的"画笔"工具╱，然后将光标移至页面中适当位置，按住鼠标左键并随意拖动，系统将根据鼠标移动方向绘制贝塞尔曲线，如图 6-47 所示。

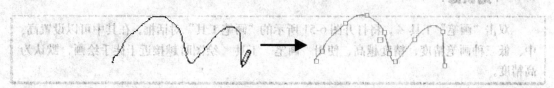

图 6-47 利用"画笔"工具绘制贝塞尔曲线

步骤 5▶ 按【Delete】键删除步骤 4 中绘制的图形。利用"画笔"工具╱在页面中随意拖动，绘制出图 6-48 左图所示大树图形，然后设置大树的底纹颜色为黑色；复制大树图形并适当缩小，然后将两个大树图形放置在图 6-48 右图所示位置。

图 6-48 绘制大树

步骤 6▶ "画笔"工具╱也具有续绘功能。利用"直线"工具╲在页面底边的出血线处绘制一条水平直线，如图 6-49 左图所示。

步骤 7▶ 选择"画笔"工具╱，然后将光标移至直线的端点，当光标呈╱+形状时，按住鼠标左键并随意拖动，即可实现续绘图形操作，效果如图 6-49 右图所示。

图 6-49　利用"画笔"工具续绘图形

步骤8▶　最后，将步骤 7 中绘制的图形的底纹颜色设置为深蓝色（C=M=100，K=40，Y=0），得到一个山坡图形，效果如图 6-50 所示。

·知识库·

双击"画笔"工具 /，将打开图 6-51 所示的"画笔工具"对话框，在其中可以设置高、中、低三种画笔精度，精度越高，使用"画笔"工具 / 绘图时越接近于徒手绘画，默认为高精度。

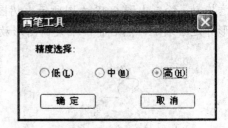

图 6-50　绘制山坡　　　　　　　　　　　图 6-51　"画笔工具"对话框

6.3　图形的基本编辑

实训1　制作卡通笔——使用"穿透"与"删除节点"工具

【实训目的】
● 　掌握利用"穿透"工具编辑贝塞尔曲线的方法。
● 　了解节点类型及转换节点的方法。

【操作步骤】

步骤 1▶ 本例通过制作图 6-52 左图所示的卡通笔，来学习"穿透"工具🖋的用法。

步骤 2▶ 打开本书配套素材"素材与实例"\"Ph6"文件夹中的"04.vft"文件，如图 6-52 右图所示。

步骤 3▶ 首先绘制眼睛。利用"选取"工具▶选中圆形，依次按【Ctrl+C】、【Ctrl+Alt+V】组合键，将圆形原位复制一份，并更改复制圆形的底纹颜色为黄色（Y=100，C=M=K=0）。

步骤 4▶ 选择"穿透"工具🖋，然后将光标靠近圆形底边的节点，当光标呈🔧形状时，单击可选中该节点，并显示节点切线，如图 6-53 所示。

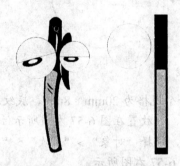

图 6-52 效果图与素材文件

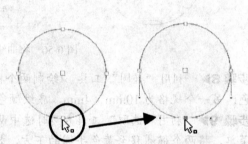

图 6-53 选中节点并显示节点切线

步骤 5▶ 用户可利用以下方法来调整曲线形状：单击并拖动节点，调整节点的位置，如图 6-54 左图所示；单击并拖动节点切线，调整切线方向和长度，如图 6-54 中图所示；将光标放置在曲线上，当光标呈↘~形状时，单击并拖动鼠标，移动该曲线段，如图 6-54 右图所示。

图 6-54 利用"穿透"工具调整图形形状

步骤 6▶ 按 3 次【Ctrl+Z】组合键，撤销步骤 5 中进行的所有操作，恢复到步骤 4 的操作状态，然后选择"穿透"工具🖋，双击黄色圆形下方的节点，或者右击该节点，从弹出的快捷菜单中选择"删除"，删除该节点，得到图 6-55 右图所示效果。

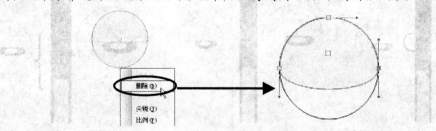

图 6-55 删除节点

步骤 7▶ 将光标移至图 6-56 左图所示曲线上，然后右击曲线，从弹出的快捷菜单中选择"变直"，将选中的曲线段转为直线，此时得到一个半圆，如图 6-56 右图所示。

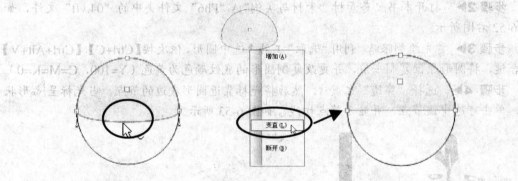

图 6-56 将曲线转为直线

步骤 8▶ 利用"椭圆"工具 ◯ 绘制两个椭圆，一个规格为 20mm × 8mm，底纹颜色为黑色；另一个规格为 10mm × 4mm，底纹颜色为白色，并放置在图 6-57 左图所示位置。

步骤 9▶ 利用"选取"工具 ▶ 同时选中两个椭圆，选择"对象" > "层次" > "下一层"菜单，将两个椭圆移至黄色半圆的下方，效果如图 6-57 右图所示。

步骤 10▶ 利用"选取"工具 ▶ 同时选中两个椭圆、黄色半圆和圆形，按【F4】键群组，得到眼睛图形。复制眼睛图形，然后将复制图形的尺寸更改为 30mm × 30mm，并放置一边备用，如图 6-58 所示。

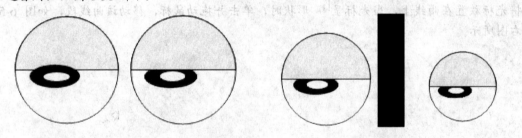

图 6-57 绘制椭圆并调整排列顺序 　　　图 6-58 复制眼睛图形并调整大小

步骤 11▶ 利用"穿透"工具 ▶ 单击黑色矩形，显示矩形的节点，然后在图 6-59 左图所示直线段上双击鼠标，在单击处增加一个节点（如图 6-59 中图所示），按照相同的方法，再添加 3 个节点，效果如图 6-59 右图所示。

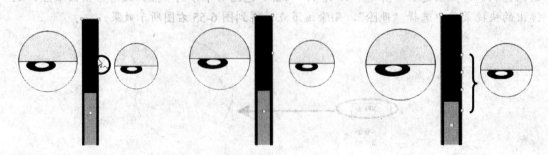

图 6-59 利用"穿透"工具增加节点

·知识库·

利用"穿透"工具在单击选中曲线或直线，然后右击所选曲线或直线的非节点处，从弹出的快捷菜单中选择"增加"项，也可以增加节点。

步骤 12▶ 利用"穿透"工具在分别调整图 6-60 左图所示两个节点的位置，然后右击图 6-60 中图所示曲线，从弹出的快捷菜单中选择"变曲"，将直线段转变为曲线，并用"穿透"工具在拖动曲线或调整节点两侧的切线，改变曲线弧度，效果如图 6-60 右图所示。

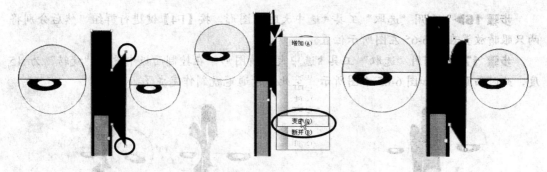

图 6-60 调整节点位置并转换直线段为曲线

步骤 13▶ 利用"穿透"工具在分别选中图 6-61 左图所示两条直线段，将它们转换为曲线，并通过调整节点切线来调整曲线弧度，效果如图 6-61 右图所示。

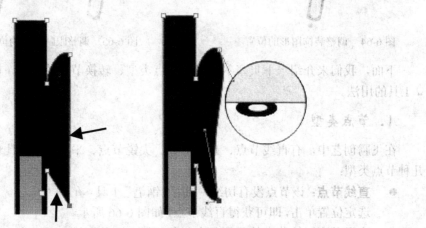

图 6-61 转换直线段为曲线并调整曲线的弧度

步骤 14▶ 参照与步骤 12～13 相同的操作方法，将黑色图形中剩余的直线段和青色矩形的四条直角边都转换为曲线，并调整曲线的弧度，其效果如图 6-62 所示。

步骤 15▶ 利用"钢笔"工具绘制图 6-63 所示两组装饰图形，前两组图形的底纹颜色为白色，后两组图形的底纹颜色为黑色，然后将它们分别放置在图 6-64 所示位置。

图 6-62　将直线段转为曲线并进行调整　　　　　图 6-63　利用"钢笔工具"绘制图形

步骤 16▶ 利用"选取"工具选中大眼睛图形，按【F4】键进行群组，然后分别将两只眼睛放置在图 6-65 左图所示位置。

步骤 17▶ 利用"选取"工具选中大眼睛图形，在控制面板中设置"旋转"为 15 度，此时画面效果如图 6-65 右图所示。至此，卡通笔就制作完成了。

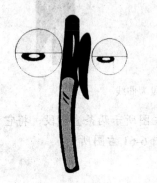

图 6-64　调整装饰图形的位置

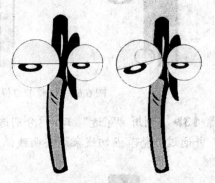

图 6-65　调整眼睛图形的位置和角度

下面，我们来介绍一下贝塞尔曲线的节点类型、转换节点的方法，以及"删除节点"工具的用法。

1．节点类型

在飞腾创艺中，有直线节点、光滑节点、尖锐节点、平滑节点、比例节点和对称节点几种节点类型：

- **直线节点**：该节点没有切线。利用"钢笔"工具在选定位置单击，即可获得直线节点，如图 6-66 所示。

- **光滑节点**：该节点的两侧各有一条切线，两条切线的长度可以不同，但始终在一条直线上，如图 6-67 所示。

图 6-66　直线节点

- **尖锐节点**：该节点可以在一侧有切线，也可以两侧各有一条切线。尖锐节点的两条切线的长度可以不同，也不在一条直线上。单击选中尖锐节点时，节点呈红色，如图 6-68 所示。

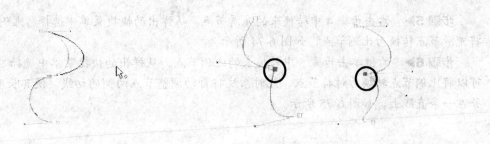

图6-67 光滑节点	图6-68 尖锐节点

● **比例节点**：该节点的两侧各有一条切线，两条切线的长度可以不同，且始终在一条直线上。拖动一侧切线时，另一侧切线在保持原有比例的情况下变动，如图6-69所示。

● **对称节点**：该节点的两侧各有一条切线，两条切线的长度相同，并且始终在一条直线上，如图6-70所示。

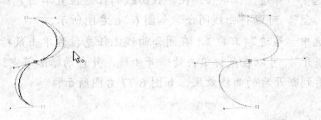

图6-69 比例节点	图6-70 对称节点

2. 转换节点、切开与闭合曲线

步骤1▶ 利用"钢笔"工具在页面中连续单击，绘制一组折线，如图6-71所示。

步骤2▶ 选择"穿透"工具后，分别用右键依次单击每个直线段，从弹出的快捷菜单中选择"变曲"，将所有直线段转换为曲线，系统自动将每个直线节点转换为尖锐节点。用"穿透"工具单击图6-72左图所示节点，可看到节点呈红色，说明该节点为尖锐节点。

步骤3▶ 继续选中图6-72左图所示的尖锐节点，然后分别调整节点两侧的切线长度和方向，如图6-72右图所示。

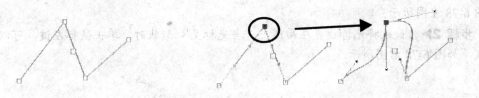

图6-71 绘制折线	图6-72 编辑尖锐节点

步骤4▶ 右击图6-72左图所示的尖锐节点，从弹出的快捷菜单中选择"光滑"，可以将尖锐节点转换为光滑节点。利用"穿透"工具拖动节点一侧切线，并改变切线的长度和角度，另一侧切线长度不变，并与前者保持在同一直线上，如图6-73所示。

步骤 **5▶** 右击步骤 4 中转换来的光滑节点，从弹出的快捷菜单中选择"比例"，可以将光滑节点转换为比例节点，如图 6-74 所示。

步骤 **6▶** 右键单击步骤 5 中转换来的比例节点，从弹出的快捷菜单中选择"对称"，可以将比例节点转换为对称节点，此时系统将自动调整节点两侧的切线，使其长度相等，并在一条直线上，如图 6-75 所示。

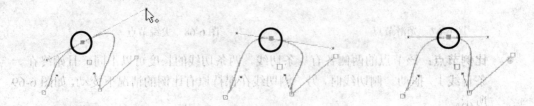

图 6-73 尖锐节点转光滑节点　　图 6-74 光滑节点转比例节点　　图 6-75 比例节点转对称节点

步骤 **7▶** 选中"穿透"工具，在开放曲线的任意位置单击鼠标右键，从弹出的快捷菜单中选择"闭合"，可以将曲线闭合，如图 6-76 右图所示。

步骤 **8▶** 选中"穿透"工具，在闭合曲线上任意位置单击鼠标右键，从弹出的快捷菜单中选择"断开"，可以在鼠标单击处断开曲线，并自动增加节点。利用"穿透"工具移动节点，可看到断开后的曲线效果，如图 6-77 右图所示。

图 6-76 闭合曲线　　　　　　　　　　图 6-77 断开曲线

3．使用"删除节点"工具

步骤 **1▶** 按住【Shift】键的同时，利用"椭圆"工具绘制一个正圆。选择"删除节点"工具，然后将光标放置在节点上，当光标呈形状时，单击鼠标左键可删除节点，如图 6-78 左图所示。

步骤 **2▶** 如果将光标放置在曲线上，当光标呈形状时，单击鼠标左键，可以删除曲线，如图 6-78 右图所示。

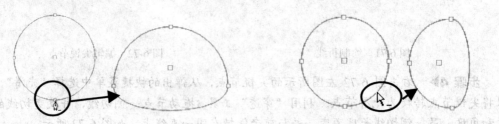

图 6-78 利用"删除节点"工具删除节点和曲线

步骤 3▶ 选择"删除节点"工具，然后按下鼠标左键并拖动，在曲线的四周绘制矩形区域，释放鼠标后，矩形区域内的多个节点被选中，然后按【Delete】键可删除多个节点，如图 6-79 所示。

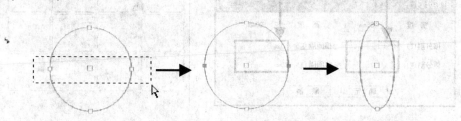

图 6-79 利用"删除节点"工具选中多个节点并删除

实训 2 制作护肤品插页——矩形分割与隐边矩形

【实训目的】
- 掌握"矩形分割"命令的用法。
- 了解"隐边矩形"命令的用法。

【操作步骤】
步骤 1▶ 打开本书配套素材"素材与实例"\"Ph6"文件夹中的"05.vft"文件，如图 6-80 所示。

步骤 2▶ 利用"矩形"工具在人物图像上绘制一个矩形，规格为 155mm×100mm，然后在控制面板中设置矩形的"边框宽度"为 1mm，在"颜色"面板中设置边框颜色为红色（M=Y=100，C=K=0），如图 6-81 所示。

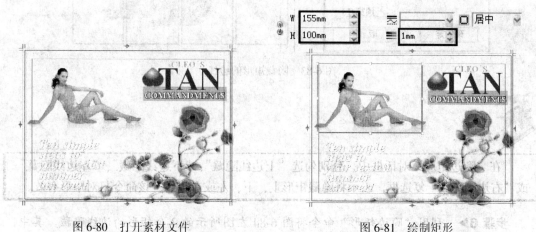

图 6-80 打开素材文件　　　　　　　　图 6-81 绘制矩形

步骤 3▶ 利用"选取"工具选中矩形，选择"美工">"矩形分割"菜单，打开图 6-82 左图所示"矩形分割"对话框，在其中设置"横分割"为 4，"纵分割"为 3，"横间隔"和"纵间隔"均为 2mm，单击"确定"按钮，将矩形平均分为 12 个大小相等的矩形，如图 6-82 右图所示。

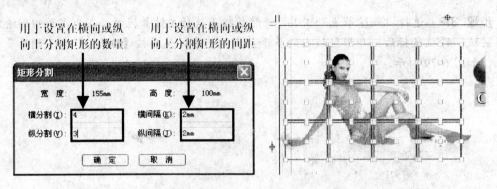

用于设置在横向或纵向上分割矩形的数量　　用于设置在横向或纵向上分割矩形的间距

图 6-82　使用"矩形分割"命令分割矩形

步骤 4▶　利用"选取"工具 选中所有矩形，选择"美工">"裁剪路径"菜单，将所有矩形定义为裁剪路径，以便用于裁剪其他对象。

步骤 5▶　利用"选取"工具 选中左上角的矩形，选择"美工">"隐边矩形"菜单，打开图 6-83 左图所示"隐形矩形"对话框，在其中分别勾选"下边线隐藏"和"右边线隐藏"复选框，勾选"预览"复选框，查看设置效果，满意后单击"确定"按钮，将所选矩形的下边和右边边线隐藏，如图 6-83 右图所示。

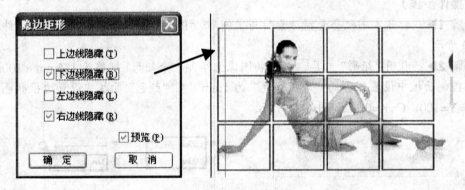

图 6-83　隐藏矩形的边线

提示

> 在"隐边矩形"对话框中，分别勾选"上边线隐藏"、"下边线隐藏"、"左边线隐藏"或"右边线隐藏"复选框，表示将隐藏矩形上、下、左或右边线。该命令只对矩形有效。

步骤 6▶　利用"隐边矩形"命令将图 6-84 左图所示的 3 个矩形的边线隐藏，其中，右上角矩形：隐藏左边和下边边线；右下角矩形：隐藏上边和左边边线；左下角矩形：隐藏上边和右边边线。

步骤 7▶　利用"选取"工具 选中所有矩形和人物图像，按【F4】键群组对象，此时系统将使用矩形剪裁人物图像。最后调整群组对象的位置，效果如图 6-84 右图所示。

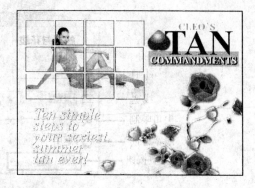

图 6-84 隐藏矩形的边框线、群组对象并调整位置

6.4 图形的修饰

绘制好图形后，我们还可以对图形进行各种修饰操作，如修改边框线线型和宽度，设置图形的底纹，为图形添加角和立体阴影效果等。

实训 1 制作公益广告——设置线型、花边和底纹

默认状态下，用户所绘图形的底纹为无，边框为 0.1mm 的黑色单线，我们可以利用第 5 章介绍的方法设置图形的底纹和边框颜色，除此之外，还可以设置边框的线型、宽度、花边、端点与拐角类型，底纹类型，以及图元勾边效果等。

【实训目的】

● 掌握"线型与花边"与"底纹"面板的用法。
● 掌握"图元勾边"面板的用法。

【操作步骤】

步骤 1▶ 打开本书配套素材"素材与实例"\"Ph6"文件夹中的"06.vft"文件，如图 6-85 所示。

步骤 2▶ 利用"选取"工具 ▶选中图 6-86 所示矩形，选择"美工" > "线型与花边"菜单，打开"线型与花边"面板，如图 6-87 所示。

图 6-85 打开素材文件

图 6-86 选中矩形

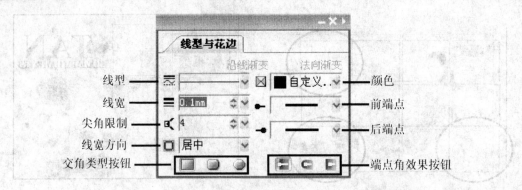

图 6-87 "线型与花边"面板

- **尖角限制**：图形边框的拐角处角度较小时，通过调节尖角限制，可以控制尖角的长度。图 6-88 所示为尖角限制分别为 4 和 2 时的尖角效果。
- **线宽方向**：该选项只有选择了"尖角"按钮 时才可用，用于设置描边相对于对象边框的位置，包括外线、居中和内线。选择"外线"表示描边被添加在对象边框外部，如图 6-89 左图所示；"居中"表示描边将以对象边框为中轴，如图 6-89 中图所示；"内线"表示描边被添加在对象边框内部，如图 6-89 右图所示。

图 6-88 设置尖角限制　　　　　　　　　图 6-89 设置线宽方向

- **颜色**：用于设置边框的颜色。如果在该下拉列表中选择渐变颜色，将激活面板上方的"沿线渐变"和"法向渐变"单选钮，从中可以设置渐变类型，效果如图 6-90 中图和右图所示。

图 6-90 使用线性和法向渐变描边对象

- **交角类型** □ ○ ○ ：从左至右依次为尖角、圆角和折角，利用这 3 个按钮可以设置图形拐角处的形状为尖角、圆角或折角，如图 6-91 所示。
- **端点角效果** ⊏ ⊂ ⊏ ：从左至右依次为平头、圆头和方头，利用这 3 个按钮可以设置开放曲线端点为平头、圆头或方头，如图 6-92 所示。

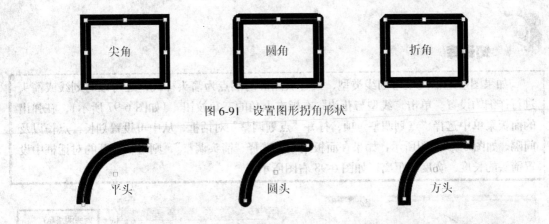

图 6-91 设置图形拐角形状

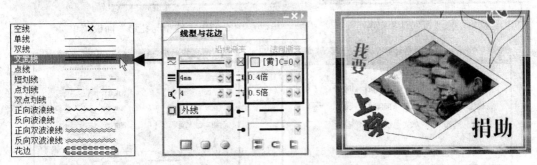

图 6-92 设置开放曲线端点样式

步骤 3▶ 在"线型与花边"面板中,单击"线型" 右侧的下拉按钮,从弹出的下拉列表中可以选择线型,这里选择"文武线",然后设置"线宽" 为 4mm,"线宽方向" 为"外线","颜色" 为黄色(Y=100,C=M=K=0),"线间距" 为 0.4 倍,"文武线比例" 为 0.5 倍,其他参数保持默认,如图 6-93 中图所示。此时,矩形的边框线呈图 6-93 右图所示效果。

图 6-93 为矩形设置边框线属性

步骤 4▶ 用"选取"工具选中图 6-94 所示折线,在"线型与花边"面板中设置"线型"为单线,"线宽"为 1mm,"颜色"为红色(M=Y=100,C=K=0),分别在"前端点"和"后端点"下拉列表中选择端点样式,如图 6-95 所示,效果如图 6-96 所示。

图 6-94 选择折线

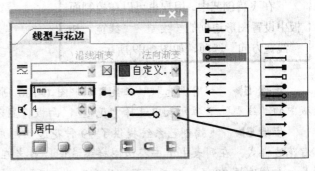

图 6-95 设置折线边框线属性

183

知识库

如果图形边框线型为划线类型，或开放图形的端点为箭头样式，还可以对划线或箭头进行详细的设置。单击"线型与花边"右板右上角的三角按钮（如图 6-97 所示），在弹出的面板菜单中选择"点划调整"项，打开"点划调整"对话框，从中可设置划长、点长以及间隔，如图 6-98 左图所示；如果在面板菜单中选择"箭头调整"，则可在打开的对话框中设置箭头的长度、宽度和距离，如图 6-98 右图所示。

图 6-96　修改折线边框效果

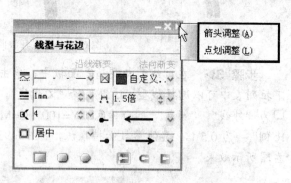

图 6-97　"线型与花边"面板菜单

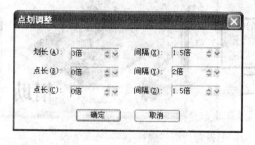

图 6-98　"点划调整"与"箭头调整"对话框

提　示

在飞腾创艺中，用户也可以在控制面板中设置图形边框的"线型"、"线宽"和"线宽方向"选项，如图 6-99 所示。

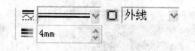

图 6-99　控制面板中的边框线常用设置

步骤 5▶ 利用"选取"工具 选中图 6-100 所示的人物图像，在"线型与花边"面板中的"线型"下拉列表中选择"花边"，面板将显示花边设置界面，如图 6-101 所示。

步骤 6▶ 飞腾创艺系统提供了 99 种花边供用户选择。拖动花边列表右侧的滑块，查看花边样式。在列表中单击花边图样缩览图，或者在"编号"编辑框中输入花边对应的编号，本例选择 29 号，然后设置"线宽"为 8mm，"颜色"为红色（M=Y=100，C=K=0），效果如图 6-102 右图所示。

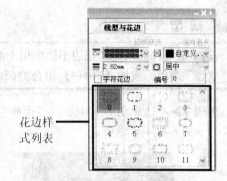

花边样——式列表

图 6-100 选中人物图像

图 6-101 花边设置选项

图 6-102 设置对象边框为花边

知识库

选中对象后，勾选"线型与花边"面板中的"字符花边"复选框，然后在"字符"编辑框中输入 1 个字符（该字符可以是英文、中文或数字等），在"字体"编辑框中选择所需的字体，可以使用指定的字符作为花边，如图 6-103 右图所示。

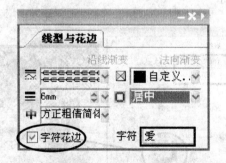

图 6-103 将字符作为对象的花边

提示

这里需要注意的是，花边不能应用于椭圆或曲线。要取消线型或花边，可选择"美工"＞"空线"菜单，或按【Ctrl+4】组合键，或在"线型"下拉列表中选择"空线"即可。

步骤 7▶ 选中图 6-104 左图所示心形，选择"美工"＞"底纹"菜单，打开"底纹"面板，如图 6-104 右图所示。

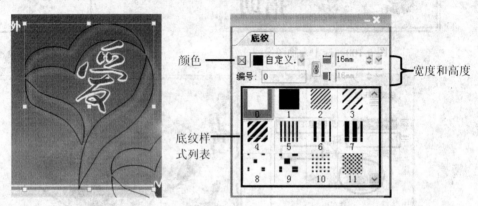

图 6-104 选中图形并打开"底纹"面板

知识库

在"底纹"面板"宽度和高度"编辑框中输入数值，可以调整底纹图案的尺寸，从而控制底纹的疏密程度；如果取消锁定"宽高连动"按钮 ⦿ ，还可以分别设置底纹的宽和高。

步骤 8▶ 飞腾创艺系统提供了 273 种底纹供用户选择。在底纹样式列表中单击需要的底纹图案，或者在"编号"编辑框中输入底纹对应的编号，本例选择 11 号底纹，并设置底纹"颜色"为红色（M=Y=100，C=K=0），"宽度"和"高度"均为 16mm，即可使用所选图案填充底纹，如图 6-105 右图所示。

步骤 9▶ 选中另外一个心形，在"底纹"面板中设置底纹"颜色"为"彩虹渐变"，"编号"为 270，参数设置及效果如图 6-106 所示。

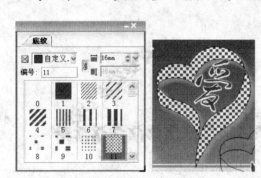

图 6-105 为图形设置底纹属性

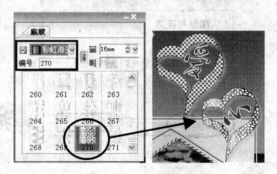

图 6-106 设置渐变底纹效果

要取消底纹设置，可以单击底纹列表中的编号"0"，或者在"颜色"面板中设置底纹颜色为"无色"☐即可。

步骤 10▶ 选中第一个心形，在"颜色"面板中取消其边框线颜色，然后选择"窗口"＞"图元勾边"菜单，打开"图元勾边"对话框，如图 6-107 所示。

图 6-107 "图元勾边"对话框

● **勾边类型：**系统提供了"直接勾边"和"裁剪勾边"两种方式，选择"直接勾边"可以为图形添加完整的沟边；而当沟边的图形下方有图像或别的图形时，采用"裁剪勾边"方式可保留图形压图部分的勾边效果，裁剪掉不压图部分的勾边，如图 6-108 所示。

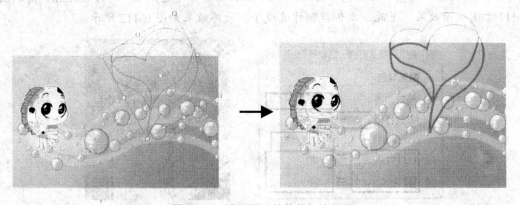

图 6-108 设置图形的裁剪勾边效果

● **勾边内容：**系统提供了"一重勾边"和"二重勾边"两种勾边内容，选择"一重勾边"可以在原边框外添加一层边框；选择"二重勾边"可以在一重勾边的基础上再添加一层边框。

步骤 11▶ 在"勾边类型"下拉列表中选择"直接勾边"，设置"勾边内容"为"一重勾边"，勾边"颜色"为白色，"勾边粗细"为 0.5mm，得到图 6-109 右图所示效果。如果设置"勾边内容"为"二重勾边"，则还可以设置二重勾边的颜色与粗细，如图 6-110 所示。

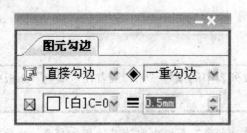

图 6-109　对心形直接勾边并设置一重勾边效果

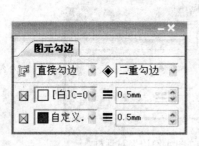

图 6-110　设置图形的二重勾边效果

步骤 12▶　选中第二个心形，在"颜色"面板中取消其边框线颜色。在"图元沟边"面板的"勾边类型"下拉列表中选择"裁剪勾边"，设置"勾边内容"为"二重勾边"，勾选"图像"和"图形"复选框，选中"二重裁剪"单选钮，然后设置一重勾边"颜色"为白色，二重勾边"颜色"为红色（M=Y=100，C=K=0），"勾边粗细"均为 0.5mm，得到图 6-111 右图所示效果。至此，本例就制作远成了。最终效果如图 6-112 所示。

图 6-111　设置对象的裁剪勾边效果

- **勾边对象：**用于设置裁剪勾边的图形位于哪种对象上方时，才具有裁剪勾边效果。选中"图像"表示图形压在图像上时有勾边效果；选中"图形"表示图形压在图形上时有勾边效果。用户也可以同时选择这两项。

- **"一重裁剪"和"二重裁剪"单选钮：**当"勾边内容"为"二重勾边"时，这两项被激活，选择"一重裁剪"表示裁剪掉不压图部分第二层勾边效果；选择"二重裁剪"表示裁剪掉不压图部分全部勾边效果。

图 6-112　最终效果

实训 2　制作新碟发布招贴——复合路径与路径运算

【实训目的】

● 掌握"复合路径"命令的用法。

● 掌握"路径运算"命令的用法。

● 熟练应用"块变形"命令转换图形对象的形状。

【操作步骤】

步骤 1▶ 打开本书配套素材"素材与实例"\"Ph6"文件夹中的"07.vft"文件，该文件页面中和页面外提供了本例所需的全部素材对象，如图 6-113 所示。

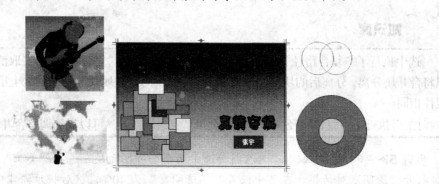

图 6-113　打开素材文件

步骤 2▶ 利用"选取"工具选中页面中的所有彩色矩形，复制一份备用（需将其移至页面外）。重新选中页面中的矩形（其中白色矩形位于最上面），选择"对象"＞"复合路径"＞"奇层镂空"菜单，此时所有矩形被合并为一个图元块，如图 6-114 右图所示。从图中可知，矩形间重叠部分的底纹颜色与合并前最上层的白色矩形相同，未重叠的部分为镂空（即挖空）。

步骤 3▶ 将合并图形的边框线设置为白色，并放置在图 6-115 所示位置。

步骤 4▶ 利用"选取"工具选中页面外的所有彩色矩形，选择"对象"＞"复合路径"＞"偶层镂空"菜单，此时所有矩形同样被合并到一起，如图 6-116 所示。从图中可知，矩形间重叠部分为镂空，未重叠部分的底纹颜色与合并前最上层的白色矩形相同。

图 6-114　使用"奇层镂空"命令合并矩形

图 6-115　调整合并图形的位置

图 6-116　使用"偶层镂空"命令合并矩形

 知识库

　　选中执行了"复合路径"的图元块，选择 "对象" > "复合路径" > "取消"菜单，可以将合并块分离。分离后的块保持原形状，但所有块的底纹属性与合并前最上层图元的底纹属性相同。

　　对图形执行了"复合路径"命令后，利用"穿透"工具可以局部调整合并的图元块。

步骤 5▶　利用"选取"工具同时选中两个合并图元块，选择"美工" > "透明"菜单，打开"透明"对话框，在其中设置"不透明度"为 40%，然后将步骤 4 中制作的合并图元块放置在页面的右上角，此时画面效果如图 6-117 右图所示。

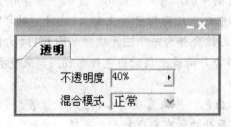

图 6-117　设置合并图元块的不透明度

步骤6▶ 利用"选取"工具 ▲选中页面外的两个圆形,选择"对象">"路径运算">"并集"菜单,将两个圆形相加形成一个独立的新图形,如图 6-118 右图所示。

图 6-118 利用"并集"命令合并圆形得到新图形

步骤7▶ 选择"穿透"工具 ▲,分别双击图 6-119 左图所示的两个节点,将它们删除,然后利用"穿透"工具 ▲调整图 6-119 右图所示节点的切线,将新图形调整为一个心形。

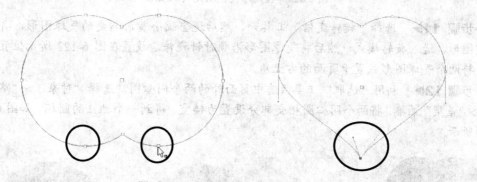

图 6-119 删除节点并调整图形的形状

步骤8▶ 利用"钢笔"工具 ▲绘制图 6-120 左图所示四边形,然后放置在心形的下方。同时选中四边形和心形,选择"对象">"路径运算">"并集"菜单,将两者合并一个新图形,作为气球,效果如图 6-120 右图所示。

图 6-120 使合"并集"命令合并图形

步骤9▶ 选中气球图形,然后打开"色样"面板,选中"底纹"按钮▓,在色样列表中选择"红白圆形渐变",将气球图形的底纹设置为渐变色,并使用"渐变"工具▓调

191

整渐变方向，如图 6-121 左图所示。

步骤 10▶　复制气球图形，然后将底纹颜色更改为"黄白圆形渐变"，并利用"渐变"工具██适当调整渐变方向，效果如图 6-121 右图所示。

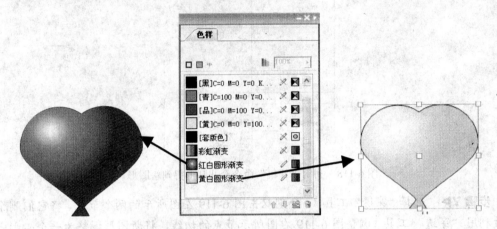

图 6-121　使用渐变色填充气球图形

步骤 11▶　选择"旋转变倍"工具，然后适当缩小黄白渐变的气球图形，再次单击该图形，进入旋转模式，然后将气球图形沿顺时针旋转，放置在图 6-122 所示位置。最后，将两个气球图形放置于页面的右上角。

步骤 12▶　利用"选取"工具选中页面外的两个同心圆，选择"对象">"路径运算">"差集"菜单，将两个同心圆相交部分设置为镂空，得到一个独立的圆环，如图 6-123 右图所示。

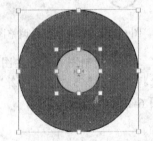

图 6-122　缩放气球图形并旋转　　　　图 6-123　制作圆环图形

步骤 13▶　在飞腾创艺中，路径运算也适用于图元与图像的运算。将步骤 12 中得到的圆环复制一份备用，然后将其中一个圆环移至图 6-124 左图所示图像的上方。

步骤 14▶　选中圆环，选择"对象">"层次">"最下层"菜单，将圆环移至图像下方，然后同时选中圆环和图像，选择"对象">"路径运算">"交集"菜单，使用圆环修剪图像，得到图 6-124 中图所示效果。

步骤 15▶　参照与步骤 13 和步骤 14 的操作方法，使用备份的圆环与页面外的另一幅图像进行路径运算，修剪该图像，得到图 6-124 右图所示效果。

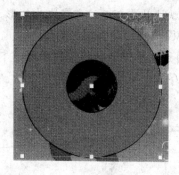 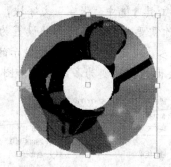 

图 6-124　使用圆环修剪图像

知识库

对多个选中的图形应用"并集"、"交集"、"求补"或"反向差集"命令时，生成新图元的属性取决于上层图形的属性；应用"差集"命令生成新图形的属性取决于下层图形的属性。图 6-125 左图所示为应用"求补"和"反向差集"命令的效果。

知识库

图 6-125　应用"求补"和"反向差集"命令修剪图像

选中多个图元，右击菜单栏空白处，从弹出的快捷菜单中选择"对象操作工具条"，打开对象操作工具条，然后单击相应的路径运算按钮 和复合路径按钮，可以快速进行路径运算和创建复合图形操作。

步骤 16▶ 将两个使用圆环修剪的图像放置在页面的左下角，然后同时选中两个图像，选择"美工">"阴影"菜单，打开"阴影"对话框，在其中勾选"阴影"复选框，其他参数保持默认，单击"确定"按钮，为两个图像添加阴影，效果如图 6-126 右图所示。

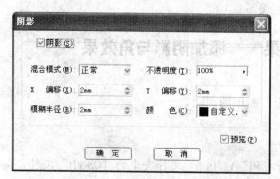 

图 6-126　为图像添加阴影

步骤 17▶　利用"选取"工具 选中"张宇"文字块，默认状态下，该文字块为矩形，如图 6-127 左图所示。根据操作需要，可以将其形状设置为圆角矩形、椭圆、菱形等。

步骤 18▶　选择"美工" > "块变形"菜单，在显示的子菜单中选择所需的形状，本例选择"多边形"，此时文字块由矩形转变为多边形，如图 6-127 右图所示。

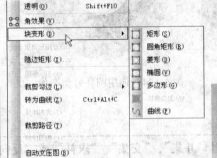

图 6-127　利用"块变形"命令改变文字块形状

步骤 19▶　最后，利用"画笔"工具 绘制两条开放的曲线，并设置曲线的边框颜色为白色，放置在图 6-128 所示位置。至此，本例就制作好了

图 6-128　绘制曲线

知识库

"块变形"功能也可以应用于任意图形或图像。此外，选中对象后，单击美工工具条中的相应按钮（如图 6-129 所示），也可以将对象快速转变为所需的形状。

图 6-129　美工工具条

实训 3　制作食品包装盒平面效果——添加阴影与角效果

【实训目的】
- 掌握"角效果"命令和"立体阴影"面板的用法。
- 了解素材库的应用。

【操作步骤】

步骤 1▶　打开本书配套素材"素材与实例" \ "Ph6"文件夹中的"08.vft"文件，如图 6-130 所示。

步骤 2▶ 选中图 6-131 所示矩形，选择"美工">"角效果"菜单，打开"角效果"对话框，在"效果"下拉列表中选择"圆角"，激活四角设置选项，取消勾选"四角连动"复选框，然后参照图 6-132 左图所示设置相关参数，设置好的角效果如图 6-132 右图所示。

图 6-130 打开素材文件

图 6-131 选中矩形

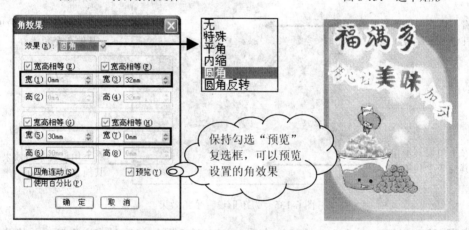

图 6-132 "角效果"对话框

- **效果**：在该下拉列表中有"特殊"、"平角"、"内缩"、"圆角"和"圆角反转"5 种角效果，分别如图 6-133 所示。

特殊　　　平角　　　内缩　　　圆角　　　圆角反转

图 6-133 为矩形设置角效果

- **宽度和高度编辑框**：选择一种角效果后，将激活四角设置选项，分别在高度和宽度编辑框中输入数值，可以控制矩形四个角的大小。
- **"宽高相等"复选框**：勾选该复选框，则相应角的宽度与高度相等。
- **"四角连动"复选框**：勾选该复选框，当设置矩形的一个角大小后，其他角也相应变动。

● **"使用百分比"复选框：**勾选该复选框，则"高"和"宽"的值用百分比表示。

知识库

> 若选中的图形为非矩形，选择"美工">"角效果"菜单，将打开如图 6-134 所示"角效果"对话框，在此只能设置角类型和尺寸
>
> 要取消图形的角效果，只需选中图形后，在"角效果"对话框中设置"效果"为"无"。

图 6-134　为非矩形图形设置角效果

步骤 3▶ 分别选中图 6-135 所示的 4 个小矩形，利用"角效果"命令为每个矩形的一个角设置"效果"为"平角"，角的宽度和高度均为 10mm，如图 6-135 右图所示。

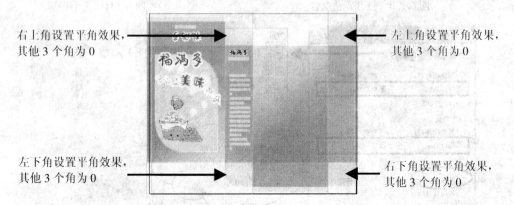

右上角设置平角效果，
其他 3 个角为 0

左上角设置平角效果，
其他 3 个角为 0

左下角设置平角效果，
其他 3 个角为 0

右下角设置平角效果，
其他 3 个角为 0

图 6-135　为矩形设置平角效果

步骤 4▶ 利用"选取"工具选中图 6-136 所示图像，复制一份备用，并将其尺寸设置成 22mm×22mm。

步骤 5▶ 利用"选取"工具选中图 6-137 所示对象，按【F4】键，将选中的对象群组为一体备用。

图 6-136　选中图像并复制

图 6-137　选中对象并群组

步骤 6▶ 选择"窗口">"素材库"菜单，打开"素材库"面板，如图 6-138 所示。利用"素材库"面板，用户可以方便地将制作好的对象保存起来，日后需要使用该对象时，在"素材库"面板中打开库文件，将保存的对象直接拖到页面中即可使用。

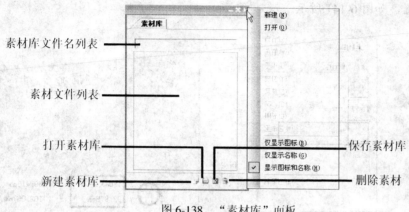

素材库文件名列表

素材文件列表

打开素材库

新建素材库

新建(N)
打开(O)

仅显示图标(R)
仅显示名称(G)
✓ 显示图标和名称(H)

保存素材库

删除素材

图 6-138 "素材库"面板

步骤 7▶ 单击"素材库"面板底部的"新建素材库"按钮，或者单击面板右上角的三角按钮，从弹出的面板菜单中选择"新建"项，新建素材库文件，并显示在素材库文件名列表中，如图 6-139 左图所示。

步骤 8▶ 用"选取"工具单击选中步骤 5 中群组的对象，然后将其拖动至"素材库"面板中，当光标呈形状时释放鼠标，打开图 6-139 中图所示"新建素材"对话框，输入素材名称，单击"确定"按钮，将群组对象定义为素材，如图 6-139 右图所示。

素材库

未命名素材库1

新建素材

名　称(N): 群组1

确　定   取　消

素材库

未命名素材库1

群组1

图 6-139 将群组对象定义为素材

知识库

在"素材库"面板中，选中库中的对象，然后在面板菜单中选择相应的命令，可对选中的对象执行"剪切"、"复制"、"粘上"、"删除"等操作。

步骤 9▶ 参照与步骤 7～步骤 8 相同的操作方法，新建素材库 2，然后将步骤 4 备份的图像定义为素材，将图 6-140 所示的两个文字块分别定义为素材。

　　步骤 10▶　在素材库文件名列表中选择"未命名素材库 1"，在素材文件列表中显示该素材库中的对象 (群组 1)，然后单击并拖动该对象到页面中，用户可以利用控制面板定位该对象的位置，如图 6-141 所示。

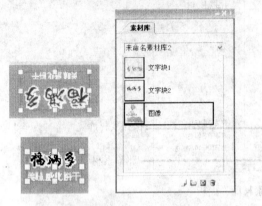

图 6-140　将图像和文字块定义为素材

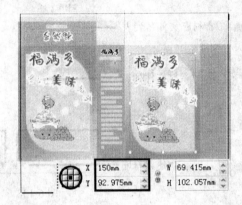

图 6-141　使用"未命名素材库 1"中的对象

　　步骤 11▶　选择"未命名素材库 2"，将库中的所有对象拖至页面中，分别放置在图 6-142 左图所示位置。选中图中标示的文字块，并在控制面板中设置"旋转"为 180 度，如图 6-142 右图所示。

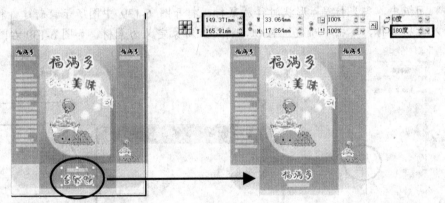

图 6-142　使用"未命名素材库 2"中的对象

· 知识库 ·

　　　　在"素材库"面板中选择要保存的素材库文件名，单击面板下方的"保存素材库"按钮，或者选择面板菜单中的"保存"项，可以将素材库永久保存。

　　　　选中素材库文件后，在面板菜单中选择"关闭"，可以关闭素材库文件。如果素材库文件未执行保存，在关闭时会弹出提示框询问是否保存，单击"是"按钮保存，单击"否"按钮，将删除素材库。

　　　　单击"素材库"面板底部的"打开素材库"按钮，或在面板菜单中选择"打开"项，可以打开用户自定义并保存的或系统提供的素材库文件。

步骤 12▶　利用"矩形"工具□绘制一个规格为 3mm×2mm 的矩形，然后选择"美工">"立体阴影"菜单，打开图 6-143 所示的"立体阴影"面板，利用该面板可以对图元、图像或文字块设置立体阴影效果。

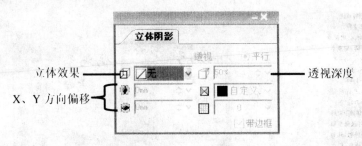

图 6-143　"立体阴影"面板

步骤 13▶　在"立体阴影"面板的"立体效果"□下拉列中表选择一款立体效果，然后选中"透视"单选钮，设置"X 方向偏移"为-0.5mm，"Y 方向偏移"为 0，"透视深度"□为 50%，"颜色"⊠为 10%灰度至 45%灰度的线性渐变色，取消勾选"带边框"复选框，此时得到图 6-144 右图所示透视阴影效果。

图 6-144　为矩形添加立体阴影透视效果

● **"平行"单选钮**：选中该单选钮，则立体阴影为平行效果，如图 6-145 所示。

● **"透视深度"**□：选择"透视"单选钮，将激活该选项，主要用于设置立体阴影透视效果的程度。

● **"X 方向偏移"**和**"Y 方向偏移"**：在这两个编辑框中输入数值，可以调整立体阴影的偏移位置。正值表示立体阴影向右、向下偏移；负值表示立体阴影向左、向上偏移。

● **"带边框"复选框**：取消选择该复选框，立体阴影不带边框，仅保留立体阴影的底纹等效果；勾选该复选框，则立体阴影的线型和线宽与原图形的线型和线宽保持一致，如图 6-146 所示。

图 6-145　平行立体阴影效果

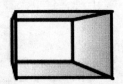

图 6-146　带边框的立体透视阴影效果

步骤 14▶ 选中添加立体透视阴影的矩形，取消边框颜色，然后复制出 4 份，分别放置在图 6-147 所示位置。最后，将页面外的沿线排版文字块放置在图 6-148 所示位置。至此，本例就制作好了。

图 6-147 复制矩形并调整位置　　　　　图 6-148 调整文字块的位置

 知识库

要取消对象的立体阴影效果，可选中对象后，在"立体阴影"面板中的"立体效果"下拉列表中选择"无"。

实训 4 制作便签纸——添加透视效果

【实训目的】
● 掌握"扭曲透视"工具和"平面透视"工具的用法。
● 掌握复制与清除透视效果的方法。

【操作步骤】

步骤 1▶ 打开本书配套素材"素材与实例"\"Ph6"文件夹中的"09.vft"文件，如图 6-149 左图所示。下面，我们利用页面外提供的素材制作图 6-149 右图所示便签纸。

图 6-149 打开素材与便签纸效果图

步骤 2▶ 利用"选取"工具 ▶ 选中页面外的六边形，复制出两份备用。选中一个六边形并放置在页面中，然后选择工具箱中的"扭曲透视"工具 ⠆⠆，六边形的四周将显示虚线边的控制框，如图 6-150 左图所示。

步骤 3▶ 将光标放置在控制点上，当光标呈 ⤵ 形状时，按下鼠标左键并拖动控制点，至合适位置时，释放鼠标即可对六边形设置扭曲透视效果。继续拖动其他控制点，调整出满意效果，如图 6-150 所示。

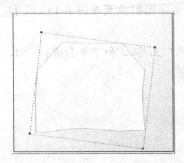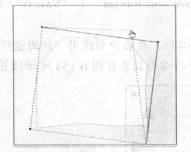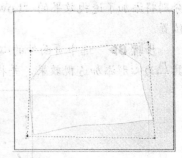

图 6-150 使用"扭曲透视"工具制作六边形透视效果

步骤 4▶ 利用"扭曲透视"工具 ⠆⠆，将步骤 2 中备份的两个六边形进行扭曲透视操作（用户可随意制作出所需的形状），并参照图 6-151 所示效果放置。

步骤 5▶ 利用"选取"工具 ▶ 选中"Love you forever"文字图形，下面我们利用"平面透视"工具 ⠆⠆ 为文字设置平面透视效果，该工具的用法与"扭曲透视"工具 ⠆⠆ 相似。

步骤 6▶ 选择"平面透视"工具 ⠆⠆，单击选中"Love you forever"，然后将光标放置在左上角控制点上，当光标呈 ⤵ 形状时，按下鼠标左键并向上拖动控制点，至合适位置，释放鼠标即可对文字设置平面透视效果，如图 6-152 所示。

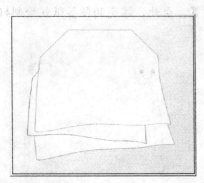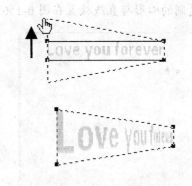

图 6-151 对六边形设置扭曲透视效果　　图 6-152 对文字图形设置平面透视效果

 提 示

要对文字设置透视效果，必须先选择"美工">"转边曲线"菜单，将文字转换为曲线。否则，不能使用"扭曲透视"工具 ⠆⠆ 或"平面透视"工具 ⠆⠆ 编辑文字。

知识库

> 要取消对象的透视属性，可在选中透视对象后，选择"美工">"取消透视"菜单。

步骤 7▶ 利用"平面透视"工具对"Sweety"文字图形进行平面透视操作，然后分别将添加了透视效果的"Love you forever"和"Sweety"文字图形放置在图 6-153 所示位置。

步骤 8▶ 选中页面外的心形，然后分别使用"扭曲透视"工具和"平面透视"工具为心形添加透视效果，并将心形放置在图 6-154 所示位置。

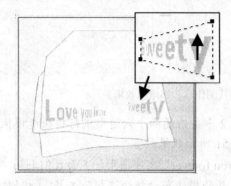

图 6-153　对文字图形设置平面透视效果

图 6-154　为心形设置透视效果

步骤 9▶ 将页面外的笑脸和蝴蝶结分别放置在图 6-155 所示位置，然后将心形复制一份，并使用"直线"工具绘制直线（直线的边框颜色为品红色（M=60，C=Y=K=0））。最后将复制的心形与直线放置在图 6-156 所示位置。至此，漂亮的便签纸就绘制好了。

图 6-155　调整图形的位置

图 6-156　绘制直线并调整图形位置

综合实训——制作精美的插画

本例通过制作图 6-157 所示的插画，综合练习本节所学内容在实际操作中的应用。

步骤 1▶ 打开本书配套素材 "素材与实例" \ "Ph6" 文件夹中的 "10.vft" 文件，然后利用 "椭圆" 工具 ◯ 在页面下方绘制四个相交的椭圆，如图 6-158 所示。

图 6-157 插画效果图

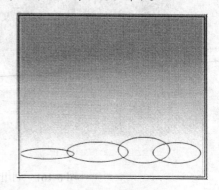

图 6-158 绘制椭圆

步骤 2▶ 利用 "选取" 工具 ▶ 同时选中多个椭圆，选择 "对象" > "路径运算" > "并集" 菜单，将四个椭圆合并成一个新图形，然后取消边框颜色，并设置底纹颜色为草绿色 （C=55，Y=70，M=K=0），如图 6-159 左图所示。

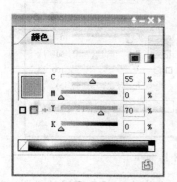

图 6-159 利用 "并集" 命令生成新图形

步骤 3▶ 利用 "钢笔" 工具 ◊ 在图 6-160 左图所示位置绘制篱笆图形，并设置底纹颜色为 30% 黑色。

图 6-160 绘制篱笆

步骤 4▶ 利用 "画笔" 工具 ✐ 在图 6-161 左图所示位置绘制大树图形，并设置底纹颜色为绿色（C=60，Y=100，M=K=0）。

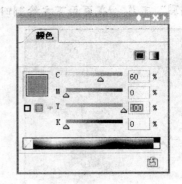

图 6-161　利用"画笔工具"绘制大树

步骤 5▶ 利用"钢笔"工具在图 6-162 左图所示位置绘制树干，并设置底纹颜色为咖啡色（M=60，Y=100，K=30，C=0）。

图 6-162　绘制树干

步骤 6▶ 利用"椭圆"工具在大树上绘制一些大小、颜色不同的椭圆，如图 6-163 所示。

步骤 7▶ 利用"钢笔"工具分别绘制图 6-164 所示图形，然后将它们拼合成蘑菇形状，再利用"椭圆"工具在图 6-165 所示位置绘制一些大小不同，底纹颜色均为玫红色（M=50，Y=50，C=K=0）、边框颜色为无的椭圆。

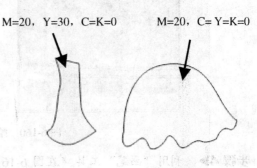

图 6-163　绘制椭圆　　　　　　　　　图 6-164　绘制蘑菇图形

步骤 8▶ 利用 "选取" 工具 选中整个蘑菇图形，将其放置在图 6-166 所示位置，并依次按【Ctrl+C】、【Ctrl+V】组合键，复制一份蘑菇图形备用。

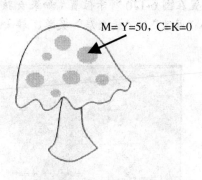

图 6-165 绘制椭圆

图 6-166 调整蘑菇的位置

步骤 9▶ 利用 "画笔" 工具 随意绘制图 6-167 左图所示草图形，并设置底纹颜色为绿色（C=55，Y=70，M=K=0），然后复制一份草图形，并分别将两个草图形放置在图 6-167 右图所示位置。

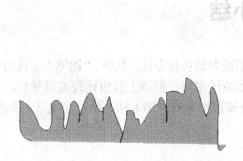

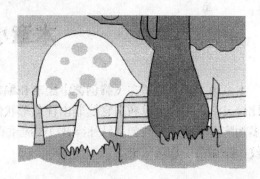

图 6-167 绘制草图形并复制

步骤 10▶ 将前面备份的蘑菇图形再复制一份，然后重新定义两个蘑菇伞图形的底纹颜色，然后将这两个蘑菇图形分别缩小，放置在图 6-168 右图所示位置。

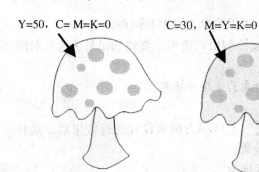

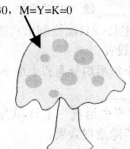

图 6-168 更改蘑菇伞的底纹颜色并调整其大小和位置

步骤 11▶ 利用"椭圆"工具 ◯ 在地面上的草地上绘制一些大小、颜色不同的椭圆，如图 6-169 所示。

步骤 12▶ 最后，将页面外的小女孩图形放置在图 6-170 所示位置（如果女孩位于蘑菇图形的下方，需选中女孩图形，选择"对象">"层次">"最上层"菜单，将女孩移至所有对象的上方）。至此，本例就制作完成了。

图 6-169　绘制椭圆

图 6-170　调整小女孩的位置

本章小结

本章中主要介绍了在飞腾创艺中绘制和编辑图形的各种方法。其中，"钢笔"工具的使用比较灵活，用户可以利用它绘制出任意形状的曲线图形，但该工具也比较难以掌握，需要多加练习才能运用自如。另外，用户还应重点掌握图形的修饰方法，如设置线型、花边、底纹，添加阴影和角效果等。

思考与练习

一、填空题

1．在绘制矩形或椭圆时，按住_____键，可以绘制正方形和圆形。

2．默认状态下，利用"多边形"工具 ◯ 只能绘制出六边形，要绘制出其他边数的图形或星形，可在_____对话框中进行设置。

3．利用_____命令，可以将一个矩形均分为若干个小矩形。

4．花边不能应用于_____或_____。

5．利用"扭曲透视"工具 ◻ 和"平面透视"工具 ◿ 为图形设置透视效果后，选择_____>_____菜单，可以清除透视效果。

6．要对文字设置透视效果，首先应将文字转换为_____。

二、问答题

1．简述利用"钢笔"工具 ◻ 绘制折线与曲线的方法？

2. 要将直线节点转换为光滑节点，应如何操作？

3. 如何创建复合图形？创建复合图形后，如何取消复合路径？

4. 有哪些制作圆角矩形的方法？

5. 如何为图元设置立体透影效果？

三、操作题

1. 绘制一个矩形，然后利用"隐边矩形"命令隐藏矩形左、右边线。

2. 绘制一个矩形，然后利用"块变形"命令将其转换为圆角矩形，再利用"角效果"命令调整 4 个圆角的大小。

3. 绘制一些图形，然后使用"复合路径"和"路径运算"命令创建新图形。

4. 结合本章所学内容，绘制图 6-171 所示的卡通动物（最终效果文件请参考书配套素材"素材与实例"\"Ph6"文件夹中的"练习题.vft"）。

图 6-171　绘制卡通动物

提示：

步骤 1▶ 利用"椭圆"工具◯绘制一个正圆和 **3** 个椭圆，然后利用"并集"命令制作头部图形。

步骤 2▶ 利用"椭圆"工具◯绘制眼睛、身体和圆形高光，利用"钢笔"工具◭绘制嘴巴、手、脚和部分高光图形。

步骤 3▶ 分别复制头部和身体图形，并设置不同的颜色，再利用"对象" > "层次" > "下一层"菜单，制作出头部和身体图形的阴影。

第 7 章　排入与处理图像

【本章导读】

在飞腾创艺中可以排入多种格式的外部图像，如 TIFF、EPS、PSD、PDF、BMP 和 JPG 等。排入图像后，可以方便地控制其显示效果，以及进行裁剪、缩放、旋转、倾斜、镜像、对齐、群组与解组等操作，还可以为图像添加阴影、羽化、透明等特殊效果，以使其符合版面要求。

【本章内容提要】

- ☞ 排入图像
- ☞ 编辑图像
- ☞ 对象操作

7.1　排入图像

实训 1　为报纸版面添加图片——图像的排入与显示

【实训目的】

- 掌握排入图像的方法。
- 了解图像显示精度的设置方法。

【操作步骤】

步骤 1▶ 打开本书配套素材"素材与实例"\"Ph7"文件夹中的"01.vft"文件，如图 7-1 所示。

步骤 2▶ 选择"文件">"排入">"图像"菜单，或者按【Ctrl + Shift + D】组合键，或者单击标准工具条中的"排入图像"按钮，打开图 7-2 所示"排入图像"对话框，在"查找范围"下拉列表中选择目标文件夹，在文件列表中选择要排入的图像文件，本例选择"Ph7"文件夹中的"01.jpg"文件，然后勾选"预览"复选框，显示图像预览。

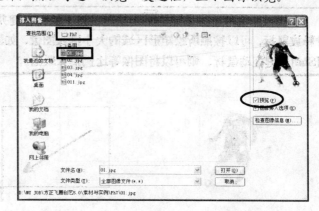

图 7-1　打开素材文件　　　　　　　　　图 7-2　"排入图像"对话框

小技巧

在"排入图像"对话框选取图像时，按住【Ctrl】依次单击，可以同时选取多个图像进行排入；按住【Shift】键单击前后两个图像，可同时选中这两个图像之间的所有图像。

步骤3▶　选择图像后，单击"检查图像信息"按钮，可以打开图 7-3 所示的"图像信息显示"对话框，在其中可以查看图像的原始信息，如颜色、格式、文件大小等，查看完毕后，单击"确定"按钮，返回"排入图像"对话框。

步骤4▶　本例中排入的"01.jpg"文件包含裁剪路径，因此需要勾选"图像排入选项"复选框，然后单击"打开"按钮，打开图 7-4 所示的"图像导入选项"对话框，勾选"应用裁剪路径"复选框，单击"确定"按钮，关闭对话框。

图 7-3　"图像信息显示"对话框　　　　　图 7-4　"图像排入选项"对话框

步骤5▶　将光标移至页面中，当光标呈形状时，在页面中单击鼠标左键，即可按原图大小排入图像，并且只显示裁剪路径内的图像，如图 7-5 左图所示。

小技巧.

> 在排入图像时，当光标呈 形状时，按下鼠标左键并拖动绘制矩形区域，至合适大小时释放鼠标，可以按照所绘矩形区域的大小排入图像，如图 7-5 中图和右图所示。如果按住【Shift】键拖动鼠标，则可以将图像等比例排入版面。

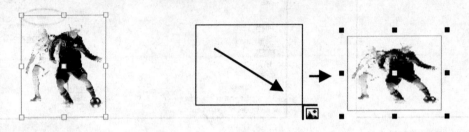

图 7-5　利用鼠标单击或拖动方式排入图像

知识库.

> 在排入图像时，如果排入的图像包含 Alpha 通道（包括选区和蒙版）、专色通道或透明区，可在"图像排入选项"对话框中的"Alpha 通道"下拉列表中选择 Alpha 通道或透明度，以排入特殊效果的图像。

步骤 6▶ 利用"选取"工具 单击选中排入的图像，选择"格式" > "图文互斥"菜单，打开"图文互斥"对话框，设置"图文关系"为"轮廓互斥"，"文字走向"为"不分栏串文"，"边空"均为 2mm，"轮廓类型"为"裁剪路径"，如图 7-6 左图所示。

步骤 7▶ 参数设置好后，单击"确定"按钮关闭对话框，然后将图像放置在图 7-6 右图所示位置。

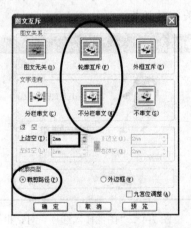 

图 7-6　排入图像并设置图文互斥效果

步骤 8▶ 利用"排入"命令排入"Ph7"文件夹中的"02.jpg"文件，当光标呈 形状时，在页面中的矩形内单击，可以将图像排入到设置好矩形内，如图 7-7 所示。如果先选中矩形，则利用"排入"命令排入图像时，会直接将图像排入到矩形内。

提示

　　选择"文件" > "工作环境设置" > "文件设置" > "常规"菜单，打开"文件设置"对话框，如果在该对话框勾选了"不使用 RGB 颜色"复选框，则在排入 RGB 颜色图像时，系统将弹出图 7-8 所示提示对话框。单击"是"按钮，允许排入 RGB 颜色图像；单击"否"按钮，不排入 RGB 颜色图像。

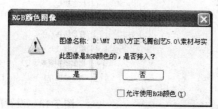

图 7-7　将图像排入矩形内　　图 7-8　排入 RGB 颜色图像时的提示框

知识库

　　用"文字"工具 T 单击文字块，插入输入光标，然后执行排图像操作，可将图像排入文字中，形成盒子，如图 7-9 所示。

步骤 9▶　默认状态下，排入图像的边框线无颜色。排入图像前，选择"文件" > "工作环境设置" > "偏好设置" > "图像"菜单，打开图 7-10 所示"偏好设置"对话框，在其中勾选"自动带边框"复选框，然后在"边框线宽"编辑框中设置边框线宽度，单击"确定"按钮关闭对话框。

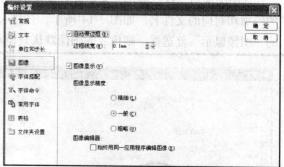

图 7-9　在文字中排入图像　　　　图 7-10　设置排入图像时添加边框

步骤 10▶　利用"排入"命令将"Ph7"文件夹下的"03.jpg"文件排入到页面中，并放置在图 7-11 所示位置。此时，图像的四周自动添加了黑色边框。

知识库

排入图像后，用户也可以利用"线型与花边"面板为图像设置边框线属性。

步骤 11▶ 排入图像后，根据不同的操作要求，可以设置图像的显示精度。选中一幅或多幅图像，选择"显示">"图像显示精度"菜单，然后在显示的子菜单中可选择"粗略"、"一般"、"精细"或"取缺省精度"，如图 7-12 所示。默认状态下，图像以缺省精度品质显示。精度越高，显示越清晰，但显示速度较慢。本例中，我们选择"精细"。至此，本例就制作好了。

图 7-11 排入图像时添加边框

图 7-12 设置图像的显示精度

知识库

用户可以自定图像的缺省显示精度，选择"工作环境设置">"偏好设置">"图像"菜单，打开图 7-13 所示"偏好设置"对话框，从中选择所需的缺省精度选项即可。

选中图像后，在"显示"菜单或右键菜单中选择"不显示图像"，页面中将只显示图像的轮廓和对应的文件名，如图 7-14 所示。在排入图像前，取消勾选"偏好设置"对话框中的"图像显示"复选框，则排入的图像默认只显示其轮廓和文件名。

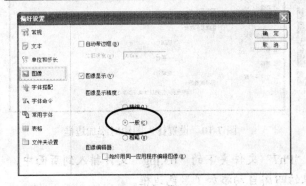

图 7-13 设置图像缺省精度选项

图 7-14 只显示图像轮廓和文件名

提 示

如果在排入图像前选中了版面中的图像，则在排入图像时会弹出图 7-15 所示提示对话框，提示用户是否替换当前所选图像。如果单击"是"按钮，将使用新图像替换原图像，且新图像使用原图像属性；如果单击"否"按钮，则不替换原图像。

图 7-15　排入图像时的提示对话框

在利用飞腾创艺排版时，经常需要与各种图像打交道，下面我们简单了解一下图像的类型和飞腾创艺支持排入的图像格式等知识。

1．什么是矢量图和位图

图像有位图和矢量图两种类型之分。严格地说，位图被称为图像，矢量图被称为图形。

● **矢量图**：矢量图主要是由 Illustrator、CorelDRAW 等图形设计软件绘制得到的（我们在飞腾创艺中绘制的图形也是矢量图）。矢量图具有尺寸小、按任意比例放大后都依然清晰（与分辨率无关）的优点，如图 7-16 左边两个图所示。矢量图的缺点是不能逼真地表现自然界的景物。

● **位图**：位图是由许多细小的色块组成的，每个色块就是一个像素，每个像素只能显示一种颜色。当放大位图到一定的比例时，图像会变得模糊，如图 7-16 右边两个图所示。与矢量图相比，位图具有表现力强、色彩细腻、层次多且细节丰富等优点。位图的缺点是文件尺寸较大，且与分辨率有关。

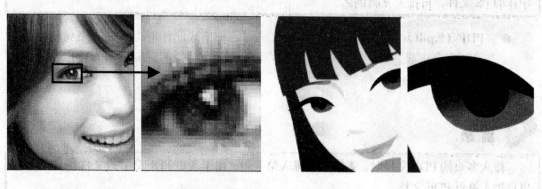

图 7-16　位图与矢量图的区别

2．可以排入哪些格式的图像文件

飞腾创艺支持排入 8 种格式的图像文件：TIF、EPS、PSD、PDF、BMP、JPG、PS、GIF。下面简要介绍各类图像格式的特点。

● **BMP（*.bmp）**：是 Windows 操作系统中"画图"程序的标准文件格式，此格式与大多数 Windows 和 OS/2 平台的应用程序兼容。由于该格式采用的是无损压缩，因此，其优点是图像完全不失真，缺点是图像文件的尺寸较大。

- **JPG/JPEG（*.jpg）**：是一种压缩率很高的图像文件格式。它仅适用于保存不含文字或文字尺寸较大的图像，否则，将导致图像中的字迹模糊。JPEG 格式图像文件支持 CMYK、RGB、灰度等多种颜色模式。

- **TIF/TIFF：（*.tif）**：是目前最常用的无损压缩图像文件格式，几乎所有的图像编辑软件都支持它。

- **GIF（*.gif）**：该格式的最大优点是压缩率高并支持透明背景。

- **PSD（*.psd）**：是 Photoshop 专用的图像文件格式，可保存图层、通道等信息。其优点是保存的信息量多，便于修改图像，缺点是文件尺寸较大。

- **PS（*.ps）**：是一种使用 PostScript 编程语言描述的文件格式，专用于打印图形和文字。用户在制作好出版物后，可将其输出为 PS 格式的文件，然后由后端的解释程序和相应的设备将文件输出到纸张或胶片上，从而为印刷做好准备。

- **EPS（*.eps）**：是一种使用 PostScript 语言描述的 ASCII 图形文件格式，能在 PostScript 打印机上能打印出高品质的图形图像。PS 与 EPS 的区别是 PS 文件中可以包含多个页面，而 EPS 文件只能包含一个页面。例如，打印一本书时需要使用 PS 格式，而如果只打印书中的一页，则可以使用 EPS 格式。

知识库

如果排入的 PS 文件缺图、缺字或字体不正常，需要检查生成该 PS 文件时是否下载了图片和字体（参考本书 11.2 节内容）。如果未下载图片和字体，需要重新生成下载了图片和字体的 PS 文件，再排入飞腾创艺。

- **PDF（*.pdf）**：通用于各种操作平台，用这种格式制作的电子读物美观、便于浏览、安全可靠、易于传输与储存。在飞腾创艺中，目前只能排入 PDF1.6/1.7 版本的文件。

提示

排入多页的 PDF 文件时，系统默认排入第一页。由于多页 PDF 会导致文件变大，建议用户排入单页 PDF 文件。

3. **对图像的颜色模式有哪些要求**

- **RGB 模式与 CMYK 模式**：RGB 模式的图片通常只用于屏幕显示，如果排版的作品用于印刷，则排入的彩色图像必须是 CMYK 模式才能避免严重的偏色。

- **灰度与位图模式**：灰度与位图模式是最基本的颜色模式。灰度模式的图像由从黑到白的 256 种灰度色阶组成；而位图模式只通过两种颜色——黑色和白色显示图像。如果图像是用于非彩色印刷而又需要细腻地表现图片的色调，一般用灰度模式；如果图片不需要表现色调层次，则可用位图模式。

4．对图像分辨率有哪些要求

图像分辨率是指显示或打印图像时，在每个单位上显示或打印的像素数，通常以"像素/英寸"（pixel/inch，ppi）来衡量。

在报纸排版中，对于新闻纸印刷的版面，图像的分辨率必须不低于 200ppi，对于铜版纸印刷的版面，图像的分辨率应为 300ppi 或更高。

7.2 编辑图像

在飞腾创艺可以对排入的图像进行各种编辑，例如控制图像的显示区域、调整图像大小、裁剪图像，以及为图像添加阴影、羽化和透明效果等。

实训 1 制作游乐场门票——图像基本编辑（一）

【实训目的】
● 掌握调整图像大小的方法。
● 掌握"图框适应"命令的用法。

【操作步骤】
步骤 1▶ 打开本书配套素材"素材与实例"\"Ph7"文件夹中的"02.vft"文件，如图 7-17 左图所示。

步骤 2▶ 按【Ctrl + Shift + D】组合键，打开"排入图像"对话框，选择本书配套素材"素材与实例"\"Ph7"文件夹中的"04.jpg"文件，勾选"图像排入选项"复选框，单击"打开"按钮，打开图 7-17 右图所示"图像排入选项"对话框，勾选"应用裁剪路径"复选框，单击"确定"按钮排入图像。

图 7-17 打开素材文件和"图像排入选项"对话框

步骤 3▶ 排入图像后，根据版面要求，可以调整图像尺寸。利用"选取"工具选中圣诞老人，然后拖动各控制点即可调整图像和边框尺寸，如图 7-18 左图所示；如果拖动时按住【Shift】键，可等比例缩放图像和边框。

步骤 **4**▶ 调整好圣诞老人的尺寸后，将其放置在页面的左下角，如图 7-18 右图所示。

图 7-18 调整图像尺寸和位置

 知识库

选中图像后，在控制面板中的"宽"或"高"编辑框中输入数值，可以精确调整图像的尺寸，如图 7-19 所示。

图 7-19 利用控制面板调整图像尺寸

步骤 **5**▶ 排入图像后，还可以单独调整图像尺寸。将 "Ph7" 文件夹中的 "07.jpg" 文件排入到页面中，首先用 "选取" 工具 整体调整图像和边框尺寸，然后利用 "穿透" 工具 单击选中图像，将光标放置在控制点上，按下鼠标左键拖动，即可单独调整图像大小，如图 7-20 所示。

图 7-20 单独调整图像尺寸

 **小技巧**

利用 "穿透" 工具 单独选中图像后，切换到 "选取" 工具 ，然后也可以利用该工具单独调整图像大小。

步骤 **6**▶ 利用 "选取" 工具 选中图像，选择 "对象" > "图框适应" > "图居中" 菜单，可以将图像放在边框的中心位置，如图 7-21 左图所示。

步骤 **7**▶ 利用 "颜色" 面板将图像外边框的底纹设置成白色，并将图像放置在图 7-21

右图所示位置。

图 7-21 调整图像位置

知识库

单独调整图像尺寸后，选择图 7-22 所示的
"图框适应"相应子菜单，或者在控制面板单
击相应按钮（如图 7-23 所示），可以使图像与
外边框相匹配，效果如图 7-24 所示。

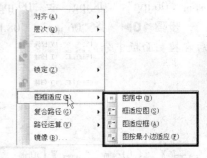

图 7-22　"图框适应"菜单

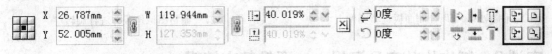

图 7-23　控制面板中的图框适应按钮

| 原图 | 框适应图 | 图适应框 | 图按最小边适应 |

图 7-24　利用"图框适应"命令调整图像

步骤 8▶ 将"Ph7"文件夹中的"05.psd"文件排入到页面中。注意排入时勾选"排
入图像"对话框中的"图像排入选项"复选框，并在随后打开的"图像排入选项"对话框
中设置"Alpha 通道"为"透明度"。排入图像后，调整图像的大小，并将图像放置在图 7-25
所示位置。

图 7-25　排入图像并调整其大小和位置

步骤 9▶ 将 "Ph7" 文件夹中的 "06.jpg"、"08.jpg" 和 "09.jpg" 文件排入到页面中，在控制面板中确保 "宽度" 和 "高度" 左侧的 "宽高连动" 按钮⑧处于锁定状态，然后分别将 "06.jpg"、"08.jpg" 和 "09.jpg" 图像的 "宽度" 设置为 30mm，如图 7-26 所示。

步骤 10▶ 将 "06.jpg"、"08.jpg" 和 "09.jpg" 图像分别放置在图 7-27 所示位置，然后在控制面板中分别设置图像的 "旋转" 值。至此，本例就制作完成了。

<table>
<tr><td>图 7-26　利用控制面板调整图像大小</td><td>图 7-27　调整图像位置并进行旋转</td></tr>
</table>

实训2　制作化妆产品海报——图像基本编辑（二）

【实训目的】
- 掌握利用 "图像裁剪" 工具和 "剪刀" 工具剪裁图像的方法。
- 掌握 "图像勾边" 与 "图像去背" 命令的用法。
- 掌握使用图元或路径剪裁图像的方法。

【操作步骤】

步骤 1▶ 按【Ctrl+N】组合键，打开 "新建文件" 对话框，然后参照图 7-28 所示新建一个空白文件。

步骤 2▶ 利用 "排入" 命令将 "Ph7" 文件夹中的 "10.jpg" 文件排入到页面中，作为背景，如图 7-29 所示。

步骤 3▶ 选择工具箱中的 "图像裁剪" 工具卩，然后单击选中背景图像，将光标放置在边框控制点上，当光标呈双向箭头时，按下鼠标左键并向图像内部拖动，至页面出血位置时，释放鼠标即可裁剪背景图像，如图 7-30 左图所示。

步骤 4▶ 继续用 "图像裁剪" 工具卩裁剪背景图像，将背景图像的尺寸裁剪成带出血的尺寸，如图 7-30 右图所示。

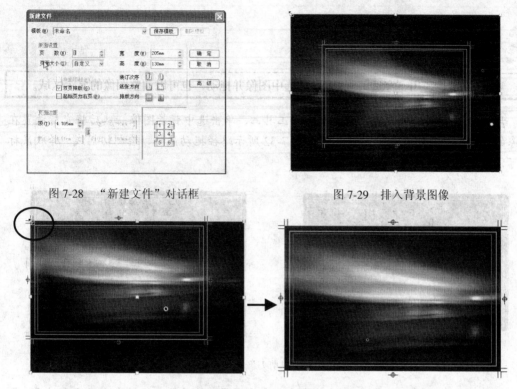

图 7-28　"新建文件"对话框　　　　　图 7-29　排入背景图像

图 7-30　利用"图像裁剪"工具裁剪背景图像

 小技巧

　　按住【Ctrl】键的同时，利用"选取"工具单击并拖动图像边框控制点，也可以实现裁剪图像操作。

步骤 5▶ 　利用"图像裁剪"工具单击选中裁剪后的图像，然后将光标放置在图像内部，当光标呈形状时，单击并拖动鼠标，可调整图像的显示区域，如图 7-31 右图所示。

图 7-31　利用"图像裁剪"工具调整背景图像的显示区域

 小技巧

> 裁剪图像后，用"穿透"工具单独选中图像并拖动，也可以调整图像的显示区域。

步骤 6▶ 选择工具箱中的"剪刀"工具✄，单击选中背景图像，然后将光标放置在图像的上边界外，按下鼠标左键并沿着图 7-32 所示路径拖动鼠标，绘制切割线，释放鼠标即可沿切割线切割图像，如图 7-32 所示。

 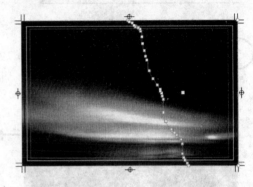

图 7-32 利用"剪刀"工具切割图像

步骤 7▶ 利用"选取"工具选中右侧部分图像，然后按一次键盘上的方向键【→】，将图像移开，即可看到切割效果，如图 7-33 所示。

图 7-33 移动切割后的图像

 小技巧

> 利用"剪刀"工具✄切割图像时，按住【Shift】键的同时，在选中的图像上单击并拖动鼠标，可以沿直线切割图像；按住【Ctrl】键的同时拖动，可以沿垂直或水平方向切割图像。

知识库

> 利用"剪刀"工具✄还可以设置断点或抠洞切割图像。断点方法：选择"剪刀"工具✄，在图像的一条边框上单击设置第一个断点，在第二条边框上单击设置第二个断点，系统自动以两点之间的直线为切割线切割图像；抠洞方法：选择"剪刀"工具✄，在图像内绘制封闭的区域，即可将该封闭区域切割出来，如图 7-34 所示。
>
> 另外，利用"剪刀"工具✄也可以切割图形，其操作方法与切割图像相同。

知识库

双击"剪刀"工具 ✂，打开图 7-35 所示"剪刀工具"对话框，在其中可以设置剪刀工具的精度，分为高，中，低三档。精度越高，剪刀轨迹越光滑，节点越多。

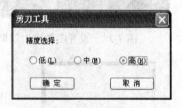

图 7-34　抠洞切割图像　　　　　　　　　　图 7-35　"剪刀工具"对话框

步骤 8▶ 利用"排入"命令将"Ph7"文件夹中的"11.jpg"文件排入到页面中，适当适整大小，放置在图 7-36 所示位置。从图中可知，图像背景与主体背景对比相差较大，且背景颜色单一。此时，可以使用"图像勾边"命令清除该图像背景。

步骤 9▶ 选中图像，选择"美工">"图像勾边"菜单，打开图 7-37 所示"图像勾边"对话框，勾选"图像勾边"复选框，激活各选项，然后保持默认设置，单击"预览"按钮，查看勾边效果。通常情况下，系统会根据选中的图像，自动设置最佳临界值。如果效果不理想，可手动调整临界值和容忍度。

 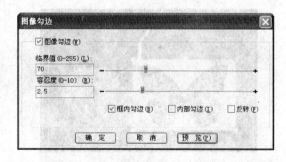

图 7-36　排入图像并调整大小　　　　　　　图 7-37　"图像勾边"对话框

步骤 10▶ 如果对效果满意，单击"确定"按钮，完成图像勾边，并适当调整图像的位置，如图 7-38 所示。如果要清除图像勾边效果，可选中图像，然后取消勾选"图像勾边"对话框中的"图像勾边"复选框即可。

提　示

图像勾边后，用户可以选择"穿透"工具 ▶，单击图像，显示勾边路径节点，然后对勾边路径进行更细致的编辑。但是，调整勾边路径后将无法再撤销图像勾边效果。

图 7-38　设置图像沟边效果

知识库

　　在"图像勾边"对话框中，如果选中"内部勾边"单选钮，勾边时清除图像内部与背景相似的颜色，如图 7-39 中图所示；选中"反转"单选钮，勾边时清除图像主体并保留背景，如图 7-39 右图所示。

　　　　原图　　　　　　　　　　内部勾边　　　　　　　　　反转

图 7-39　图像勾边的内部勾边与反转效果

步骤 11▶　　利用"排入"命令将"Ph7"文件夹中的"12.jpg"文件排入到页面中，适当适整大小，如图 7-40 左图所示。下面，我们利用"图像去背"命令清除该图像背景。

步骤 12▶　　选中蝴蝶图像，选择"美工" > "图像去背" > "自动去背"菜单，稍等片刻，即可清除背景图像，如图 7-40 右图所示。

图 7-40　排入图像并执行图像去背操作

步骤 13▶　　执行图像去背后，图像周围还有多余的白色图像，此时可以选择"穿透"工具，单击图像，显示图像的裁剪路径，然后通过拖动、增加或删除节点的方法裁剪掉多余的白色图像，如图 7-41 所示。

知识库

　　选中图像，选择"美工" > "图像去背" > "框选区域"菜单，将光标移至图像上，此时光标呈 ＋ 形状，按下鼠标左键并拖动框选要执行图像去背的区域，然后再执行"自动去背"操作，可以使图像去背效果更加精确。

图 7-41 利用"穿透"工具编辑裁剪路径

知识库

如果对去背效果不满意，可选中图像，选择"美工" > "图像去背" > "框选区域"菜单，将图像恢复原貌。

步骤 14▶ 利用"排入"命令将"Ph7"文件夹中的"13.jpg"文件排入到页面中，适当调整大小，放置在页面的左下角，如图 7-42 所示。下面，我们利用"钢笔"工具，并结合"裁剪图像"命令清除该图像背景。

步骤 15▶ 选择"钢笔"工具，然后沿人物的轮廓绘制封闭路径，如图 7-43 所示。

图 7-42 排入图像

图 7-43 利用"钢笔"工具勾画人物轮廓

步骤 16▶ 利用"选取"工具同时选中图像和路径图形，选择"美工" > "裁剪图像"菜单，即可使用绘制的路径图形裁剪图像，效果如图 7-44 所示。

步骤 17▶ 利用"排入"命令将"Ph7"文件夹中的"14.jpg"文件（该图像包含裁剪路径）排入到页面中，然后将图像缩小，如图 7-45 所示。

图 7-44 利用"裁剪图像"命令裁剪图像

图 7-45 排入具有裁剪路径的图像

步骤 18▶ 利用"选取"工具选中图像，然后右击图像，从弹出的快捷菜单中选择"将裁剪路径转为边框"命令（如图 7-46 所示），将图像的裁剪路径转换为边框。

223

步骤 **19**▶ 选中图像，然后在控制面板里设置边框的"线型"为单线，"边框宽度"为 2mm；在"色样"面板中设置边框颜色为"彩虹渐变"，得到图 7-47 右图所示效果。

图 7-46　右击带裁剪路径图像时的快捷菜单　　　　图 7-47　为图像设置边框属性

步骤 **20**▶ 将前面制作好的蝴蝶图像放置在页面中，然后在控制面板中设置"旋转"为 135 度，并将蝴蝶图像放置在图 7-48 所示位置。

步骤 **21**▶ 最后，利用"文字"工具 **T** 在页面中输入广告词，并根据个人喜好设置合适的文字属性，如图 7-49 所示。至此，本例就制作完成了。

图 7-48　旋转蝴蝶图像　　　　　　　　　图 7-49　输入文字

知识库

在飞腾创艺中，我们还可以利用"美工"菜单下的"裁剪路径"命令裁剪图像，使用该命令可以将图元或文字块设置为裁剪路径，然后对裁剪路径与图像同时执行"成组"命令，即可用图元或文字块裁剪图像，其操作方法详见 3.4 节中的实训 2。

实训 3　制作女装海报——图像特殊编辑

【实训目的】

- 掌握"阴影"、"羽化"和"透明"命令的用法。
- 了解"灰度图着色"命令的用法。
- 了解"转为阴图"命令的用法。

【操作步骤】

步骤 1▶ 打开本书配套素材"素材与实例"\"Ph7"文件夹中的"04.vft"文件,如图 7-50 所示。首先,我们利用"阴影"命令为人物图像制作特殊效果。

步骤 2▶ 利用"选取"工具 ▶选中人物图像,选择"美工" > "阴影"菜单,或按【Ctrl+Alt+S】组合键,打开"阴影"对话框,勾选"阴影"复选框,设置"混合模式"为"正常","不透明度"为 100%,"X 偏移"为 1mm,"Y 偏移"为 1mm,"模糊半径"为 8mm,"颜色"为白色,并勾选"预览"复选框,如图 7-51 左图所示。此时,预览效果如图 7-51 右图所示。

图 7-50 素材文件   图 7-51 设置阴影参数

- **混合模式:** 用于设置阴影与下层对象重叠部分的叠加效果。
- **X、Y 偏移:** 用于设置阴影在 X、Y 轴方向上的偏移位置。
- **模糊半径:** 用于设置阴影的模糊程度,值越大,阴影模糊效果越强。

步骤 3▶ 如果对预览效果满意,单击"确定"按钮,即可为人物图像添加白色的阴影效果,使人物图像具有立体感。如果要取消阴影效果,可在选中图像后,在"阴影"对话框取消勾选"阴影"复选框。

步骤 4▶ 利用"选取"工具 ▶选中底纹颜色为彩虹渐变的图形,选择"美工" > "羽化"菜单,或者按【Ctrl+Alt+D】组合键,打开"羽化"对话框,勾选"羽化"复选框,设置"宽度"为 10mm,"角效果"为"扩散",勾选"预览"复选框,如图 7-52 中图所示。预览效果如图 7-52 右图所示。

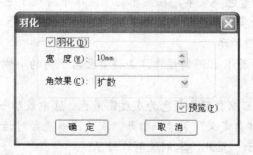

图 7-52 设置羽化参数

- **宽度：** 用于设置羽化程度，值越大，对像的边缘越模糊。
- **角效果：** 该下拉列表主要用于设置羽化的方式，包括"扩散"和"圆角"两个选项。图 7-53 所示分别为对图像应用扩散和圆角羽化效果。

扩散   圆角

图 7-53 扩散与圆角羽化效果

步骤 5▶ 如果对预览效果满意，单击"确定"按钮，即可将羽化应用于图形。如果要取消羽化效果，可选中对象，然后在"羽化"对话框取消勾选"羽化"复选框。

步骤 6▶ 选中彩虹渐变图形，选择"美工">"透明"菜单，或者按【Shift+F10】组合键，打开"透明"面板，如图 7-54 左图所示。

步骤 7▶ 在"透明"面板中的"不透明度"编辑框中输入 70%，也可以单击右边的三角按钮，然后拖动滑块设置不透明度；在"混合模式"下拉列表中选择"正常"。此时，可以透过该图形看到其下层对象，如图 7-54 右图所示。

要取消透明设置，只需将不
透明度恢复为 100% 即可

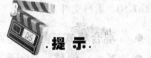

提示

在飞腾创艺中，"阴影"、"羽化"、"透明"命令都可以作用于文字、图形和图像。

图 7-54 设置图形的不透明度

步骤 8▶ 利用"选取"工具选中页面左下角的蝴蝶图像（该图像颜色为灰度模式），选择"美工">"灰度图着色"菜单，在显示的子菜单中提供了逆灰度、红色、绿色、蓝色、黄色、青色、品色等多种颜色（参见图 7-55 中图），本例选择"黄色"，使用黄色着色蝴蝶，效果如图 7-55 左图所示。

步骤 9▶ 使用与步骤 8 相同的操作方法将页面右上角的小蝴蝶图像着色为青色，如图 7-55 右图所示。

步骤 10▶ 用户也可以自定义颜色为灰度图着色。选中最后一个蝴蝶图像，选择"美工">"灰度图着色">"自定义"菜单，打开"灰度图着色"对话框，在其中设置所需的颜色即可，如图 7-56 所示。至此，本例就制作好了。

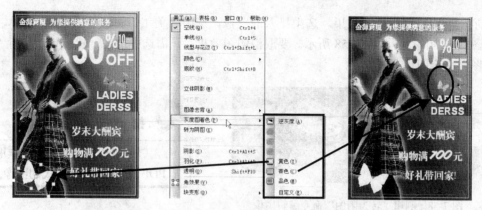

图 7-55　为灰度图像着色

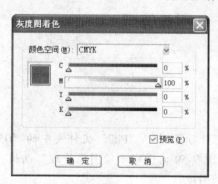

图 7-56　自定义颜色着色灰度图

在飞腾创艺中，还可以使用"颜色"或"色样"面板直接为灰度图着色。另外，使用"穿透"工具或"选取"工具选中图像，可以得到两种不同的着色效果。

步骤 1▶　排入"Ph7"文件夹中的灰度图像"17.jpg"，为方便查看效果，先使用"穿透"工具单击并拖动图像，使图像与边框之间有一定的距离，如图 7-57 左图所示。

步骤 2▶　利用"颜色"面板设置一种底纹颜色，如玫红色（M=100，C=Y=K=0），此时，只有灰度图被着色，边框未着色，如图 7-57 中图所示。

步骤 3▶　按【Ctrl+Z】组合键，撤销灰度图着色操作。利用"选取"工具选中灰度图，并利用"颜色"面板设置底纹颜色。此时，将使用选取的颜色铺满边框，同时也为灰度图蒙上一层色彩，形成图像的透底效果，如图 7-57 右图所示。

图 7-57　为灰度图着色的不同效果

另外，利用飞腾创艺提供的"转为阴图"命令，可以将图像色彩反相，以原图像的补色显示，类似照片底片的效果。选中排入的图像，选中"美工"＞"转为阴图"菜单，即可将图片转为阴图，如图 7-58 所示。要取消阴图效果，只需选中图像，然后再次执行"转为阴图"命令即可。

提 示

"转为阴图"命令不能作用于 PDF、PS 和 EPS 格式的图像。

图 7-58　利用"转为阴图"命令编辑图像

实训 4　查看 CD 封面图像——图像管理

【实训目的】

- 了解"图像管理"面板的用法。
- 了解"背景图"命令的用法。

【操作步骤】

步骤 1▶　打开本书配套素材"素材与实例"\ "Ph7"文件夹中的"05.vft"文件，选择"窗口"＞"图像管理"菜单，打开图 7-59 右图所示"图像管理"面板，利用该面板，可以查看图像状态、编辑和更新排入的图像。

 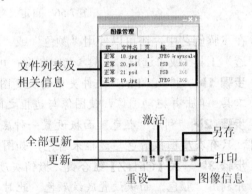

图 7-59　打开素材文件和"图像管理"面板

步骤 2▶　文件列表上方的标签从左至右依次为状态、文件名、页面、格式和颜色空间，单击各个标签可以按照单击标签将图像重新排序，例如，单击"状态"标签，则面板中的图像按图像状态排序。图像状态有：正常和缺图两种状态。

- **正常：**表示图像排入后没有被删除、更改路径或者做任何修改。
- **缺图：**表示图像在排入后，源图像或路径已经被移动、删除或改名了，飞腾创艺无法找到该图像。

步骤 3▶　当图像的原文件被修改后，在飞腾创艺文件中的"图像管理"面板选中修改过的图像，单击"更新"按钮，可以将修改结果更新到版面上。如果单击"全部更新"

按钮 ，则会将所有做过修改的图像全部更新。

提 示

在飞腾创艺中排入的图像都是以链接方式排入，即在飞腾创艺文件中保存的仅仅是图像文件的路径。因此，排入图像后，用户最好不要改变源图像路径、名称等，否则会导致版面中的图像失效。另外在排版时，如果将图像文件与飞腾创艺文件保存在同一文件夹下，则移动该文件夹位置不会使图像失效。因此，当需要向其他人提供飞腾创艺文件时，只需将保存飞腾创艺文件和图像文件的文件夹提供给对方，这样版面中的图像便不会失效了。

步骤 4▶ 在"图像管理"面板中，选中一个图像文件，然后单击"激活"按钮 ，可以跳转到该图像所在页面，并选中图像。

步骤 5▶ 当源图像文件重命名后，系统将显示缺图。在"图像管理"面板中选择该图像文件，单击"重设"按钮 ，打开"排入图像"对话框，选择重命名的图像文件，单击"打开"按钮，弹出图 7-60 所示"重设图像"对话框。选择"按原图属性设定"单选钮，表示按图像原始大小和属性排入；选择"按之前版内图像属性设定"单选钮，表示按版面内先前图像的大小、缩放或旋转等属性排入。

步骤 6▶ 在"图像管理"面板中选择"18.jpg"文件，单击"图像信息"按钮 ，打开图 7-61 所示"图像信息显示"对话框，从中可以查看选中图像的保存路径、更新时间、Profile 文件、格式、颜色、大小和分辨率等信息。

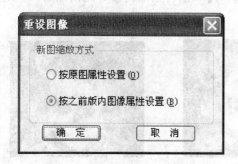

图 7-60 "重设图像"对话框

图 7-61 "图像信息显示"对话框

步骤 7▶ 单击"另存"按钮 ，可以将"图像管理"面板中显示的图像信息输出为文本文件 *.txt；单击"打印"按钮 ，可以打印 "图像管理"面板中显示的图像信息。

知识库

当有图像压在文字块上面时，选中文字块，选择"美工">"自动文压图"菜单，则所有图像均调整到文字块下面，避免文字压图的情况。

在飞腾创艺中，利用系统提供的"背景图"命令可以对文字块或图形设置背景图片。

步骤 1▶ 选中文字块（或图形），选择"美工" > "背景图"菜单，打开"背景图"对话框，勾选"背景图"复选框，激活各选项，如图 7-62 所示。

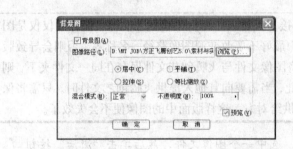

图 7-62 将文字块的背景设置为图像

步骤 2▶ 单击"浏览"按钮，打开"排入图像"对话框，选择要作为背景的图像（如"Ph7"文件夹中的"27.jpg"文件），其他选项保持默认，单击"确定"按钮，即可将所选图像设置成文字块的背景，如图 7-63 图所示。

● **"居中"单选钮：** 选中该单选钮，排入的背景图将在文字块中居中放置。
● **"平铺"单选钮：** 选中该单选钮，排入的背景图将在文字块中平铺显示（不改变图像大小），如图 7-63 左图所示。
● **"拉伸"单选钮：** 选中该单选钮，排入的背景图将被任意缩放，以撑满整个文字块区域，如图 7-63 中图所示。
● **"等比例缩放"单选钮：** 选中该单选钮，排入的背景图将被等比例缩放，以适应文字块区域，如图 7-63 右图所示。

图 7-63 背景图的不同填入方式

7.3 对象操作

方正创艺版面中的对象包括文字块、图像和图形（图元）等，用户可以根据需要对它们进行复制、删除、调整大小和位置、倾斜、旋转、变倍、镜像、对齐与分布、排列顺序、群组与解组，锁定与解锁等操作。

实训 1　制作圣诞卡片——对象操作（一）

【实训目的】

● 掌握选择、复制、剪切、粘贴与删除对象的方法。

● 掌握移动和调整对象大小的方法。

● 掌握多重复制对象的方法。

【操作步骤】

步骤 1▶ 打开本书配套素材"素材与实例"\"Ph7"文件夹中的"06.vft"和"07.vft"文件，如图 7-64 所示。下面，我们将"07.vft"文件中的对象粘贴到"06.vft"文件中。

图 7-64　打开素材文件

步骤 2▶ 将"07.vft"文件置为当前窗口，利用"选取"工具 单击选中人物图像，选择"编辑"＞"复制"菜单，或者按【Ctrl+C】组合键，将人物图像复制到剪贴板。

步骤 3▶ 切换到"06.vft"文件窗口，选择"编辑"＞"粘贴"菜单，或者按【Ctrl+V】组合键，将人物图像粘贴到页面中，如图 7-65 所示。

知识库

選中对象，选择"编辑"＞"剪切"菜单，或者按【Ctrl+X】组合键，也可以将对象复制到剪贴板，只是原位置上将不再保留该对象。

执行"复制"或"剪切"命令后，选择"编辑"＞"原位粘贴"菜单，或者按【Ctrl+Alt+V】组合键，可原位粘贴对象，副本对象与原对象重叠。

步骤 4▶ 切换到"07.vft"文件窗口，按住【Shift】键的同时，利用"选取"工具 依次单击其他图像，将它们同时选中，然后复制到"06.vft"文件中备用。用户也可以在要选取的对象周围拖出一个虚线框，释放鼠标后，可以选中虚线框内的所有图像。

知识库

选择"编辑"＞"全选"＞菜单，将显示图 7-66 所示子菜单，从中选择"全选"，或按【Ctrl+A】组合键，可选中当前窗口中的所有对象；选择"选中页内块"，可以选中当前页面内的所有对象；选择"选中页外块"菜单，可以选中辅助版上的所有对象。

图 7-65　复制人物图像　　　　　　　　　图 7-66　"编辑" > "全选" > 菜单

知识库

> 选中对象后，选择"编辑" > "删除"菜单，或者按【Delete】键可以删除所选对象。

步骤 5▶ 用"选取"工具 选中人物图像，然后将光标移至人物图像上，当光标呈 ✛ 形状时，按下鼠标左键并拖动，至合适位置时，释放鼠标即可移动图像，如图 7-67 所示。

小技巧

> 移动对象时，按住【Shift】键的同时，单击并拖动对象，可使对象在水平、垂直或 45 度角方向移动；按住【Ctrl】键的同时，单击并拖动对象，可以将对象复制到新位置。

步骤 6▶ 利用"选取"工具 选中圣诞树，然后将光标放置在左上角控制点上，当光标呈双向箭头时（如图 7-68 所示），按住鼠标左键并向右下角拖动，至合适大小时，释放鼠标即可将图像缩小，接着将缩小后的圣诞树移至页面的左下位置，如图 7-69 所示。

图 7-67　移动人物图像　　　　　　　　　图 7-68　缩放图像

小技巧

> 按住【Shift】键的同时拖动对象控制点，可以等比例缩放对象；按住【Ctrl】键拖动图形或文字块的控制点，可将图形或文字块缩放为正方形或正多边形。

步骤 7▶ 在飞腾创艺中，我们还可以利用控制面板调整对象的位置和大小。利用"选取"工具，选中礼品盒，如图 7-70 所示，此时对象控制面板如图 7-71 所示。

图 7-69 调整图像大小和位置

图 7-70 选中礼品盒

九宫位
控制点　　X、Y 坐标　　宽度和高度

宽度连动　　　　　图 7-71 对象控制面板

提 示

对文字块进行等比例缩放时，必须先单击控制点并按住鼠标左键不动，然后按住【Shift】键，最后拖动鼠标。否则，只是将文字块调整为不规则形状。

步骤 8▶ 控制面板左侧九宫位的九个控制点，分别对应对象外框的九个点。单击九宫位的任一控制点，将在 X、Y 编辑框中显示该控制点的坐标值，用户可通过输入新的坐标值来精确定位对象位置。

步骤 9▶ 确保"宽高连动"图标处于锁定状态，然后在 W（宽）编辑框中输入 55mm，按【Enter】键确认，H（高）编辑框中的数值也随其改变，对象被成比例被缩小。

知识库

单击"宽高连动"图标，使其处于解锁状态，这样，用户可以单独调整对象的宽度和高度值。

步骤 10▶ 在 X 编辑框中输入 80mm，在 Y 编辑框中输入 160mm，按【Enter】键，将礼品盒精确定位在页面的左下角，如图 7-72 左图所示。

步骤 11▶ 选中雪花图像，单击控制面板中九宫位的中心控制点将其选中，然后在 X

编辑框中输入 8mm，Y 编辑框中输入 8mm，锁定"宽高连动"图标，在 W（宽）编辑框中输入 10mm，按【Enter】键确认操作，精确设置雪花的大小和位置，如图 7-72 右图所示。

图 7-72　精确设置对象的位置和大小

　　步骤 12▶　选中雪花图像，选择"编辑" > "多重复制"菜单，打开"多重复制"对话框，如图 7-73 左图所示。

　　步骤 13▶　在"多重复制"对话框中设置"重复次数"为 16，"水平偏移量"为 15mm，"垂直偏移量"为 0mm，单击"确定"按钮，雪花图像将按照设置的方向和数目水平复制出一行，如图 7-73 右图所示。

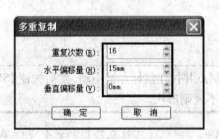

图 7-73　水平多重复制雪花

　　步骤 14▶　选中左侧第一个雪花图像，然后在"多重复制"对话框中设置"重复次数"为 11，"水平偏移量"为 0mm，"垂直偏移量"为 15mm，单击"确定"按钮，将雪花图像垂直复制一列，如图 7-74 所示。

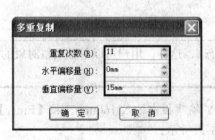

图 7-74　垂直多重复制雪花

步骤 15▶ 参照与步骤 13~14 相同的操作方法，继续对雪花图像进行多重复制，制作出图 7-75 所示边框效果。

步骤 16▶ 最后，将页面外的装饰图像放置在页面的左上角，适当调整其大小，并复制出两份，分别放置在图 7-76 所示位置。至此，本例就制作好了。

图 7-75 制作雪花边框效果　　　　　　　图 7-76 移动与复制装饰图像

实训 2 制作电脑产品广告——对象操作（二）

【实训目的】

● 掌握倾斜、旋转、变倍与镜像对象的方法。

● 掌握"层次"命令的用法。

【操作步骤】

步骤 1▶ 打开本书配套素材"素材与实例"\ "Ph7"文件夹中的"08.vft"文件，如图 7-77 所示。

步骤 2▶ 选择"旋转变倍"工具 ，然后单击选中图 7-78 所示乐器图像，此时图像四周的控制点为实心矩形。将光标移至乐器上，当光标呈 形状时，按住鼠标左键并拖动，可以调整图像的位置。

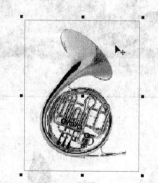

图 7-77 打开素材文件　　　　　　　图 7-78 利用"旋转变倍"工具选中对象

步骤 3▶ 将光标放置在图像拐角的任一控制点上，当光标呈双向箭头时，按住鼠标左键并拖动，可以变倍缩放图像。调整好乐器图像大小后，将其移至图 7-79 所示位置。

图 7-79　变倍缩放图像

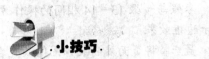

.小技巧.

　　用"旋转变倍"工具 变倍缩放对象时，按住【Ctrl】键变倍，将以对象中心为基准点任意缩放对象；按住【Shift】键，将以对象中心为基准点，等比例缩放对象。

步骤 4▶　选择"旋转变倍"工具 ，单击选中页面左侧的蝴蝶图像，然后将其适当缩小，再次单击蝴蝶图像，显示旋转倾斜控制框，如图 7-80 所示。

步骤 5▶　将光标放置在四个角的旋转控制点上，当光标呈 状态时，按下鼠标左键并沿顺时针拖动，将以图像的中心点为基准旋转图像（如图 7-81 所示），接着将旋转后的蝴蝶图像移至图 7-82 所示位置。

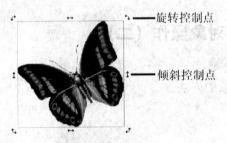

　　　　旋转控制点

　　　　倾斜控制点

图 7-80　显示倾斜旋转控制框

图 7-81　旋转图像

图 7-82　移动蝴蝶图像

.知识库.

　　在旋转对象前，可自定义旋转基准点的位置。将光标移至旋转基准点上，按住鼠标左键并拖动，至合适位置释放鼠标，即可改变旋转基准点位置，如图 7-83 左图和中图所示。旋转对象时，将基于新基准点旋转对象，如图 7-83 右图所示。再次单击对象，旋转基准点会自动恢复到原始位置。

图 7-83　自定义旋转基准点位置

步骤 6▶ 利用"旋转变倍"工具 选中页面右侧的蝴蝶图像并适当缩小，然后再次单击图像显示旋转倾斜控制框。适当旋转蝴蝶图像，然后将光标放置在倾斜控制点上，当光标呈 或 形状时，按住鼠标左键并拖动，释放鼠标将蝴蝶倾斜一定的角度，最后将蝴蝶图像放置在图 7-84 右图所示位置。

知识库

选中对象后，在控制面板中的"块横向缩放"、"块纵向缩放"、"倾斜"和"旋转"编辑框中输入数值，可以精确地设置对象的变倍、倾斜或旋转，如图 7-85 所示。

图 7-84 倾斜蝴蝶图像

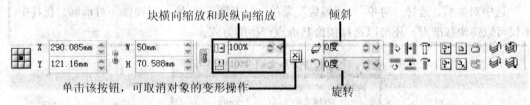

图 7-85 利用对象控制面板设置变倍、倾斜和旋转

步骤 7▶ 选中页面中的白色曲线，单击控制面板中的"右边线镜像"按钮，将以所选曲线的右边线为基准，水平翻转并复制曲线，之后将曲线放置在图 7-86 右图所示位置。

图 7-86 水平镜像曲线对象

知识库

选中对象，在控制面板中单击"右边线翻转"按钮、"下边线翻转"按钮，将以对象的右边线或下边线为基准，水平或垂直翻转对象，如图 7-87 所示；单击"下边线镜像"按钮，将以对象的底边为基准，垂直翻转并复制对象，如图 7-88 左图所示；单击"中心翻转"按钮，将以对象中心为基准翻转对象；单击"中心镜像"按钮，将以对象中心为基准点翻转并复制对象，如图 7-88 右图所示。

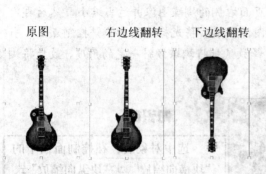

图 7-87　水平和垂直翻转对象

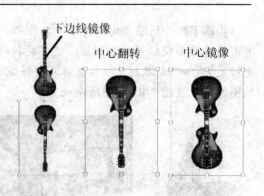

图 7-88　垂直翻转复制、中心翻转与镜像

知识库

> 选中对象后，选择"对象">"镜像"菜单，打开图 7-89 所示"镜像"对话框，在其中不仅可以镜像基准点，还可以选择镜像基准点产生的方式。

单击该按钮，可以直接翻转对象

单击该按钮，可以翻转对象并复制

图 7-89　"镜像"对话框

步骤 8▶ 利用"选取"工具 ➤ 选中复制的白色曲线，选择"对象">"层次">"最下层"菜单（如图 7-90 左图所示），或者按【Ctrl+Alt+B】组合键，将曲线移至所有对象的下层，如图 7-90 右图所示。

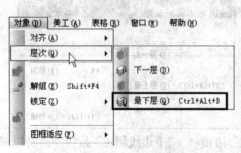

图 7-90　利用"层次"命令将曲线移至最下层

步骤 9▶ 确保曲线处于选中状态，选择"对象">"层次">"上一层"菜单，将曲线向上移一层，得到图 7-91 所示效果。

图 7-91 将曲线上移一层效果

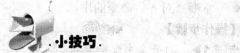

小技巧

选中对象，选择"对象">"层次">"最上层"菜单，或者按【Ctrl+Alt+B】组合键，可以将所选对象移至所有对象的上层；选择"下一层"，可以将对象下移一层。

当多个对象重叠时，按住【Ctrl】键单击对象可以选中下层对象。

步骤 10▶ 利用"选取"工具 选中页面外的乐符图形，将其底纹颜色设置为白色，并取消边框颜色，然后将这些乐符放置页面中，效果如图 7-92 所示。

步骤 11▶ 利用"旋转变倍"工具 选中页面外的吉他，将其适当缩小、旋转，放置在图 7-93 所示位置。至此，本例就制作完成了。

图 7-92 将乐符放置在页面中

图 7-93 调整吉他图像的大小和角度

知识库

选中对象后，在控制面板中单击相应按钮（   ），也可调整对象的排列顺序，如图 7-94 所示。

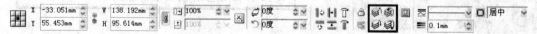

图 7-94 利用控制面板中的按钮调整对象顺序

实训 3 制作手机广告——对象操作（三）

【实训目的】

● 掌握锁定和解锁对象的方法。

● 掌握成组与群组对象的方法。

● 掌握"对齐"命令的用法。

【操作步骤】

步骤 1▶ 打开本书配套素材"素材与实例"\ "Ph7" 文件夹中的"09.vft" 文件，如图 7-95 所示。

步骤 2▶ 在排版过程中，为避免对象之间相互影响，可以将编辑好的对象锁定。利用"选取"工具 单击选中背景图像，选择"对象" > "锁定" > "普通锁定"菜单（如图 7-96 所示），或者按【F3】键，即可对背景图像执行普通锁定。

图 7-95　打开素材文件

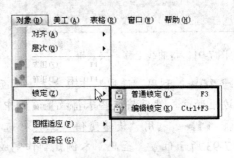

图 7-96　"锁定"菜单

步骤 3▶ 再次选中背景图像并拖动，图像四周的控制点显示为实心矩形，并显示锁状图标 ，如图 7-97 所示。对对象执行普通锁定后，还可以对其进行设置颜色、复制、粘贴等操作，但不能剪切或移动对象。

步骤 4▶ 如果选中对象后选择"对象">"锁定">"编辑锁定"菜单，或者按【Ctrl+F3】组合键，则可以锁定对象的所有编辑功能（复制、粘贴或原位粘贴操作除外）。

图 7-97　锁定状态的对象

知识库

　　锁定对象后，选择"对象">"解锁"菜单，或者按【Shift+F3】组合键可以解除锁定。另外。除了可以使用菜单命令来锁定/解锁对象外，还可以利用控制面板中的普通锁定 /解锁 按钮来锁定/解锁对象，如图 7-98 所示。

图 7-98　控制面板中的普通锁定与解锁对象按钮

步骤 5▶ 利用"选取"工具 将文字块和圆角图像移至页面外备用，然后选中两个手机图像，选择"对象">"成组"菜单，或者按【F4】键，将两者群组为一体，并移到图 7-99 右图所示位置。

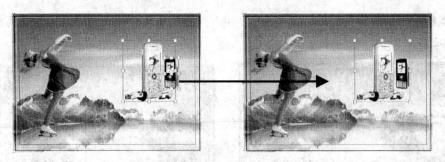

图 7-99 选中多个对象并群组

知识库

群组对象后，可方便对其进行整体操作，例如移动、改变大小、缩放、倾斜、旋转等。要编辑群组中的单个对象，可以先利用"穿透"工具单击选中单个对象，或利用"选取"工具双击选中单个对象，然后再进行相应的编辑。

步骤 6▶ 要解组对象，可在选中群组对象后，选择"对象" > "解组"菜单，或者按【Shift+F4】组合键。

知识库

选中两个或两个以上对象，单击控制面板中的成组/解组按钮，也可以群组/解组对象，如图 7-100 所示。

图 7-100 利用控制面板群组/解组对象

步骤 7▶ 利用"选取"工具将 4 个圆角图像移至页面中，并参照图 7-101 左图所示顺序排列，然后选择"对象" > "对齐" > "顶端对齐"菜单（如图 7-101 右图所示），使所选图像顶端对齐，如图 7-102 左图所示。

图 7-101 选中对象与执行"对齐"命令

步骤 8▶ 选择"对象">"对齐">"横向等距"菜单，使图像横向间隔距离相等，如图 7-102 右图所示。

图 7-102　设置对象顶端对齐与横向间距相等

步骤 9▶ 利用"选取"工具 ► 将两个文字块移置页面中，选择"对象">"对齐">"纵向中齐"菜单，使两个文字块在垂直方向上居中对齐，然后将对齐的文本放置在图 7-103 右图所示位置。至此，本例就制作好了。

图 7-103　垂直居中对齐文字块

下面简要介绍一下各对齐方式的意义。

- **左对齐：**使所选对象的左端对齐，如图 7-104 中图所示。
- **右对齐：**使所选对象的右端对齐，如图 7-104 右图所示。

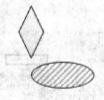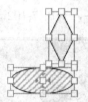

图 7-104　设置对象的左、右对齐

 提 示

　　对齐对象时，将以最后选中的对象为基准进行对齐，基准对象的中心点有特殊标记 ⊡。按【Ctrl+A】组合键全选对象，或框选多个对象时，默认将以版面中最新创建的对象为基准对象，用户也可以单击其他对象的中心点，将其设置为基准对象。

- **顶端对齐**：使所选对象的顶端对齐，如图 7-105 左图所示。
- **底端对齐**：使所选对象的底端对齐，如图 7-105 右图所示。
- **左右边齐**：使相邻对象的左或右边线对齐，如图 7-106 左图所示。
- **上下边齐**：使相邻对象的上或下边线对齐，如图 7-106 右图所示。

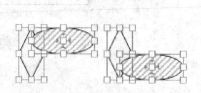
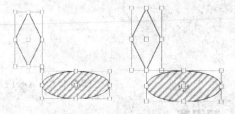

图 7-105　顶端和底端对齐　　　　　图 7-106　左右边齐与上下边齐

- **横向中齐**：使所选对象在水平方向上居中对齐，如图 7-107 左图所示。
- **纵向中齐**：使所选对象在垂直方向上居中对齐，如图 7-107 左图所示。
- **中心对齐**：使所选对象的中心对齐，如图 7-108 所示。

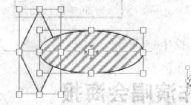
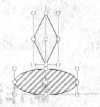
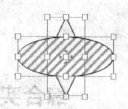

图 7-107　横向中齐与纵向中齐　　　　　图 7-108　中心对齐

- **横向等距**：使所选对象的横向间距相等，如图 7-109 左图所示。
- **纵向等距**：使所选对象的纵向间距相等，如图 7-109 右图所示。

图 7-109　横向等距和纵向等距

- **等宽、等高和等宽高**：使所选对象具有相同的宽度、高度或宽高度，如图 7-110 所示。

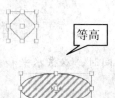
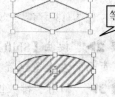

图 7-110　等宽、等高和等宽高

243

● **版心内水平居中和版心内垂直居中**：使所选对象在版心内水平或垂直居中，如图 7-111 所示。

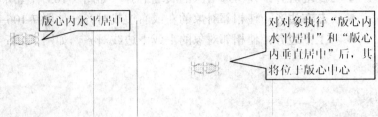

版心内水平居中

对对象执行"版心内水平居中"和"版心内垂直居中"后，其将位于版心中心

图 7-111　版心内水平或垂直居中

知识库

选中多个对象，单击控制面板中的对齐方式按钮，也可以实现对齐操作，如图 7-112 所示。

图 7-112　利用控制面板对齐对象

综合实训——制作演唱会海报

本例通过制作图 7-113 所示的演唱会海报，来巩固和练习本章所学内容。

步骤 1▶ 按【Ctrl+N】组合键，打开"新建文件"对话框，然后参照图 7-114 所示创建一个空白文档。

图 7-113　演唱会效果图

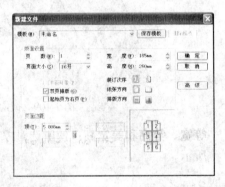

图 7-114　"新建文件"对话框

步骤 2▶ 按住【Shift】键的同时，双击水平和垂直标尺相交处的方格，将标尺零点设置在页面的左上角位置。

步骤 3▶ 利用"排入图像"命令将"Ph7"\ "45.jpg"文件排入到页面中，单击控制面板中九宫位的左上角控制点，然后设置 X、Y 坐标均为-3mm，并利用"图像裁剪"工具裁剪图像，参数设置参见图 7-115 所示，最后按【F3】键锁定图像的位置。

步骤 4▶ 依次排入 "Ph7" 文件夹中的 "46.psd"、"47.psd" 和 "48.psd" 文件，然后将 "47.psd" 图像成比例缩小并进行裁剪，将 "48.psd" 图像的宽度设为 186mm，高度设为 75mm，最后参照图 7-116 所示放置三个图。

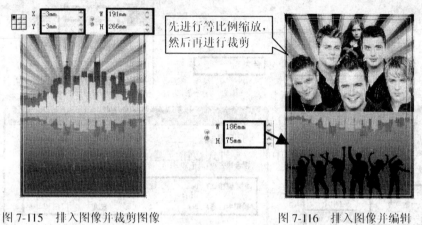

先进行等比例缩放，然后再进行裁剪

图 7-115 排入图像并裁剪图像　　　　　图 7-116 排入图像并编辑

·提 示·

在排入以上图像时需要勾选 "排入图像" 对话框中的 "图像排入选项" 复选框，在打开的 "图像排入选项" 对话框中设置 "Alpha 通道" 为 "透明度"。

步骤 5▶ 利用 "选取" 工具同时选中步骤 4 中排入的图像，选择 "美工" > "阴影" 菜单，打开 "阴影" 对话框，在其中勾选 "阴影" 复选框，然后设置 X、Y 偏移均为 0mm，设置 "模糊半径" 为 8mm，"颜色" 为白色，其他选项保持默认，单击 "确定" 按钮，得到图 7-117 右图所示效果。

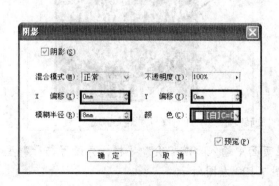

图 7-117 为图像添加阴影效果

步骤 6▶ 利用 "文字" 工具 T 在页面中输入 "群星·激情" 字样，然后参考图 7-118 所示在控制面板中设置字体和字号，在 "颜色" 面板中设置字体颜色，在 "艺术字" 面板中设置勾边参数，在"阴影"对话框中设置阴影参数。

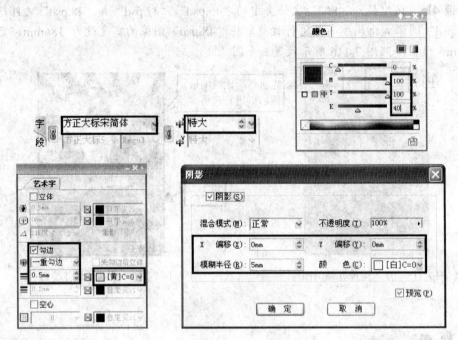

图 7-118 设置文字基本属性与特殊属性

步骤 7▶ 利用"旋转变倍"工具 缩放与倾斜文字块，参数设置及效果如图 7-119 所示。

图 7-119 利用"旋转变倍"工具缩放与倾斜文字块

步骤 8▶ 用"文字"工具 T 在页面中输入"演唱会"字样，并设置与"群星·激情"相同的字体、字号和颜色，效果如图 7-120 左图所示。

步骤 9▶ 利用"旋转变倍"工具 缩放"演唱会"文字块，参数设置如图 7-120 中图所示。

步骤 10▶ 利用"选取"工具 选中文字块，选择"美工" > "转为曲线"菜单，将文字转换为曲线图像，然后利用"平面透视"工具  变形文字，效果如图 7-120 右图所示。

图 7-120 制作"演唱会"文字

步骤 11▶ 利用"选取"工具 选中透视效果的文字，然后在"线型与花边"面板中设置"线型"为"单线"，"颜色"为黄色，"线宽"为 0.5mm；在"阴影"对话框中设置 X、Y 偏移均为 0mm，"模糊半径"为 8mm，"颜色"为黄色，如图 7-121 所示。

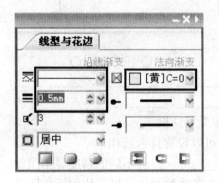 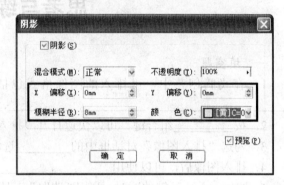

图 7-121 设置文字的边框属性与阴影参数

步骤 12▶ 将透视效果的文字放置在图 7-122 左图所示位置，然后利用"文字"工具 T 在页面下方输入其他文字，并设置合适的文字属性，效果如图 7-122 右图所示。至此，本例就制作好了。

图 7-122 输入文字并调整位置

本章小结

本章中主要介绍了排入和编辑外部图像的方法。学完本章内容后，用户应掌握图像的排入、缩放、裁剪、勾边、去背、添加各种特殊效果等方法，还应掌握对象的复制与删除、群组与解组、调整排列顺序、锁定与解锁、对齐等方法。

用户要注意的是，排入图像后，在飞腾创艺文件中保存的仅仅是图像文件的路径。因此，排入图像后，用户最好不要改变源图像路径、名称等，否则会导致版面中的图像失效。

思考与练习

一、填空题

1．在飞腾创艺中，可排入的图像格式包括_____、_____、_____、_____、_____、_____、_____、_____。

2．按_____组合键，可以快速打开"排入图像"对话框。

3．勾选"排入图像"对话框中的_____选项，可以设置排入选项。

4．排入图像后，可以使用_____、_____和_____三种不同的精度显示图像。

5．按住_____键的同时，利用"选取"工具拖动图像控制点可以等比例缩放图像。

6．按住_____键的同时，利用"选取"工具拖动图像边框控制点可以裁剪图像。

7．对图像执行"图像去背"操作后，利用_____命令，可以撤销去背效果。

8．利用_____命令，可以将图像的裁剪路径转换为边框。

9．利用"钢笔"工具，并结合_____命令，可以清除图像的背景。

10．复制对象后，按_____组合键可以实现原位粘贴操作。

11．按_____组合键，可以将所选对象移至所有对象的上方；按_____组合键，可以将所选对象移至所有对象的下方。

12．选中多个对象后，按_____键可以将对象群组；按_____组合键可以解组对象；按_____键，可以快速锁定对象；按_____组合键，可以解除锁定对象。

二、问答题

1．如果排入的图像为 PSD 格式，怎样操作才能使排入的图像包含透明区？

2．如何才能在图形内部排入图像？

3．如何利用"图像裁剪"工具裁剪图像并调整图像的显示区域？

4．为对象添加阴影和羽化效果后，如何取消这些效果？

5．如何利用"旋转变倍"工具缩放、倾斜和旋转对象？

三、操作题

1．排入任意图像文件，然后使用"图像勾边"与"图像去背"命令去除图像的背景。

2．排入任意图像文件，然后使用"裁剪图像"命令去除图像的背景。

3．绘制一些图形，然后使用"对齐"命令对齐图形。

第8章 页面管理

【本章导读】

飞腾创艺中的页面分为主页和普通页面，本章我们将介绍这两种页面的特点及创建与管理方法，另外还将介绍添加页码与提取目录的方法。

【本章内容提要】

- 创建、编辑与应用主页
- 创建与编辑页码
- 创建、删除、切换与移动普通页
- 提取目录

8.1 主页操作

主页也被称为主版页面，它相当于出版物的模板，我们可以将出版物中相同的元素，例如页眉、页脚、页码、提示线、装饰对象等设计为主页版式，然后将其应用于各普通页面中，这样不但可以避免在各普通页面中进行重复性操作，还能保证出版物整体风格一致，如图 8-1 所示。主页具有以下特点：

- 主页本身不是实际的页面，不会单独作为实际页面打印或输出。
- 我们可以像编辑普通页面一样编辑主页，然后将其应用到普通页面中。
- 在普通页面中不能编辑主页内容，只能在主页中才可编辑。
- 我们可以创建多个主页，并为每个主页指定要应用的普通页面范围。
- 为出版物添加页码时，需要利用主页进行。

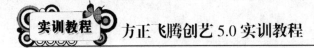

在本节中，我们将介绍"页面管理"面板的组成和作用，以及主页的创建、编辑与应用等内容。

设计好的主页版面

应用了主页的普通页面。可以看出，主页中的元素都被应用在普通页面中

图 8-1 主页的作用

实训 1　制作书籍主页（一）——创建、编辑与应用主页

【实训目的】

● 认识"页面管理"面板构成。

● 掌握创建、编辑与应用主页的方法。

【操作步骤】

步骤 1▶ 按【Ctrl+N】组合键，打开"新建文件"对话框，然后参照图 8-2 左图所示设置新文档参数，单击"确定"按钮，新建一个空白文档。

步骤 2▶ 选择"窗口">"页面管理"菜单，或者按【F12】键，打开"页面管理"面板，如图 8-2 右图所示。默认状态下，每个飞腾创艺文件都包含一个"A-主页"，并且所有页面默认都会应用该主页格式。

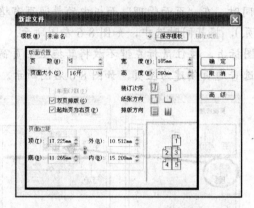
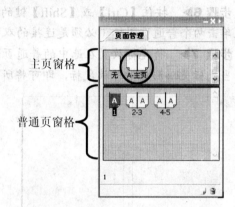

图 8-2　新建文件并打开"页面管理"面板

步骤 3▶ 要创建新主页，可以在"页面管理"面板中右击主页窗格任意区域，从弹出的快捷菜单中选择"新建主页"，或者单击面板右上角的三角按钮，在弹出的面板菜单中选择"新建主页"，打开"新建主页"对话框，如图 8-3 所示。

步骤 4▶ 在"新建主页"对话框的"主页标识"编辑框中输入"B"，其他参数保持默认，单击"确定"按钮创建一个"B-主页"，如图 8-4 所示。"新建主页"对话框中各选项的意义如下。

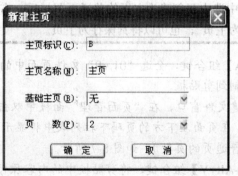

图 8-3　新建主页　　　　　　　　　　　　　　　　　　图 8-4　创建好的主页

● **主页标识：**用于定义主页名称前面的标记，如"**A-主页**"中的"**A**"便是主页标识。应用了主页的普通页面，其在"页面管理"面板中的图标将显示为相应的主页标识，如 Ⓐ。

● **主页名称：**用于定义主页名称，如"**A-第1章**"中的"**第1章**"，便是主页名称。

● **基础主页：**在该下拉列表中可以选择现有的主页，以便在该主页的基础上创建新主页（新主页拥有基础主页的全部内容）。

● **页数：**在该下拉列表中可以设置新建主页的页数，选择"1"，表示创建单页主页；选择"2"，表示创建双页主页。

步骤5▶ 在飞腾创艺中，还可以将普通页面保存为主页，以方便将该页面中的内容应用到其他页面中。打开本书配套素材"素材与实例"\"Ph8"文件夹中的"01.vft"文件，如图8-5所示。下面我们将该文件的页面1和页面2创建为主页。

步骤6▶ 按住【Ctrl】或【Shift】键的同时，在"页面管理"面板中的普通页窗格中依次单击两个普通页图标（必须是连接的双页），将其同时选中，如图8-6左图所示。

步骤7▶ 将光标放置在选中的普通页图标上，按住鼠标左键不放将其拖至主页窗格中，当光标呈 形状时释放鼠标，即可将所选普通页创建为主页，如图8-6右图所示。

图8-5　打开素材文件

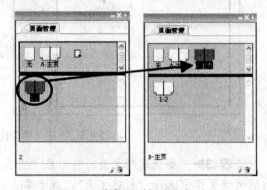

图8-6　将普通页创建为主页

知识库

　　在"页面管理"面板中选中要创建为主页的普通页图标后，右击选中的图标，从弹出的快捷菜单中选择"保存为主页"，也可以将其保存为主页。

步骤8▶ 按【Ctrl+A】组合键，全选"01.vft"文件页面中的所有对象，按【Ctrl+C】组合键，将选中的对象复制到剪贴板。

步骤9▶ 切换到新建文件窗口，在"页面管理"面板中双击"A-主页"图标，切换到"A-主页"页面，此时，在页面左下方的页码下拉列表中将显示"A-主页"为当前页面，并显示出版物总页数（指普通页的页数），如图8-7所示。

步骤10▶ 按【Ctrl+Alt+V】组合键，将剪贴板中的内容原位置粘贴到"A-主页"页面中。此时，在"页面管理"面板中，依次双击普通页图标，切换到相应的页面，可以查

看到所有应用 "A-主页" 的普通页面中都显示了与 "A-主页" 中相同的元素。

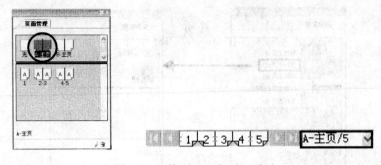

图 8-7　切换到 "A-主页" 页面

步骤 11▶ 打开 "Ph8" 文件夹中的 "02.vft" 文件，然后将其中的所有对象复制到新文件中的 "B-主页" 页面中，如图 8-8 所示。

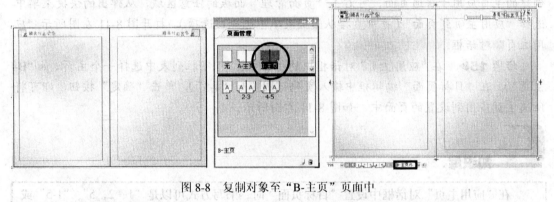

图 8-8　复制对象至 "B-主页" 页面中

步骤 12▶ 我们还可以修改已创建的主页的名称和其他属性。在 "页面管理" 面板中单击主页图标将其选中，然后右击选中的图标，从弹出的快捷菜单中选择 "主页选项"，打开图 8-9 中图所示的 "主页选项" 对话框，在其中修改相关参数（如设置 "主页名称" 为 "第 1 章"），单击 "确定" 按钮，即可修改主页名称，如图 8-9 右图所示。

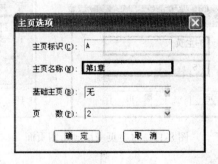
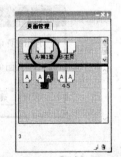

图 8-9　重新定义主页名称

步骤 13▶ 如果在右击主页图标弹出的快捷菜单中选择 "复制主页"，则可以复制出主页的副本，如图 8-10 所示；如果在弹出的快捷菜单中选择 "删除主页"，或者单击 "页面管理"面板底部的"删除选中页面"按钮 ，可以删除所选主页。

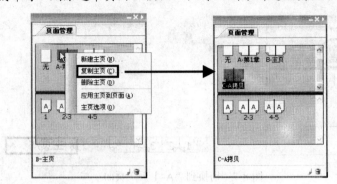

图 8-10　复制主页

步骤 14▶ 默认情况下，所有普通页面会自动应用系统默认的"A-主页"。要将自己创建的主页应用于普通页面，可右击"页面管理"面板的任意区域，从弹出的快捷菜单中选择"应用主页到页面"（也可直接从面板菜单中选择该选项），打开图 8-11 左图所示"应用主页"对话框。

步骤 15▶ 在"应用主页"对话框中的"应用主页"下拉列表中选择一个主页（如"B-主页"），在"目标页面"编辑框中输入页码范围（如"4-5"），单击"确定"按钮，即可将所选主页应用到设置的页面中，如图 8-11 右图所示。

知识库

在"应用主页"对话框中设置"目标页面"时，书写方式可以是"1，2，5"、"1-5"或"1，2，4-5"，中间的分隔符号使用英文半角符号。

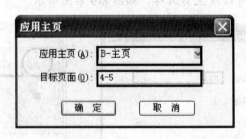

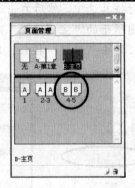

图 8-11　将主页应用到所需页面

小技巧

下面再介绍一些主页应用技巧：

单击选中主页图标后，按住鼠标左键不放并拖动鼠标，将该图标拖至相应普通页图标上方，当光标呈 ↓ 形状时释放鼠标，可将所选主页应用于普通页面，如图 8-12 所示。

如果在"版面设置"对话框中没有选中"双页排版"和"起始页为右页"单选钮，出版物的所有页面均为单页排版。在应用主页时，如果主页为双页（即有左右两个页面），拖动双主页到单页页面时，系统默认将左主页应用于页面。

如果要撤销某个普通页面中应用的主页，只需拖动"页面管理"面板主页窗格中的"无"图标至相应的普通页图标上方即可。

如果希望某个普通页面中不显示主页内容，可以在"页面管理"面板中单击选中该普通页图标，然后右击所选图标，从弹出的快捷菜单中取消选择"显示主页"项。

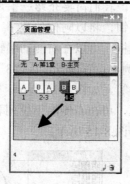

图 8-12 利用鼠标拖动的方法应用主页

实训 2 制作书籍主页（二）——创建与编辑页码

【实训目的】

● 掌握添加与编辑页码的方法。

【操作步骤】

步骤 1▶ 打开实训 1 中制作的书籍主页文件，下面学习添加与编辑页码的方法。首先在"页面管理"面板中双击"A-第 1 章"主页图标，切换到该主页页面，然后选择"版面">"页码">"添加页码"菜单，或者按【Ctrl+Alt+A】组合键，打开"页码"对话框，如图 8-13 左图所示。

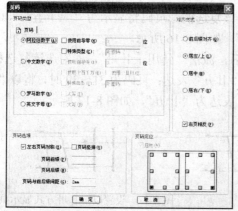
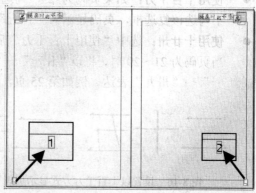

图 8-13 添加页码

步骤 2▶ 在"页码"对话框中设置页码参数，单击"确定"按钮，即可在系统默认位置添加页码，如图 8-13 右图所示。此时，在"页面管理"面板中，双击任一应用"A-主页"的普通页图标，切换到该页面，可看到与主页页码相同的位置上显示出当前页码。

步骤 3▶ 添加到主页上的页码是一个文字块，利用"选取"工具 ▶ 选中文字块，可以像编辑普通字符一样设置其字体、字号、颜色等，也可以将页码文字块拖到需要的位置。

步骤 4▶ 在"页面管理"面板中，双击"第 1 章-主页"主页图标，切换到该页面，然后选择"版面" > "页码" > "页码类型"菜单，重新打开"页码"对话框设置页码类型、对齐方式、页码定位等属性。下面，我们简要介绍一下该对话框中各选项的意义。

- **阿位伯数字：** 选中该单选钮，将以阿位伯数字 1、2、3 等表示页码。
- **使用前导零：** 勾选该复选框，可以在右侧的编辑框中指定页码位数，不足的位数在页码前以"0"补足。例如设置前导零为"3"，则表示页码总位数为 3 位，页码显示为"001"、"002"等，如图 8-14 所示。
- **特殊类型：** 勾选该复选框，可在右侧的下拉列表中选择阴圈码、阳圈码、阴框码或阳框码等页码类型，如图 8-15 所示。

图 8-14　使用前导零的页码效果 　　　图 8-15　使用特殊类型的页码效果

.提 示.

选择"多位数字码"时，将以特殊字体显示页码，而不是像阴圈码、阳圈码等利用某些特殊符号来修饰页码。

- **中文数字：** 选中该单选钮，将以中文"一、二、三～十"来表示页码。
- **使用十百千万：** 如果页码为 25，勾选该复选框，页码将显示为"二十五"；如果不勾选该复选框，页码显示为"二五"，如图 8-16 所示。
- **使用十廿卅：** 选中"使用十百千万"后，激活"使用十廿卅"，并勾选该复选框，当页码为 21～29 时，将以"廿一"～"廿九"表达；页码为 31～39 时，将以"卅一"～"卅九"表达。例如第 25 页，表达为"廿五"，如图 8-17 所示。

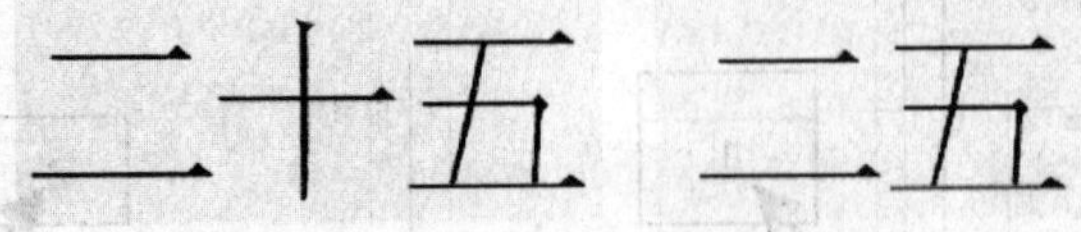

二十五　　二五　　廿五

图 8-16　设置以十百千万方式显示页码 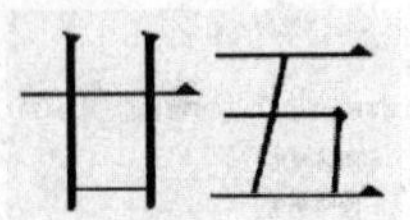　　　图 8-17　设置以十廿卅方式显示页码

- **罗马数字：** 选中该单选钮，将以罗马数字表示页码，如 i、ii、iii 等，选中"大写"

则以大写罗马数字表示页码，如 I、II、III 等。

- **英文字母**：选中该单选钮，将以英文 a、b、c 表示页码，选中"大写"则以英文大写 A、B、C 表示页码。
- **左右页对称**：勾选该复选框，左页和右页的页码位置对称排列。如果修改了左页页码位置，则右页页码位置自动重排，与之对称。
- **页码竖排**：勾选该复选框，表示将页码排版方向置为竖排。
- **页码前、后缀**：在"页码前缀"和"页码后缀"编辑框内指定页码的前后缀（最多可输入 2 个字符），如图 8-18 所示。

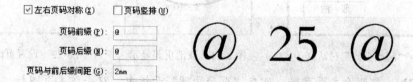

图 8-18　设置页码前、后缀效果

- **页码与前后缀间距**：在编辑框内输入数值，可以设置页码与前后缀的距离。
- **前后缀对齐**：对齐所有页码的前后缀。
- **居左/上**：页码横排时，所有页码左对齐；页码竖排时，所有页码上齐排列。
- **居中**：所有页码中心对齐。
- **居右/下**：页码横排时，所有页码右对齐；页码竖排时，所有页码下齐排列。
- **右页相反**：页码不居中排列时，勾选该复选框，当左页设置为"居左/上"时，右页为"居右/下"；当左页设置为"居右/下"，则右页为"居左/上"。
- **页码定位**：勾选"启用"复选框，在对话框中将显示页面边角的定位点，利用鼠标单击定位点即可指定页码在页面上的位置。如果选中了"左右页码对称"选项，则两个页面上的页码将自动对称放置，如图 8-19 所示。

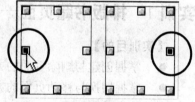

图 8-19　定位页码位置

步骤 5▶　页码属性修改好后，单击"确定"按钮，关闭"页码"对话框，即可应用所做设置。

步骤 6▶　如果当前文件的起始页码不是出版物的第 1 页，可以为其指定起始页码。选择"版面">"页码">"起始页码"菜单，打开图 8-20 所示"起始页码"对话框，在"文件起始页码"编辑框中输入所需页码，例如输入 25，单击"确定"按钮，则文件的页面 1 的页码为 25，后面的页码依次排序。

步骤 7▶　如果某个普通页不需要显示页码，可以在"页面管理"面板中双击该普通页图标，切换到该页面，然后右击该普通页图标，从弹出的快捷菜单中取消选择"显示页码"即可，如图 8-21 所示。

步骤 8▶　页码隐藏后，仍然占页号。要设置页面不占页号，可在"页面管理"面板中双击该页面图标，然后选择"版面">"页码">"不占页号"菜单，则选中的页面不参与页码排序，如图 8-22 所示。要取消不占页号，则再次选择"不占页号"命令即可。

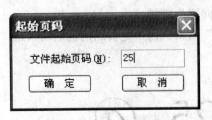

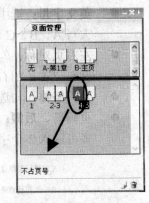

图 8-20　"起始页码"对话框　　　图 8-21　取消页码显示　　　图 8-22　设置页码不占页号

步骤 9▶　要删除主页页码，可在"页面管理"面板中，双击该主页图标，切换到该主页页面，然后利用"选取"工具 ▶ 选中页码文字块，按【Delete】键删除即可。

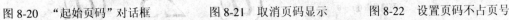

8.2　普通页操作

如果说主页是总览全局的话，那么主页之外的普通页便是我们编排出版物具体内容的地方。在排版过程中，用户可以随时对普通页进行调整，如添加与删除、切换与移动等。本节除介绍这些知识外，还将介绍提取出版物目录的方法。

实训 1　排版书籍页面——页面调整

【实训目的】
● 掌握创建与删除页面的方法。
● 掌握切换与移动页面的方法。

【操作步骤】

步骤 1▶　打开本书配套素材"素材与实例"\ "Ph8"文件夹中的"03.vft"文件，该文件共包含 5 个页面，并在每页编排了文本和图像，如图 8-23 所示。

图 8-23　素材文件

步骤 2▶　在"页面管理"面板中双击普通页窗格中的页面图标，或者在页面左下方的页码列表中选择页面，或单击页码列表左边的页码标签，即可切换到所需页面，以便查看和编辑页面内容，如图 8-24 所示。

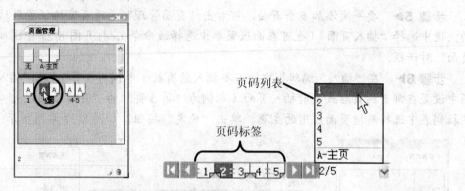

图 8-24　切换页面

　　单击页面左下角的"前页"按钮，可以向前翻一页；单击"后页"按钮，可以向后翻一页；单击"首页"按钮，可以切换到当前文件的第 1 页；单击"末页"按钮，可以切换到当前文件的最后一页。

步骤 3▶　如果当前文件包含众多页面，要从当前页直接翻到某一特定页面，用以上方法会很不方便。这时可以选择"版面">"翻页"菜单，或者按【Ctrl+E】组合键，打开图 8-25 所示"翻页"对话框，依次选中"普通页"和"页码"单选钮，然后在页码下拉列表中指定目标页面（本例中选择页码 5），单击"确定"按钮，即可翻到页码为 5 的页面。

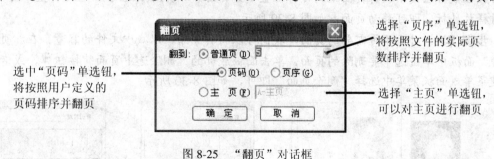

图 8-25　"翻页"对话框

　　按【Ctrl+PgUp】、【Ctrl+PgDn】组合键，可翻到当前页的上一页或下一页；按【Alt+PgUp】、【Alt+PgDn】组合键，可翻到上一个或下一个跨页（双页）；按【Ctrl+Home】、【Ctrl+End】组合键，可翻到文件的首页或末页。

步骤 4▶ 如果需要添加页面，可在"页面管理"面板中双击选中一个页面（如第 5 页），然后单击面板底部的"增加页面"按钮，在所选页面之后添加一个页面，如图 8-26 所示。

步骤 5▶ 要一次添加多个页面，可右击"页面管理"普通页窗格任意区域，从弹出的快捷中选择"插入页面"（也可在面板菜单中选择该命令），打开图 8-27 中图所示"插入页面"对话框。

步骤 6▶ 在"插入"编辑框中输入要插入的页数（本例为 5 页）；在"插入位置"选项中设置在哪页的页后或页前插入页面（本例为"第 5 页"的"页后"插入）；在"主页"下拉列表中选择新增页面应用的主页，单击"确定"按钮，如图 8-27 右图所示。

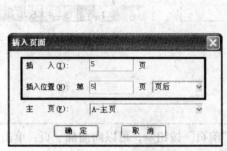
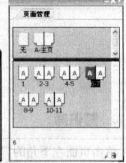

图 8-26　单击"增加页面"按钮　　　　　图 8-27　增加页面

步骤 7▶ 将页面 5 未排完的文字分别续排在页面 6、7，然后分别插入"Ph7"文件夹中的"09.jpg"、"10.jpg"和"11.jpg"图像文件，并设置图文互斥效果，效果如图 8-28 所示。

步骤 8▶ 如果要移动页面，可以在"页面管理"面板中单击选中页面（如页面 6），然后按住鼠标左键不放将页面拖到目标位置（如页面 8 和页面 9 之间），当光标呈┃➡或◀┃形状时释放鼠标，即可移动页面，如图 8-29 所示。

步骤 9▶ 对于不再需要的页面，我们可以将其删除，以减少文件的容量。在"页面管理"面板中单击选中要删除的页面，单击面板底部的"删除选中页面"按钮，或者在右键菜单或面板菜单中选择"删除页面"即可，如图 8-30 所示。

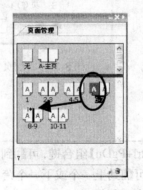
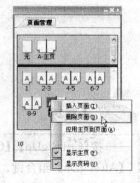

图 8-28　编排页面内容　　　　　图 8-29　移动页面　　　　　图 8-30　删除页面

提 示

改变页面顺序后，系统会自动编排页码顺序，页面顺序的改变不会影响页面内容。

实训2 制作书籍目录——提取目录

【实训目的】

● 了解提取目录的方法。

【操作步骤】

步骤1▶ 打开实训1中编排的书籍内页文件（"Ph7"\"书籍内页"），下面我们来学习为该文件提取目录的方法。

步骤2▶ 提取目录前，首先要定义作为目录的段落。飞腾创艺提供了两种方法定义需要提取的目录：定义段落样式或定义目录级别。本例主要介绍定义段落样式的方法。

步骤3▶ 选中需要提取目录的段落，参照前面所学内容定义段落样式。为方便操作，本例中已经创建好了提取目录所需的段落样式，如图8-31所示。

知识库

选中需要提取目录的段落，选择"版面">"目录"菜单，然后在显示的子菜单中选择"一级目录"、"二级目录"等，可以定义目录级别，从而方便提取目录，如图8-32所示。

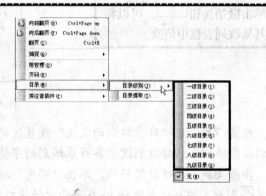

图8-31 "段落样式"面板　　　　　　　　图8-32 "目录"子菜单

步骤4▶ 选择"版面">"目录">"目录提取"菜单，打开图8-33左图所示"目录提取"对话框，在"供选择的段落样式"列表中列出了所有段落样式，如"一级标题"、"大标题"、"导言"和"小标题"。

步骤5▶ 选中"大标题"，单击加入按钮 >> ，将"大标题"段落样式添加到"所含的段落样式"列表框中，然后在"所含的段落样式"列表框下方的"目录级别"下拉列表中选择"大标题"对应的目录级别（如级别1，可保持默认设置），如图8-33右图所示。

图 8-33　"目录提取"对话框

步骤 6▶　参照与步骤 5 相同的操作方法，依次将"小标题"和"一级标题"段落样式添加到"所含的段落样式"列表中，并设置对应的目录级别，如图 8-34 所示。

在"所含的段落样式"列表框中选中某个段落样式，单击撤销按钮 << ，可以将其从该列表框中清除。

图 8-34　设置其他段落样式的目录级别

步骤 7▶　在"目录级别的定义"设置区的"目录格式"下拉列表中选择需要定义格式的目录级别，然后分别设置各目录级别的字体、字号、缩进等属性，如图 8-35 所示。

步骤 8▶　属性设置好后，单击"确定"按钮，关闭"目录提取"对话框。此时，光标呈▤形状（插入文本光标），在页面中的适当位置单击或拖动鼠标即可生成目录文字块，如图 8-36 所示。"目录提取"对话框中部分选项的作用如下。

● **显示页码：** 勾选该复选框，可以提取目录级别所在页面的页码。

● **页码右对齐：** 勾选该复选框，可以使提取的所有目录页码右对齐。

● **条目与页码间：** 在该下拉列表中可以选择一种填充点样式，指定在目录条目和页码间的字符。

● **创建目录时包括自定义目录级别：** 如果用户定义了目录级别，勾选该复选框，可以将自定义的目录级别提取出来。

图 8-35 设置目录级别属性   图 8-36 生成的目录

综合实训——编排旅游杂志

本例通过制作图 8-37 所示旅游杂志页面，来练习前面所学知识。

首先创建一个包含 5 个页面的文件，然后对该文件默认的主页页面进行编辑，最后对各普通页面进行编辑，完成实例的制作。

步骤 1▶ 按【Ctrl+N】组合键，打开"新建文件"对话框，并参照图 8-38 所示设置新文件参数，单击"确定"按钮，新建一个空白文件。

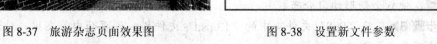

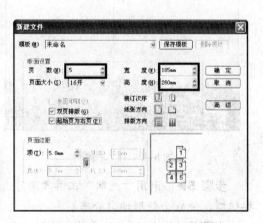

图 8-37 旅游杂志页面效果图   图 8-38 设置新文件参数

步骤 2▶ 按【F12】键，打开"页面管理"面板，双击"A-主页"图标，切换到该主页页面中，然后将水平和垂直标尺零点设在两页面之间与上边界的交叉处，如图 8-39 右图所示。

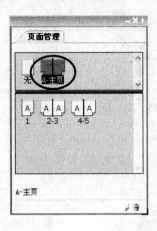

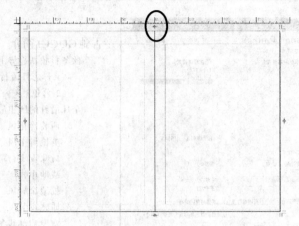

图 8-39　切换到主页页面并定义标尺零点位置

步骤 3▶　将"Ph8"文件夹下的"12.jpg"文件排入到页面中，并放置在页面的下方，如图 8-40 所示。

步骤 4▶　利用"矩形"工具 ▢ 在页面的上方绘制 6 个矩形，底纹颜色为紫色（C=M=30，Y=K=0），无边框颜色，如图 8-41 所示。矩形的规格从左至右依次为 111mm×8mm；9mm×13mm；9mm×15mm；9mm×16mm；9mm×17mm；203mm×20mm。

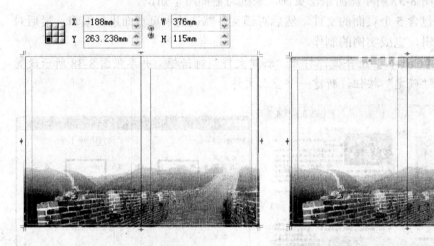

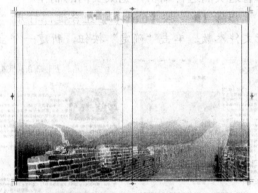

图 8-40　排入图像　　　　　　　　　　　　图 8-41　绘制矩表形

步骤 5▶　利用"选取"工具 ▲ 同时选中 6 个矩形，单击控制面板中的"横向等距"按钮 ⊟ ，使 6 个矩形均匀分布。

步骤 6▶　将"Ph8"文件夹中的"13.psd"文件排入到页面中，在排入时设置保留图像的透明度，如图 8-42 所示。

步骤 7▶　利用"选取"工具 ▲ 选中排入的图像，在控制面板中精确设置其位置和大小，参数设置及效果如图 8-43 所示。

步骤 8▶　参照与步骤 6~7 相同的操作方法，将"Ph8"文件夹中的"14.psd"排入到页面中，调整其大小，并放置于右侧页面的右上角，参数设置及效果如图 8-44 所示。

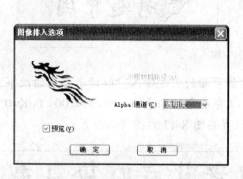

图 8-42 排入图像时设置选项

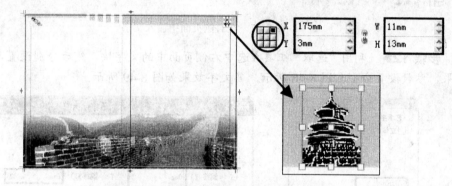

图 8-43 调整图像的大小和位置

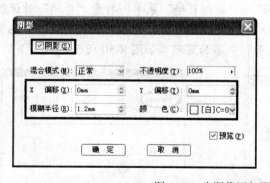

图 8-44 排入图像并设置大小和位置

步骤 9▶ 利用 "选取" 工具 ▶ 选中步骤 8 中排入的图像，然后选择 "美工" > "阴影" 菜单，打开 "阴影" 对话框，勾选 "阴影" 复选框，设置 X、Y 偏移均为 0mm，"模糊半径" 为 1.2mm，颜色为白色，其他阴影参数保持默认，单击 "确定" 按钮，得到图 8-45 右图所示效果。

图 8-45 为图像添加阴影效果

步骤 10▶ 利用 "文字" 工具 T 在左侧页面的上方输入 "游遍中国" 字样，设置字体为 "方正康体简"，字号为五号，文字颜色为红色（M=Y=100，C=K=0），然后利用 "旋转变倍" 工具 变倍缩放文字块，并放置在图 8-46 右图所示位置。

图 8-46 在左侧页面中输入文字

步骤 11▶ 继续利用"文字"工具 **T** 在右侧页面的上方输入"解读老北京的故事"字样，设置字体为"方正美黑简体"，字号为五号；文字颜色为紫色（C=50，M=100，Y=K=0），然后利用"旋转变倍"工具 缩放文字块，并放置在图 8-47 右图所示位置。

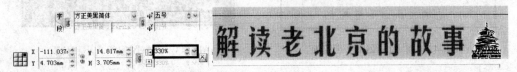

图 8-47 在右侧页面中输入文字

步骤 12▶ 利用"选取"工具 选中右侧页面中的文字块，然后分别设置勾边和阴影效果，参数设置分别如图 8-48 所示，其文字效果如图 8-49 所示。

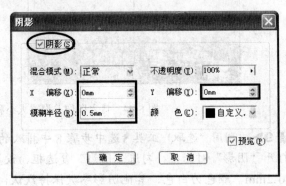

图 8-48 设置文字块的勾边和阴影参数

步骤 13▶ 选择"版面"＞"页码"＞"添加页码"菜单，打开"页码"对话框，选中"阿拉伯数字"单选钮，然后在"页码定位"区域中单击侧面中间定位点，其他参数保持默认，单击"确定"按钮，在"A-主页"中添加页码，如图 8-50 所示。

图 8-49 添加勾边和阴影效果的文字   图 8-50 "页码"对话框

步骤 14▶　利用"选取"工具 ↖ 同时选中两个页码文字块，在控制面板中设置合适的字体和字号，然后选中一个页码文字块并适调整位置，如图 8-51 所示。

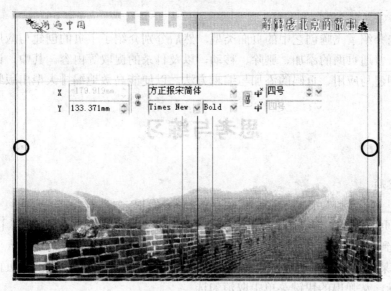

图 8-51　设置页码文字属性

步骤 15▶　切到文件的第 1 页，将"Ph8"文件夹中的"15.txt"纯文本文件排入到页面中，首先为整篇文章设置合适的字体和字号，然后为文章中的部分景点名称单独设置文字和段落格式。

步骤 16▶　依次排入"Ph8"文件夹中的"17.jpg"～"25.jpg"图像，并分别设置图文互斥效果。图 8-52 所示为文件的第 4 页、第 5 页效果。至此，本例就制作好了。

图 8-52　在页面中排入文字和图像

本章小结

　　本章首先介绍了飞腾创艺中的页面类型，然后分别介绍了主页的创建与应用，页码的添加与编辑，普通页面的添加、删除、移动，以及目录的提取等内容。其中，读者应重点掌握主页的创建与应用、页码的添加与编辑方法，以便能高效地编排大型出版物。

思考与练习

一、填空题

1. 按_____键，可以快速打开"页面管理"面板。
2. 在"页面管理"面板中，_____，可以切换到该主页页面。
3. 切换到主页页面后，选择_____>_____>_____菜单可以添加页码。
4. 如果某个页面不需要显示页码，可以在"页面管理"面板中双击该页面图标，然后右击该图标，从弹出的快键菜单中取消勾选_____。
5. 要设置某个页面不占页号，可在"页面管理"面板中双击该页面图标，然后选择_____>_____>_____菜单。

二、问答题

1. 如果要将某个普通页面定义为主页，该如何操作？
2. 要将主页应用于普通页面，该如何操作？
3. 在排版过程中，如果要在某个普通页面的后面一次性添加多个页面，该如何操作？
4. 切换页面的方法有几种？如何操作？
5. 如何将段落定义为要提取的目录？如何提取目录？

三、操作题

1. 新建一个文件，自定义几个主页，并编辑主页内容，然后分别应用于不同的页面。
2. 新建一个15页、A4大小的文件，并为文档各页面添加页码。

第 9 章　应用表格

【本章导读】

飞腾创艺具有强大的表格功能，用户不仅可以快速创建出表格，还能对表格进行各种编辑以满足排版要求。在本章中，我们将介绍创建、编辑与修饰表格的各种方法。

【本章内容提要】

- ✎ 创建与编辑表格
- ✎ 操作单元格、表格文字与修饰表格
- ✎ 创建分页表和跨页表

9.1　创建与编辑表格

在本节中，我们将介绍利用菜单命令和表格工具创建、编辑表格的方法，如表格的缩放与变形、行列操作等。

实训 1　创建外汇牌价表——表格创建方法

【实训目的】

- ● 掌握使用菜单命令创建表格的方法。
- ● 掌握"表格画笔"工具  的用法。

【操作步骤】

步骤 1▶ 打开本书配套素材"素材与实例"\"Ph9"文件夹中的"01.vft"文件，选择"表格"＞"新建表格"菜单，或者按【Ctrl+Shift+N】组合键，打开图 9-1 左图所示"新

"建表格"对话框，设置"行数"为 4，"列数"为 3。

　　步骤 2▶ 单击"高级"按钮展开对话框，可设置新建表格的整体属性和单元格属性，如图 9-1 右图所示。本例保持默认设置，单击"确定"按钮，关闭对话框。

用于设置表、高度、宽度、行数和列数

用于设置表格内文字的字体和字号

图 9-1　"新建表格"对话框

● **表格的序**：当为表格设置多个分页时，用于设置各表格块之间的连接方向，可选择正向横排序、正向竖排序、反向横排序或反向竖排序，默认为正向横排序。

● **分页数**：用于设置生成的具有连接关系的表格块数目（即创建分页表）。各表格块将位于同一页面内，并使用三角标记表示连接关系，如图 9-2 所示。

● **底纹和颜色**：用于设置表格的底纹类型和颜色。

● **表格框架**：勾选该复选框，将激活"表格框架"按钮，单击该按钮，将打开"表格框架"对话框，从中可以选择系统提供的表格框架模板（参见实训 2）。

● **表格线型**：单击该按钮，可以打开"表格线型"对话框，从中可以设置表格的边框线属性。

● **文字内空**：用于设置单元格内文字区域与单元格边框之间的距离。

● **文字排版方向**：用于设置单元格内文字的排版方向，可以选择正向横排、正向竖排、反向横排或反向竖排。

图 9-2　创建的分页表格

● **横向对齐**：用于设置单元格内文字横向对齐方式，包括居左、居中、居右、撑满等。

● **纵向对齐**：用于设置单元格内文字纵向对齐方式，包括居上/右、居中、居下/左等。

● **单元格自涨**：选中该单选钮后，当单元格无法容纳输入的文字时，将自动调整单元格大小，以容纳所有文字。

● **文字自缩**：选中该单选钮后，当单元格无法容纳输入的文字时，将自动缩小文字字号，以适应单元格大小。

- **不自涨不自缩**：选中该单选钮后，当单元格内文字无法全部显示时，将保持单元格和文字大小，但单元格左下角将出现续排标记⊞。

步骤 3▶　将光标移至页面中，此时光标呈⊞形状时单击鼠标，即可生成表格，如图 9-3 所示。

图 9-3　新建表格

步骤 4▶　在飞腾创艺中，我们还可用"表格画笔"工具⊞，来绘制表格。选择"表格画笔"工具⊞，将光标移至页面中，按住鼠标左键并拖动，至合适大小时释放鼠标，可以得到一个表格外框，如图 9-4 所示。

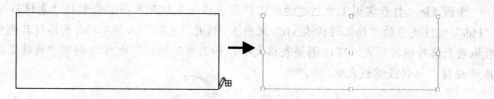

图 9-4　绘制表格外框

步骤 5▶　将光标移至表格外边框上，按住鼠标左键并拖动，释放鼠标后，可以在表格内生成表线，从而绘制出行或列，如图 9-5 所示。

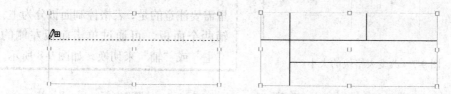

图 9-5　绘制行或列

步骤 6▶　在绘制过程中，如果对表格不满意，可以选择"表格橡皮擦"工具⊞，然后将光标移至表线上（表格内部线条），按住鼠标左键并沿表线方向拖动，擦除不需要的表线，如图 9-6 所示。

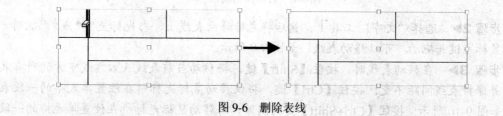

图 9-6　删除表线

💡 提　示

利用"表格橡皮擦"工具 ⬛ 擦除表线时，不能擦除表格外边框和影响到其他单元格完整性的表线，当遇到不可擦除的表线时光标将呈 ⬛ 形状。

实训 2　编辑外汇牌价表──表格基本操作

【实训目的】

- 掌握缩放与变换表格块的方法。
- 掌握移动表线的方法。
- 掌握选择单元格的方法。
- 了解表格框架的用法。

【操作步骤】

步骤 1▶　打开实训 1 中创建的外汇牌价表格（或打开本书配套素材"素材与实例"\ "Ph9"文件夹中的"外汇牌价表.vft"文件）。利用"选取"工具 ↖ 单击表格将其选中，然后拖动表格外框控制点，可以调整表格大小，如图 9-7 所示；也可以利用"旋转变倍"工具 ⬛ 旋转、倾斜或缩放表格。

图 9-7　改变表格块的大小

💡 知识库

选中表格，在控制面板中可以精确设置表格的缩放、倾斜和旋转数值。这里需要注意的是，表格控制面板分为主、辅两个面板，可通过单击面板左侧的"主"或"辅"来切换，如图 9-8 所示。

图 9-8　表格控制面板

步骤 2▶　选择"文字"工具 T，然后将光标移至表线上，当光标呈 ↔ 或 ⬍ 形状时，按住鼠标左键并拖动，可以移动表线，如图 9-9 所示。

步骤 3▶　在移动表线时，按住【Shift】键，将移动当前表线及右方或下方的所有表线，并保持表线间距不变；按住【Ctrl】键，将仅移动鼠标光标所在位置单元格的一段表线，如图 9-10 所示；按住【Ctrl+Shift】键的同时，将移动鼠标光标所在位置单元格的一段表线及该表线以后的所有表线。

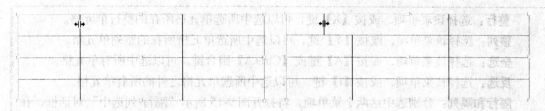

图 9-9　移动表线　　　　　　　　　　　　图 9-10　移动一段表线

步骤 4▶ 在飞腾创艺中，利用"文字"工具 **T** 还可以选中单元格，以便对其进行操作。选择"文字"工具 **T**，然后将光标移至单元格边框附近，当光标呈 ↗或↓形状时，单击鼠标左键，可以选中一个单元格，如图 9-11 左图所示。如果按下鼠标左键并拖动，可以选中多个连续单元格，如图 9-11 右图所示。

步骤 5▶ 选中单元格后，按【N】或【Esc】键，可以取消单元格的选择。

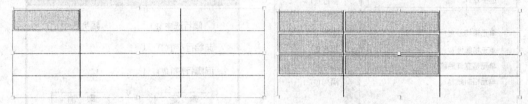

图 9-11　选中一个或多个连续单元格

步骤 6▶ 选中一个单元格后，按住【Ctrl】键依次单击其他单元格，可以选中多个不连续单元格，如图 9-12 所示；按住【Shift】键单击某个单元格，可以选中多个两个单元格之间的所有连续单元格。

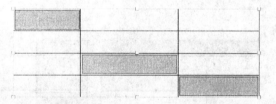

图 9-12　选中多个不连续的单元格

步骤 7▶ 如果要选中整行或整列，可在选择"文字"工具 **T** 后，将光标放置在单元格左或上边框，当光标呈 ↗或↓形状时，双击鼠标可以选中整行或整列单元格，如图 9-13 所示。

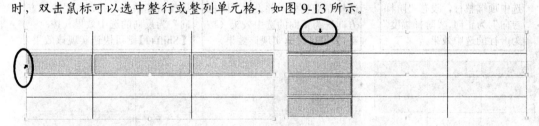

图 9-13　选中整行或整列单元格

·知识库·

选中一个或多个单元格，然后选择"表格">"选中"菜单，在显示的子菜单中选择相应菜单项，可以选中所需的单元格，如图 9-14 所示。

整行：选择该菜单项，或按【X】键，可以选中所选单元格所在的整行单元格。

整列：选择该菜单项，或按【Y】键，可以选中所选单元格所在的整列单元格。

全选：选择该菜单项，或按【A】键或【Ctrl+A】组合键，可以选中所有单元格。

反选：选择该菜单项，或按【I】键，可以选中所选单元格之外的所有单元格。

隔行和隔列：分别选中这两个菜单项，将打开图 9-15 所示"隔行/列选中"对话框，在其中可以设置隔行或隔列选中单元格，效果如图 9-16 所示。

阶梯：选中表格最左边整列，或最右边整列，或顶端整行单元格后，该菜单项被激活，选择它可打开图 9-17 所示"阶梯选中"对话框，在其中设置阶梯方向和阶梯幅度，单击"确定"按钮，可阶梯选中相应的单元格，如图 9-18 所示。

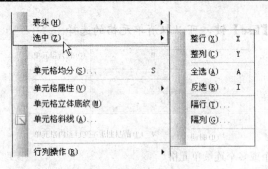

图 9-14　"选中"子菜单

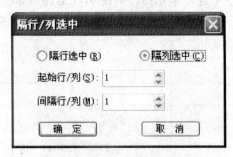

图 9-15　"隔行/列选中"对话框

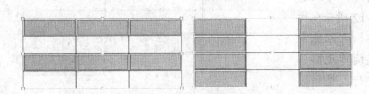

图 9-16　隔行或隔列选中单元格

图 9-17　"阶梯选中"对话框

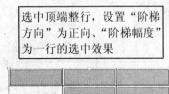

选中顶端整行，设置"阶梯方向"为正向、"阶梯幅度"为一行的选中效果

选择左端整列，并设置"阶梯方向"为正向的选中效果（按【J】键可快速实现该效果）

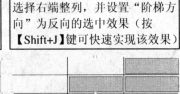

选择右端整列，并设置"阶梯方向"为反向的选中效果（按【Shift+J】键可快速实现该效果）

图 9-18　阶梯选中单元格效果

步骤 8▶　在飞腾创艺中，我们可以使用系统提供的表格框架模板，一次性完成对表格样式、表格线框和表格文字属性等的设置。利用"挑选"工具 选中表格，选择"表格" > "应用表格框架"菜单，打开"表格框架"对话框，如图 9-19 左图所示。

步骤 9▶　在"框架选择"列表中选择一个表格框架，本例中选择"列表 4"，在"预览"区域中预览所选框架样式,确认后单击"确定"按钮,即可将该表格框架应用于所选表格,如图 9-19 右图所示。

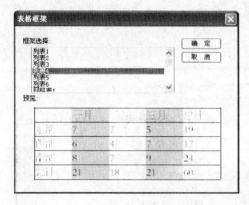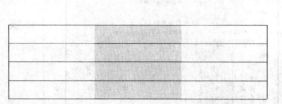

图 9-19　应用表格框架模板

步骤 10▶　如果系统预设的模板不能满足需要,用户还可以自定义模板。选择"表格">"新建表格框架"菜单,打开"表格框架"对话框,在"框架选择"列表中选择一款基础表格,单击"新建"按钮,打开"表格框架定义"对话框,如图 9-20 所示。

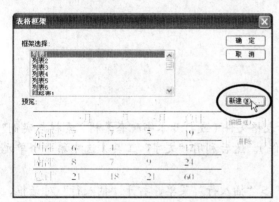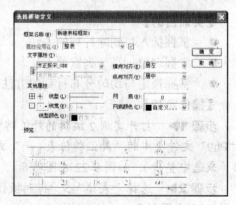

图 9-20　"表格框架"和"表格框架定义"对话框

步骤 11▶　在"框架名称"编辑框内为新表格框架命名,在"属性应用在"下拉列表中指定表格框架应用范围,本例为"整表",然后分别设置文字和其他属性,如图 9-21 左图所示。

步骤 12▶　单击"确定"按钮,返回"表格框架"对话框,此时自定义的表格框架将显示在"框架选择"列表中,单击"确定"按钮,即可完成自定义表格框架操作。

·知识库·

　　如果需要修改自定义的表格框架,可在图 9-20 左图所示的"表格框架"对话框的"框架选择"列表中选中要修改的表格框架,单击"编辑"按钮即可;如果单击"删除"按钮,则可删除所选框架。

步骤 13▶　"挑选"工具 ↖ 选中表格，选择"表格">"应用表格框架"菜单，打开"表格框架"对话框，在"框架选择"列表中选择前面自定义的框架，单击"确定"按钮，将该框架应用于表格，效果如图 9-21 右图所示。

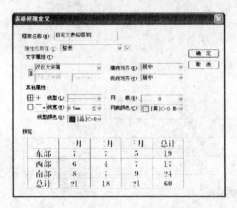

图 9-21　自定义表格框架并应用

实训 3　修饰外汇牌价表——表格行列操作

【实训目的】

- 掌握插入与删除行列的方法。
- 掌握调整行高与列宽的方法。
- 掌握锁定与均匀分布行列的方法。

【操作步骤】

步骤 1▶　打开实训 2 编辑的外汇牌价表格文件（或打开本书配套素材"素材与实例" \ "Ph9"文件夹中的"外汇牌价表-.vft"文件），然后利用"文字"工具 T 选中第一个单元格（或选中整行），如图 9-22 左图所示。

步骤 2▶　选择"表格">"行列操作">"插入行"菜单，打开"插入行"对话框，如图 9-22 右图所示。

图 9-22　选中单元格并打开"插入行"对话框

步骤 3▶　在"插入次数"编辑框中输入要插入的行数，本例为 10 行，并设置"插入位置"为"下方"，单击"确定"按钮，即可在选中单元格所在行的下方添加 10 行，如图 9-23 所示。

步骤 4▶　选择"表格">"行列操作">"插入列"菜单，打开图 9-24 左图所示"插入列"对话框，在"插入次数"编辑框中输入 2，设置"插入位置"为右侧，单击"确定"
按钮，即可在选中单元格所在列的右侧添加两列，如图 9-24 右图所示。

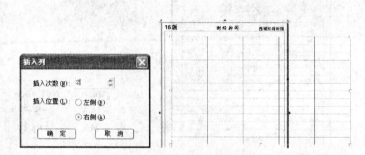

图 9-23　插入行　　　　　　　　　　　　　　　图 9-24　插入列

·小技巧·

　　选中单元格后，在表格主控制面板中单击"插入行"按钮■▸或"插入列"按钮 ，或
者按【H】键或【C】键，可在当前行下方或当前列右方插入一行或一列。

　　如果表格的最后一行为规则行，则选中该行的最后一个单元格或将文字光标插入最后一
个单元格中，按【Tab】键，可在该行下方插入一行，行的结构与最后一行一致；连续按【Tab】
键，可以继续插入行。

·知识库·

　　将光标置于某个单元格中，选择"表格">"行列操作">"删除行"或"删除列"菜
单，可以删除该单元格所在的一行或一列。如果选中整行或整列，则按【E】键，或在表格
控制面板中单击"删除行"按钮■˟或"删除列"按钮 ，可以删除行或列。

　　步骤 5▸　利用"选取"工具▸选中表格块，并在表格主控制面板中设置表格块的宽
度为 330mm。

　　步骤 6▸　利用"文字"工具 T 选中一个单元格，然后按【Ctrl+A】组合键全选表格
中的所有单元格，接着在控制面板中设置单元格内字体为"汉仪大宋简"，字号为一号，如
图 9-25 上图所示。

　　步骤 7▸　选择"文字"工具 T，分别单击每个单元格并输入文字，如图 9-25 下图所
示。在输入文字时，通过按【Tab】键，可以将文字光标跳至下一个单元格，继续输入文字；
按【Shift+Tab】组合键，可以返回上一单元格。

　　步骤 8▸　选中第一行单元格，选择"表格">"行列操作">"调整行高"菜单，或
者按【Ctrl+F7】组合键，或者单击表格主控制面板中的"调整行高"按钮 ，可以自动调

整所选行的高度，以适应单元格内的文字，如图 9-26 所示。

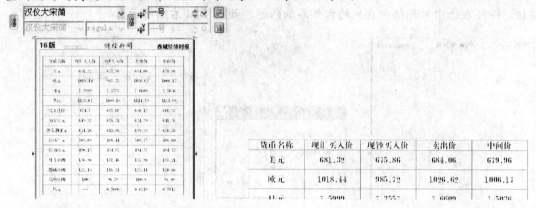

图 9-25　在单元格内输入文字　　　　　　图 9-26　调整行高

步骤 9▶　利用"文字"工具 **T** 选中最后两列单元格，选择"表格" > "行列操作" > "调整列宽"菜单，或者按【Shift+F7】组合键，或者单击表格主控制面板中的"调整列宽"按钮，可自动调整所选列的宽度，以适应单元格内的文字，如图 9-27 右图所示。

图 9-27　调整列宽

提 示

在新建表格时，如果设置了"文字自缩"效果，在调整行/列后，文字将恢复为不自缩状态，而单元格的自缩属性不会被改变。

步骤 10▶　如果希望使某行或某几行的高度固定不变，可在选中一行或多行后，选择"表格" > "行列操作" > "锁定行高"菜单，或者按【L】键，或在表格主控制面板中单击"锁定行高"按钮。要取消锁定行高，只需再次执行该操作即可。

步骤 11▶　利用"文字"工具 **T** 选中所有单元格，选择"表格" > "行列操作" > "平均分布行"菜单，可以平均分配行高度，使各行等高；选择"平均分布列"菜单，可以平均分配每列宽度，使各列等宽，如图 9-28 所示。至此，本例就制作完成了。

图 9-28　平均分布行/列

> **提 示**
>
> 对于锁定了行高的行，执行平均分布行操作对其某有影响。

9.2　操作单元格与修饰表格

本节主要介绍操作单元格与表格文字，以及设置表格边框和立体底纹的方法等内容。

实训1　制作个人简历——操作单元格与输入文字

【实训目的】

● 掌握合并、均分单元格与设置单元格属性的方法。

● 掌握"表格吸管"工具的用法。

● 掌握在表格内输入文字或灌文的方法。

● 了解"横向对齐"与"纵向对齐"命令的用法。

【操作步骤】

步骤1▶ 打开本书配套素材"素材与实例" \ "Ph9"文件夹中的"02.vft"文件，如图 9-29 所示。

步骤2▶ 利用"文字"工具 **T** 选中图 9-30 左图所示单元格，选择"表格" > "单元格合并"菜单，或按【M】键，或者单击表格主控制面板中的"合并单元格"按钮 田，将选中的多个单元格合并为一个，效果如图 9-30 右图所示。

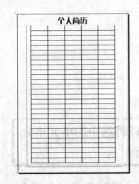

图 9-29　打开素材文件

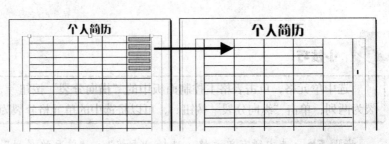

图 9-30　合并单元格

步骤3▶ 利用 "文字" 工具 **T** 选中多个区域的连续单元格，按【M】键将它们合并，如图 9-31 左图和中图所示。继续合并其他单元格，得到图 9-31 右图所示效果。

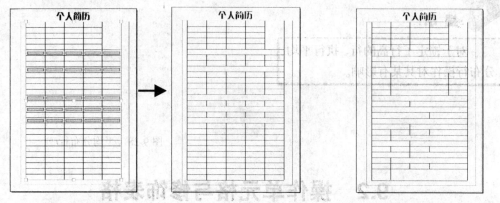

图 9-31 继续合并单元格

> **提示**
>
> 在合并单元格时，只有选中规则单元格区域才能执行合并操作。另外，如果合并的多个单元格属性不同，默认情况下，合并后将取左上角单元格的属性；但如果在创建表格时设置 "表格的序" 为 "正向竖排"，则合并后将取右上角单元格属性。

步骤4▶ 如果希望将单元格均分成多个单元格，可以利用 "文字" 工具 **T** 选中一个或多个单元格，选择 "表格" > "单元格均分" 菜单，或按【S】键，打开图 9-32 中图所示 "单元格均分" 对话框，在其中设置分裂的行数和列数，单击 "确定" 按钮，效果如图 9-32 右图所示。

图 9-32 均分单元格

> **小技巧**
>
> 选中单元格，单击表格主控制面板中的 "横向分裂" 按钮，可以将选中的单元格分裂为两列；单击 "纵向分裂" 按钮，可以将选中的单元格分裂为两行。

步骤5▶ 选中所有单元格，选择 "表格" > "单元格属性" > "常规" 菜单，打开图 9-33 所示 "单元格属性" 对话框，其中部分选项的意义如下。

如果单元格设置了底纹，可以在"底纹边空"选项区设置底纹与单元格外边框之间的距离

部分选项的意义与"新建表格"对话框中的相同，这里不再赘述

图 9-33　"单元格属性"对话框

● **不参加符号对齐**：勾选该复选框后，设置"符号对齐"对该单元格不起作用（有关"符号对齐"的设定，详见本节实训 2）。

● **灌文跳过**：勾选该复选框后，当进行表格灌文时，将跳过该单元格，不进行灌文。

步骤 6▶　单击"单元格属性"对话框左侧列表中的"尺寸"，切换到该设置区，在"高度"和"宽度"编辑框输入数值，可设置单元格高度和宽度，如图 9-34 所示。

选中"指定"单选钮，则在"高度"和"宽度"编辑框中输入的数值为调整后的单元格绝对高度和宽度

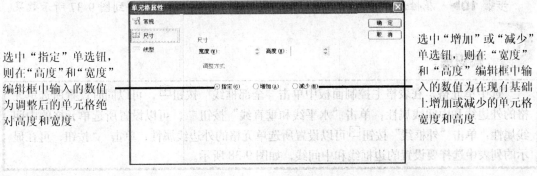

选中"增加"或"减少"单选钮，则在"宽度"和"高度"编辑框中输入的数值为在现有基础上增加或减少的单元格宽度和高度

图 9-34　设置单元格尺寸属性

步骤 7▶　单击"单元格属性"对话框左侧列表中的"线型"，切换到该设置区，可以设置单元格边框属性，如图 9-35 所示。

边框线：单击该按钮，可以设置所选单元格或整个表格的外边框线属性

无边线：单击该按钮可以取消单元格边框线设置状态

其他按钮分别用来单独设置所选单元格或整个表格的上、下、左、右边线，以及水平和垂直中线的属性

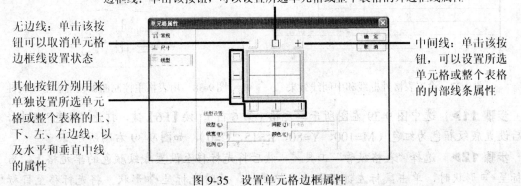

中间线：单击该按钮，可以设置所选单元格或整个表格的内部线条属性

图 9-35　设置单元格边框属性

步骤 8▶　单击"边框线"按钮□，系统自动选中上、下、左和右边线按钮，并激活

"线型设置"选项组，此时便可在该选项组中设置表格外边框上、下、左、右边线的线型、颜色、宽度等属性，如图9-36左图所示。

步骤9▶ 单击"中间线"按钮＋，系统自动选中水平中线和垂直中线按钮，本例中我们需要依次单击上、下、左、右边线按钮取消其设置状态，然后在"线型设置"选项组中设置表格中间线的属性，如图9-36右图所示。

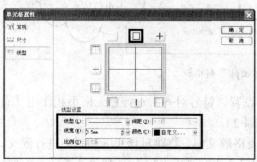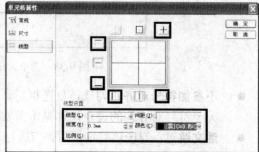

图9-36　设置表格外边框线和中间线属性

步骤10▶ 属性设置好后，单击"确定"按钮，关闭对话框，得到图9-37所示效果。

知识库

选中单元格，在表格主控制面板中单击"全部框线"按钮⊞，可以同时设置所选单元格的外边线和中间线属性；单击"水平线和垂直线"按钮＋，可以设置所选单元格的中间线属性；单击"外框线"按钮▢可以设置所选单元格的外边线属性；单击▪按钮，可在显示的列表中选择要设置的边框线和中间线，如图9-38所示。

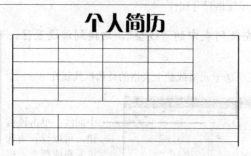
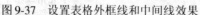
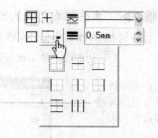

图9-37　设置表格外框线和中间线效果　　　图9-38　用表格主控制面板设置表格线属性

步骤11▶ 选中图9-39左图所示单元格（第6行），按【F6】键，打开"颜色"面板，然后设置底纹颜色为红色（M=100，Y=80，K=15，C=0），如图9-39右图所示。

步骤12▶ 选择"表格吸管"工具🖉，然后将光标移至设置底纹颜色的单元格上，当光标呈🖉⊞形状时，单击鼠标左键吸取单元格属性，此时光标呈🖉⊞形状。将光标移至目标单元格，单击鼠标左键将吸取的单元格属性应用到目标单元格，如图9-40所示。

图 9-39　为单元格设置底纹颜色

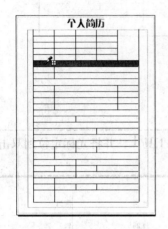
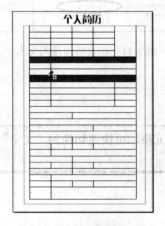
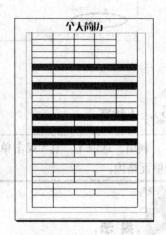

图 9-40　复制单元格属性

知识库

　　"表格吸管"工具 ✎ 可以复制的表格属性包括：边空属性、自涨自缩、单元格的底纹、单元格的纵向/横向对齐属性，以及单元格文字属性。

　　利用"表格吸管"工具 ✎ 吸取表格属性后，在版面空白位置单或按【Esc】键，可以清空吸管。

步骤 13▶　利用"文字"工具 **T** 在单元格中单击，插入文字光标，即可输入文字。在输入时，按【Tab】键或【Shift+Tab】组合键，可以将插入点后移或前移一个单元格。

步骤 14▶　除了在表格中输入文字外，还可以将外部小样排入表格。选中表格或几个单元格，按【Ctrl+D】组合键，打开图 9-41 左图所示"排入小样"对话框，然后选择本书配套素材"素材与实例"\ "Ph9"文件夹中的"03.txt"文件，选中"单元格分隔符"单选钮，并在"单元格分隔符"下拉列表中选择"TAB 键"，其他选项保持默认，单击"确定"按钮，关闭对话框。

步骤 15▶　将光标移至第一个单元格中，此时光标呈载入文本光标 ▤，单击鼠标左键，即可将小样按顺序灌入每个单元格中，如图 9-41 右图所示。

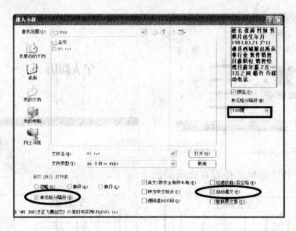

图 9-41　在表格内排入文本

小技巧

利用"选取工"具双击单元格，可快速切换到"文字"工具 T，并将光标定位到双击的单元格内。

提示

如果表格中单元格过少而无法容纳全部小样时，表格将出现续排标记⊞，如图 9-42 所示。单击表格的续排标志⊞，光标将变为载入文本光标，然后在版面中单击鼠标左键，即可生成续排表。此外，在排入*.TXT 文件前，用户需要在原文本间插入单元格分隔符（如"\&"）或者插入 Tab 键。

图 9-42　表格续排标记

步骤 16▶ 在表格中排入文本小样后，如果单元格中显示红色加号＋，这表明有未排完的文字，需要进行处理。选中单元格，选择"表格" > "查找未排完单元格"菜单，或按【G】键，可以选中未排完的单元格，如图 9-43 左图所示。

步骤 17▶ 找到未排完的单元格后，按住【Ctrl】键的同时，利用"文字"工具 T 移动边框线，以完全显示单元格内文字，如图 9-43 右图所示。

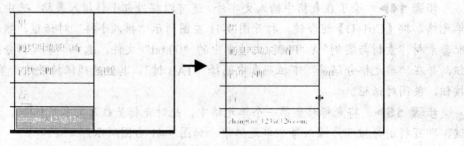

图 9-43　查找未排完的单元格并移动边框线

步骤 18▶ 选中一个单元格，继续按【G】键查找其他未排完的单元格，并通过移动边框线来完全显示单元格文本，如图 9-44 所示。

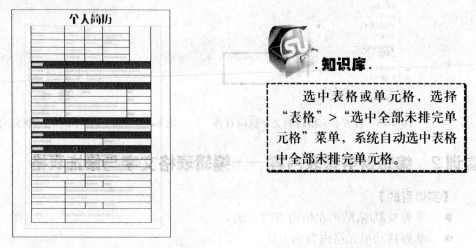

知识库

选中表格或单元格，选择"表格">"选中全部未排完单元格"菜单，系统自动选中表格中全部未排完单元格。

图 9-44 查找未排完单元格并移动边框线

步骤 19▶ 选中图 9-45 左图所示单元格，右击所选单元格，从弹出的快捷菜单中选择"横向对齐">"居中"菜单项，设置所选单元格中的文字为居中对齐，效果如图 9-45 右图所示。

图 9-45 设置文字在单元格内居中对齐

知识库

选中一个或多个单元格，选择"表格">"纵向对齐"菜单，或在右键菜单里选择"纵向对齐"，从显示的子菜单中选择相应命令，可以设置文字在垂直方向上的对齐方式，如图 9-46 所示。此外，用户可以在控制面板中单击居左、居右、居中、均匀撑满、居上、居中和居下按钮，来设置单元格文字的横向对齐和纵向对齐效果，如图 9-47 所示。

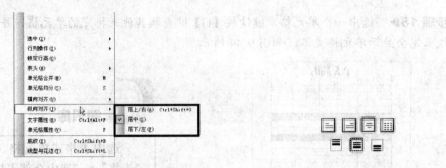

图 9-46　设置单元格内的文字纵向对齐　　　　图 9-47　控制面板中的横向/纵向对齐按钮

实训 2　编辑财务报表内容——编辑表格文字与修饰表格

【实训目的】

- 掌握复制/粘贴单元格内容的方法。
- 掌握移动单元格内容的方法。
- 了解利用"符号对齐"命令对齐表格文本的方法。
- 了解设置表格外边框和立体底纹的方法。

【操作步骤】

步骤 1▶　打开本书配套素材"素材与实例"\ "Ph9"文件夹中的"09.vft"文件，如图 9-48 所示。

步骤 2▶　选中单元格后，用户可以像编辑普通文字块一样，利用控制面板、"文字属性"面板或"段落属性"面板设置单元格内文字的字体、字号、段落等属性。

步骤 3▶　利用"文字"工具 **T** 选中第一列单元格（如图 9-49 所示），然后利用"颜色"面板为整列单元格设置底纹颜色为淡蓝色（C=30，M=Y=K=0），其效果如图 9-50 右图所示。

图 9-48　打开素材文件　　　　　　　　　　　图 9-49　选中第一列单元格

步骤 4▶　利用"文字"工具 **T** 选中第一行中的第 2 个单元格，然后在"颜色"面板中设置底纹颜色为淡粉色（M=30，C=Y=K=0），如图 9-51 左图所示。

步骤 5▶　选择"表格" > "单元格立体底纹"菜单，打开图 9-51 中图所示"单元格立体底纹"对话框，勾选"立体底纹"复选框，设置"底纹颜色"为品红色（M=100，C=Y=K=0），其他选项保持默认，单击"确定"按钮，得到图 9-51 右图所示效果。

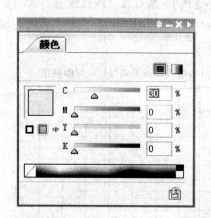

图 9-50　设置单元格底纹颜色

"X 向偏移"和"Y 向偏移"用于调整底纹在 X 或 Y 方向的偏移量

在"边空"编辑框中输入数值，可以设置底纹与单元格边框之间的距离

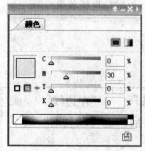

图 9-51　为单元格设置立体底纹效果

步骤 6 ▶　利用"文字"工具 **T** 选中第一行中的第 3 个单元格，在"颜色"面板中设置底纹颜色为淡黄色（M=30，Y=60，C=K=0），然后选择"表格" > "单元格立体底纹"菜单，打开"单元格立体底纹"对话框，勾选"立体底纹"复选框，设置"底纹颜色"为橙色（M=90，Y=100；C= K=0），其他选项保持默认，单击"确定"按钮，如图 9-52 所示。

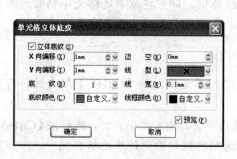

图 9-52　设置第一行中的第 3 个单元格属性

步骤 7 ▶　利用"选取"工具 ▶ 选中表格，选择"表格" > "表格外边框"菜单，或者按【Ctrl+Shift+Y】组合键，打开图 9-53 所示"表格外边框"对话框，利用该对话框可以

设置表格外边框线的属性。

步骤 8▶ 单击"边框线"按钮□（表示设置所有边线），然后在"线性设置"选项区设置边线的"线宽"为 0.5mm，"颜色"为品红色（M=100，C=Y=K=0），单击"确定"按钮，效果如图 9-54 所示。至此，财务报表就编辑好了。

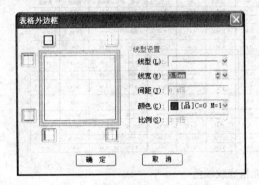

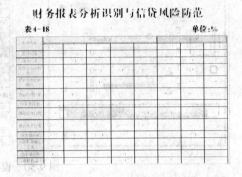

图 9-53　"表格外边框"对话框　　　　　　图 9-54　设置好的边框线效果

知识库

　　在"表格外边框"对话框中，也可利用"上边线"□、"下边线"□、"左边线"□ 或"右边线"□ 按钮，来单独选择要设置的边线。此外，在选中表格后，也可以利用"线型与花边"面板设置表格所有边框线属性。

下面我们简单介绍一下复制单元格内容、复制单元格内容和结构、复制单元格内的文字属性，以及移动单元格内容和符号对齐的方法。

1．复制单元格内容

步骤 1▶ 利用"文字"工具 T 选中一个或多个单元格，按【Ctrl+C】组合键将其复制到剪贴板。

步骤 2▶ 选中目标单元格，按【Ctrl+V】组合键，即可将原单元格文字粘贴到新单元格内。粘贴时如果新单元格数目少于原单元格，那么部分原单元格内容会丢失。

2．复制整行或整列单元格

步骤 1▶ 利用"文字"工具 T 选中整行或整列单元格，按【Ctrl+C】组合键将其复制到剪贴板。

步骤 2▶ 利用"文字"工具 T 在其他单元格内单击，插入文字光标，然后按【Ctrl+V】组合键，则所选行将被粘贴到该单元格下侧，所选列将被粘贴到该单元格右侧。

3．复制单元格内的文字属性

步骤 1▶ 利用"文字"工具 T 选中一个单元格，按【Ctrl+C】组合键将其复制到剪贴板。

步骤 2▶ 利用"文字"工具T选中其他单元格,选择"表格">"单元格内逐行文字属性粘贴"菜单,可以将原单元格内文字属性复制给目标单元格文字,如图 9-55 所示。

4.移动单元格内容

步骤 1▶ 利用"文字"工具T选中一个单元格,将光标放置在选中的单元格上,按住鼠标左键,当光标呈 形状时,拖动鼠标至目标单元格,释放鼠标后,即可将原单元格内容移至目标单元格中。此时,原单元格中不再保留内容,如图 9-56 所示。

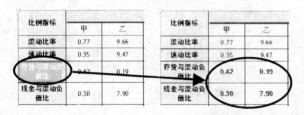

图 9-55 复制单元格文字属性

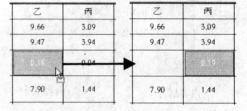

图 9-56 移动单元格内容

步骤 2▶ 如果在拖动鼠标的同时按住【Ctrl】键,则可以将原单元格内容复制到目标单元格。

.小技巧.

> 按住【Ctrl】键,按键盘中的方向键↓、↑、←、→,也可以将所选单元格的内容复制到目标单元格中。另外,只有在选中一个单元格时,才可移动单元格内容。

5.符号对齐

利用"符号对齐"命令可以将表格内容以某个符号为参照,设置为居左、居中、居右和符号居中对齐,该方法通常用来对齐内容为数字和小数点的表格。

步骤 1▶ 利用"文字"工具T选中规则的整列单元格,选择"表格">"符号对齐"菜单,打开"符号对齐"对话框,如图 9-57 右图所示。

−25.98	−6.5	83.54
342.20	37.14	232.20
−72.51	21.54	208.25
0.28	0.39	0.97

图 9-57 选中单元格和打开"符号对齐"对话框

提示

选中非整列的单元格时，不能设置符号对齐。

步骤 2▶ 在"符号对齐"对话框中可以设置"对齐方式"为"内容居左"、"内容居中"、"内容居右"或"符号居中"；选择"不对齐"单选钮，可以取消对齐设置。各种对齐效果如图 9-58 所示。

图 9-58　4 种对齐方式的效果

步骤 3▶ 选择对齐方式后，在"符号"编辑框中会自动输入用来对齐的符号，例如小数点"."，表示所选整列单元格内容都以小数点为参照对齐。当单元格中有多个特殊符号时，我们可以在此处输入需要用来对齐的符号。各对齐方式的意义如下。

- **内容居左**：选中该单选钮后，单元格中符号左边字符最长的内容居左对齐，然后其他单元格内的符号与此单元格内的符号对齐。
- **内容居中**：选中该单选钮后，单元格中字符最长的内容居中对齐，然后其他单元格内的符号与此单元格内的符号对齐。
- **内容居右**：选中该单选钮后，单元格中符号右边字符最长的内容居右对齐，然后其他单元格内的符号与此单元格内的符号对齐。
- **符号居中**：选中该单选钮后，所有单元格内的符号都对齐到单元格的中线上。

步骤 4▶ 在"无特殊符号时对齐位置"选项区中，可以设置当选中列里某单元格不包含"符号"编辑框指定的符号时，该单元格的对齐方式，包括"不参与"、"左"和"右"几个选项，其效果分别如图 9-59 所示。

图 9-59　无特殊符号时的单元格对齐效果

- **不参与**：此不参与符号对齐，保持原来的格式。
- **左**：此单元格内容的左侧和其他单元格内容中的符号对齐。
- **右**：此单元格内容的右侧和其他单元格内容中的符号对齐。

提示

在"符号"编辑框中只能输入一个符号。另外，符号对齐是在规则列中进行的，设置符号对齐属性后如果拖动表线将单元格改为不规则，将不再保留符号对齐属性。

9.3 表格的高级操作

绘制好一个表格后，还可以为表格创建表头、制作斜线，为表格创建横向或纵向分页表，创建跨页表和阶梯表，以及设置表序等内容。

实训 1 制作产品进销存记录表——添加斜线、表头与制作分页表

【实训目的】

● 掌握"单元格斜线"和"表头"命令的用法。

● 掌握创建纵向与横向分页表的方法。

● 掌握合并与删除分页表的方法。

【操作步骤】

步骤 1▶ 打开本书配套素材"素材与实例"\"Ph9"文件夹中的"04.vft"文件，利用"文字"工具**T**选中图 9-60 右图所示单元格（第 2 行第 1 个单元格）。

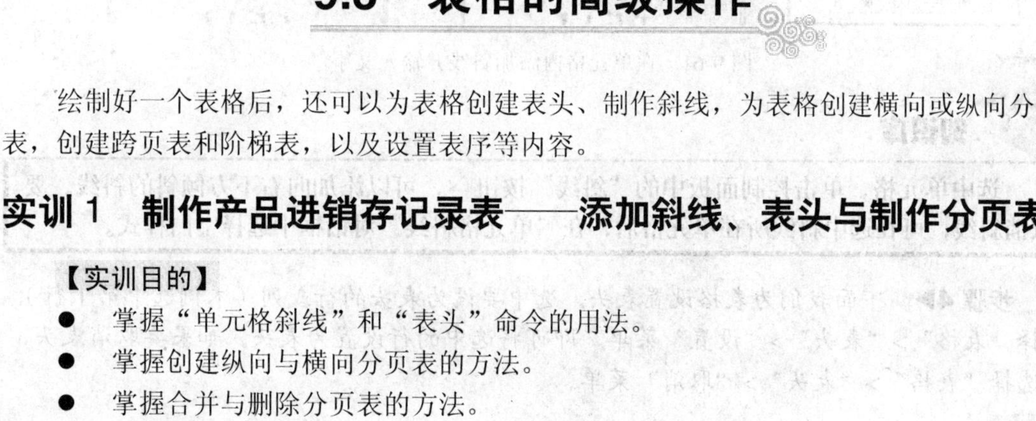

图 9-60 打开素材文件与选中单元格

步骤 2▶ 选择"表格">"单元格斜线"菜单，打开图 9-61 左图所示"单元格斜线"对话框，在斜线样式列表中单击需要的斜线样式，然后设置斜线"线宽"为 0.3mm，"颜色"为红色（M=Y=100，C=K=0），单击"确定"按钮，得到图 9-61 中图所示斜线。

步骤 3▶ 利用"文字"工具**T**单击斜线上或下区域，即可在区域内输入文字。本例中，通过剪切/复制的方法，将文字分别放置在斜线上下区域中，如图 9-61 右图所示。

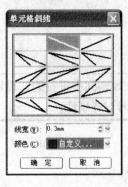
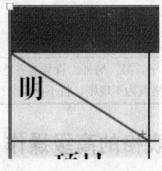
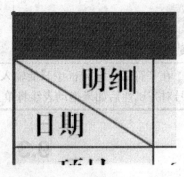

图 9-61　在单元格内添加斜线并输入文字

知识库

> 选中单元格，单击控制面板中的"斜线"按钮 ▨ ，可以添加向右下方倾斜的斜线。要取消斜线，可在选中斜线所在单元格后，在"单元格斜线"对话框中选择空白样式。

步骤 4▶ 下面我们为表格设置表头。选中要设为表头的行或列（本例选中第 1 行），选择"表格" > "表头" > "设置"菜单，即可将选中的行设置为表头。如果要取消表头，可选择"表格" > "表头" > "取消"菜单。

提示

> 要设为表头的行或列，必须是整行或整列，否则无法设置表头。另外，表格最后一行、最后一列无法设置表头。

步骤 5▶ 除了在创建表格时可以创建分页表外，对于已创建好的表格，我们也可以将其设置为分页表。用"选取"工具 ▶ 选中表格，然后将光标放置在表格下边线中间的控制点上，光标呈 ↕ 形状时，按住【Shift】键，按住鼠标左键并向上拖动压缩表格，释放鼠标后，表格下边线将出现续排标志 ▽ ，如图 9-62 右图所示。

图 9-62　压缩表格

步骤 6▶ 利用"选取"工具 ▶ 单击续排标志 ▽ ，此时光标呈 ▤ 形状，然后在版面任意位置单击鼠标左键，或按住鼠标左键拖画出一个矩形区域，即可生成横向分页表，并显示分页表标记 ▽ ，如图 9-63 所示。从图中可知，生成的横向分页表自动带有表头。

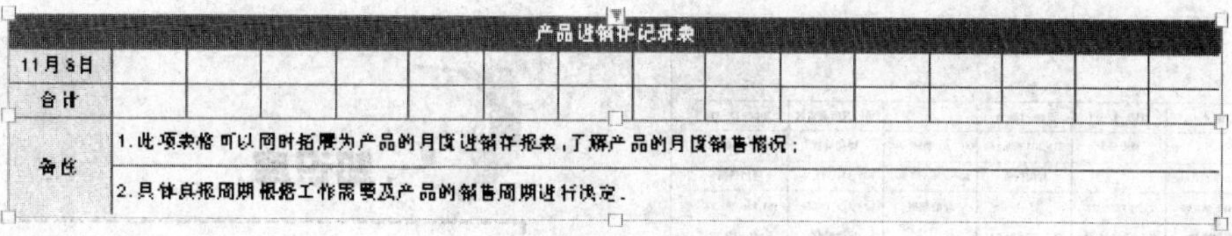

产品进销存记录表											
11月8日											
合计											
备注	1.此项表格可以同时拓展为产品的月度进销存报表，了解产品的月度销售情况；										
	2.具体具报周期根据工作需要及产品的销售周期进行决定.										

图 9-63 生成带有表头的分页表

知识库

利用"选取"工具 选中规则的表格（未移动过边线的表格），将光标置于右侧中间的控制点，当光标呈 形状时，按住【Shift】键，按住鼠标左键并向左拖动压缩表格，释放鼠标后，表格中边线出现续排标志 ，单击续排标志，然后在版面中单击左键，可以生成竖向分页表，如图9-64所示。

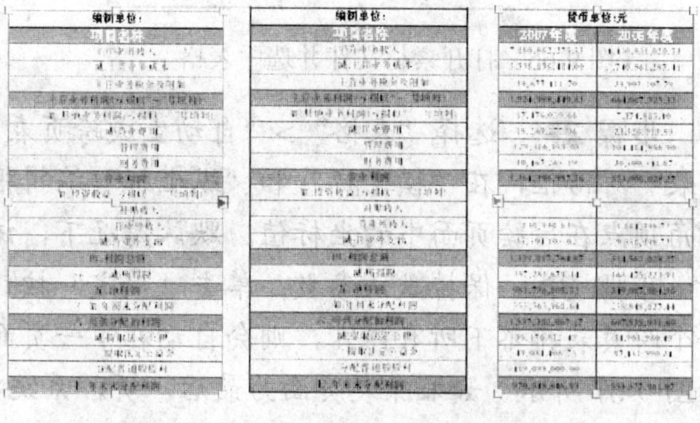

图 9-64 创建竖向分页表

步骤 7▶ 如果要合并分页表，可选择"选取"工具 ，然后按住【Shift】键单击并向下拖动分页表标记 ，至另一个分页表时，释放鼠标即可合并两个分页表。

步骤 8▶ 如果要删除分页表，可选中要删除的分页表，然后按【Delete】键；如果按【Shift+Delete】组合键，则可以删除所有分页表。

提示

表格设置为分页表后，如果要改变表格大小，可利用"选取"工具 选中表格，然后在表格辅控制面板中设置"块横向缩放" 和"块纵向缩放" 值。

实训 2 制作跨页表和阶梯表——表格的特殊编辑方法

【实训目的】

- 了解跨页表和阶梯表的创建方法。
- 了解文本与表格互相转换的方法。
- 了解输出表格以及排入 Excel 表格的方法。

【操作步骤】

步骤 1▶ 打开本书配套素材"素材与实例"＼"Ph9"文件夹中的"05.vft"文件，如图 9-65 所示。选中表格，表格右侧边线显示一个续排标记 ，表明当前表格有未排完的内容。此时，可以生成分页表来显示未排完的内容，也可以通过生成跨页表来显示。

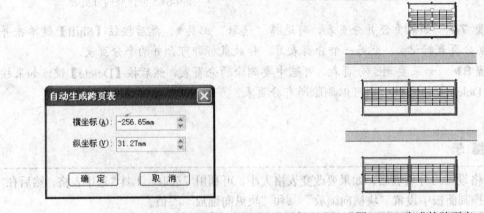

图 9-65　打开素材文件并选中表格

　　步骤 2▶ 选择"表格" > "自动生成跨页表"菜单，打开图 9-66 所示"自动生成跨页表"对话框，在"横坐标"和"纵坐标"编辑框中输入数值，以确定生成的跨页表的左上角顶点在后续页面中的坐标值。默认情况下，该坐标值与当前表格左上角位置相同。

　　步骤 3▶ 保持默认参数，单击"确定"按钮，即可在后续页面中生成跨页表。如果一个跨页表排不下所有内容，则会自动在下一页面生成跨页表，直到排完所有内容为止，如图 9-67 所示。如果原表页面为最后一页，系统将自动创建后续页面，生成跨页表。

自动生成跨页表

横坐标(A)：-256.65mm

纵坐标(V)：31.27mm

确　定　　　取　消

图 9-66　"自动生成跨页表"对话框　　　　　　　　图 9-67　生成的跨页表

　　步骤 4▶ 下面制作阶梯表。利用"文字"工具 **T** 选中首页表格的第一行（也可以是第一列或最后一列的连续多个单元格），如图 9-68 左图所示。

　　步骤 5▶ 选择"表格" > "阶梯表"菜单，打开"阶梯表"对话框，然后设置"阶梯方向"为"正向"，"阶梯幅度"为"一行"，并勾选"保留外框线"复选框，如图 9-68 右图所示。"阶梯表"对话框中部分选项的意义如下。

资产	2007-12-31	2006-12-31		负债及所有者权益	2007-12-31
	货币资金	735,203,479.84	467,610,680.59	短期借款	273,998,500.00
300,698,500.00		短期投资	624,374,347.86	624,374,347.86	应付票据
90,581,183.91	73,483,299.22		应收票据	624,374,347.86	363,146,263.88
应付账款	199,902,945.71	217,737,814.01		应收股利	3,640,709.58
86,446,881.65	预收账款	584,722,063.43	102,297,781.63		应收利息
86,446,881.65	3,640,709.58	应付工资	32,885,652.35	3,640,709.58	
应收账款	2,500.00	121,221.58	应付福利费	31,230,462.56	22,084,355.67

图 9-68　选中表格第一后打开"阶梯表"对话框进行设置

- **正向或反向**：选择"正向"单选钮，向右产生阶梯形状；选择"反向"单选钮，向左产生阶梯形状。
- **隐藏首行表线**：勾选该复选框，阶梯表不显示首行表线。
- **隐藏首列表线**：勾选该复选框，阶梯表不显示首列表线
- **保留外框线**：勾选该复选框，生成阶梯表后保留表格的边框。

步骤 6▶　参数设置好后，单击"确定"按钮，得到图 9-69 所示阶梯表。

资产	2007-12-31	2006-12-31	负债及所有者权益	2007-12-31
	货币资金	735,203,479.84	467,610,680.59	短期借款	273,998,500.00
300,698,500.00		短期投资	624,374,347.86	624,374,347.86	应付票据
90,581,183.91	73,483,299.22		应收票据	624,374,347.86	363,146,263.88
应付账款	199,902,945.71	217,737,814.01		应收股利	3,640,709.58
86,446,881.65	预收账款	584,722,063.43	102,297,781.63		应收利息
86,446,881.65	3,640,709.58	应付工资	32,885,652.35	3,640,709.58	
应收账款	2,500.00	121,221.58	应付福利费	31,230,462.56	22,084,355.67

图 9-69　生成的阶梯表

提示

对阶梯表进行删除行（列）、插入行（列）、制作分页表等操作时，如果单元格出现多线或缺线的情况，可以使用"表格橡皮擦"工具擦除多余的线，或使用"表格画笔"工具 添加缺线部分。

步骤 7▶　在飞腾创艺中，系统允许用户将表格转换为文本。选中一个表格，选择"表格">"内容操作">"表格转文本"菜单，即可将表格转换为文字块，每个表项间使用 Tab 键隔开，如图 9-70 所示。

知识库

选择"文件">"工作环境设置">"偏好设置">"表格"菜单，在打开的"偏好设置"对话框中可以设置单元分隔符号类型，默认为 Tab 键。

步骤 8▶　选中使用分隔符（Tab 键）隔开的文字块，选择"表格">"内容操作">"文本转表格"菜单，可以将文本直接转换为表格。

步骤 9▶　在飞腾创艺中，也可以将整个表格或部分单元格内容另存为文本小样。选中表格或部分单元格，选择"表格">"内容操作">"输出文本"菜单，打开图 9-71 所示"另存为"对话框，在"保存类型"下拉列表中选择"*.txt"或"*.csv"，在"保存在"下拉列表中设置保存路径，在"文件名"编辑框中输入文件名称，单击"确定"按钮，即可

将表格另存为 TXT 或 CSV 格式文件（用 Excel 可打开 CSV 格式文件）。

 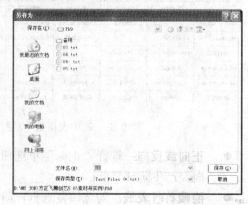

图 9-70　由表格生成的文字块　　　　　　　　　　图 9-71　"另存为"对话框

　　步骤 10▶　在飞腾创艺中，用户也可以排入 Excel 表格，并能继续编辑该表格。选择"文件">"排入">"Excel 表格"菜单，打开图 9-72 所示"打开"对话框，选择排入"Ph9"文件夹中的"06.xls"文件，单击"确定"按钮，打开"Excel 置入选项"对话框，如图 9-73 所示。

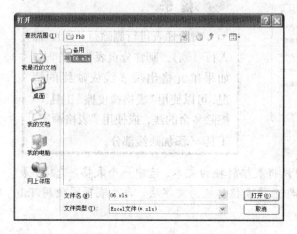

勾选"置入工作隐藏行列"复选框，可以将 Excel 表中隐藏的行/列排入到飞腾创艺中

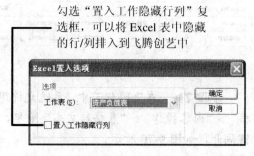

图 9-72　"打开"对话框　　　　　　　　　　图 9-73　"Excel 置入选项"对话框

　　步骤 11▶　在"工作表"下拉列表中选择要排入的工作表，单击"确定"按钮，然后将光标移至页面中，单击鼠标左键，即可排入 Excel 工作表。

 .提 示.

　　飞腾创艺兼容的 Excel 表格版本包括：Excel 2000、Excel XP、Excel 2003。
　　排入的 Excel 表格可以保留原表格的基本属性，包括：结构、尺寸、线型、底纹、文字属性及格式等。但是，原 Excel 表中的图表、柱状图、趋势线、批注、超链接、设置的文字角度等无法保留。

综合实训——制作经销商库存信息表

本例通过制作图 9-74 所示的经销商库存信息表，来练习本章所学内容。

步骤 1▶ 新建一个页面大小为 A4、纸张方向为横向的空白文件，选择"表格">"新建表格"菜单，打开"新建表格"对话框，然后参照图 9-75 所示创建一个表格。

图 9-74　表格效果图　　　　　　　　　　　　图 9-75　"新建表格"对话框

步骤 2▶ 选中表格，选择"表格">"表格外边框"菜单，打开如图 9-76 所示的"表格外边框"对话框，单击"边框线"按钮□，然后设置"线宽"为 0.5mm，"颜色"为品红色（M=100，C=Y=K=0），其他选项保持默认，单击"确定"按钮关闭对话框。

步骤 3▶ 选择"表格">"单元格属性">"线型"菜单，打开图 9-77 所示"单元格属性"对话框，单击"中间线"按钮╪，设置"线宽"为 0.3mm，"颜色"为品红色（M=100，C=Y=K=0），其他选项保持默认，单击"确定"按钮关闭对话框，表格效果如图 9-78 所示。

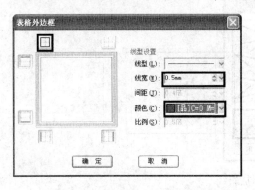
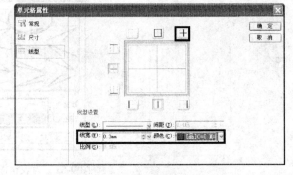

图 9-76　"表格外边框"对话框　　　　　图 9-77　"单元格属性"对话框

步骤 4▶ 利用"文字"工具T选中要合并的单元格，然后利用"单元格合并"命令合并单元格，将表格设置成图 9-79 所示效果。

步骤 5▶ 利用"文字"工具T选中图 9-80 右图所示单元格，然后在"颜色"面板中设置底纹颜色为淡粉色（M=30，C=Y=K=0）。

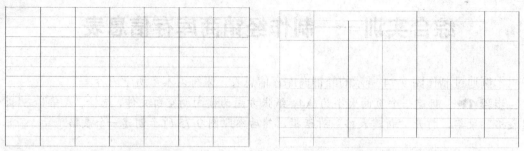

图 9-78 设置表格边框线属性　　　　　　　图 9-79　合并单元格

图 9-80　为单元格设置底纹

步骤 6▶ 利用"文字"工具**T**选中图 9-81 左图所示单元格，选择"表格">"单元格斜线"菜单，打开"单元格斜线"对话框，选择斜线样式，然后设置"线宽"为 0.3mm，"颜色"为品红色（M=100，C=Y=K=0），单击"确定"按钮，效果如图 9-81 右图所示。

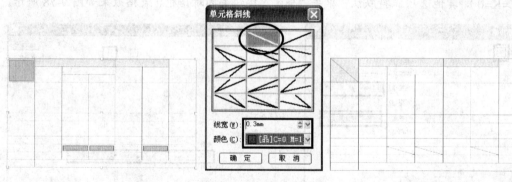

图 9-81　为表格添加斜线

步骤 7▶ 用"文字"工具**T**选中所有单元格，在控制面板中设置单元格文字的字体为"方正大黑简体"，字号为四号，如图 9-82 上图所示。

步骤 8▶ 选择"表格">"纵向对齐">"居中"菜单，设置单元格文字在垂直方向上居中；按【Ctrl+I】组合键，设置单元格文字在水平方向上居中。

步骤 9▶ 在每个单元格内输入文字，用户也可以将本书配套素材"素材与实例"\"Ph9"文件夹中的"06.txt"文件排入到表格，其效果如图 9-82 下图所示。

步骤 10▶ 从图 9-82 下图中可知，部分单元格内的文字未完全显示。按住【Shift】

键的同时，利用"文字"工具 T 单击并向右拖动第一列表线，以完全显示单元格文字，效果如图 9-83 所示。

図 9-82　输入文字 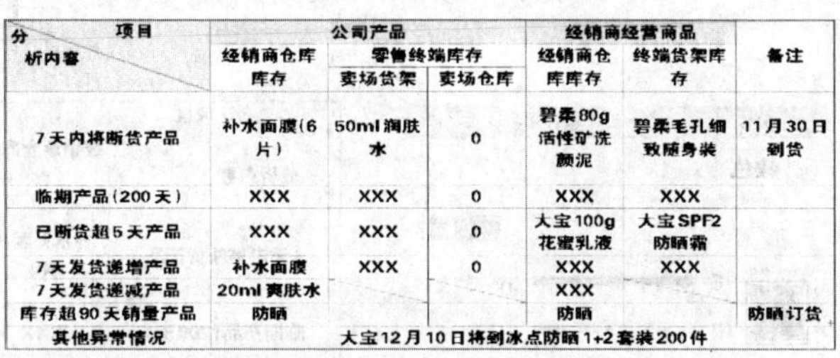　　　　　　　　　　图 9-83　移动表线

步骤 11▶　表格最后一列还有未完全显示文字的单元格，利用"选取"工具 ▶ 选中表格，然后在表格主控制面板中设置表格宽度为 228mm，如图 9-84 所示。

步骤 12▶　利用"文字"工具 T 在"分析内容"（第一个单元格）前单击，插入文字光标，按【Enter】键，将文字换行，其效果如图 9-85 所示。

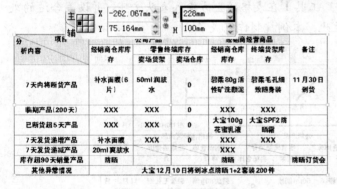

图 9-84　调整表格宽度

图 9-85　调整单元格文字

步骤 13▶　利用"文字"工具 T 单击表格最后一行，插入文字光标，按【Tab】键，在该行的下方添加一行表格，如图 9-86 所示。

步骤 14▶　利用"文字"工具 T 选中新添的一行单元格，按【M】键合并单元格，效果如图 9-87 所示。

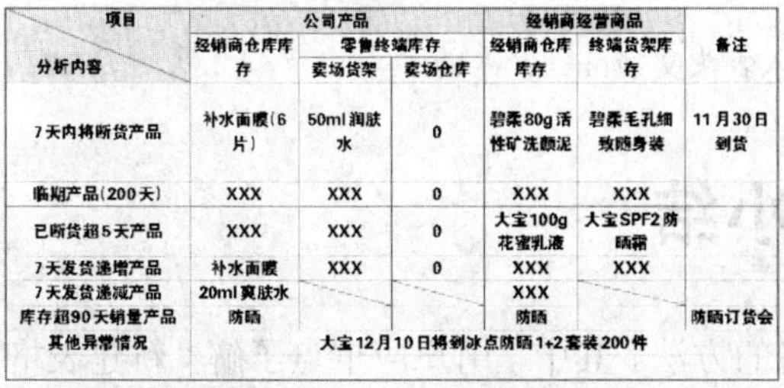

图 9-86　添加行 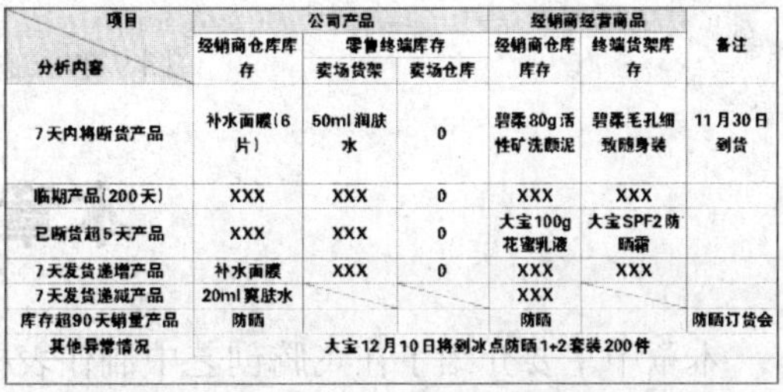　　　　　　　　　　图 9-87　合并单元格

步骤 15▶ 利用"文字"工具 T 选中合并后的单元格，按【Ctrl+Shift+W】或【Ctrl+L】组合键，设置单元格文字在水平方向上居左对齐；在控制面板中设置字体为汉仪大宋简，字号为五号；在"颜色"面板中设置文字颜色为红色（M=Y=100，C=K=0），然后在单元格内输入文字，参数设置及效果如图 9-88 所示。

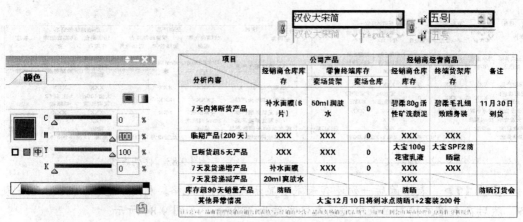

图 9-88　设置单元格文字属性并输入文字

步骤 16▶ 最后，利用"文字"工具 T 在表格的上方输入表头文字，并设置合适的文字属性，其效果如图 9-89 所示。至此，本例就制作完成了。

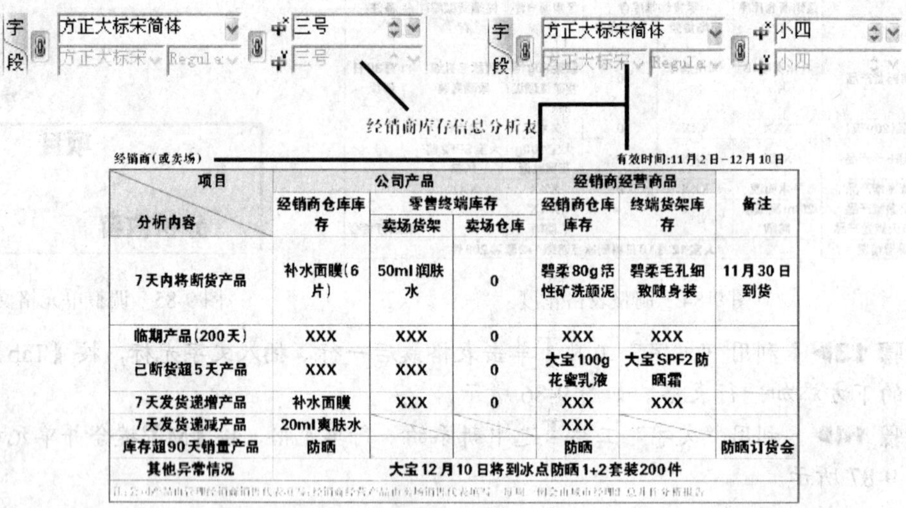

经销商库存信息分析表

经销商（或卖场）　　　　　　　　有效时间:11月2日-12月10日

项目 / 分析内容	公司产品			经销商经营商品		备注
	经销商仓库库存	零售终端库存		经销商仓库库存	终端货架库存	
		卖场货架	卖场仓库			
7天内将断货产品	补水面膜(6片)	50ml润肤水	0	碧柔80g活性矿洗颜泥	碧柔毛孔细致随身装	11月30日到货
临期产品(200天)	XXX	XXX	0	XXX	XXX	
已断货超5天产品	XXX	XXX	0	大宝100g花蜜乳液	大宝SPF2防晒霜	
7天发货递增产品	补水面膜	XXX	0	XXX	XXX	
7天发货递减产品	20ml爽肤水			XXX		
库存超90天销量产品	防晒			防晒		防晒订货会
其他异常情况	大宝12月10日将到冰点防晒1+2套装200件					

图 9-89　输入表头文字

本章小结

　　本章中主要介绍了在飞腾创艺中制作表格的方法。其中，用户应重点了解"新建表格"对话框中各选项的意义，以及重点掌握选择和编辑单元格的方法。

思考与练习

一、填空题

1．如果对表格不满意，可以使用_____工具擦除表线。

2．利用_____工具可以移动表线。移动表线时，若按住_____键，可以移动当前表线及其后的所有表线，并保持表线间距不变。

3．利用"文字"工具T选择单元格时，按住_____键单击单元格，可以选中多个不连续单元格；按住_____键单击前后两个单元格，可以选中多个连续单元格。

4．选中一个单元格后，按_____键，可以选中整行单元格；按_____键，可以选中整列单元格；按_____键或_____组合键，可以选中所有单元格。

5．选中两个或多个单元格，按_____键，可以合并单元格；按_____键，可以均分单元格。

二、问答题

1．如何使用"表格画笔"工具绘制表格？

2．如何调整表格的大小？

3．如何添加表格行与列？

4．如何生成分页表和跨页表？

三、操作题

1．利用菜单命令新建一个 10 行 5 列，字号为五号的带底纹的表格。

2．制作一个带斜线表头的课程表，并为第一行设置底纹。

3．制作一个 50 行的分页表。

第 10 章　文件的输出

【本章导读】

飞腾创艺文件编排好后，主要通过两种方式输出，一种是直接使用打印机打印；另一种是生成 PS 文件，经过后端输出软件解释后进行打印，或在输出中心将 PS 文件输出到胶片上，以便用于印刷。除此之外，还可以将文件输出为 JPG、PDF、EPS 和 TXT 格式，以满足不同的需要。

【本章内容提要】

- ✇ 直接打印文件
- ✇ 预飞和打包文件
- ✇ 将文件输出为 PS 格式

10.1　打印、预飞和打包

实训 1　打印时装店招贴

编排好飞腾创艺文件后，可以在预览窗口中查看排版效果，然后使用打印机将文件打印出来，作为初校之用。

【实训目的】

- ● 了解打印预览的设置方法。
- ● 掌握打印参数的设置方法。

【操作步骤】

步骤 1▶　打开本书配套素材"素材与实例"\ "Ph10"文件夹中的"01.vft"文件，

选择"文件" > "打印预览"菜单，或按【F10】键，或单击工具条中的"预览"按钮，打开预览窗口，如图 10-1 右图所示。

图 10-1　打开素材文件并打开预览窗口

步骤 2▶ 单击预览工具条中的相应按钮，可以实现跨页预览、版面缩放、打印等操作，如图 10-2 所示。

图 10-2　预览工具条

步骤 3▶ 单击"关闭预览窗口"按钮，或按【Esc】键，退出预览窗口并返回正常版面。

步骤 4▶ 选择"文件" > "打印"菜单，或者按【Ctrl+P】组合键，打开"打印"对话框，如图 10-3 所示。

步骤 5▶ 在"名称"下拉列表中选择合适的打印机，还可单击"属性"按钮，在打开的对话框中设置所选打印机的属性，该属性设置由打印机自带，不同厂商的打印机具有不同的属性，这里不作详述。

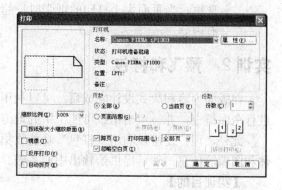

图 10-3　"打印"对话框

步骤 6▶ 在"份数"编辑框中输入打印的份数；在"页数"选项组中选择打印范围，其中，选择"全部"单选钮，表示将打印文件的所有页面，选择"页面范围"单选钮，可以在右侧的编辑框中指定要打印的页面范围，选择"当前页"单选钮，可以打印当前页面。其他参数保持默认，单击"确定"按钮，即可开始打印。

"打印"对话框中部分选项的意义如下。

● **逐份打印：** 将打印份数设置为 2 或 2 份以上时，将激活"逐份打印"复选框，勾选该复选框，打印时首先将一整份文档打印完毕后，再打印第 2 份文档，依次类推；不勾选该复选框，打印时首先将第 1 页按指定份数打印完毕后，再打印第 2 页，依次类推。

知识库

有多种书写打印页面范围的方式，例如"1-6"表示打印第 1 页到第 6 页；"1，2，4，6"表示打印第 1 页、第 2 页、第 4 页和第 6 页；"1，2，7，8-10"表示打印第 1 页、第 2 页、第 7 页以及第 8 页到第 10 页的所有页面，书写时符号均为英文半角状态。

- **缩放比例**：用于设置页面在打印时放大或缩小的比例，默认为 100%，即按实际页面大小打印，用户也可以在该下拉列表中选择所需的打印比例。
- **按纸张大小缩放版面**：勾选该复选框，页面在打印时自动缩放，与纸张相适应。
- **跨页**：勾选该复选框，则"双页排版"时，将双页作为一个整体打印到纸上。不勾选该复选框，将按单页打印。
- **打印范围**：在该下拉列表中可以选择"全部页"、"奇数页序"或"偶数页序"。选中"奇数页序"或"偶数页序"，表示只打印设定范围内的奇数页或偶数页。
- **镜像**：该选项常用于硫酸纸打印。勾选该复选框，则版面打印到硫酸纸上时，从硫酸纸的背面看是正常的。
- **反序打印**：打印时按页序从后往前打印。例如指定打印"1-6"，则从第 6 页开始打印，最后打印第 1 页。
- **自动拆页**：一般情况下，当页面大于打印的纸张时，超出部分不打印。勾选该复选框，当页面大于打印的纸张时，超出部分将打印在其他张纸上，直到打印完所有内容。

实训 2　预飞和打包

在版面内容和版式设计完成后，可以利用"预飞"功能对文件的字体、图像、颜色等进行全面检查，并显示出错或可能出错的地方，提醒用户及时修改。

此外，用户还可以利用"打包"功能收集版面中的图像文件，并统计版面中使用的字体和图像等信息，然后提供给输出中心备查。

【实训目的】
掌握预飞和打包的方法。

【操作步骤】

步骤 1▶ 打开本书配套素材"素材与实例"\ "Ph10"文件夹中的"01.vft"文件，选择"文件" > "预飞"菜单，飞腾创艺自动对文件进行检查，检查结束后，弹出"预飞"对话框，显示检查结果，如图 10-4 所示。

步骤 2▶ 双击对话框中列出的项目，可以跳转到该项目在文件中的对应位置，以便于用户进行修改。

- **字体**：预飞时检查到文件中缺字体、缺字符，或存在字体受保护的状态时，将在"字体"列表中列出对应的字体名称和字体类型等状态。
- **图像**：预飞时检查到文件中缺图或图像被更新时，将在"图像"列表中列出图像文件名、图像所在页面、图像文件的路径等信息。

- **对象**：预飞时检查到页面中有空文字块、图压文、字过小、线过细和不输出的图层等情况时，将在"对象"列表中列出相应的信息。其中，"字过小"指字号小于 2 磅，"线过细"指线宽小于 0.15 磅。

- **颜色**：预飞时检查到文件中使用了 RGB 颜色时，在"颜色"列表中将显示采用了 RGB 颜色的对象、对象所在页面，并显示采用 RGB 颜色的图像文件的路径。

- **出血与警戒**：预飞时检查到文件中有内容超过出血线或警戒内空时，将在"出血与警戒"列表中列出该状态，并显示对应的页面。

步骤 3▶ 检查完毕后，单击"确定"按钮，将不保存预飞结果，并关闭对话框；单击"刷新"按钮，将根据当前版面状态，刷新预飞结果；单击"报告"按钮，将打开图 10-5 所示"另存为"对话框，在其中设置预飞结果的保存路径，单击"保存"按钮，可以将预飞结果保存为文本文件。

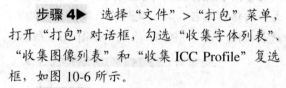

图 10-4　"预飞"对话框

图 10-5　保存预飞结果

步骤 4▶ 选择"文件" > "打包"菜单，打开"打包"对话框，勾选"收集字体列表"、"收集图像列表"和"收集 ICC Profile"复选框，如图 10-6 所示。

步骤 5▶ 在"保存在"下拉列表中选择保存打包结果的路径，在"文件夹名称"编辑框中输入保存打包结果的文件夹名称,单击"打包"按钮，完成打包操作。

- **收集字体列表**：勾选该复选框，在打包时生成的 **TXT** 文件中,将列出版面中所用到的字体名称、使用状态、是否受保护等信息。

图 10-6　"打包"对话框

- **收集图像**：勾选该复选框，将在保存打包结果的文件夹中自动创建一个 Image 文件夹，并把当前飞腾创艺文件版面中的所有图像，收集到此 image 文件夹中。

- **更新图像链接路径为打包路径**：勾选"收集图像"复选框后，将激活该选项。勾选该复选框，则打包所创建的原飞腾创艺文件副本里，其图像链接路径将更新为打包路径下的 Image 路径。不选中此项，则图像路径保持原样。

- **检查报告**：勾选该复选框，打包完成后立即打开 TXT 格式的报告文件。
- **收集 ICC Profile**：勾选该复选框，打包时将创建名为"ICCProfile"的文件夹，收集文件中使用的 ICC Profile。

10.2　输出文件

通常，要印刷飞腾创艺中设计好的出版物，除了需要经过前面介绍的直接打印、预飞和打包过程外，还需要将文件输出为 PS 格式的文件，然后到输出中心将 PS 文件输出到胶片上。另外，在输出胶片前，用户还可以利用后端输出软件（如 PSPPro）将 PS 格式的文件打印出来（利用该方式输出的纸样与最终印刷效果完全一致），以便校对字体、图片等出版物版式和内容；而且在输出胶片后，还可以利用该纸样对胶片进行校对。

实训 1　将手机广告输出为 PS 文件

【实训目的】
- 掌握输出 PS 文件的方法。

【操作步骤】

步骤 1▶ 打开本书配套素材"素材与实例"\"Ph10"文件夹中的"02.vft"文件，如图 10-7 所示。

步骤 2▶ 选择"文件">"输出"菜单，或者按【Ctrl+Shift+J】组合键，打开"输出"对话框，在"保存在"下拉列表中选择 PS 文件的保存路径，在"文件名"编辑框中输入 PS 文件的名称，在"保存类型"下拉列表中选择"PS File（*.PS）"格式，如图 10-8 所示。

图 10-7　打开素材文件

图 10-8　"输出"对话框

步骤 3▶ 在"页面"选项区中设置要输出的页面范围，选中"全部"单选钮，将输出文件的所有页面；选中"页面范围"单选钮，则可以按"页码"或"页序"指定要输出的页面，例如"1-6"、"1，2，4，6"、"1，2，7，8-10"；选中"当前页"单选钮，将输出当前页面。如果设置了"双页排版",则"跨页"单选钮被激活,选中该项,将输出当前页的两个跨页页面。

步骤 4▶ 在"输出范围"下拉列表中选择"全部",将输出"页面范围"指定的所有页面;选择"奇数页序"或"偶数页序",将输出"页面范围"指定页内的奇数页或者偶数页,该选项通常用于双面打印 PS 文件。

步骤 5▶ 单击"高级"按钮,弹出如图 10-9 所示的"输出 PS 选项"对话框,默认为"常规"标签,各选项的作用如图上标注所示。

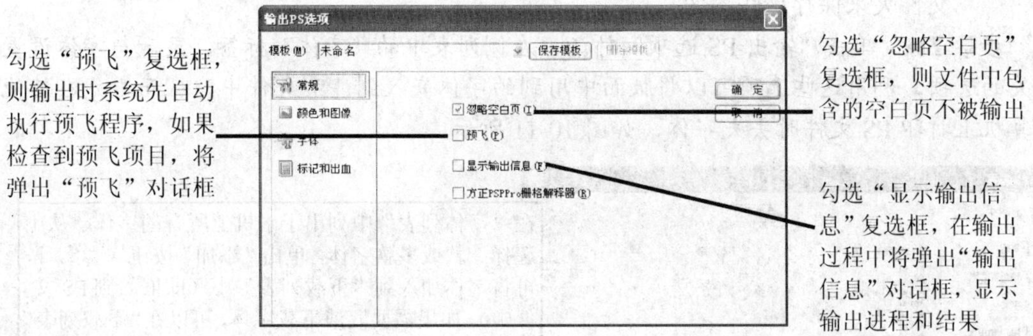

勾选"预飞"复选框,则输出时系统先自动执行预飞程序,如果检查到预飞项目,将弹出"预飞"对话框

勾选"忽略空白页"复选框,则文件中包含的空白页不被输出

勾选"显示输出信息"复选框,在输出过程中将弹出"输出信息"对话框,显示输出进程和结果

图 10-9 "输出 PS 选项"对话框的常规选项设置

步骤 6▶ 单击"输出 PS 选项"对话框左侧列表中的"颜色和图像"标签,显示与颜色和图像相关的设置选项,如图 10-10 所示。各选项的作用如下。

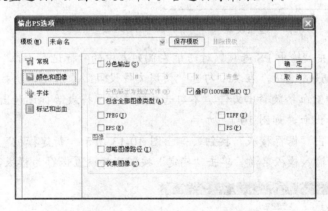

图 10-10 "颜色和图像"选项设置

- **分色输出:** 如果用户后端的输出软件不支持分色输出,可以勾选该复选框,让飞腾创艺进行前端分色输出,生成包含分色信息的 PS 文件。选择该选项后,将激活 C、M、Y、K 和专色选项,让用户指定要输出的色版。

- **分色输出为独立文件:** 勾选该复选框,将把每个色版输出为单独的文件,否则会将全部色板输出为一个文件。

- **叠印(100%黑色 K):** 勾选该复选框,则版面中颜色为 K=100 的文字、线条和图形将进行叠印,从而避免黑色文字出现漏白。

- **包含全部图像类型:** 选择是否将 JPEG、TIFF、EPS、PS 格式的图像包含到 PS 文件里，也可以根据需要单独选择需要包含的图像格式。除这四种格式的图像外，其他格式的图像在输出时会自动包含在 PS 文件中。

● **忽略图像路径：**勾选该复选框，生成的 PS 文件中只包含图像的文件名，不包含图像的路径名；不勾选该项，则生成的 PS 文件中包含图像的路径名。此功能能用于后端输出软件解释 PS 文件时，可以根据其包含的图像路径名搜索图像文件。

● **收集图像：**勾选该复选框，输出时会将相应页面内的图像保存到与 PS 文件相同的路径下。系统会自动在 PS 文件所在的路径下生成名为"Image-_of_文件名"的文件夹来保存这些图像。

步骤 7▶ 单击"输出 PS 选项"对话框左侧列表中的"字体"标签，显示与字体设置相关的选项，利用这些选项可以将版面中用到的字体嵌入到 PS 文件中，从而避免在其他计算机上打印 PS 文件时丢失字体，如图 10-11 所示。

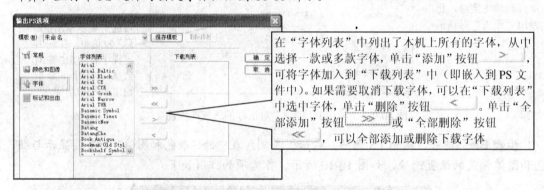

图 10-11 "字体"选项设置

步骤 8▶ 单击"输出 PS 选项"对话框左侧列表中的"标记和出血"标签，将显示与标记和出血相关的设置选项，在其中勾选"使用文件设置"复选框，将按"版面设置"中设置的输出标记和出血参数输出文件。不勾选该复选框，将激活标记和出血选项，用户可以自行设置标记和出血，如图 10-12 所示。

步骤 9▶ 单击"保存模板"按钮，弹出图 10-13 所示"新建模板"对话框，在"模板名称"编辑框中输入模板名称，单击"确定"按钮可将设置保存为模板，以便下次使用。

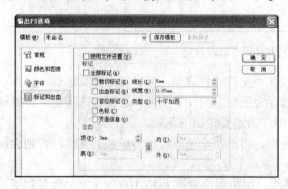

图 10-12 "标记和出血"选项设置

图 10-13 "新建模板"对话框

步骤 10▶ 单击"输出 PS 选项"对话框中的"确定"按钮，返回"输出"对话框，再单击"确定"按钮，即可输出 PS 文件。

知识库

要将飞腾创艺文件输出为 PDF、EPS、JPG 和 TXT 格式，只需在"输出"对话框中的"保存类型"下拉列表中选择所需的文件格式，并设置相关的参数即可。其操作方法与输出 PS 文件相似，这里不再赘述。

本章小结

本章主要介绍了打印、预飞、打包和将文件输出为 PS 格式的方法。通常，要印刷飞腾创艺中设计好的出版物，需要经过直接打印、预飞、打包、将文件输出为 PS 格式的文件、打印 PS 格式的文件、到输出中心将 PS 文件输出到胶片上、印刷几个过程。

思考与练习

一、填空题

1. 文件编辑好后，选择_____>_____菜单，可以打开预览窗口预览文件。

2. 选择_____>_____菜单，可以对文件进行全面检查。

3. 在飞腾创艺中，利用"输出"命令可以将飞腾创艺文件输出为_____、_____、_____、_____、_____格式文件。

二、问答题

1. 使用"预飞"命令检查文件时，如何将预飞信息存储为文本文件？

2. "打包"命令的作用是什么？

3. 若要将一个 50 页文件中的第 10 页和第 20 页输出为 PS 文件，应该如何操作？

三、操作题

1. 打开前面制作的任一飞腾创艺文件进行打印设置，并查看打印预览效果。

2. 打开前面制作的任一飞腾创艺文件，分别将其输出为 PS、PDF 和 EPS 文件。

第 11 章　综合实例

【本章导读】

到目前为止，我们已经学习了飞腾创艺 5.0 的大部分功能。在本章中，我们将通过制作产品促销海报、报纸版面和驾校宣传页几个综合实例，来帮助读者巩固所学知识。

【本章内容提要】

- ☞ 制作产品促销海报
- ☞ 制作报纸版面
- ☞ 制作驾校宣传页

11.1　制作产品促销海报

本例将制作图 11-1 所示产品促销海报，制作时，首先使用"矩形"、"钢笔"等工具绘制背景，然后使用"文字"工具输入文字并设置效果，最后排入图像并进行各种编辑，完成实例制作。

1．制作背景

步骤 1▶　按【Ctrl+N】组合键，打开"新建文件"对话框，然后参照图 11-2 所示创建一个空白文档。

步骤 2▶　按住【Shift】键的同时，双击水平和垂直标尺相交处的方格⊞，将标尺零点设置在与页面左上角对齐的位置。

步骤 3▶　利用"矩形"工具▭绘制一个规格为 216mm × 303mm 的矩形，并利用控制面板精确定位矩形，如图 11-3 所示。

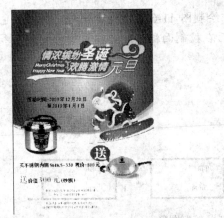

图 11-1 促销海报效果图

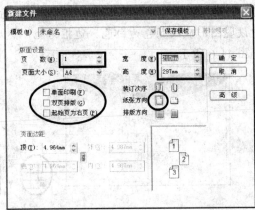

图 11-2 "新建文件"对话框

步骤 4▶ 在"颜色"面板中设置矩形边框颜色为无，底纹颜色为黄色（Y=100，C=M=K=0）到品红色（M=100，K=20，C=Y=0）的圆形渐变色，如图 11-4 所示。

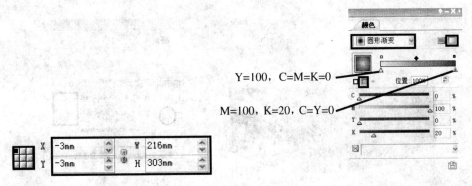

图 11-3 在控制面板中精确设置矩形大小和定位矩形

图 11-4 设置圆形渐变色属性

步骤 5▶ 继续选中矩形，选择"美工">"渐变设置"菜单，打开"渐变设置"对话框，在其中设置"渐变角度"为 0，"渐变半径"为 98%，"水平偏移"为 1%，"垂直偏移"为 15%，如图 11-5 左图所示。

步骤 6▶ 参数设置好后，单击"确定"按钮，得到图 11-5 右图所示效果。

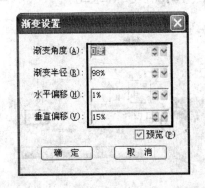

图 11-5 设置矩形的渐变色属性

步骤 7▶ 利用"钢笔"工具在页面的下方绘制图11-6左图所示图形，在"颜色"面板中设置图形底纹颜色为白色，边框为无，然后在控制面板中精确设置图形的位置和大小，如图11-6所示。

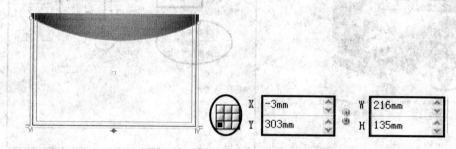

图11-6 利用"钢笔"工具绘制图形

步骤 8▶ 利用"钢笔"工具在白色图形的上侧绘制图11-7左图所示图形，并在"颜色"面板中设置其底纹颜色为橙色（M=50，Y=100，C=K=0），边框为无，如图11-7右图所示。

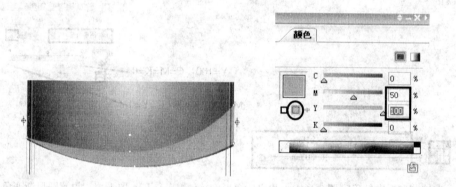

图11-7 利用"钢笔"工具绘制图形

步骤 9▶ 利用"选取"工具选中橙色图形，依次按【Ctrl+C】、【Ctrl+Alt+V】组合键原位置复制图形。

步骤 10▶ 利用"穿透"工具分别调整图11-8左图所示节点，改变图形的形状，然后在"颜色"面板中将底纹颜色设置为黄色（Y=100，C=M=K=0）。

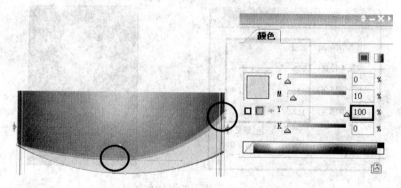

图11-8 调整图形的形状和底纹颜色

步骤 11▶ 利用"选取"工具 ▶ 选中黄色图形，依次按【Ctrl+C】、【Ctrl+Alt+V】组合键原位置复制黄色图形。

步骤 12▶ 利用"穿透"工具 ♂ 分别调整图 11-9 左图所示节点，改变图形的形状，然后在"颜色"面板中将底纹颜色设置为淡黄色（Y=55，C=M=K=0），此时得到图 11-9 右图所示效果。

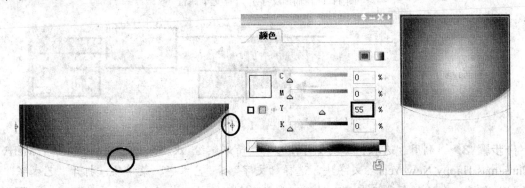

图 11-9 复制图形并更改其形状和底纹颜色

步骤 13▶ 利用"椭圆"工具 ○ 在页面的上方绘制一些大小不等的椭圆，底纹颜色为白色，边框颜色为无，如图 11-10 左图所示。

步骤 14▶ 利用"选取"工具 ▶ 选中所有椭圆，选择"美工" > "羽化"菜单，打开"羽化"对话框，勾选"羽化"复选框，设置"宽度"为 3.5mm，"角效果"为"扩散"，单击"确定"按钮，对椭圆应用羽化效果，如图 11-10 所示。

图 11-10 绘制椭圆并设置羽化效果

2．制作广告语

步骤 1▶ 利用"文字"工具 T 输入"情浓缤纷 欢腾激情"，然后在控制面板中设置字体为"方正粗圆简体"，字号为小特，在"颜色"面板中设置文字颜色为黄色（Y=100，C=M=K=0），如图 11-11 所示。

步骤 2▶ 利用"文字"工具 T 输入"圣诞"、"元旦"和"Merry Christmas Happy New Year"，文字颜色为白色，文字的字体和字号分别如图 11-12 所示。

图 11-11 输出文字并设置文字属性

图 11-12 输入其他文字并设置文字属性

步骤 3▶ 利用"选取"工具同时选中"情浓缤纷 欢腾激情"、"圣诞"和"Merry Christmas Happy New Year"文字块，选择"文字">"艺术字"菜单项，打开"艺术字"面板，勾选"勾边"复选框，然后设置"勾边类型"为"一重勾边"，"边框粗细"为3mm，"勾边颜色"为红色（M=Y=100，C=K=0），得到图 11-13 右图所示文字效果。

图 11-13 为文字设置勾边效果

步骤 4▶ 利用"选取"工具选中所有文字块，然后在控制面板中设置"倾斜"为24度，并适当调整文字块的位置，效果如图 11-14 所示。

步骤 5▶ 利用"选取"工具选中"元旦"文字块，选择"美工">"转为曲线"菜单，将文字块转换为曲线，然后利用"穿透"工具单独选中"元"，并结合添加、删除、移动节点和调整节点切线的方法将"元"调整成图 11-15 所示形状。

图 11-14 倾斜文字块　　　　　　　　　图 11-15 调整"元"的形状

步骤 6▶ 利用"选取"工具▶选中"元旦",选择"美工">"线型与花边"菜单,打开"线型与花边"面板,设置"线型"▨为单线,"线宽"▤为 1mm,"颜色"⊠为红色(M=Y=100,C=K=0),其他选项保持默认,此时得到图 11-16 右图所示效果。

图 11-16 为"元旦"设置边框线属性

步骤 7▶ 利用"钢笔"工具绘制祥云图形,设置其底纹颜色为黄色(Y=90,C=M=K=0),边框宽度为 2mm,边框颜色为红色(M=Y=100,C=K=0),并放置在图 11-17 右图所示位置。

图 11-17 绘制祥云图形

3. 排入图像

步骤 1▶ 按【Ctrl+Shift+D】组合键,打开"排入图像"对话框,将本书配套素材"素材与实例"\"Ph11"文件夹中的"02.psd"文件排到页面中(需在"图像排入选项"对话框中选择"透明度"通道,如图 11-18 左图所示),然后调整图像大小并放置在图 11-18 右下图所示位置。

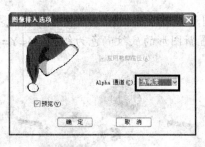 

图 11-18 排入图像

步骤 2▶ 继续排入"Ph11"文件夹中"03.psd"、"04.psd"和"05.psd"图像文件,并调整图像的大小,分别放置在图 11-19 右图所示位置。

步骤 3▶ 利用"椭圆"工具◯在图 11-20 下图所示位置绘制一个规格为 42mm × 15mm

的椭圆，并设置底纹颜色为灰色（K=60，C=M=Y=0）。

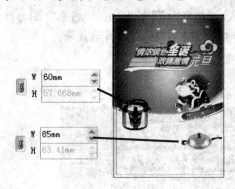

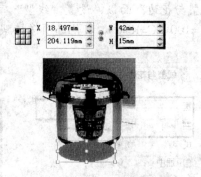

图 11-19　排入图像　　　　　　　　图 11-20　绘制椭圆

步骤 4▶ 利用"选取"工具选中椭圆，选择"美工">"羽化"菜单，打开图 11-21 左图所示"羽化"对话框，勾选"羽化"复选框，设置"宽度"为 5mm，"角效果"为"扩散"，单击"确定"按钮，对椭圆应用羽化效果。

步骤 5▶ 复制一份椭圆，并同时选中两个椭圆，然后单击控制面板中的"下一层"按钮，将两个椭圆向下移一层，分别放置在两个锅图像的下方作为阴影，其效果如图 11-21 右图所示。

图 11-21　为椭圆设置羽化效果并调整椭圆的位置

步骤 6▶ 利用"椭圆"工具绘制一个椭圆，利用"钢笔"工具绘制一个三角形，并放置在图 11-22 左图所示位置。

步骤 7▶ 利用"选取"工具同时选中两个图形，选择"对象">"路径运算">"并集"菜单，将两个图形合并生成一个新图形，然后设置新图形的底纹颜色为红色（M=Y=100，C=K=0），边框颜色为无，如图 11-22 右图所示。

图 11-22　使用"并集"命令生成新图形

步骤 8▶ 利用"文字"工具 T 输入"送"字，在控制面板中设置字体为"方正大标宋简体"，字号为特大，文字颜色为白色，放置在图 11-23 右图所示位置。

图 11-23 输入文字

步骤9▶ 将 "Ph11" 文件夹中的 "02.txt" 文件排入到页面中，设置文字的字体为 "方正大标宋简体"，其中 "送" 和 "300 元" 的字号为初号，文字颜色为红色（M=Y=100，C=K=0），其他文字颜色均为黑色，文字属性如图 11-24 所示。

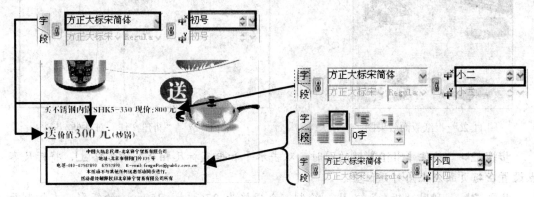

图 11-24 排入文字并设置属性

步骤10▶ 用 "文字" 工具 T 在图 11-25 右图所示位置输入活动时间，设置字体为 "方正大标宋简体"，字号为二号，颜色为黑色。至此，本例就制作完成了。

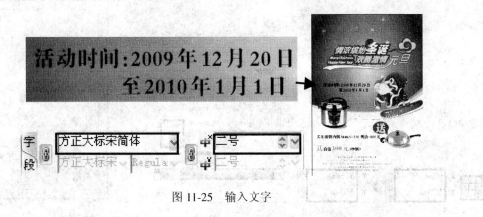

图 11-25 输入文字

11.2 制作报纸版面

本例将制作图 11-26 所示的报纸版面，制作时，首先使用 "矩形" 工具、"钢笔" 工具绘制背景图形，利用"文字"工具制作标题字，然后排入段落文字并设置文字的基本属性，以及为段落文字设置分栏，最后排入图像并为部分图像设置图文互斥效果，完成实例。

步骤 1▶ 按【Ctrl+N】组合键，打开"新建文件"对话框，然后参照图 11-27 所示创建一个空白文档。

图 11-26　报纸版面效果图

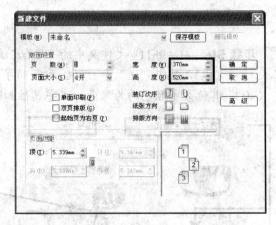

图 11-27　"新建文件"对话框

步骤 2▶ 按住【Shift】键的同时，双击水平和垂直标尺相交处的方格 ⊞，将标尺零点设置在与页面左上角对齐位置。

步骤 3▶ 利用"矩形"工具 □ 绘制一个规格为 376mm×350mm 的矩形，在控制面板中精确定位矩形，在"颜色"面板中设置底纹颜色为黄色（M=15，Y=100，C=K=0），边框颜色为无，如图 11-28 所示。

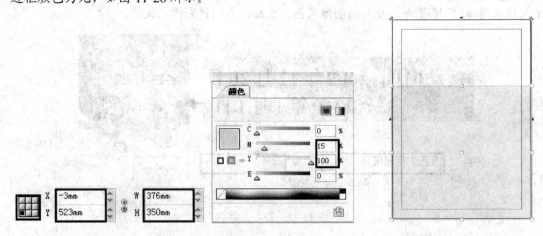

图 11-28　绘制矩形

步骤 4▶ 利用"穿透"工具 单击并向下拖动矩形左上角的节点，将矩形调整成图 11-29 所示形状。

步骤 5▶ 利用"钢笔"工具 在图 11-30 左图所示位置绘制一个四边形，然后设置其底纹颜色为黑色到黄色的线性渐变色，边框颜色为无。

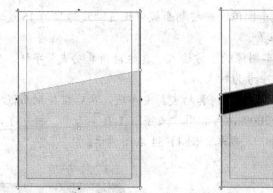
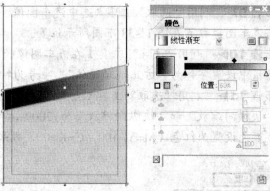

图 11-29　调整图形的形状　　　　图 11-30　利用"钢笔工具"绘制图形并填充渐变色

步骤 6▶　利用"排入"命令将本书配套素材"素材与实例"\"Ph11"文件夹中的"11.jpg"文件排入到页面中，选中图像，在控制面板中锁定长宽比例，并设置宽度为 499mm，然后将图像的宽度裁剪成 376mm，再单击控制面板中的"最下层"按钮，将图像移至所有对象的下方，得到图 11-31 右图所示效果。

图 11-31　调整图像的大小并裁剪

步骤 7▶　将"Ph11"文件夹中的"10.jpg"文件排入到页面中，利用"钢笔"工具沿汽车的轮廓绘制路径（为路径设置轮廓颜色为白色），如图 11-32 左图所示。

步骤 8▶　利用"选取"工具选中路径，选择"美工">"裁剪路径"菜单，使路径具有裁剪功能，然后同时选中路径和汽车图像，按【F4】键将两者群组，隐藏汽车图像的背景，效果如图 11-32 右图所示。

图 11-32　绘制路径并裁剪图像

步骤 **9▶** 利用"选取"工具选中汽车图像，在控制面板中设置"旋转"为15度，然后将汽车图像放置在图 11-33 下图所示位置。

步骤 **10▶** 利用"文字"工具T在汽车图像的上方输入"真运动拼真功夫"字样，在控制面板中设置字体为"方正琥珀简体"，字号为特大。

步骤 **11▶** 利用"选取"工具选中"真运动拼真功夫"文字块，然后在控制面板中设置"块横向缩放"和"块纵向缩放"为 200%，再利用"文字"工具T选中"拼"字，将文字颜色设置为红色（M=Y=100，C=K=0），效果如图 11-34 右图所示。

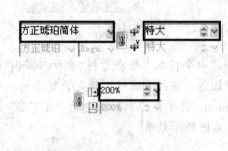

图 11-33 旋转汽车图像   图 11-34 输入文字并设置文字属性

步骤 **12▶** 利用"选取"工具选中"真运动拼真功夫"文字块，选择"文字">"艺术字"菜单，打开"艺术字"面板，勾选"立体"复选框，设置"影长"为 1.2mm，"影长颜色"为橙色（M=60，Y=100，C=K=0），"阴影方向"为 255 度，勾选"重影"复选框，参数设置及效果分别如图 11-35 所示。

图 11-35 为文字设置立体艺术字效果

步骤 **13▶** 将"Ph11"文件夹中的"01.txt"文件排入到页面中，利用"选取"工具选中文字块，在控制面板中设置字体为"方正大标宋简体"，字号为五号；在"段落属性"面板中设置"段首缩进" 2 个字，如图 11-36 所示。

步骤 14▶　利用"文字"工具 T 选中第一段文字，执行剪切、粘贴操作生成新的文字块，然后将新文字块的文字字号改为三号，颜色改为白色。

步骤 15▶　利用"选取"工具 选中步骤 14 中制作的文字块，选择"格式" > "文不绕排"菜单，设置文字块不受图文互斥效果的影响，然后在控制面板中设置"旋转"为 12 度，并将文字块放置在图 11-37 右图所示位置。

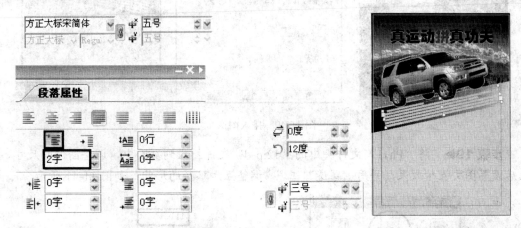

图 11-36　设置排入文字块的文字属性　　　图 11-37　设置文字块的旋转角度

步骤 16▶　利用"选取"工具 选中底纹颜色为黑色到黄色线性渐变的四边形，选择"格式" > "图文互斥"菜单，打开图 11-38 所示"图文互斥"对话框，单击"轮廓互斥"图标，其他选项保持默认，单击"确定"按钮关闭对话框。

步骤 17▶　利用"选取"工具 选中剩余的文字块，选择"格式" > "分栏"菜单，打开"分栏"对话框，设置"栏数"为 3，其他选项保持默认，单击"确定"按钮，将文字块分为 3 栏，如图 11-39 所示。

图 11-38　设置四边形的图文互斥参数

图 11-39　对文字块进行分栏操作

步骤 18▶　分别将"Ph11"文件夹中的"06.jpg" ~ "09.jpg"图像文件排入到页面中，依次将四幅图像成比例缩小，按照图 11-40 左下图所示效果放置，然后将四幅图像群组并设置图文互斥效果，放置在图 11-40 右图所示位置。

图 11-40　排入图像

步骤 19▶ 将 "Ph11" 文件夹中的 "12.psd" 文件排入到页面中，调整图像的尺寸，然后设置图文互斥效果，并用 "穿透" 工具 调整互斥路径的形状，如图 11-41 所示。

图 11-41　排入图像并设置图文互斥效果

步骤 20▶ 依次将 "Ph11" 文件夹中的 "13.psd" 和 "14.psd" 文件排入到页面中，参照与步骤 19 相同的操作方法，为图像设置图文互斥效果，然后按照图 11-42 所示效果调整图像的位置。至此，本例就制作完成了。

图 11-42　排入图像并设置图文互斥效果

11.3 制作驾校宣传页

本例将制作图 11-43 所示的驾校宣传页，并将编辑好的文件分别输出为 PS、PDF、JPG 和 EPS 格式文件。

图 11-43 宣传页效果图

步骤 1▶ 按【Ctrl+N】组合键，打开"新建文件"对话框，然后参照图 11-44 所示新建一个包含两个页面的空白文档。

步骤 2▶ 将标尺零点设置在与页面左上角对齐的位置，然后在两个页面中各放置两条垂直提示线，提示线的坐标分别为 X=95mm 和 X=190mm，并锁定它们的位置，如图 11-45 所示。

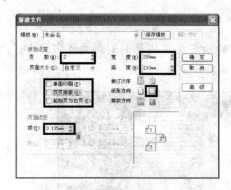
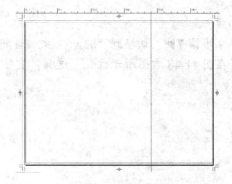

图 11-44 "新建文件"对话框   图 11-45 设置标尺零点并放置提示线

步骤 3▶ 首先制作宣传页的封面。按【Shift+Ctrl+D】组合键，打开"排入图像"对话框，将本书配套素材"素材与实例"\"Ph10"文件夹中的"08.jpg"文件排入到第 1 个页面中，并调整图像的大小，如图 11-46 左图所示。

步骤 4▶ 继续排入"Ph10"文件夹中的"09.psd"～"12.jpg"文件，并调整图像的大小，放置在图 11-46 右图所示位置。

步骤 5▶ 选中"11.jpg"和"12.jpg"图像文件，然后设置边框线为单线，线宽为 0.4mm，颜色为白色，如图 11-46 右图所示。

图 11-46　排入图像

步骤 6▶　打开 "Ph10" 文件夹中的 "03.vft" 文件，将页面 1 中的对象全部复制到新文件窗口中，并放置在图 11-47 右图所示位置。

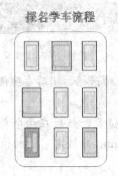 

图 11-47　打开素材文件并复制对象

步骤 7▶　切换到 "03.vft" 文件，将页面 2 中的所有文字块复制到新文件窗口中，放置在图 11-48 右图所示位置。这样，宣传页的封面就制作完成了。

图 11-48　复制文字块至新文件窗口

步骤 8▶　切换到新文件的第 2 页，然后排入 "Ph10" 文件夹中的 "13.jpg" 和 "14.jpg" 文件，并分别调整图像文件的大小，放置在图 11-49 所示位置。

步骤 9▶　利用 "矩形" 工具 在页面 2 的顶端绘制一个规格为 290mm × 20mm 的矩形，并设置其底纹颜色为蓝色（C=M=100，Y=K=0），如图 11-50 所示。

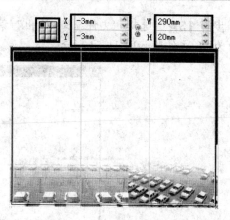

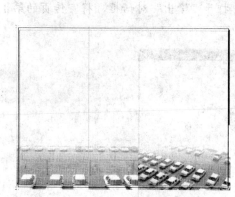

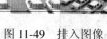

图 11-49　排入图像　　　　　　　　　图 11-50　绘制矩形

步骤 10▶ 切换到 "03.vft" 文件的第 3 页，将页面中的文字块复制到新文件的第 2 页，放置在图 11-51 所示位置。

步骤 11▶ 将 "Ph10" 文件夹中的 "15.jpg" ～ "20.jpg" 文件分别排入到新文件的第 2 页，并分别调整图像的大小，放置在图 11-52 所示位置。

图 11-51　复制文字块　　　　　　　　图 11-52　排入图像

步骤 12▶ 利用 "文字" 工具 **T** 在图 11-53 所示位置输入文字，并设置合适的字体、字号。至此，宣传页就编排好了。

图 11-53　输入文字

步骤 13▶ 选择"文件">"输出"菜单，打开"输出"对话框，将宣传页的第 1 页输出为 PS 文件，如图 11-54 所示。

图 11-54　设置输出 PS 文件

步骤 14▶ 继续使用"输出"命令将宣传页的第 2 页分别输出成 PDF、JPG、EPS 格式文件，如图 11-55 所示。

 驾校宣传页.eps　　 驾校宣传页.jpg　　 驾校宣传页_Print.pdf　　 驾校宣传页.ps

图 11-55　利用"输出"命令输出 PDF、EPS 和 JPG 文件